`『공백을 채워라』`(2012) — 을 통해 히라노는 다시금 '현대의 소설가'로
서 강렬한 존재감을 문단 안팎에 떨친다.

2010년대에 접어들어 글로벌리즘의 심화된 발전과 배외적 내셔널리
즘의 고조를 배경으로 분인주의는 주체의 내적인 분석에서 환경과의
상호작용 분석으로 옮겨간다. `『투명한 미궁』`(2014), `『마티네의 끝에
서』`(2016), `『한 남자』`(2018)에서 나타나듯 이야기는 운명론적 색채가
짙어지고 플롯이 명쾌해지는 반면, 사상과 관계성은 더욱 치밀하게
중층화한다.

항상 현대를 직시하고 '모든 표현은 시대와 함께한다'는 것을 천명하
며 소설가로서 자신의 변천을 예민하게 의식해온 히라노 게이치로.
'미시마 유키오의 재래'라는 찬사와 함께 강렬하게 문단에 등장해 헤
이세이 문학사의 중심에 자리했던 그는 자신의 작품이 나아갈 지점
을 정확히 설정하는 작가이다. 등단 당시 화제를 불러일으켰던 아속
절충의 의고체에서 변신을 거듭하여, 현대의 문제를 다양한 화법으
로 풀어내는 한편 문학의 밀도를 유지하면서 문학 팬이 아닌 사람에
게도 가 닿을 수 있는 방법을 모색하며 독자의 저변을 넓혀가고 있다.
소설 외에 `『문명의 우울』` `『책을 읽는 방법』` `『소설 읽는 방법』` `『나란
무엇인가』` `『생각하는 갈대』` 등의 작품이 있다.

> "'책장을 넘기는 손이 멈추지 않는' 소설이 아니라
> '책장을 넘기고 싶지만 넘기고 싶지 않은,
> 이대로 그 세계에 깊이 빠져들고 싶은' 소설을 쓸 수 있기를
> 항상 바라고 있습니다."

히라노 게이치로 공식 사이트 https://k-hirano.com/

한
남
자

한 남자

히라노 게이치로 소설

양윤옥 옮김

H

한 남자
한국의 독자 여러분께

졸저 『한 남자』의 한글판 간행을 대단히 기쁘게 생각합니다.

이번에 책을 출간해주신 현대문학, 또한 등단작 『일식』부터 여러 권의 제 작품을 번역하신 양윤옥 님, 그리고 무엇보다 졸작을 선택해주신 한국의 독자분께 진심으로 감사를 드립니다. 저의 창작 활동도 이제 20년이 넘었지만, 그동안 한국 독자의 존재는 항상 소중한 마음의 위로이자 격려였습니다.

특히 이 작품은 주인공이 재일 3세 변호사라서 다른 어떤 나라보다 우선 한국어로 번역되고 한국 독자분께서 꼭 읽어주셨으면 하는 강한 바람이 있었습니다.

오래도록 '나란 무엇인가'라는 아이덴티티를 둘러싼 물음을 작품의 주제로 다뤄왔습니다. '나'를 이해하는 것은 자신만이 아니라 한 사람의 '나'로 살아간다, 타자를 이해한다는 것입니다.

인간은 혼자서 살아갈 수 없다는 것은 누구나 알고 있습니다. 하지만 복수의 서로 다른 인간들은 대체 어떻게 하면 공생이 가능한가. 세계적으로 분단과 대립의 선동이 두드러지는 이 살벌한 시대에 이것은 더 이상 추상적인 질문이 아닙니다.

개개의 인간은 수미일관하고 본질적인 개성을 갖고 있다, 라는 견해보다 저는 그 내적인 복수성複數性과 다양성을 존중하는 사고방식에 훨씬 더 공감합니다. 다양한 대인 관계와 환경 속에서 한 사람의 인간은 다양한 '나'를 살아갑니다. 근래에 저는 그것을 '분인分人'이라는 단어로 개념화하고 논의해왔습니다.

저마다 개성을 가진 인간을 다시금 큰 가치관으로 통합한다, 라는 공동체의 존재 방식에 저는 저항감을 느낍니다. 거기에서는 결국 우리 개성의 가장 섬세한 부분은 그 공동성 탓에 억압받지 않을 수 없습니다. 그리고 카테고리로 일체화한 아이덴티티는 항상 사회의 분단과 대립을 획책하는 자들에게 악용될 위험에 노출되고 맙니다.

그런 것이 아니라 친구나 가족, 직장 동료나 이웃과의 관계가 매회마다 우리 자신 안에 펼쳐주는 타자성의 경험을 더욱 중시했으면 합니다. 우리 안의 내적인 타자성은 개인과 개인 사이에 그어진 경계를 뛰어넘어 서로 공유되고 커뮤니케이션을 통해 순환합니다. 그것이 그물망처럼 에워싼 사회의 공동성에서야말로 저는 가능성을 발견합니다.

또 한 가지, 제가 이 소설에서 쓰고자 했던 것은 타자를 통해 나 자신이라는 인간과 새롭게 만나는 경험입니다. 우리는 왜 소설을 읽는가. 소설의 등장인물을 접하는 것으로 어떻게 이미 충분히 알고 있을 터인 나 자신을 다시 한번 접해볼 수 있는가. 그 또한 우리가 타자와 함께 살아가는 의미를 시사하는 게 아닐까요.

인사말로는 다소 지나치게 추상적일 이 이야기는 부디 일단 잊어주시기 바랍니다.

이 작품의 스토리를 먼저 즐겨주신다면 작자로서 그보다 더 큰 행복은 없습니다.

2020년 10월 25일

히라노 게이치로

차례

서序

이 이야기의 주인공은 내가 얼마 전부터 친밀감을 담아 '기도 씨'라고 불러온 인물이다. 성에 '씨'를 붙인 것뿐이라서 친밀감이고 뭐고 그저 일반적인 호칭이지만 내가 이걸 왜 마음에 걸려 했는지 이제 곧 이해해주시리라고 생각한다.

기도 씨를 만난 것은 한 서점에서 개최한 행사에 참석하고 돌아가는 길에서였다.

나는 두 시간 반이나 계속 얘기하느라 흥분한 것을 좀 가라앉히고 집에 가야겠다 싶어서 우연히 눈에 띈 바에 들르기로 했다. 그 카운터에서 혼자 술잔을 기울이고 있던 사람이 기도 씨였다.

마스터와 그가 주고받는 잡담을 나는 들으려고 한 것도 아닌데 듣고 있었다. 그러다가 어느 말끝엔가 깜빡 웃음이 터져버려서 나도 그 얘기판에 가담하게 되었다.

그는 자기소개를 했지만 그 이름도 경력도 실은 모두 거짓이었다. 하지만 나로서는 딱히 의심할 이유가 없었기 때문에 처음에는 그 말을 곧이곧대로 받아들였다.

각진 검은 테 안경을 썼고, 남의 시선을 끌 만큼 잘생긴 것은 아니지만 어둠침침한 바 카운터가 잘 어울리는, 은근히 깊은 멋을 풍기는 면모였다. 이런 얼굴로 태어났다면 중년에 주름살이나 흰머리가 좀 많아져도 인기 있지 않을까 하고 생각했지만, 그런 얘기를 했더니 그는 믿어지지 않는다는 듯이 "아뇨, 전혀 아닌데"라고 고개를 갸우뚱했을 뿐이다.

나에 대해서는 알지 못하는 기색이었고 나중에 미안해서 오히려 내가 송구했다. 뭐, 흔히 있는 일이다.

하지만 소설가라는 직업에는 상당한 관심을 갖고 있어서 이것저것 꼬치꼬치 캐물은 끝에 갑자기 감격한 표정을 보이면서 "아, 이거, 죄송합니다"라고 사과했다. 무슨 소린가 하고 미간을 좁히고 있었더니 그가 조금 전 알려준 이름은 가짜였고 본명은 기도 아키라고 털어놓았다. 그리고 이곳 마스터에게는 비밀로 해달라고 양해를 구하면서 나이도 나와 똑같은 1975년생이고 변호사로 일하고 있노라고 말했다.

변변찮은 법학도였던 나는 법률 전문가를 마주하면 적잖이 주눅이 들곤 했지만 그런 고백 덕분에 그때만은 비굴해지지 않을 수 있었다. 왜냐하면 바로 전까지 기도 씨가 내내 얘기했던 경력은 연민을 부를 만큼 너무도 딱한 것이었기 때문이다.

나는 왜 그런 거짓말을 했느냐고 솔직히 물어보았다. 악취미라고 생각했기 때문이다. 그러자 그는 미간이 흐려진 채 잠시 할 말을 찾고 있었다.

"……타인의 상처를 살아보는 것으로 겨우 나 자신을 유지할 수 있어서 그렇습니다."

반쯤 자조하는 기미로 매우 쓸쓸한 웃음을 보였다.

"미라 파내러 간 사람이 미라가 돼버린 꼴이지요. ……거짓말 덕분에 정직해질 수 있다는 느낌, 이해하실지 모르겠군요. 아, 물론 이런 자리에서 잠시 잠깐 그러는 거예요. 아주 짧은 시간만. 이러니저러니 해도 나는 나라는 인간에 애착이 있으니까요. ……실은 내가 직접 나 자신에 대해 생각하고 싶지요. 하지만 그러면 갑자기 몸 상태가 안 좋아집니다. 이것만은 나도 어쩔 수가 없어서……. 그거 말고 가능한 건 다 하고 있어요. 아마 좀 더 시간이 지나면 그럴 필요도 없을 것 같지만……. 나도 일이 이렇게 될 줄은 생각을 못 했습니다."

뭔가 대단한 게 있는 것처럼 얘기하는 바람에 나는 좀 시들해져버렸지만, 그래도 그 내용 자체는 흥미로웠다. 게다가 왠지 모르게 싹트기 시작한 그에 대한 호감을 쉽게 떨쳐버릴 수 없었다.

기도 씨는 다시 이렇게 말했다.

"하지만 선생에게는 앞으로 사실대로 말하겠습니다."

거짓말에 관한 그 최초의 대화를 제외하면 기도 씨는 싹싹하고 침착한 호인이었다. 공감할 줄 아는 섬세한 심성을 가졌고 게다가 말의 갈피갈피에서는 웅숭깊고 복잡한 성격이 엿보였다.

나는 그와 이야기하는 게 유쾌했다. 내 쪽에서 하는 말이 잘

통하고 상대가 하는 말 또한 잘 이해되었기 때문이다. 그런 사람은 웬만해서는 만날 수 없는 게 아닐까. 음악을 좋아한다는 것도 둘 사이의 중요한 접점이었다. 그래서 가짜 이름을 댔던 것도 뭔가 그럴 만한 속사정이 있었을 거라고 미루어 짐작했던 것이다.

그다음 주 똑같은 요일에 그 바를 찾았을 때도 기도 씨는 카운터에서 혼자 술잔을 기울이고 있었고 나는 그의 청에 따라 옆자리에 앉았다. 마스터의 정 위치와는 한참 떨어진 자리로, 그 이후 우리는 몇 번이고 그 바의 그 자리에서 얼굴을 마주한 채 밤 늦도록 말을 주고받는 사이가 되었다.

그는 항상 보드카를 마셨다. 마른 편치고는 술이 세서 본인은 얼근하게 취했다는데 말투는 온화한 그대로 시간이 가도 달라지는 일이 없었다.

우리는 친해졌다. 좋은 술친구가 생긴다는 건 중년의 나이에는 의외로 드문 일이다. 하지만 두 사람의 관계는 그저 그 바의 카운터로 한정되어 있을 뿐 양쪽 다 굳이 연락처는 묻지 않았다. 그는 아마도 나를 배려해준 것일 터였다. 나는 어떤가 하면 솔직히 여전히 경계하고 있었다. 그리고 실은 벌써 꽤 오랫동안 그와는 만나지 않았고 아마 다시 만날 일도 없을 것이다. 그가 더 이상 바를 찾지 않게 된 것을—그럴 '필요'가 없어진 것을—나는 좋은 의미로 해석하고 있다.

소설가는 의식적이든 무의식적이든 항상 어딘가에서 소설의 모델이 될 만한 인물을 찾아다닌다. 뫼르소[1] 같은, 홀리 골라이

틀리[2] 같은 인물이 어느 날 갑자기 눈앞에 나타나주는 요행수를 바라는 구석이 있다.

모델로서 적합한 경우는 지극히 예외적이면서도 인간의 혹은 시대의 일종의 **전형典型**이라고 여겨지는 뭔가를 구비한 인물로, 픽션에 의해 그 혹은 그녀는 상징의 차원으로까지 순화되지 않으면 안 된다.

파란만장한 극적인 인생을 더듬어온 사람의 얘기를 들으면 이건 소설이 될지도, 라는 생각이 들기도 하고, 개중에는 소설로써도 무방하다는 듯이 미묘하게 말을 돌려가며 자천自薦하는 사람도 있다.

하지만 그런 화려한 이야기를 막상 진지하게 생각하기 시작하면 나는 금세 꼬리를 사리고 만다. 아마 그런 얘기를 쓸 수 있다면 내 책도 훨씬 더 많이 팔리겠지만.

내가 찾는 모델은 오히려 전부터 알고 지내던 사람들 중에 있다.

나도 관심 없는 사람과는 아무래도 교제를 원하지 않기 때문에 그것이 길게 이어지고 있다는 건 분명 뭔가가 있다는 뜻이다. 그리고 어느 겨를엔가 퍼뜩 이 사람이야말로 내가 찾아 헤매던 다음 소설의 주인공이구나, 하고 깨닫고 어리둥절해하는 것이다.

아닌 게 아니라 장편소설의 주인공이라는 건 그 나름으로 오랜 시간을 독자와 함께할 것이기 때문에 그런 식으로 천천히 시간을 들여 이해의 폭이 깊어진 사람이 더 적합한지도 모른다.

기도 씨는 두 번째로 만났을 때부터 가짜 이름을 댔던 이유를 조금씩 풀어놓기 시작했지만, 이게 상당히 복잡하게 얽힌 얘기였다. 나는 집중해서 들으면서 왜 그가 그런 얘기를 나에게 하려고 했는지 짐작해보고 팔짱을 끼며 매번 고민에 빠졌다. 소설로 써도 무방하다, 라는 말까지는 하지 않았지만 아마 그도 그걸 의식했던 것이라고 생각한다.

하지만 내가 실제로 그를 소설의 모델로 삼기로 마음먹은 것은 다른 자리에서 우연히 그를 잘 안다는 변호사를 만났기 때문이었다.

기도 씨는 어떤 사람이냐고 물어보자 그 변호사는 즉각 "아주 괜찮은 사람"이라고 말했다.

"그이는 이를테면 어떤 택시 기사에게라도 정말 정중하게 대해요. 길을 모르는 운전기사가 있어도 감탄할 만큼 친절하게 찬찬히 알려준다니까."

나는 웃음이 터져버렸지만, 그러나 요즘 같은 세상에—게다가 부자인데!—그건 역시 대단한 일일 것이라고 동의했다.

그 밖에도 그 변호사에게서 들은 이야기는 여러모로 뜻밖이었고, 본인은 결코 입에 담지 않았던 깊이 감동할 만한 속사정도 있어서 나는 기도 씨라는, 어떻게 봐도 쓸쓸하고 고독하게 보이는 동갑내기 중년 남자에 대해 마침내 입체적으로 이해할 수 있었다. 이제는 사어死語가 되다시피 한 표현이지만 그는 역시 **인물**이었던 것이다.

소설을 쓰는 데 있어서는 그 변호사와 다른 관계자들에게 다시 이야기를 들었고, '비밀준수의 의무'에 따라 기도 씨가 애매하게 언급했던 것은 내가 직접 취재하고 상상을 부풀려 허구화했다. 기도 씨 본인은 직무상 알게 된 것을 지금까지 타인에게 발설한 적이 없었을 테지만, 이건 소설로서의 필연에 따랐다.

다수의 상당히 특이한 인물들이 등장하기 때문에 사람에 따라서는 왜 이 조연을 주인공으로 삼지 않았을까, 라고 의아하게 생각할 수도 있을 것이다.

실제로 기도 씨는 한 남자의 삶에 점점 빠져들지만 나는 그의 등을 쫓고 있는 기도 씨에게야말로 짚어봐야 할 만한 점이 있다고 느꼈다.

르네 마그리트의 그림 중에 거울을 바라보는 남자에 대해 거울 속의 그도 등을 내보인 채 같은 거울 속을 바라보는 〈금지된 복제〉라는 작품이 있다. 이 이야기는 그것과 비슷한 구석이 있다. 그리고 독자는 아마도 그 기도 씨에게 빠져든 작가인 나의 등에서야말로 이 작품의 주제를 보게 될 것이다.

독자는 또 아마 이 서문이 마음에 걸려서 내가 처음에 바에서 만난 그 사람이 정말로 '기도 씨'인가, 하는 의문을 품을지도 모른다. 그것도 물론 합당한 의문이지만 나 자신은 분명 '기도 씨'였다고 생각한다.

당연히 그에 관한 것에서부터 이야기를 시작해야겠지만 그전에 리에라는 여성에 대해 적어두고자 한다. 그녀가 경험한 참으로 기묘하고도 딱한 사건이 이 이야기의 발단이기 때문이다.

1

동네 사람들 사이에 '문구점 리에의 남편'의 부보訃報가 퍼진 것은 2011년 9월 중순의 일이었다.

그해는 모두가 동일본 대지진과 함께 기억하지만, 미야자키 현의 정확히 한가운데에 자리한 S 시에서는 오히려 이 작은 죽음이 인상에 남아 있다는 사람들이 제법 많았다. 인구 3만 명 남짓한 이 작은 시골 동네에는 태어나서 이날 입때까지 도호쿠 사람이라고는 한 번도 본 적이 없는 주민도 드물지 않아서[1) 리에의 어머니 같은 이도 그중 한 사람이었다.

지도를 들여다보면 규슈산맥을 넘어 구마모토에 이르는 메라카이도라는 구舊도로가 시의 중심부를 관통하는 것을 알 수 있는데, 직접 가보면 실제로 지도에 나온 그대로 단순한 구조의 도시다. 남동쪽의 미야자키 시까지는 차로 40여 분이 걸린다.

고대사 좋아하는 사람은 S 시라고 하면 시내의 거대한 고분군이 금세 머리에 떠오른다고 한다. 프로야구 애호가에게는 모 구단의 스프링캠프지로, 또한 댐 애호가에게는 규슈 최대 규모의 댐으로 알려진 상당히 특색 있는 도시지만, 리에는 역시나 이 지역 사람답게 그중 어느 것에도 예전부터 별 관심이 없었다. 다만 나중에 그 고분군 공원의 벚나무만은 특별한 애착의 대상이 되었지만.

인구 감소가 뚜렷해서 1980년대에 산간부의 작은 마을이 집단 이주로 폐촌이 되고 2007년에는 그 마을을 테마로 다큐멘터리 영화가 공개되면서 한동안 시내 곳곳에서 '폐허 마니아'라는, 낯설고 어쩐지 사람을 얕잡아 보는 듯한 관광객들의 모습이 눈에 띄었다.

시내 중심부는 거품 경기 때 그나마 재개발로 반짝 기세를 올렸지만 이제는 고령화로 줄줄이 문 닫은 상점들만 늘어서 '쇼와 고분군'이라는 한탄을 자아내고 있었다.

리에의 본가 '세이분도〔誠文堂〕'는 그 메라카이도 상점가에 딱 한 곳, 가까스로 남아 있는 문구점이다.

리에의 망부亡夫 다니구치 다이스케가 이 도시로 이주해 온 것은 마침 그 폐촌 다큐멘터리 영화가 화젯거리가 되기 조금 전의 일이었다.

임업을 생계의 방편으로 삼고자 무경험자로서 35세에 이토임산林産에 취업해 4년 남짓, 사장이 경탄할 만큼 성실하게 근무하다가 마지막에는 자신이 벌채한 삼나무에 깔려 죽었다. 향년 39세였다.

과묵한 편이었고 직장 동료 외에는 딱히 얘기하던 친구도 없어서 그의 신원에 대해 자세히 아는 사람은 리에를 제외하고는 거의 없다시피 했다. 수수께끼라고 하면 수수께끼였지만, 뭔가 남에게 말 못 할 사연이 있다는 것도 점점 인구가 줄어드는 이런 시골에 이주해 온 타관 사람이라면 별반 드문 일이 아니었다.

다니구치 다이스케가 다른 이주자들과 다른 점은 이 도시에 들어와 채 1년도 안 된 사이에 '문구점 딸 리에'와 결혼했다는 것이었다.

리에는 조부 대부터 이어온, 동네에서 누구나 다 아는 문구점의 외동딸로 약간 남다른 데는 있지만 생각하는 게 반듯한, 믿을 만한 인물이었다. 그래서 놀라기는 했어도 최소한 그녀는 그자에 대해 잘 알아보고 **아무 문제 없다**고 판단해 결혼했을 거라고 다들 받아들였다. 동네 사람들이 다니구치 다이스케의 과거를 이래저래 캐보는 것은 그걸로 일단 두루뭉술하게 끝이 났다.

물론 가정을 꾸리면 정주할 가능성이 높기 때문에 이토 임산의 사장도, 점잖은 편이더니 의외로 허투루 볼 수 없는 사람이라고 감탄하면서 누구보다 이 결혼을 기뻐했다. 시청의 UJI 턴[2] 대책 담당자들 사이에서도 이상적인 사례로 손꼽혔다.

리에의 남편이니까, 라는 것도 있었지만 무엇보다 다니구치 다이스케의 인품에 대해 나쁘게 말하는 사람은 거의 없었다. 좀 심술 사납게 험담을 부추겨봐도 오히려 마뜩잖은 얼굴로 대부분의 사람은 조용히 그를 변호했다. 모두가 그를 귀하게 여겼다, 라고 해도 좋을 것이다.

'음울한 사람'이라기보다 '점잖은 사람'이라는 느낌이어서 자기 쪽에서 먼저 나서서 남과 어울리지는 않았지만 말을 건네면 의외로 환하게 응해주었다. 독특한 차분함이 있어서 사장 이토는 "응, 그 친구, 아주 물건이야"라고 팔짱을 끼며 말하곤 했다. 화를 내거나 비뚤어지는 일 없이 늘 온후하면서도 작업의 위험이나 비효율에 관해서는 주눅 들지 않고 자신의 생각을 밝혔다. 노동재해가 다발하는 벌채 현장에서의 대화는 거칠고 신경이 곤두서는 것이 되기 십상이지만, 신입 직원인 그 한 사람이 들어온 것만으로 실제로 트러블 건수도 줄어들었다.

전기톱 벌채 작업에서부터 조재造材 기계와 목재 하역기계의 운전에 이르기까지 한 사람이 제 몫을 해내는 데 대략 3년이 걸린다고 하는 업계지만 다니구치 다이스케는 1년 반 만에 충분한 신뢰를 얻기에 이르렀다. 상황 판단이 적확하고 다부진 면도 있고 정신적으로나 육체적으로나 두루 건강했다.

한여름 불볕더위에도 한겨울 차디찬 진눈깨비에도 묵묵히 일에 몰두하고 너무 불평이 없는 바람에 나이 많은 현장 지휘자는 힘들면 말하라고 먼저 제안할 정도였다. 채용이라는 것은 특히나 뚜껑을 열어보지 않고서는 모르는 것이지만, 이토는 다니구치 다이스케만은 그야말로 인재를 제대로 뽑았다고 동업자에게 여러 차례 자랑했고, 그건 역시 그가 대졸이기 때문일 거라고 내심 짐작하기도 했다.

3대를 이어온 이토 임산의 역사 속에서도 이런 직원은 처음이었다.

다니구치 다이스케가 사망한 뒤, 리에를 어릴 때부터 잘 알던 이웃 사람들은 "그 아이도 참, 부절符節이 안 맞네……"라고 진심으로 동정했다. '부절이 안 맞다'는 것은 운이 없다는 뜻이다. 이건 이제 고어古語가 되었지만 규슈에서는 아직도 사투리로 남아 있고, 특히 나이 든 사람들이 긴 인생 경험에 비춰보면서 연민과 함께 절절히 입에 올리는 말이다. 물론 규슈 사람들이 유독 타지 사람들보다 극단적으로 운이 나쁘다거나 운명론적이라는 건 아니다.

불행은 누구에게나 일어날 수 있다. 하지만 엄청난 불행이라면 평생 한 번 있을까 말까 하는 것이라고 막연하게 생각하기 쉽다. 행복한 사람은 이를테면 세상 물정에 어두운 것 때문에 그렇게 생각한다. 실제로 불행을 경험했던 사람은 절실한 소망으로서 그렇기를 기원한다. 하지만 한 번이면 충분하다고 할 만큼 엄청난 불행은 아무래도 두 번 세 번 끈질기게 같은 사람을 쫓아다니는 들개 같은 데가 있다. 사람들이 액막이굿을 하거나 개명을 하는 것은 그런 식으로 잇따라 엄청난 불행이 덮쳐들 때다.

다니구치 다이스케의 뜻밖의 죽음을 포함해 리에는 그 시기에 사랑하는 이들을 연달아 세 명이나 잃었다.

리에는 고등학교 졸업 때까지 S 시의 본가에서 살았지만 그 뒤, 가나가와현의 대학에 진학해 그쪽에서 취직을 했고 스물다섯 살 때 한 차례 다른 남자와 결혼했다. 큰아들 유토는 건축 사무소에 근무하던 그 첫 남편과의 아이다. 그리고 둘 사이에는 료라는 이름의 둘째 아들도 있었다.

료는 두 살 때 뇌종양 진단을 받고 치료할 방도도 없이 반년 만에 세상을 떠났다. 그것은 행복한 소녀 시절을 거쳐 어른이 된 리에가 인생에서 처음으로 경험한 엄청난 슬픔이었다.

리에는 료의 치료를 둘러싸고 남편과 대립했다. 그리고 그때 입은 상처를 **없었던 것**으로 할 수는 없다. 료의 장례식 후 이제부터 다시 셋이서 함께 열심히 살아보자는 남편을 향해 그녀는 고개를 가로저었다. 이혼 조정은 서로 다투고 다툰 끝에 11개월 만에야 합의에 도달했다. 좋은 변호사를 만난 덕분에 남편 쪽에서 한사코 놓지 않으려 했던 친권도 그녀에게 돌아왔다. 결혼 이후 그때까지 좋은 관계를 유지해왔던 시부모에게서는 '너는 사람도 아니야!'라고 거칠게 매도하는 엽서가 도착했다.

그리고 그 얼마 뒤에는 미야자키 본가의 아버지가 급서했다. 리에가 유토를 데리고 본가에 돌아가기로 결심한 것이 바로 그때였다.

리에의 처지가 이웃 사람들에게 특히 딱하게 여겨진 것은 그녀가 어릴 때부터 누구에게나 사랑받는 '참 괜찮은 아이'였기 때문이다.

자그마하고 사랑스러운 풍모에 항상 어딘가 먼 곳을 바라보면서 남들과는 다른 자기만의 생각을 소중히 간직한 듯한 눈빛을 하고 있었다. 침착한 분위기인 데다 어느 쪽인가 하면 말수가 적은 편이어서 별스러울 것도 없는 어느 순간에 친구에게서 곧잘 "아, 리에의 무표정, 또 나왔다!"라고 놀림을 당하기도 했다.

모범생 타입도 아닌데 성적이 우수해서 그녀가 인근 고교가 아니라 버스로 편도 한 시간이나 걸리는 미야자키 시의 명문고에 합격했을 때도 친구들은 당연한 일로 받아들였다. 조용한 학생이었던 편치고는 교실이나 복도에서 멀찌감치 그녀를 바라보며 은밀히 연심을 품는 남학생이 중학생 때도 고등학생 때도 한 학년에 반드시 두세 명은 있었다.

부모님은 요코하마의 대학을 나와 신출내기 건축가와 결혼하고, 귀한 두 아이를 낳고 사는 외동딸이 자랑스러워서 견딜 수 없을 정도였다. 그 흐뭇해 보이는 표정을 시샘하고 미워하는 자는 없었다.

즉 리에의 인생은 누가 생각하더라도 뭔가 지금과는 다른 것이 되었어야 했다. 동창에서부터 이웃 어른에 이르기까지 단 한 사람도 그녀의 행복을 의심한 자는 없었다. 그래서 그녀가 어린 아들을 잃은 데다 이혼까지 하고 고향에 돌아왔다는 것을 알았을 때, 가엾어하는 것은 물론이고 그 보람 없음에 무어라 말할 수 없이 불편한 감정이 들었다. 우리가 살아가는 이 세계가 그런 곳이었나, 하고 불안해졌던 것이다. 거기에 또다시, 재혼한 남편마저 겨우 3년 9개월 만에 앞세우고 말았다. 그런 리에의 남편이라는 의미에서도 다니구치 다이스케를 사후에 나쁘게 말하는 사람이 없었던 것은 매우 자연스러운 일이었다.

다이스케를 처음 만났을 무렵, 리에는 어머니를 대신해 문구점을 꾸려가고 있었다. 계산대에 서거나 거래처인 기업과 시청, 예전에 다니던 중학교 등에 자동차로 사무용품을 배달해가면서 날마다 멍하니 보냈다. 아는 사람을 만나면 저마다 위로를 건넸지만, 아버지 대부터 대기업 통신판매 회사의 대리점 업무도 맡고 있었기 때문에 신규 고객도 적지 않았다. 그리고 실은 그런 이들을 마주하는 게 더 마음이 편했다.

혼자가 되면 죽은 아들을 생각하며 자주 울었다. 죽기 한 달 전쯤이었을까, 의사와 상의하기 위해 병실을 떠났다 돌아왔을 때, 조용히 천장을 응시하고 있던 료의 옆얼굴을 잊을 수가 없었다. 어떤 것을 감지하고 어떤 생각을 했을까. 앞으로 몇십 년을 살아가기 위해 준비했을 터인 사고 능력이 단지 바짝 다가온 죽음을 인식하는 것에서만 그 기능을 발휘하고 있었다. 물론 자신의 신상에 일어난 무서운 사태가 대체 무엇인지, 마지막까지 알지 못했을 테지만……. 리에는 그 모습을 떠올리면 서 있는 것도 여의치 않아 얼굴을 가리고 그 자리에 주저앉아야 했다.

남겨진 큰아들 유토의 성장을 생각하면 이제는 가능한 한 환한 얼굴로 지내야 할 터였다. 유토 본인은 아직 어린 탓에 죽음에 대한 둔감함으로 시골로 내려온 뒤로는 의외일 만큼 쾌활해서 그게 그나마 리에에게는 유일한 구원이었다.

아버지를 향한 그리움도 컸다. 평생 단 한 번도 딸에게 큰소리 내는 일 없이 언제라도 아낌없는 애정을 쏟아준 아버지였다. 특별한 신앙은 없어서 본가는 정토종의 이른바 '장례식 불교'[3]였지만, 저세상에서 아버지가 **할아버지**로서 손자 료를 돌봐주는 모습을 자주 떠올렸다. 그러면 조금쯤은 마음이 편해졌다. 실제로 어머니는 그런 믿음을 갖고 있어서 리에에게 말하곤 했다.

"료 혼자 외롭지 않게 네 아버지가 좀 일찍 가주신 게야. 틀림없이 손자가 걱정되어 뒤따라갔을걸. 리에가 아직 갈 때가 아니니 내가 대신 가야지, 라고 할 사람이 네 아버지잖아."

고등학교 졸업 후 14년 만에 돌아온 고향에서의 생활은 일종의 위안을 안겨주었지만, 문구점 사무 책상 앞에 가만히 앉아 있으면 때때로 '나, 괜찮은 건가' 하고 문득 불안해질 만큼 공허감이 엄습했다. 이 세계와 나의 연결 고리가 딱 끊겨서 아무런 전조도 없이 시간이 주위를 그냥 흘러가버린다. 연못 바닥에 잠겼던 쓰레기가 어느 순간 불쑥 떠오르는 것처럼 죽음도 그리 무서운 건 아닌지 모른다는 생각이 의식 위로 솟구쳐 나왔다. 그토록 어린 료도 이미 경험한 일이다. 게다가 아버지와 함께 그쪽에서 기다리고 있지 않은가……. 그리고 그 생각이 잘못된 것임을 퍼뜩 깨닫고 몸속 심지까지 꽁꽁 얼어붙는 듯한 두려움을 느꼈다.

고향에 돌아오고 한동안은 요코하마 시절 친구들의 SNS를 부러운 시선으로 들여다보기도 했지만, 한 일주일 안 봤더니 스스로도 놀랄 만큼 거기서 오고가는 말이며 사진 따위에 완전히 흥미를 잃었다.

문구점은 늘 한산했지만 고정 거래처 덕분에 그럭저럭 어머니와 아들까지 가족 셋이서 살아갈 수 있었다. 하지만 미래는 그리 밝지 않았다.

해마다 정월과 추석이면 내려오곤 했기 때문에 문 닫힌 상점가의 어려운 처지는 잘 알고 있었지만 실제로 살아보니 점점 무너져가는 커다란 빈집에 홀로 남겨진 듯한 외로움이 느껴졌다.

큰길 건너 문구점과 마주한 건물 2층에는 예전에 그녀가 8년 동안 다녔던 피아노 교실이 있었다. 지금은 이미 폐허가 되어 건물에 손도 대지 못한 채 방치되어 있었다. 스프레이로 낙서를 할 만한 젊은 애들도 이곳에는 없는 모양이었다.

일주일에 한 번씩 도로를 건너 피아노 교실에 갔다가 레슨이 끝나면 문구점으로 돌아와서 아버지 일이 끝날 때까지 숙제를 하며 기다렸다. 조수석에 앉아 그리 멀지도 않은 집까지 아버지가 운전해주는 차를 타고 돌아가던 그 둘만의 시간이 이제는 너무도 그리웠다.

다시 수도권으로 돌아갈까. 아니면 차라리 하카타에라도 나가 새 일자리를 찾아볼까…… 이따금 그런 생각이 머릿속을 스쳐 갔지만, 손을 내밀어 만져보기도 귀찮아서 스르륵 사라지는 대로 내버려두고 있었다.

다니구치 다이스케가 맨 처음 세이분도 문구점을 찾은 것은 리에가 귀향한 그다음 해 2월이었다.

요코하마보다 훨씬 따듯할 텐데도 오랜 아파트살이 탓에 리에는 본가의 겨울 추위에 완전히 쩔쩔매고 있었다. 특히 욕실은 몸이 얼어붙을 정도여서 그해 겨울에는 유토와 똑같이 두 번이나 감기에 걸리는 바람에 혼자 멀쩡했던 어머니가 어이없어하면서 간호해주었다.

그런 병을 털고 일어난 참의 저녁나절이었다.

학교에서 돌아오는 아이들이 노트며 펜을 사러 올 시간에 그는 혼자 훌쩍 문구점을 찾아왔다. 이미 바깥이 어둑어둑해져서 어머니와 가게 당번을 교대하고 저녁 식사 준비를 하러 갈까 하던 참이었다.

가게를 찾는 손님이 적었기 때문에 자신과 비슷한 나이대의 낯선 손님은 리에의 주의를 끌었다. 계산대로 들고 온 것이 수첩뿐만 아니라 스케치북과 수채화 세트인 것도 신기했다. 마른 편이고, 키는 자그마한 그녀가 살짝 올려다볼 정도였다. 감색 점퍼에 청바지라는 수수한 옷차림에 어쩐지 이 지역 사람이 아닌 듯한 느낌이 들었다.

수첩의 가격표를 떼어주면서 리에는 그의 새로운 삶이 이 동네에서 시작되기까지 과연 어떤 사연이 있었을까, 하고 호기심이 생겼다. 그녀가 아니더라도 이 동네 사람이라면 누구든 궁금하게 생각했을 것이다. 가게를 떠나는 그에게 다시 한번 "감사합니다"라고 인사를 건넸지만 그 등에서는 어쩐지 이야기해야 할 것이 많은 삶이 느껴졌다.

한 달도 안 된 참에 그는 다시 찾아와 역시 스케치북과 그림물 감을 사 갔다.

아침부터 세차게 비가 쏟아지던 날이었다. 마침 '오쿠무라 씨'라는 어머니의 오랜 친구가 죽순을 들고 소일거리 삼아 가게에 놀러 와 있었다.

계산대로 다가오려다가 아주머니를 보고 머뭇거리는 그에게 리에는 "괜찮아요"라고 말했다.

"아, 미안해요, 손님. 내가 거치적거렸나 봐."

오쿠무라 씨가 옆으로 비켜주자 다이스케는 죄송한 듯 머리를 숙인 뒤에야 상품을 계산대에 내려놓았다.

"비가 엄청 쏟아졌죠?"

오쿠무라 씨가 말을 건넸다. 다이스케는 예에, 하며 슬며시 웃었다. 가게 앞에는 그의 하얀 경자동차가 세워져 있었다.

"영수증은?"이라고 리에가 묻자 "아, 괜찮습니다"라고 고개를 숙였다. 그런 자신이 어떻게 보일지 매우 조심스러운 기색으로 그는 문득 얼굴을 들고 한순간 리에를 똑바로 쳐다보았다. 자신에게 뭔가 말을 건네려는 건가 하고 그녀는 눈을 크게 떴다. 하지만 다이스케는 결국 침묵한 채 그대로 시선을 돌려 인사를 건네고 가게를 나가 호우 속에 차를 몰고 사라져버렸다.

그 뒤에도 이 이름을 알지 못하는 남자 손님은 한 달에 한 번쯤 가게를 찾아와 스케치북이며 화구를 사 갔다.

찾아오는 건 대부분 저녁나절이었고 처음에는 A3의 큰 스케치북을 사 갔지만 중간쯤부터는 A5의 작은 것도 함께 사 갔다. 그런 상품을 원하는 손님은 고등학교 미술부 학생들 정도여서 리에는 재고를 발주할 때마다 자연스럽게 그를 떠올렸다.

반년쯤 지나 유토의 여름방학도 이제 슬슬 끝나는가 할 무렵이었다.

그날도 세차게 비가 내렸지만 오후 3시가 지난 무렵 그가 훌쩍 가게를 찾아왔다.

두툼한 구름이 도시 전체를 불온하게 뒤덮고 번갯불에 이어 땅을 울리는 굉음이 몇 번이나 리에를 놀라게 했다.

가게 문이 열리자 이런 날에도 무성한 가로수 그늘에서 울고 있던 매미 소리가 후덥지근한 공기와 함께 밀려들었다가 문이 닫히자마자 금세 밀려났다.

마침 오쿠무라 씨가 또 비도 그을 겸 수다를 떨러 와 있을 때였다.

여느 때처럼 스케치북과 그림물감을 계산대로 들고 온 다이스케에게, 의자에 앉아 만주를 먹어가며 어머니와 얘기를 나누던 오쿠무라 씨가 물었다.

"손님, 취미로 그림을 그리는 모양이죠?"

그는 놀란 듯이 "예? ……예에"라고 미소를 지었다.

"우리 집에 온 손님도 댁이 사생하는 걸 봤다고 하더라고. 히토쓰세가와 강변 잔디밭에서. 맞지요? 그림 그려둔 게 이제 상당히 많을 것 같은데?"

다이스케는 그저 뺨을 풀고 웃으며 가볍게 고개를 끄덕일 뿐이었다.

"이다음에 여기 가져와서 좀 보여주면 좋겠다. 어때, 리에도 보고 싶지?"

리에는 그 요구가 단순한 호기심이 아니라 정체를 알 수 없는 단골손님이 과연 어떤 자인지 탐색하기 위한 것이라고 금세 짐작했다. 그리고 자신이 어째서 이 사랑할 만한 조용한 시골 마을에서 10대 시절에 그토록 벗어나려고 했었는지 새삼스럽게 생각이 났다.

그녀는 일부러 이런 시골 동네로 이주해 온, 몹시 조용한 새 '단골손님'에게 미안한 마음이 들었다.

"난처해하시잖아요, 아주머니. ……죄송합니다. 신경 쓰지 말고, 또 오세요."

"아뇨, 보여드릴 만한 그림이 아니라서……."

그렇게 고개를 끄덕이더니 그는 항상 그러듯이 냉큼 가게를 뒤로했다.

오쿠무라 씨는 리에와 어머니의 얼굴을 번갈아 바라보며 의미심장한 웃음을 짓고 있었다.

2

이제 그 손님은 안 올지도 모른다고 리에는 생각했다. 그리고 그렇게 생각하자 어쩐지 섭섭했다.

그를 볼 수 없기 때문이라는 건 아직 아니었다. 다만 그야말로 고독해 보이는 그 사람이 결국 이걸로 이 동네를 떠날지 모른다고 생각하니 가엾었다. 망가질 것 같아서 항상 조심조심 다뤄온 뭔가를 갑작스럽게 다른 누군가가 건드려 망가뜨려버린 뒤 같은 슬픔이 있었다.

하지만 걱정과 달리 그는 다음 주, 언제나 그랬듯이 평일 저녁에 혼자 가게를 찾아왔다. 마을 사람들이 **미심쩍어하는** 것을 분명 그도 의식하고 있었던 것이다.

"이거……."

그가 내민 것은 스케치북 두 권이었다. 늘 들고 다녔는지 초록

색 표지는 귀퉁이가 허옇게 닳아 있었다.

가게 안에 그 밖에 다른 손님은 없었고 어머니도 외출 중이어서 그들은 단둘뿐이었다.

"정말로 가져오셨어요?"

리에의 볼에 웃음이 번졌다.

첫 장부터 시작되는 그림은 미야자키 시 아오시마 해변 일대의 풍경인 모양이었다. '도깨비 빨래판'이라고 불리는 잔물결 같은 기복을 드러낸 바닷가, 아오시마 신사의 도리이[1], 그리고 머리 위로 펼쳐진 파란 하늘을 그대로 본떠 비쳐낸 듯한 너른 바다와 저 멀리 해안선이 그려져 있었다.

리에는 얼굴을 들고, 긴장한 표정으로 서 있는 이름도 알지 못하는 '단골손님'을 보았다. 그는 미소를 지으려고 하는 것 같았지만 뺨이 떨려서 제대로 웃지 못하고 있었다.

다시 스케치북을 넘겨보자 언젠가 얘기했던 히토쓰세가와강과 그 근처의 공원, 근교의 댐, 고분군의 한창 꽃이 만발한 벚나무 등, 그야말로 타지 사람이 찾아갈 듯한 관광지에서부터 역시 타지 사람이기 때문에 신기하게 보였는지 별다를 것 없는 장소까지 다양한 경치를 그려내고 있었다. 스케치만 해둔 것도 있는가 하면 색을 칠한 것도 있었다.

결코 특별한 재능이 감지될 만한 그림은 아니었다. 그렇다고 서툰 것도 아니어서 리에는 중학교 때 반에서 미술을 특히 잘했던 남학생의 그림이 생각났다.

대부분의 사람들은 중학교 무렵까지는 학교의 공작이나 미술 시간에 그림을 그리고 그 뒤로는 그림 그리는 일이 딱 끊겨버린다. 그런 사람들이 어른이 되어 갑작스럽게 도화지와 붓을 받는다면 결국 이 남자처럼 중학생 때로부터 아무런 발전이 없는 방식으로 그려낼 수밖에 없을지도 모른다.

하지만 다른 사람들은 더 이상 그림을 그리지 않아도 그는 그렸다. 그림을 그리는 기술은 물론 제자리인지도 모른다. 하지만 정신은? **성장한** 것이든 **늙어버린** 것이든 인간의 나이는 이제 새삼 이런 순수함은 허락해주지 않는 게 아닐까.

자신과 별반 나이 차이도 나지 않는, 이미 30대도 중반에 접어든 듯한 성인이 이토록 상큼하게 맑은 그림을, 게다가 장난으로 한두 장 그려본 게 아니라 스케치북 몇 권 분량을 묵묵히 계속해서 그리고 있다. 리에에게는 그것이 가슴에 뭉클하게 다가왔다.

이 사람의 눈에는 세계가 아직 이렇듯 스스럼없는 표정으로 보이는 걸까. 그것과 조용히 마주할 수 있다는 것은 과연 어떤 삶일까…….

15분쯤을 들여 찬찬히 한 장 한 장 넘겨나갔다. 그녀는 어느 누구에게도 방해받고 싶지 않았다. 지금은 어떤 손님도 오지 않았으면 좋겠다고 진심으로 생각했다.

이윽고 두 번째 스케치북의 마지막쯤에 그려진 한 장의 그림에서 그녀의 시선이 멈췄다.

고등학생 무렵 날마다 미야자키로의 등하교에 이용했던 버스 터미널 건물이었다.

지금도 날마다 그 앞을 지나가지만 그의 그림을 보고 있으려니 왠지 갑자기 눈물이 솟구쳐서 리에는 그런 자신에 크게 당황했다.

한참 나중까지도 리에는 그때 왜 자신이 울어버렸는지 생각해보곤 했다.

결국 정신적으로 몹시 불안정했던 것이라고 할 수밖에 없다. 어린 료가 죽고 아버지마저 돌아가신 것에 대한 슬픔뿐만 아니라 고향에 내려온 이후, 모르는 사이에 차곡차곡 쌓인 자신의 처지에 대한 감상感傷이 마지막의 아주 작은 몇 방울 때문에 표면 장력을 깨고 쏟아져 나온 모양이었다.

매일 아침 이 버스 터미널의 대합실에 앉아 미야자키 시로 가는 버스를 기다리던 시절에는 자신이 장래에 요코하마에서 취직해 결혼 생활을 보내고 두 아이 중 한 명을 일찍 떠나보내고 이혼한 채 다시 이 마을로 돌아올 줄은 꿈에도 생각하지 못했다.

그 상큼한 수채화의 버스 터미널은 벌써 15년이 지났는데도 기억 속의 그리운 건물과 한 군데도 달라진 게 없었다. 유일하게 다른 것이라고는 그곳에 교복을 입은 열예닐곱 살의 자신이 없다는 것뿐이었다.

그런 감상은 어차피 나중에 자꾸 되짚어보는 동안에 잠시 잠깐 머릿속을 스쳐 간 것일 뿐인지도 모른다. 그때는 단지 뭔가가 눈 깜짝할 사이에 그녀 안에서 뭉클뭉클 부풀어 올라 가슴을 가득 채우고 다른 모든 감정을 짓눌러버린 것이었다.

리에는 속이려 해도 속일 수 없는 자신의 눈물을 어떻게도 하지 못한 채 웃으면서 손등으로 뺨을 훔쳤다.

"잘 그렸네요. ……미안해요, 나도 잘 아는 곳이라 옛날 일이 생각나서 그만……."

그리고 자칫 그림이 젖을까 봐 가만히 스케치북을 덮고 한 손으로 입가를 가리며 잠시 꾹 견딘 뒤에 다시 환하게 미소를 지었다.

그런데 놀랍게도 그때까지 아무 말 없이 서 있던 '단골손님'이 그 순간 리에를 똑바로 응시한 채 눈이 빨개지더니 그녀와 마찬가지로 뚝뚝 눈물을 떨구었다. 그러고는 창피해하기보다 뭔가 비밀을 고스란히 들켜버린 사람처럼 급히 고개를 숙이고 옆의 상품 진열 선반으로 향했다. 이윽고 적당히 집어 온 듯한 빨간색 볼펜 하나를 가져왔을 때, 그 눈에 눈물은 이미 씻겨 나가고 없었다.

계산을 기다리는 동안에도 그는 굳게 입을 다문 채 아무 말도 하지 않았다.

리에도 입을 열지 않았다. 무슨 일이 일어난 것인지 전혀 알지 못했지만, 다만 밤의 방문訪問 앞에서 형광등 불빛이 구석구석까지 비춰낸 맑은 조용함이 너무도 소중해서 결코 그 시간을 망가뜨리고 싶지 않았다.

다이스케가 다시 가게에 찾아온 것은 그 일주일 뒤였다.

리에는 처음으로 '어서 오십시오'가 아니라 "안녕하세요?"라는 인사를 했다. 다이스케도 "안녕하세요"라고 응하고 복사용지 등의 사무용품에 대한 계산을 마치자 "저기……"라면서 얼굴을 들었다.

"네."

리에는 큰 눈을 아주 조금 더 크게 떴다.

"혹시 괜찮다면 친구가 되어주시겠습니까?"

"예? ……아, 네……."

그녀는 당황해서 그렇게 고개를 끄덕였다. 그리고 놀람 때문인지 기쁨 때문인지 알 수 없는 가슴의 두근거림을 느꼈다.

'친구'라는 말을 들어본 건 얼마 만일까. 정말 오랜만이라고 느껴졌지만 그럴 리는 없었다. 그녀는 오히려 그 말을 요코하마 시절에도, 이곳 고향에 돌아오고 나서도, 지겨울 만큼 보고 들었을 터였다. 이제는 열어보는 일도 없는 페이스북에서도 그녀는 다른 보통 사람들만큼은 '친구'와 연결되어 있고 이곳 고향에서는 어디를 가든 어려서부터 알던 친구들과 마주친다.

하지만 그의 입에서 나온 '친구'라는 단어는 그런 어떤 것과도 다른 신선한 여운이 있었다. 이런 직접적인 친구 신청은 아마 어린 시절에도 없지 않았을까. 나중에 냉정해져서 생각해보니 이제 어지간히 나이도 찬 어른이 입에 올리면 뭔가 섬뜩한 느낌이 들 수도 있는 말이었지만 그런 경계심이 앞서지 않았던 것은 아마도 그 스케치북을 봤기 때문일 것이다.

……그런데 **친구가 된다**는 건 어떤 것일까.

그녀는 자신이 무엇에 동의했는지조차 애매하기만 했다.

"이름이 어떻게 되시는지……."

"다니구치 다이스케라고 합니다."

그는 호주머니에서 미리 준비해 온 명함 한 장을 꺼냈다. 희미하게 손끝이 떨렸고 그것을 감추려 했다. '이토 임산'이라는 회사명과 휴대전화 번호, 메일 주소가 적혀 있었다.

"미안해요, 내가 지금 명함이 없어서……. 다케모토 리에라고 합니다. 아, 적어드릴게요."

리에는 계산대 옆의 노란 포스트잇 메모지로 손을 뻗었다.

"혹시 괜찮으시면 이번 일요일에 함께 식사라도……."

"일요일에는 아들을 돌봐줘야 합니다."

리에는 비밀을 털어놓는 듯한, 오해할 여지 없는 또렷한 어조로 말했다.

"결혼하셨습니까?"

"했었어요. ……이혼하고 아이와 함께 친정집으로 돌아왔어요."

"그렇군요. ……죄송합니다, 아무것도 모르고."

"알고 하신 말씀이라면 좀 무섭겠는데요? ……아무튼 그래서 친구라고 해도 여기서 이야기하는 정도밖에 못 할 텐데, 그래도 괜찮아요?"

"네, 물론입니다. ……충분합니다."

"바깥일도 보러 다니지만, 대개는 날마다 가게에 나와 있어요. 보시다시피 한가하니까 언제든지 와서 그림을 보여주세요. 아무것도 안 사도 괜찮으니까요."

다니구치 다이스케는 그 뒤로 열흘에 한 번쯤 가게를 찾아왔다. 점점 대화 시간도 길어지고 언제부턴가 어머니에게 가게 당번을 맡기고 함께 차를 마시러 가기도 했다. 임업 일을 하고 있고 대체로 현장은 4시 전에 끝난다, 요즘에는 가까운 산에서 작업 중이어서 일이 끝나자마자 달려온다고 말했다.

어느 날인가, 리에는 그때까지 굳이 언급하지 않았던 다이스케의 과거에 대해 물어보았다.

그 전날 밤부터 내린 호우로 하루 일을 쉬게 된 다이스케가 점심시간에 찾아왔기 때문에 가까운 장어덮밥집에서 함께 점심을 먹을 때의 일이었다.

자신의 출신에 대해 별로 말하고 싶지 않을 거라고 추측했었지만, 그즈음에는 오히려 뭔가 얘기를 들어주었으면 하는 게 아닌가, 하는 느낌이 말결에서 감지되던 참이었다.

식사를 마치고 뜨거운 차를 마시던 다이스케는 잠시 머뭇거린 끝에 이런 이야기를 했다.

원래 자신은 군마현 이카호 온천에 자리한 어느 여관의 둘째 아들이고, 한 살 많은 형이 있다.

형은 이른바 '난봉꾼 장남'으로, 근본은 나쁘지 않은데 어차피 앞으로 여관을 물려받을 것이라는 생각에 공부에도 열의를 보이지 않고 중학생 때부터 삐뚤어지기 시작해 어지간히도 부모님의 속을 썩였다. 그나마 가까스로 도쿄의 사립대에 들어갔고 그 뒤 2년 동안 미국으로 유학도 다녀왔다. 하지만 귀국 후에 결국 친구들과 어울려 도쿄에서 음식점을 경영하기 시작했다.

아버지와 어머니는 형을 편애했기 때문에 참을성 있게 고향에 돌아오라고 계속 설득했지만 끝내 포기할 수밖에 없게 되자 떨떠름하게 둘째인 자신에게 여관 일을 가르치기 시작했다. 자신은 좋든 싫든 형보다는 수더분한 편이어서 지역 공립대학의 경제학부를 졸업한 참이었다.

여관 일을 거들면서 낙담한 부모님을 격려해드리려는 마음 하나로 필사적으로 일에 몰두했다. 조금씩이나마 부모님도 둘째 아들에게 여관의 장래를 맡긴다는 생각을 받아들여갔다. 하지만 얼마 안 되어 형은 음식점 사업에 실패하고 거액의 빚을 떠안은 채 부모님에게 울며 매달렸다. 아버지는 그 빚을 탕감해주는 조건으로 여관의 대를 이으라고 말했다. 어머니도 두 손 들어 찬성하면서 앞으로 형이 사장 자리를 맡기로 하고 자신에게는 장래의 '부사장'을 약속했다.

직함이야 어찌 됐든 실질적으로는 자신이 회사를 꾸려가야 한다는 건 잘 알고 있었다. 하지만 그러다가 형과의 관계가 삐걱거리게 되지 않을까 두려웠다. 왜 그렇게까지 '장남'이라는 이유만으로 사랑을 받는 것인지 예전부터 의문이었지만 지금도 그 이유는 알지 못한다. 자신은 형을 사랑했다. 하지만 형 쪽은 꼭 그렇지만은 않았다.

몇 년 뒤, 아버지가 간암 진단을 받았다. 71세였다. 상당히 진행된 상태여서 치료를 위한 유일한 방법은 간 이식뿐이었지만 그것도 그리 가능성이 높지 않다는 선고가 떨어졌다. 뇌사 환자의 장기 제공을 기다릴 여유는 없어서 친족 간의 생체 간 이식이 유일한 방법이었다. 검사 결과, 형은 지방간이어서 불가능했다.

자신은 적합했고 간의 상태도 좋았다. 우스꽝스럽게도 형처럼 건전하지 못한 생활을 하지 않은 덕분이었다.

간 이식은 제공하는 측에도 후유증의 위험이 있다. 사망하는 경우도 전혀 없는 건 아니라고 했다. 난생처음 아버지는 그에게 머리를 숙이며 '효도'를 해달라고 손을 잡고 울었다. 어머니와 형은 아버지가 좀 더 오래 살아주셨으면 좋겠다고 했지만, 직접적으로 아버지의 소원을 들어드려야 한다고 말하지는 않았다. 다만, 간 이식은 안 해도 된다는 말도 한 적이 없었다. 아버지에게 뜻을 거둬달라고 촉구하는 일도 없이, 자신이 없는 자리에서 항상 셋이서 뭔가 숙덕숙덕 이야기를 주고받았다. 병문안을 가면 그런 자리에 함께 있기가 몹시 거북스러웠다. 시간이 촉박해서 초조해하고 있다는 건 자신도 잘 알고 있었다.

최종적으로 그는 간 이식에 동의했다. 아버지가 좀 더 살아주셨으면 하는 마음은 그도 마찬가지였고 어머니와 형의 심정도 이해했다. 그래서 **자진해서 기꺼이** 간을 제공하기로 결심했다.

아버지는 뛸 듯이 기뻐했다. 아버지가 그에게 "고맙다"라는 인사를 한 것은 그때 딱 한 번뿐이었다. 형은 앞으로 아버지의 유산은 동생인 너에게 모두 양보하겠다고 말했다. 어머니도 흐뭇한 기색이었다.

하지만 유감스럽게도 아버지의 암은 예상보다 진행이 빨라서 결국 자신이 이식 동의를 고민하는 사이에 이미 손쓰기 어려운 상태로 커져 있었다.

아버지는 몹시 분노한 듯한, 거의 증오에 찬 얼굴로 죽어갔다.

가족 모두가 슬퍼했지만 어머니도 형도 이미 무의미해진 그의 결심에 대해 결코 다정한 말을 건네주지 않았다.

"나는 아무래도 마음이 놓이더군요. 아버지의 목숨은 구하고 싶었지만 간 이식에 대해 알아볼수록 겁이 났으니까. ……아버지가 돌아가신 뒤에 내 안의 뭔가가 이제 다시는 원래대로 돌이킬 수 없을 만큼 무너졌다는 것을 깨달았습니다. ……그래서 가족과 인연을 끊고 고향을 떠났어요. 최대한 먼 곳으로 가고 싶었고, 이제…… 결코 만날 생각이 없습니다. 가족 얘기를 하는 건 이걸로 끝, 이에요."

다이스케가 털어놓은 이야기를 리에는 중간에 끼어드는 일 없이 조용히 들어주었다. 그가 이런 벽촌까지 허위허위 건너와 하필 임업이라는 위험한 중노동을 하면서 휴일이면 혼자 그림을 그리고, 반년이 넘는 시간을 들여 마침내 자신에게 "친구가 되어주시겠습니까?"라고 얘기한 그 심정을 골똘히 헤아려보았다.

그의 처지를 동정하면서 **우정**에 따라 자신도 뭔가 그의 고백의 무게에 걸맞은 비밀을 털어놓아야 한다고 생각했다. 그렇게 자신이 아이를 병으로 잃었다는 것, 그 치료를 둘러싼 대립이 이혼의 원인이었고, 귀향을 결정한 것은 연달아 아버지까지 돌아가신 것 때문이었다는 이야기를 했다.

다이스케는 물끄러미 리에를 응시하고 있다가 고개를 숙인 채 가만히 두어 번 끄덕였다. 식당은 손님이 점점 줄고 장어덮밥 찬합도 거둬 갔다. 두 사람 다 침묵하고 있었다. 이윽고 다이스케는 용기를 낸 듯 테이블 위 리에의 손등에 자신의 손을 얹었다. 조용히 덮어주었다, 라고 하는 편이 좋을지도 모른다. 뜻밖의 일이었지만 리에는 전기톱에 의해 굳은살이 박인 그 손바닥의 온기에 위로를 받으며 기쁘다고 느꼈다. 그가 하지 않았다면 자기 쪽에서 똑같이 했을지도 모른다.

그녀는 그대로 움직이지 않았다. 자신의 인생에 다가온 한 가지 변화에 몸을 맡겨야 할지 말지, 몹시 빛바랜 투명한 플라스틱 컵에 시선을 떨구며 한참이나 생각을 더듬고 있었다.

결혼 후, 다이스케는 리에의 본가에 들어와 살았다. 두 사람 사이에 딸이 태어나자 '하나'라는 이름을 붙여주었다. 다이스케가 작업 현장에서 사고를 당한 것은 큰아들 유토가 열두 살, 하나가 세 살 때였다.

병원으로 달려갔을 때, 다이스케는 이미 숨을 거둔 상태였다. 위험한 일을 하는 사람이었던 만큼 만일의 경우에 대한 얘기는 몇 번 했었지만, 어떻든 군마현의 가족에게는 절대로 연락하지 말아달라, 혹시 내가 죽더라도 결코 그쪽과 관계되어서는 안 된다, 라고 말했었다.

다이스케가 사망하고 1주기를 맞이할 때까지 리에는 그 약속을 지켰다. 하지만 어머니와도 상의한 끝에 결국 가족에게는 편지로나마 소식을 전하기로 했다. 유골은 아직 손맡에 둔 채여서 묘를 어떻게 할 것인지도 상의하고 싶었다.

애초에 그가 살아 있는 동안에 자신이 나서서 가족 간에 화해하도록 했어야 한다고 후회하는 마음도 있었다. 미진한 부분이 많은, 너무도 갑작스러운 죽음이었다.

다이스케의 형 다니구치 교이치는 편지를 받자마자 미야자키까지 달려왔다.

집 현관 앞에서 렌터카를 내린 교이치를 맞이하면서 리에는 사진으로만 봤던 그의 인상이 머릿속에 그려왔던 것과는 어딘지 다르다고 느꼈다.

흰색 바지에 감색 재킷을 걸쳤고 어딘가의 브랜드 로고가 큼직하게 찍힌 벨트를 차고 있었다. 다이스케와 얼굴이 닮지 않았다는 건 알고 있었지만 그가 얘기했던 것처럼 사람은 좋은데 허술하다, 라는 분위기가 아니라 오히려 선뜻 다가가기 어려운 자신만만한 풍모였다.

리에는 "멀리서 오느라 수고하셨어요"라고 인사를 했지만, **친족**으로서 격의 없이 던진 그 말에 교이치는 뭔가 무서운 것이라도 마주친 듯한 표정이었다. 그리고 "이쪽은 역시 따뜻하네요"라고 얼버무리면서 자신과 똑같은 다니구치 성씨의 이름을 밝히는 그녀를 찬찬히 훑어보고 있었다. 그의 가슴팍에서 대롱거리는 선글라스에 곤혹스러운 웃음을 짓는 어머니와 자신의 모습이 비치는 것이 리에의 눈에 들어왔다.

어머니가 앞장서서 거실로 안내했지만, 대낮 시간에는 어울리지 않는 진한 향수 냄새가 복도 안으로 들어가는 그의 뒤를 따라가던 리에에게 친정집의 시골스러운 생활의 냄새를 새삼 돌아보게 만들었다. 교이치는 소파에 앉아 들썩거리는 기색으로 낮은 천장이며 사진이 놓인 장식장을 둘러보았다. '어휴, 이런 곳에서 죽었어?'라는 말이 금세라도 튀어나올 듯한 얼굴이었다.

다이스케가 언제 이 동네에 왔고 어떻게 살았는지에 대한 얘기는 이미 편지로 전했었다. 커피를 내줬지만 손도 대지 않은 채 그는 말했다.

"여기서도 큰 폐를 끼친 모양이죠?"

리에로서는 예상도 못 한 말이었다.

"아뇨……. 장례식 때 연락도 못 드리고, 죄송합니다."

"장례식과 묘지 비용, 그리고 그 밖에 필요한 비용은 우리 쪽에 청구하세요."

"아뇨, 그건…… 괜찮습니다."

"걔가 나에 대해 안 좋게 얘기했지요?"

교이치는 호주머니에서 담배를 꺼내려 손을 멈췄다. 리에는 그런 그의 얼굴을 몇 초쯤 바라본 다음에 입을 열었다.

"예전 얘기는 거의 하지 않았어요. 다만 가족과는……."

"만나고 싶지 않다고 했겠죠. 괜찮아요, 나도 다 아니까. 옛날부터 열등감으로 똘똘 뭉친 녀석이라 자꾸 비뚤어져서 성정이 배배 꼬였거든요. 나하고 안 맞았어요, 애초에 성격상. 한 가족이라고 해도 그런 경우가 있잖아요. 왜 좀 더 제대로 살지 못했는지 모르겠군요. 이런 데서 나무에 깔려 죽다니…… 마지막까지 불효를 하네요. 어머니에게는 아직 말도 못 했어요."

리에는 표정에는 드러내지 않았지만 그 말투에도 내용에도 반발심이 일었다. 슬픔을 얼버무리려고 일부러 난폭한 말투를 쓴 것이라고는 생각되지 않았다. 그녀는 다이스케의 조용한 선량함을 진심으로 사랑했기 때문에 자신의 동생을 그런 식으로 봤다는 것은 전적으로 교이치 자신의 문제라고 생각되었다. 그리고 남편이 왜 그토록 형을 만나려 하지 않았는지, 이제 새삼스럽게 이해할 수 있었다. 몇 번이고 연락해보는 게 어떠냐고 채근했던 것을 사과하고 싶은 심정이었다.

"아이가 있다면서요, 다이스케의?"

"네. 지금 어린이집에 갔어요."

"힘드시겠어, 혼자 키우려면. 우리도 애가 셋이에요. ……딸이라고 했지요, 아마?"

"네."

"조카딸인 셈이네. ……얼굴이라도 보고 싶지만 너무 오래 있는 것도 미안하고. 뭐, 향이나 올리고 오늘은 이만 가야겠네요."

"그렇게 해주세요. 이쪽입니다."

"아, 이건 우리 여관의 화과자예요. 꽤 맛있으니까 드셔보세요. 화과자라도 차에도 커피에도 다 잘 어울리니까."

교이치는 그렇게 말하고 화과자 상자를 종이봉투째 내밀었다.

리에는 그를 불단으로 안내하고 방석을 권했다. 어머니는 조금 떨어진 자리에서 두 사람의 모습을 지켜보고 있었다. 교이치는 정좌하고 잠시 영정 사진을 바라보더니 "이건 뭐죠?"라면서 리에를 돌아보았다.

"세상 떠나기 1년 전쯤의 사진이에요."

"아……, 이거, 누구예요?"

"어떤 사진 말씀이시지요? 아, 그쪽은 아버지와 제 아들이에요."

"아들? 아니, 그쪽이 아니라 이쪽 말이에요. 다이스케 사진은 없어요?"

"……그 사진인데요."

교이치는 미간에 주름을 잡고 어리둥절한 얼굴을 했다. 그리고 다시 한번 사진에 시선을 던지더니 이상하다는 듯이 리에의 얼굴을 올려다보았다.

"이건 다이스케가 아니에요."

"……예?"

교이치는 어이없다는 듯한, 화가 난다는 듯한 눈빛으로 리에와 어머니를 번갈아 보았다. 그리고 뺨을 당기면서 히쭉 웃었다.

"이거야, 원, 대체 어떻게 된 건지 모르겠네. ……엇, 혹시 이 사람이 내 동생 이름을 쓴 건가? 다니구치 다이스케라고?"

"네, 맞습니다. ……얼굴이 달라졌나요, 예전하고?"

"아니, 아니, 달라졌네 마네가 아니라 완전히 다른 사람이에요, 이건."

"다이스케 씨가 아니라고요? 아, 형님이신 교이치 씨, 맞지요?"

"나는 맞아요."

잠시 침묵이 이어졌다.

"혼인신고라든가 사망신고 같은 거, 구청에 했어요?"

"물론 했습니다. 형님과 가족들의 사진도 그이가 내내 갖고 있었어요."

"실례지만 지금 잠깐 봐도 돼요, 그 사진?"

리에가 앨범을 가져오자 교이치는 받아 들고 방석에서 내려 앉아 양반다리를 틀었다. 그러고는 첫 장부터 고개를 쭉 내밀면 서 "누구야, 이게? 어엉?" 하고 연신 혼잣말을 중얼거렸다.

리에는 혼란스러웠지만, 교이치의 실소에 자신과 다이스케의 결혼 생활이 비웃음을 당한 듯한 모욕감을 느꼈다. 그리고 다이 스케가 아니라 이 사람이야말로 대체 누굴까, 하고 섬뜩해졌다. 어머니도 무서웠는지 슬금슬금 옆으로 다가와 딸의 팔을 잡았 다.

디지털카메라로 찍은 사진 가운데 다이스케는 특히 마음에 든 것을 프린트해서 이 앨범에 넣어두곤 했다.

교이치는 다이스케라고 **우기는** 그 남자가 리에와 유토, 그리 고 하나와 함께 찍은 사진을 찬찬히 들여다보면서 마지막 장까 지 앨범을 넘겼다. 그리고 교이치 본인이 본가에서 양친과 함께 찍은 오래된 사진을 보고는 흠칫했다. 그 사진에 동생이 찍히지 않은 이유를 그는 기억하고 있었다. 다이스케가 셔터를 눌렀기 때문이었다.

이윽고 얼굴을 들더니 교이치는 입가를 일그러뜨리며 리에의 얼굴을 올려다보고 곧바로 애매하게 시선을 돌렸다. 그리고 아연한 얼굴로 말했다.

　"아무튼 댁한테 뭔가 이상한 꿍꿍이가 있는 게 아니라면……. 안됐지만 이 사람에게 사기를 당한 것 같군요. 이자는 내 동생이 아니에요. 누군가 다른 사람이 다이스케 행세를 한 겁니다."

　"무슨 말씀이세요? 그럼 이 사람은 누군데요?"

　리에는 험악한 얼굴로 되물었다.

　"그거야 나도 모르죠. 지금 사진으로 처음 봤으니까. ……아무튼 경찰에 가보시는 수밖에 없겠네. 뭔가 사기 치는 데 걸려든 거 같은데요?"

3

기도 아키라는 도큐 도요코센 전차로 도쿄에서 자택 요코하마까지 돌아가는 길에 문 근처에 기대서서 줄곧 생각에 잠겨 있었다.

시부야에서 운 좋게 자리에 앉기는 했는데 가까이에 임신부가 서 있는 것을 보고 양보했다. 코트를 걸치고 있었지만 이미 8개월쯤 된 듯한 모습이었다.

전차 안이 그리 붐비지도 않았는데 그녀를 배려해주는 승객은 한 사람도 없었다. 배 속의 아이라면 존재하지 않는 사람이라는 식으로 생각하는 건가. 그가 만일 **두 사람**에게 자리를 양보했다고 하면 무슨 수수께끼인가 하고 다들 얼굴을 마주 보며 고개를 갸우뚱할 듯한 분위기였다.

임신부는 다마가와 역에서 내렸고 옆을 지나가는 참에 다시 한번 기도에게 인사를 건넸다. 고맙습니다, 라고 소리는 거의 내지 않고 입만 달싹거리며 전하고 공감의 신호 같은 눈빛을 보였다. 기도는 저도 모르게 고개 숙여 응하고 "몸조리 잘하세요"라고 아는 사람에게 말하듯이 마주 인사했다.

그녀와 나눈 미소가 기분 좋은 여운으로 남았다. 그리고 이 작은 교류를 전혀 알 리 없는 배 속의 아이에 대해 생각했다. 딸인지 아들인지는 모르지만 어떻든 그 아이가 무사히 태어나 어른으로 성장하기까지 이런 무수한 익명의 **선의**가 필요한 것이다. 그리고 자신이 그중 하나가 될 수 있었다는 것에 큰 위안을 느꼈다.

기도 주변에도 중년의 우울증이 만연해 있지만, 언제 빠져들지 모르는 그 바닥 모를 자기혐오에 대비해 평소부터 자신이 그렇게 몹쓸 인간은 아니라고 자부할 만한 **증거 수집**에 힘써야 한다고 며칠 전에도 사무실 동료들과 농담 반 진담 반으로 얘기한 참이었다.

차창 색깔은 빌딩들을 지나갈 때마다 저녁노을로 물들어서 지평선 끝으로 녹아드는 마지막 붉은빛이 다하는 것은 깜빡 못 보고 놓쳐버릴 만큼 그 속도가 빨랐다.

유리창에 비친 자신의 모습이 진해졌다. 시선을 돌리면서 기도는 의뢰인 다니구치 리에의 처지를 안타까워하는 마음으로 생각을 굴렸다.

그녀의 이혼 조정을 맡았던 것은 벌써 8년 전인 2004년의 일이다.

당시에는 남편인 요네다의 성씨를 썼었지만 1년여가 걸린 이혼 조정 끝에 결혼 전 성씨 다케모토로 돌아간 것으로 그의 변호사로서의 업무는 끝났다. 그 뒤로는 서로 간에 연락을 주고받은 적이 없었다. 그래서 지난달에 메일을 받았을 때, 그녀의 성씨가 '다니구치'로 바뀌어 있어서 처음에는 누군지 알아차리지 못했고, 알고 난 뒤에는 내심 축하했었다.

하지만 막상 전화 통화를 해보니 재혼 상대가 이미 세상을 떠났다는 것이었다. 게다가 '다니구치 다이스케'라는 이름의 그 남편은 사망 후에 **다른 사람**으로 판명되었다는 얘기였다. 즉 누군가 '다니구치 다이스케' 행세를 하면서 리에와 결혼해서 살았고 아이까지 낳은 것이다. '다니구치 다이스케'는 아무렇게나 지어낸 이름이었던 것은 아니고 호적상 실재하는 인물인 모양이었다.

세상에 이런 일이 다 있나, 하고 기도는 제 귀를 의심했다. 거짓 이름으로 신원을 숨기는 정도라면 그리 드물지도 않다. 기도는 고등학생 때 일본 국적으로 귀화한 재일 3세라서 본명을 숨기고 싶어 하는 사람의 사정이라면 그 나름대로 이해하고 있는 편이었다.

하지만 가공의 누군가가 아니라 실재하는 타인 행세를 한다는 것은 예삿일이 아니다.

더구나 단순히 남의 이름을 무단으로 사용한 것이 아니라 혼인신고도 하고 사망신고도 했고, 그때마다 구청에서는 호적에 따라 그의 법적인 동일성을 확인해준 것이다. 운전면허증과 건강보험증도 있어서 그걸로 차를 운전하고 병원에도 다니고 연금도 연체하는 일 없이 납부했다. 다양한 공문서가 사망한 그 남자가 '다니구치 다이스케'라는 것을 증명하고 있고, 군마현의 본가에 대해 본인이 이야기했던 과거도 별다른 모순이 없었다고 한다. 하지만 얼굴이 명백히 달라서 1주기가 지난 뒤에 찾아온 다니구치 다이스케의 친형이 사진을 보고 이건 절대로 자신의 동생이 아니라고 주장하고 있다는 것이다.

이건 대체 어떻게 된 일인가…….

기도는 변호사로서 자신이 해줄 수 있는 일이 무엇인지 생각해본 끝에 우선 상속 관련 문제를 도와주기로 하고, 그날 도쿄 지방재판소에서 별건의 재판 기일을 한 가지 처리한 뒤에 시부야의 세룰리안 호텔 라운지에서 다니구치 다이스케의 친형이라는 다니구치 교이치를 만나고 오는 길이었다.

교이치는 군마현 이카호 온천여관의 4대째 경영자로, 파마한 머리칼을 띄워 올려 반질반질하게 빗어 넘겼고 그 정발료인지 향수인지의 숨 막힐 듯한 냄새가 만나자마자 인사보다 먼저 훅 덮쳐들었다.

'인기 짱 중년 남자의 심오한 경지!'라는 남성 잡지의 코디네이션을 그대로 베껴 온 듯한 옷차림이었다. 상담商談이 있어서 간간이 상경하는 모양인지 오늘도 이다음에 도쿄 시절의 친구들과 롯폰기에서 '오랜만에 회포를 풀' 예정이라고 했다. 기도는 교이치가 그 '회포를 푼다'라는 말을 어딘가 외설스러운 뉘앙스로 입에 올리면서 의미심장한 웃음을 짓는 바람에 깜짝 놀랐다.

여관 홈페이지에는 '미인 여주인'이라고 아내 사진이 올라와 있더니만, 도쿄에도 예전부터 사귀던 딴 여자가 있다는 얘기인가. 물론 아무렇든 상관없는 일이지만, 처음 만나는 상대 쪽 변호사에게 '뭔 말인지 알죠?'라는 식으로 그걸 은근슬쩍 내비치는 무신경도 참 대단한 것이었다.

하지만 잡담 비슷한 자기소개는 어찌 됐든―혹은 결국 그것도 포함해서―교이치의 말투는 솔직하고 능률적이고 망설임이 없어서 얘기 자체는 아마도 거짓이 아닐 거라는 느낌이 들었다. 즉 리에가 결혼했던 상대는 정말로 '다니구치 다이스케'가 아닌 것이다.

교이치는 자기 쪽에서는 다 털어놓았다, 라는 약간 꾸며낸 듯한 포즈로 몸을 쑥 내밀더니 주위를 의식하면서 목소리를 낮췄다.

"다이스케는 살아 있는 겁니까? 바꿔치기한 그 남자한테 어디선가 살해된 거 아녜요? 그럴 가능성이 분명 있다니까요. 그 부인, 우리 가족사진까지 갖고 있었어요. 예전에 다이스케가 찍었던 사진. 이건 진짜 오싹하죠. ⋯⋯예에, 경찰서에는 내가 함께 갔었어요. 근데 솔직히 나도 손님 장사 하는 사람이다 보니까 이런 얘기, 여기저기 알려지는 거 별로예요. 그 부인도요, 하는 말이 맞는다면야 피해자겠지만 생명보험금도 타 먹었고, 내 생각에는 그쪽도 조사해봐야 할 것 같은데요?"

변호사라는 직업상 가족 간의 불화에는 익숙한 편이고 자신도 남동생이 하나 있어서 중년 형제간의 복잡한 심리에 대해서는 짚이는 점이 있었다. 하지만 생사를 걱정하는 편치고는 교이치의 동생에 대한 태도는 몹시 박정하게 느껴졌다.

기도는 리에가 얘기해줬던 다니구치가의 간 이식을 둘러싼 갈등에 대해서도 물어보았다.

"에이, 전혀 아니죠."

교이치는 말을 가로막다시피 하며 불쾌감을 드러냈다.

"남의 행세를 하던 그자가 단단히 착각한 거예요! 인터넷 같은 걸로 검색해본 거 아녜요? 아니면 다이스케가 그자에게 얘기를 비비 꼬아서 했거나. 그야 우리 가족은 아버지가 오래 살아주셨으면 했죠. 다이스케도 마찬가지였어요. 당연하잖습니까. 근데 그 녀석에게 제공을 강요했다니, 절대 그런 적 없어요. 상식적으로 그런 걸 어떻게 강요하겠습니까. 다이스케가 **자진해서** 제공을 하겠다고 했던 거예요. 그래 놓고 나중에 괜히 삐쳐서 중얼중얼 딴소리를 하고⋯⋯. 녀석이 항상 그렇다니까요! 여관만 해도 자기가 물려받겠다고 해서 내가 처음에 양보했어요. 솔직히 나는 시골 온천여관 따위 관심도 없었으니까. 근데 그 녀석하고는 어떻게 해볼 수가 없다고 아버지가 울며불며 매달리는 바람에 내가 어쩔 수 없이 본가로 돌아갔죠, 네에. 근데 그걸 다이스케는 또 이상하게 원망을 하더라고요. 역시 장남이 더 소중하다느니 뭐니, 어린애처럼 토라져서. 참 내, 어이없잖아요? 하긴 뭐, 선생에게 이런 얘기를 하는 것도 좀 그렇지만, 솔직히 그 녀석에게는 아주 질려버렸어요. 그동안 가족들에게 얼마나 폐를 끼쳤는지……. 갑자기 실종되는 바람에 어머니가 얼마나 걱정했겠어요! 살해됐다면 그나마 나은 거고, 범죄자와 한 패거리로 이상한 범죄에라도 가담했다면 우리 여관도 그걸로 끝장이라고요."

교이치는 감정적이 되어서도 가까스로 목소리를 높이지 않을 정도로 억제하고 있어서 마지막은 손만 허공에 내둘렀다. 그리고 "아니, 그야 걱정스럽죠, 가족이니까. ……근데 이제 더 이상은……"이라고 끝까지 말할 힘도 없다는 듯이 한숨을 내쉬었다.

그러고는 얘기가 어떻게 그쪽으로 흘러갔는지, 여관의 자라요리 자랑이 한참 이어졌다.

기도는 적당히 맞장구를 치다가 "교토에도 노포가……"라고 최소한 말이나 맞춰줄 생각으로 한마디를 던졌다. 그러자 교이치는 마치 그 말이 나오기를 기다렸다는 듯이 옛날부터 문호들이 단골로 드나든 것으로 유명한 교토의 그 식당 이름을 곧바로 대면서 "에이, 그런 오래된 식당 것은 비려서 못 먹죠. 요즘 세상에는 전혀 안 통해요"라고 딱 잘라 말했다.

"우리 주방장은 내가 전국 곳곳을 돌아다니며 직접 먹어본 끝에 마침내 찾아낸, 그야말로 천재적인 요리사예요. 이건 자랑이 아니라 진짭니다."

기도는 사법연수원생 시절을 교토에서 보냈기 때문에 그 당시에 친하게 지내던 분이 한 차례 그 식당에 데려가준 적이 있었다. 그리고 과연 대단한 묘미라고 감동해서 지금도 그와 이따금 그 자라 요리에 대한 추억에 젖곤 했기 때문에 마지막에 또 한 번 '이 사람, 진짜 짜증 나는 인간이네'라고 쓴웃음을 지을 뻔했다. '다니구치 다이스케'에 대해서는 아직 잘 모르지만, 이런 형이라면 집을 뛰쳐나오고 싶은 것도 당연하다고 약간 동정적인 마음이 들었다.

귀가 후에는 평소와 다름없는 저녁 식사였다. 하지만 그 일상적인 풍경이 기도에게 여느 때와는 다른 감개 비슷한 것을 불러일으켰다.

집은 4년 전에 매입했다. 요코하마 차이나타운에서 그리 멀지 않은 곳에 자리한 맨션의 9층으로 부부가 각각 35년의 대출을 받았다. 아내 가오리는 세 살 연하에 자동차 회사에서 근무하는 직장 여성이고 소타라는 이름의 네 살짜리 아들이 있다. 연달아 아이를 하나 더 낳으려고 집도 두 아이를 상정한 구조로 구했지만, 뜻대로 되지 않아서 최근에는 둘 다 그 얘기는 입에 올리지 않고 있다.

식사 중에 자꾸 자리를 벗어나는 소타를 타일러가며 차이나타운에서 사 온 샤오룽바오와 닭튀김을 먹고, 오늘은 기도가 목욕을 시켜주기로 했다.

소타는 오늘 어린이집에서 유아 대상으로 편집된 그리스 신화 그림책을 읽어준 모양인지, 나르키소스는 왜 수선화로 '변신' 했는지 모르겠다, 라고 더듬더듬 이야기 줄거리를 설명하면서 물었다.

"흠, 왜 그랬을까. 근데 그런 이야기는 수선화가 먼저 있었고 거기서부터 상상해낸 거 아닐까? 이 꽃은 왜 이렇게 예쁠까. 왜 이렇게 고개를 갸우뚱하는 모양을 하고 있을까. 아마 이러저러 해서가 아닐까 하는 식으로."

기도는 진지하게 대답했지만 소타는 아빠가 얼렁뚱땅 넘어가려고 한다고 느낀 모양이었다. 그래서 왜 그런지 알아보는 게 기도의 숙제가 되었다.

목욕을 마치고 아이 방에서 울트라맨 도감을 함께 봤는데, 소타가 나르키소스의 '변신'에 집착하는 게 울트라맨의 '변신' 때문이라는 것을 그제야 알았다. 그러고 나서 전등을 끄고 소타를 재우는 사이에 그도 옆에서 함께 잠이 들어버렸다. 한밤중에 일어났을 때는 부부 침실에도 이미 불이 꺼져 있었다.

그는 그 방의 문을 열지 않았다. 또 한 명의 아이를 위한 방은 우선 그가 서재로 쓰고 있지만 잠시 눈을 붙일 때를 위해 침대를 넣은 뒤로 요즘에는 거의 부부가 따로 자게 되었다. 그러는 게 결국 서로 간에 푹 잘 수 있었다.

아내와는 그래서 식사 중에 어린이집의 크리스마스 모임 이야기 외에는 변변히 대화도 나누지 않은 채였다.

거실에서 혼자가 되자 그는 좀 취하고 싶은 기분이 들어서 냉동실에 얼려둔 보드카를 들고 창가 의자에 앉았다. 항상 먹을 것으로 가득가득 채워진 냉동실 안에서 이 핀란디아 한 병분의 공간이 매번 아내의 잔소리거리가 되었다.

병에 앉은 성에가 움켜쥔 손의 모양대로 물이 되어 흘렀다. 잔에 따른 보드카는 걸쭉한 느낌이 들 만큼 제대로 차가워져서 입안에 달콤한 열기 같은 자극이 퍼졌다. 콧속을 빠져나가는 향기에 어렸을 때 처음으로 '알코올'이라는 것을 의식했던 예방접종의 소독의 기억이 희미하게 어른거렸다.

V.S.O.P.[1]의 라이브 앨범을 작은 음량으로 틀어놓고 앙코르곡 〈스텔라 바이 스타라이트〉와 〈온 그린 돌핀 스트리트〉 메들리를 들으면서[2] 첫 잔을 비웠다. 웨인 쇼터의 궁극의 관능성이라고 할 만한 테너색스 소리가 괴로울 만큼 길게 꼬리를 끌며 그를 뚫고 지나갔다.

세 번이나 반복해서 그 메들리를 듣고 플레이어를 멈췄다. 음악은 이제 그걸로 충분해서 자신의 안과 밖이 양쪽 다 고요해져가는 것을 느꼈다.

그는 보드카에 취해갈 때의 **각도**를 사랑했다. 맨몸의 잠수처럼 깊은 명정의 심연을 향해 곧장 일직선으로 잠겨 든다. 도중의 여정은 맑디맑아서 언어는 결코 따라잡지 못하고, 풍미조차도 되돌아본 수면 저 멀리에서 반짝이는 빛 같았다.

두 잔을 연달아 마신 참에 그는 마침내 일상에서 완전히 벗어나 그 바닥의 고독에까지 도달했다. 내던져진 인형 같은 무의지적 움직임으로 릴렉스체어 등받이에 몸을 기댔다. 그렇게 잠시 고개를 기울인 자세로 도연해져 있었다.

'……나는 행복하구나.'

그는 조금 전 전등을 끈 아이 방에서 아들의 손을 잡았을 때

갑작스럽게 덮쳐든 강렬한 행복감에 대해 생각했다. '나는 이 아이의 아빠다'라고 가슴속에서 중얼거렸고 그 한 마디 한 마디가—'이 아이'와 '아빠'라는 단어뿐만 아니라 그 관계성을 맺어주는 조사에 이르기까지!—그를 황홀하게 했다. 그것은 거의 자기 스스로를 놓쳐버릴 정도의 강한 실감이었지만, 그 평범한 한때가 그렇게까지 특별했다는 것은 결국 불안의 반증인 것처럼 느껴지기도 했다. 마치 앞으로 내 인생의 가장 행복한 때로서 바로 오늘 밤을 떠올리는 게 아닐까, 하는 예감이 들 정도로.

기도가 아내 가오리를 처음 만난 계기는 '지인의 소개'라는 것이었지만, 그 장소는 도저히 남들에게 자세히 얘기하기 어려운 경박한 술자리였다. 허세와 객기로 손뼉을 쳐가며 웃어대고, 은근히 혹은 노골적으로 오가는 외설스러운 대화 속에서 그들은 거의 맞닿을 만큼 가까운 자리에서 서로의 존재를 알았던 것이다.

기도는 그 일을 떠올릴 때마다 이만큼 성실한 부부에게는 좀더 그 미래에 상응하는 만남의 방식이 있었어야 했는데, 라고 자조하듯이 생각하곤 했다. 작년 동일본 대지진 이후로 그들은 완전히 섹스리스 부부가 됐지만 그것 또한 회상에 풍자적인 씁쓸함을 더해주는 것일 수밖에 없었다.

사실 둘이서 그 만남의 날을 되돌아보는 일은 그 뒤로 단 한 번도 없었고, 남들에게 '지인의 소개'라고 거듭 얘기하다 보니 어느새 자신들도 반쯤은 그런 걸로 믿고 있었다.

가오리는 옛날부터 요코하마에 터를 잡고 살아온 유복한 치과 의사의 딸이고, 네 살 많은 오빠는 치과가 아니라 내과 의사가 되어서 최근에 부친의 의원을 개축해 새롭게 개업한 참이었다. 보수적인 집안이지만 관대한 편이어서 집을 매입할 때 상당한 계약금을 지원해주기도 했다.

기도가 결혼 허락을 받으러 갔을 때, 장인은 "재일이라지만 이제 3대가 지났으니 번듯한 일본인이지"라고 웃는 얼굴로 맞아주었다. 별다른 악의는 없는 듯한 그 환영의 말에 그는 그저 "잘 부탁드립니다"라고 머리를 숙였을 뿐이다.

장모는 한류 붐이 일었을 무렵에 아마도 배려해주려는 마음에서였을 테지만 뭔가 있을 때마다 한국에 대한 것을 물었다. 한글도 읽지 못하는 그가 만족할 만한 대답을 거의 하지 못한다는 것을 알고 난 뒤로는 더 이상 그런 얘기는 꺼내지 않았다.

가오리 가족과의 사이에서 기도가 자신의 출신을 의식했던 것은 동일본 대지진 후로 언론에서 몇 번인가 간토 대지진의 조선인 학살을 다뤘을 때였다.

어리숙하게도 기도는 그제야 처음으로 요코하마가 '조선인 폭동'이라는 가짜 뉴스의 중요한 발원지 중 하나였다는 것을 알았다. 그리고 장인이 했던 말이 퍼뜩 떠오르면서 그게 뭔가 숨은 뜻이 있는 말이었나, 라는 생각이 들었다.

가오리의 조부는 현재 노인 요양 시설에 가 있지만, 나이로 미루어 보면 어린 시절에 간토 대지진을 경험했을 터였다. 진즉에 타계한 증조부라면 장년의 나이였을 것이다. 요코하마는 그 지진으로 거의 괴멸하다시피 시가지의 80퍼센트가 소실되었는데, 그런 혼란을 틈타 발생한 그 끔찍한 폭력의 와중에 그들은 과연 **어떻게 처신했을까.**

기도는 물론 그런 얘기를 장인 장모에게 물어본 적이 없었다. 가오리에게도 물어보지 않았다. 동일본 대지진 후, 언젠가는 반드시 일어날 것이라는 수도권 직하형 지진에 대해 얘기한 적은 있지만 그런 때에도 간토 대지진 당시의 경험이나 자료를 예로 들어가며 얘기한 적은 한 번도 없었다.

'사랑에 과거란 무엇일까…….'

기도는 리에의 사망한 남편에 대해 생각하다가 머릿속에 떠오르는 대로 자문해보았다.

'현재가 과거의 결과라는 건 사실일 것이다. 즉 현재 누군가를 사랑할 수 있는 것은 그 사람을 그렇게 만들어준 과거 덕분이다. 유전적인 요소도 있겠지만, 그래도 다른 환경에서 살았다면 그 사람은 전혀 다른 인간이 되었을 것이다. 하지만 어떤 사람에 대해 타인이 얘기하는 것은 그 과거의 모든 것도 아니고, 의도적이든 아니든 말로 설명된 과거는 과거 그 자체가 아니다. 그것이 **실제 과거**와 다르다면 그 사랑은 뭔가 잘못된 것이 될까? 의도적인 거짓말이었다면 모든 것이 쓸모없는 일이 되는가? 그게 아니면 거기서부터 새로운 사랑이 시작되는 것인가.'

게이오 대학 졸업에 가나자 출신인 기도와는 달리 아내 가오리는 자신이 태어나고 자란 지역에서 살고 있는 만큼 중고교 시절의 친구들과 아직도 모임을 갖곤 했다. 어린 시절의 추억도 본인에게 이런저런 이야기를 들어서 잘 알고 있지만, 그런 것을 '거짓'이라고 의심한 적은 당연히 한 번도 없었다.

아내가 만일 생판 타인의 인생을 자신의 '과거'라고 말했다고 해도 기도는 믿었을 게 틀림없다. 그리고 그녀를 **그런 사람**으로서 받아들였을 것이다. 오히려 가오리 쪽이 타지 사람인 기도의 과거를 의심할 수도 있었겠지만, 재일 3세라는 사실을 일찌감치 '고백'한 것이 그의 **정직함**에 대한 신뢰의 근거가 되었다.

그런데 어떤 모순을 찾아내기로 든다면 그건 가오리의 과거를 아는 자들—어릴 때부터 잘 아는 친구나 친척들—을 마주할 때였다. '다니구치 다이스케'처럼 낯선 땅에서 가족과도 인연을 끊고 살았던 사람이라면 탐정에게라도 의뢰하지 않는 한 확인할 방도가 없다. 그런 처지의 사람이었기 때문에 SNS도 일절 하지 않았다고 한다.

아니, '다니구치 다이스케'가 아니야, 라고 기도는 혼란스러운 머리를 정리하듯이 마음속으로 중얼거렸다. 일단 리에의 남편은 다니구치 다이스케인 척했던 별도의 어떤 남자이므로 직업적인 습관에 따라 호칭을 'X'로 하기로 했다.

리에에게서 'X'의 이야기를 들은 이후로 그 존재는 기도를 온종일 따라다니고 있었다. 마치 머릿속에서 줄곧 멈추지 않는 어떤 멜로디처럼 길을 걸어갈 때도 전차를 탔을 때도 가족과 식사를 할 때조차 'X'에 대해 생각하고 있는 것이다.

이런 현상을 뭐라고 하는 걸까. 음악에서는 '귀벌레earworm'라고 하는 모양이던데…….

인생의 어딘가에서 **완전히 다른 사람으로 새롭게 살아간다.**
……그런 바람은 지금까지 기도의 마음을 단 한 번도 사로잡은
적이 없었다. 물론 10대 때는 이따금 이러저러한 사람이 되고 싶
다는 식으로 자신과는 다른 누군가를 동경한 적이 있었다. 질투
심과 함께, 그가 짝사랑한 여학생이 좋아하던 다른 남학생이 되
고 싶다고 번민했던 적도 있었다. 하지만 그런 건 모두 소소한
몽상일 뿐이었다.

그는 오늘 하루 수없이 자신에게 되뇌었던 것처럼 지금의 생
활을 **혜택받은 삶**이라고 느끼고 있었다. 변호사 업무상, 남들보
다 세상의 불행을 접할 기회가 많고 특히 형사사건에서는 내용
도 배경도 거의 '격절隔絶된 세계'로까지 느껴질 만큼 비참한 경
우가 적지 않아서 자신의 삶이 현재 **그렇지 않다**는 것의 의미를
자주 되짚어보곤 했다.

나는 지금 행복하다, 라고 그는 다시 한번 마음속으로 중얼거
렸지만 그것은 다시 심해져가는 묘한 가슴 술렁거림에 대한 약
간 짜증스러운 제지의 목소리였다.

모든 것을 내던지고 전혀 다른 사람이 된다……. 그 상상에는
역시나 매혹적인 흥분이 있었다. 반드시 절망의 한복판에 서 있
을 때뿐만이 아니라 분명 행복의 잠깐 멈춤 같은 권태에 의해서
도 그런 소망은 뛰노는 것이다. 그러고는 경계심이 발동해서 더
이상 자신의 마음속을 깊이 파고들지 않았다.

만일 그 타인 행세가 사실이라면—경찰이 이런 일로 입건을

할지 어떨지는 둘째 치고—'X'는 공문서부정행사를 비롯해 여러 가지 죄를 범한 것이 된다. 다니구치 교이치의 주장대로 살인 사건 등이 얽혀 있다면 형사사건 전문가인 사무실 동료에게 상의해보는 수밖에 없다.

딱 한 잔만 더, 라고 생각하며 그는 세 잔째의 보드카를 따랐다. 테이블에는 병에서 흘러내린 물이 동그란 흔적을 남겼다. 그것이 저 너머 밤하늘의 약간 모양이 일그러진 초승달의 모방처럼 보였다.

기도는, 어린 아들과 아직 아까운 나이였던 부친, 게다가 젊은 남편까지 세 명의 가족을 잇달아 떠나보내야 했던 리에의 처지를 생각했다.

큼직한 눈에 얼핏 보면 소녀 같은 얼굴이 머릿속에 떠올라서 딱하게도, 라고 진심으로 가엾은 마음이 들었다. 키는 작은 편이지만 어깨의 둥근 굴곡에는 가녀린 것만은 아닌 도톰함이 있었고, 그것이 주눅 드는 일 없이 이쪽의 설명에 정말로 납득했을 때가 아니면 고개를 끄덕이지 않는 그녀의 다부진 심성을 방증하는 것처럼 보였다.

두 살밖에 안 된 어린 아들을 병으로 잃는다는 것은 기도로서는 상상도 못 할 절망이었다. 하지만 그녀는 다부지게도 남은 또 한 아이와 함께 있을 때는 웃는 얼굴을 보였다. 그 아이가 이제는 아마 중학생이 되지 않았을까.

이혼에 확고한 의지가 있어서 남편과의 관계 회복에 대해서는 한 번도 흔들림 없이 일관되게 거부했었다.

　불화의 원인은 아이의 병과 그 치료를 둘러싼 감정 대립이었다.

　료라는 이름의 그 남자아이는 두 살 생일을 맞이한 무렵부터 아프기 시작했고, 집 근처 큰 병원에서 '배아세포종'이라는 진단을 받았다. 이른바 뇌종양이다. 갑작스러운 일에 부부는 크게 동요했지만, 병원에서는 방사선치료와 화학요법으로 5년 생존율이 98퍼센트라는 낙관적인 전망을 해주었다. 그때 료는 일반적으로 하는 조직 검사를 남편의 강한 반대로 하지 않았다. 나이가 어린 만큼 조직 검사 수술에는 리스크도 따른다고 의사는 설명했다. 만일 배아세포종이 아니라면 부위상 손쓸 도리가 없는 악성종양일 거라는 진단이었지만, 남편은 낫지 않는 병인지 어떤지 알기 위해 아들을 위험에 노출시키는 것은 불합리한 일이라고 주장하며 리에를 설득했다. 리에는 조직 검사를 해야 한다고 생각했지만, 리스크라는 불안정한 것을 둘러싼 논의 속에서 제대로 반론을 할 수 없었다.

　료는 그 뒤로 3개월 동안 구토에 시달리며 가혹한 치료를 견뎌야 했다. 간병은 주로 리에가 맡았고 그 때문에 대학 졸업 직후부터 근무해온 은행을 그만두었다.

　하지만 종양은 전혀 작아지지 않고 도리어 커졌다. 재차 MRI 검사를 해본 결과, 료에게는 '교모세포종'이라는 다른 병명이 붙었다. 맨 처음의 리스크에 대한 설명대로 의사는 치료할 방도가 없고 여명은 1년 미만이라고 선고했다.

"이제는 되도록 집과 가까운 병원에서 아이와 함께하는 소중한 시간을 갖는 게 좋겠습니다."

리에는 료를 다른 병원에도 데려갔지만 진단은 바뀌지 않았다. 그리고 료는 단 4개월 만에 목숨을 잃었다. 처음 병원을 찾은 지 겨우 7개월 만이었고 게다가 그중 3개월은 무의미한 치료 때문에 고통 속에 연명해야 했던 것이다.

부부는 비탄에 젖었지만 남편은 그 불행을 남은 가족 셋이서 함께 극복하자고 아내를 다독였다. 하지만 리에는 그에 대해 완강하게 고개를 가로저으며 이혼하고 싶다는 말을 꺼낸 것이다.

그녀가 아이의 죽음을 남편 탓으로 돌린 것은 결코 아니었다. 오히려 자책감으로 괴로워했지만, 남편이라는 사람과 앞으로도 함께 살아가는 미래는 엄정하게 거부했다.

기도는 그녀를 가엾게 생각하면서도 법적으로는 그것만으로 결정적인 이혼 사유는 되지 않는다고 설명하지 않으면 안 되었다. 그리고 기도는 그 남편 쪽도 딱했다. 아빠로서 돌이킬 수 없는 판단 실수를 범한 것은 사실이지만, 내과 의사인 처남에게 문의해보니 그건 원래 아마추어가 판단하기 어려운 결단이고 주치의의 설명에도 문제가 있었던 것 같다, 어떻든 아내가 남편에게 그렇게까지 화를 내는 건 이해하기 어렵다, 라고 말했다.

그런데도 기도가 그 이혼소송을 맡은 것은 그녀의 인간성에서 뭔가 좀 더 깊은 사려를 해주는 게 필요한 듯한, 복잡하지만 순수한 점이 느껴졌기 때문이었다.

변호를 맡아 남편 쪽을 만나보고 기도는 리에의 감정이 그토록 강경한 이유를 조금씩 이해할 수 있었다. 남편은 몰아붙이듯이 그에게 불만을 토로하고 고통을 호소했다. '변호사니까' 자신과 똑같이 이성적인 인간일 게 틀림없다는 식으로, 자신에게 책임을 전가하는 아내가 이상하고 어리석다고 비난했다. 자신이 얼마나 그녀를 사랑하는지 하소연하고 아이를 잃은 고통을 눈물을 글썽이며 이야기하면서 아내가 다시 돌아올 수 있게 설득해달라고 다그쳤다. 실제로 그 남편은 리에가 말한 대로 '나쁜 사람은 아닌' 것 같았다. 하지만 남다르게 강한 그 자존심이 아내에게 큰 상처를 입히고 얼마 남지 않은 목숨뿐이던 어린 자식을 괴롭히고 이제는 그 자신의 인생마저 엉망으로 만들고 있는 모습은 보기에도 딱한 것이었다.

기도는 1년여 동안 이혼 조정을 진행하면서 남편의 마음이 풀릴 때까지 그 주장을 들어주고 리에의 사랑이 회복될 희망이 전혀 없다는 것을 이해할 수 있게끔 노력했다. 묘한 흐름이었지만 남편은 기도에 대해서는 거의 존경에 가까운 태도를 보여서 그가 말하는 법적인 설명을 몇 번이나 자기 나름대로 재해석하면서 그것을 **제대로** 이해할 수 있었다는 것에서 자부심의 새로운 위안처를 찾아내고 있었다. 가정폭력 가해자들에게서 흔히 보이는 현상이지만, 자신이 얼마나 성실한 사람인지를 기도에게 이해시키려고 하는 그 노력에는 필사적인 데가 있었다.

10개월이 지났을 즈음, 남편은 이혼 조정 자체에 피로감을 드러냈다. 그와 동시에 어딘지 모르게 기분이 좋아진 것을 기도는 놓치지 않았다. 그리 바람직하다고 할 수 없는 방법이지만 기도는 탐정을 고용해 그의 신변을 조사했다. 그리고 그가 새로운 '친밀한 여성'과 함께 별거 중인 집에서 나오는 사진을 보여주며 이제는 이 조정을 끝내야 할 때임을 알렸다. 남편은 마지막에는 의외로 선선하게, 이혼뿐만 아니라 그동안 집착해온 장남 유토의 친권까지 리에에게 양보하는 데 동의했다.

그런 리에가 이번에는 재혼한 남편과의 사별이라는 불행을 겪고, 게다가 그 남자는 신분을 위장해 아내를 속여왔다고 한다.

대체 왜 그랬을까…….

탄식하며 등을 꼿꼿이 세우자 어느새 새벽 2시를 가리키는 시계가 눈에 들어왔다. 좀 더 생각을 굴려보려는 참에 묵직한 하품이 잠시 앞길을 가로막았다.

다니구치 교이치는 동생의 행방을 알 만한 사람 몇 명을 소개해줬지만, 특히 동생의 전 여자 친구라면 연락처를 알고 있을 가능성이 높다고 했다.

'X'가 실제로 누구였는지는 알기 어렵지만, 다니구치 다이스케의 전출입 기록쯤은 주민등록표만 확인해봐도 알 수 있을 것이다. 우선은 거기서부터 시작해야 할까.

잔에 3분의 1쯤 남은 보드카를 마셨다. 미지근해진 만큼 강하게 와 닿는 쌉쌀함이 혀에 남아 그에게 그날의 마지막 작은 한숨을 내쉬게 했다.

4

　기도가 다니구치 다이스케의 전 여자 친구라는 고토 미스즈를 찾아간 것은 연초의 황망함도 지나가고 드디어 사무실 일이 손에 잡히기 시작한 2013년 1월 말의 일이었다.

　아침부터 가랑눈이 간간이 뿌리는 추운 날씨였지만 다행히 오후에는 이따금 맑은 틈이 나타났다.

　교이치가 알려준 미스즈의 전화번호는 이미 연결되지 않는 번호였다. 하지만 웹디자이너라는 얘기를 들었던 터라서 관련 단어를 검색하다 보니 그녀의 페이스북에 가 닿았다. 메일로 연락해 사정을 설명하자 잠시 뒤에 답신이 왔다. 당황한 듯했지만 다이스케에 대해서는 염려하는 기색이었다. 프리랜서로 일하고 있고 밤에는 지인이 운영하는 신주쿠 아라키초의 바에서 일을 거들고 있다, 가능하면 그 바로 와달라, 라는 내용이었다. 제대로 대화할 수 있는 곳인지 걱정스러웠지만, 아마도 단둘이서 만나는 걸 경계하는 것일 터였다.

가게는 요쓰야산초메 역 바로 옆으로, 좁은 골목이 복잡하게 얽힌 옛 음식점가에 있었다. 초행길이라 잠깐 주변을 산책해봤는데 초밥 가게에 카레 가게에 독일요리점, 스페인요리점, 일본정식집, 돈가스점까지 술집뿐만 아니라 맛있을 듯한 식당이 즐비했다. 기도는 변호사회관 지하의 메밀국숫집에서 끼니를 때우고 온 참이어서 이럴 줄 알았으면 여기서 먹을걸, 하고 후회했다.

사무실의 책 잘 읽는 파트너에게 물어보니 예전에는 나가이 가후[1]의 『장마 전후』[2]에도 나올 만큼 유명한 홍등가였다고 한다. 거품 경기 시절에는 이 근처에 한 군데, 러브호텔이 있었는데 그 건물에 지금은 출판사가 입주했다는 쓸데없는 지식까지 알려주었다. 주초週初인데도 택시 왕래가 빈번하고 행인이 적지 않았다.

주상복합빌딩 2층에 'Sunny'라는 가게 간판이 내걸려 있었다. 노란색 태양광 같은 글씨에 밤에 여는 가게인데도 '서니'라는 건 제법 센스가 있다고 생각했더니만 나중에 들어보니 보비 헤브의 유명한 노래[3]에서 따온 것이라고 한다.

아담한 가게 안에 여섯 명쯤 앉을 만한 카운터석과 소파테이블석 두 개가 있을 뿐이고 딱 좋게 어슴푸레한 조명 아래, 기도가 들어섰을 때는 레이 찰스의 오래된 라이브 앨범이 흐르고 있었다. 솔뮤직의 가게인지 벽에는 마빈 게이의 LP며 스티비 원더의 젊은 시절 사진 등이 빼곡하게 붙어 있었다. 가게에 도착한 건 8시 넘어서였다.

테이블석은 찼고 카운터에서는 단골인 듯한 남자 손님 한 명이 기네스를 마시며 동전을 이용한 마술을 연습하고 있었다.

어서 오세요, 라고 카운터 안에서 인사를 건네던 여자가 기도에게 혹시, 하고 알아본 기색의 눈빛을 했다.

스터드[4])가 달린 검은 모자를 썼고 귀 뒤로 넘긴 환한 색감의 머리칼이 가는 어깨에 드리웠다. 콧대가 뚜렷한 시원한 얼굴에 회색 컬러 렌즈를 넣은 눈동자가 입술과 함께 요염했다.

미인이구나, 라고 기도는 솔직히 생각했다. 품이 넉넉한 검은색 니트에 상당한 데미지 청바지를 입고 있어서 솔이라기보다 록의 차림새였다.

카운터 안의 스툴에 앉아 찢어진 한쪽 무릎을 안고, 턱수염에 검은 파카를 입은 50대 남자와 이야기를 하고 있었다. 마스터 같았는데 이쪽은 바의 취향과 잘 맞는 분위기였다.

"연락드렸던 변호사 기도 아키라입니다."

인사를 했더니 진짜 변호사인가, 라는 투로 다카기라는 이름의 마스터가 기도가 내민 명함을 들여다보았다.

"변호사들은 배지 같은 거 안 달아요?"

"아, 요즘에는 안 달아도 되는 걸로 바뀌었어요. 갖고 다니기는 합니다만."

기도는 그렇게 말하고 가방에서 배지를 꺼내 보여주었다. 마스터는 보여줘봤자 진짜인지 가짜인지 모른다는 얼굴이었지만, 미스즈는 과장스럽지 않은 호기심을 드러냈다.

"와아, 나 처음 봤어. 만져봐도 돼요?"

"네, 물론이죠."

나중에야 알았지만, 미스즈는 원래 이 가게의 단골이었는데 1년 전부터 **취미 삼아** 일주일에 이틀, 카운터 안에 서기로 했다고 한다. 기도는 마스터와는 파트너 사이일 거라고 내심 짐작했지만 미스즈의 태도로 봐서는 정확하게 알 수 없었다.

어떻든 오늘 만나는 장소를 이곳으로 잡으라고 충고한 건 다카기 쪽인 모양이었다. 기도에게 더 이상 무례하게 캐묻지는 않았지만 미심쩍게 생각한다는 건 분명했다.

"앉으세요. 코트는 그쪽으로. ……뭐 좀 드시겠어요?"

미스즈는 웃는 얼굴로 물었다. 약간 느릿느릿한 독특한 말투에 음색에는 몽환적 명랑함이 있었다. 눈 밑의 붙임성 있는 볼록함이 정돈된 윤곽의 인상을 부드럽게 풀어주고 있었다.

"흠, 글쎄……. 그럼 시메이 화이트로."

물을 마시겠다고 할 수도 없어서 기도는 손이 많이 가지 않는 것으로 주문했다. 한 모금 마시고는 곧바로 본론으로 들어갔다.

"메일로도 말씀드린 것처럼 다니구치 다이스케 씨 건으로 문의할 게 있어서요."

"아직 행방은 모르는 건가요?"

"예, 그렇습니다. 아, 이 사진 속 사람, 아시겠어요?"

기도는 신원을 위장해 리에와 결혼 생활을 했다는 'X'의 사진을 꺼내 보여주었다.

미스즈는 손에 들고 잠시 들여다본 뒤에 고개를 흔들며 테이블에 내려놓았다.

"다니구치 다이스케 씨 아니에요?"

"아니에요. ……이 사람이 다이스케 행세를 했던 거예요?"

"그렇습니다."

"얼굴이 전혀 다른데요? 키도 그렇고……. 이 사람, 별로 크지 않죠? 다이스케는 나보다 약간 더 큰 정도였으니까, ……이 정도? 한 172센티미터쯤이었나."

"그럼 본 적이 없는 사람이라는 말씀이시군요?"

미스즈는 자신이 준비해둔 갈색 봉투를 건네면서 말했다.

"네, 내가 다이스케 사진도 챙겨 왔어요. 나랑 사귈 무렵이니까 벌써 10년도 더 된 것이지만요."

봉투 안에는 사진 세 장이 들어 있었다.

다니구치 교이치는 동생 사진은 한 장도 가진 게 없다고 했었다. 어린 시절이라면 사진이 그리 흔하던 때가 아니니까 그럴 만도 하지만, 성인이 된 뒤에도 사이가 좋지 않아 디지털카메라로 서로를 찍어주는 일도 없었던 모양이었다. 그는 그나마 빛바랜 옛날 가족사진 한 장을 보여줬지만 거기에 찍힌 작디작은 다니구치 다이스케의 옆얼굴과 미스즈가 바라본 이 사진 속 남자의 얼굴은 전혀 다른 사람 같았다.

그야말로 연인의 카메라 앞에서 수줍어하며 바짝 굳은 모습이어서 이 사진을 찍어주던 순간의 미스즈의 표정까지 눈에 선하게 떠오르는 것 같았다. 그리고 역시나 그는 'X'와는 전혀 닮지 않은 얼굴이었다.

"괜찮으면 이 사진, 가져가세요. 혹시라도 도움이 된다면. ……나도 벌써 10년 넘도록 연락한 적이 없어서 다이스케가 지금 어떤 사람들과 어울리는지는 전혀 모르겠어요."

"그렇군요. 형님 교이치 씨가 당신이라면 다이스케 씨의 연락처를 알고 있을지도 모른다고 하셔서."

미스즈는 잔에 얼음을 넣고 친차노 로소를 따라 한 모금 마시고는 미간을 찌푸렸다.

"다이스케와는 고등학교 때부터 알던 사이예요. 사귀다가 헤어졌다가……. 그게 꽤 길었으니까 아마 그래서 그렇게 얘기했을 거예요."

"그러면 형 교이치 씨에 대해서도 잘 아시겠군요?"

당연한 것을 물어본 탓인지 미스즈는 카운터 안의 뭔가를 챙기면서 네에, 라고 고개를 끄덕였다. 그리고 새삼 이쪽을 돌아보더니, 그래서요? 라고 되묻는 눈빛을 했다.

"형제 사이가 그리 좋지 않았던 모양이죠?"

"다이스케는 교이치를 좋아했을걸요? 형제간에 성격이 대조적이지만 고등학생 때쯤까지는 이렇게 사이가 나쁘지 않았는데……."

미스즈는 뭔가 더 말하려다가 머뭇머뭇 입을 다물었다. 기도는 그걸 알아챘지만 아마도 다른 쪽으로 화제를 바꾸고 싶은 모양인 것 같아서 그대로 따랐다.

"형제라기보다 부모의 문제인 것 같아요. ……흔히들 그렇지만 둘 중 어느 쪽이 집안을 물려받느냐로 부모님 생각이 오락가락했어요. 교이치가 가업을 잇지 않겠다고 반발하니까 다이스케를 보험 삼아 묶어뒀죠. 그랬으면 그대로 다이스케에게 물려줬으면 좋았을 텐데 교이치가 생각이 바뀌기만 하면 언제든지, 라는 식으로 계속 애매한 태도를 취한 거예요. 그러니 다이스케의 인생이 이도 저도 아닌 게 됐죠."

"다이스케 씨 본인은 여관을 물려받기를 원했던가요?"

"물려받기를 원했죠. 여관을 좋아했으니까. 이카호 온천지에서는 노포로 꽤 유명한 여관이에요."

"그렇더군요. 나도 홈페이지에 들어가봤어요. 신관은 현대식이지만 본관 쪽은 격식 있는 번듯한 건물이던데요?"

"그 신관이 바로 교이치의 취향이에요." 미스즈는 어이없다는 듯한 쓴웃음을 지었다. "객실마다 각각 노천탕을 들였고 침대에서 그 노천탕이 훤히 다 보여요. 방마다 프라이버시가 완벽히 보장되고 인테리어도 세련됐는데, 어쩐지 야해빠진 분위기랄까?"

기도는 그 마지막 말에 웃음이 터져서 지금까지와는 다르게 유쾌하게 맥주잔을 기울였다. 꿀꺽꿀꺽 목을 울리자 다시 웃음이 터졌다. 미스즈도 덩달아 재미있다는 듯 어깨를 흔들며 웃었다.

"얘기를 들어보니 가족 여행을 위한 곳은 아닌 모양이네요."

"고급 러브호텔이죠. 몇 년 전에 거기서 모 방송국 여자 아나운서의 불륜 여행 스캔들이 터졌잖아요."

"아하, 그렇지, 이카호 온천……. 네, 그런 얘기가 있었죠. 거기였군요. 그러고 보니 검색했을 때도 그런 기사가 떴던 것 같아요. 자세히 보진 않았지만."

"교이치가 원래 날라리였으니까 가려운 곳이 어딘지 누구보다 잘 알았겠죠. 커플이 그런 온천여관을 찾아갈 때 뭘 원하는지. 다이스케는 착실한 편이라서 그런 건 잘 몰라요. 어쨌든 신관은 성공한 모양이던데요? 대지진 때도 피해자들을 받아줘서 평판이 좋았잖아요."

미스즈는 그런 식으로 옛 연인의 기억을 불러내면서 얼굴에 그리운 듯한, 하지만 조금 딱해하는 듯한 미소를 스쳐 보냈다.

기도는 말없이 듣고 있었지만 맥주로는 약간 미진해서 보드카 김렛을 추가로 주문했다.

미스즈는 네에, 라고 대답하고 집에서 혼자 요리라도 하는 것처럼 퍼포먼스적인 구석이 전혀 없는 손놀림으로 셰이커를 흔들었다. 기도는 막 만났을 뿐인데도 어디에도 힘이 들어가지 않은 그 스스럼없는 태도가 그야말로 그녀답다고 생각했다.

무엇보다 가장 중요한 보드카 김렛은 성에 낀 유리잔에 따르는 족족 가늘게 거품이 일 만큼 잘 섞이고 충분히 차가워져서 알코올의 각이 적당히 깎여 나가고 풍미에서 순한 광채가 느껴졌다.

"아, 맛있다!"

공치사가 아니라 기도는 정말로 맛있다고 생각했다. 미스즈는 '취미 삼아' 일한다는 말대로 흐뭇한 듯 하얀 이를 내보였다. 그리고 비스듬히 흘러내려 쇄골의 움푹한 곳을 허술하게 내보였던 니트 목덜미 부분을 바로잡았다. 작은 다이아몬드 목걸이가 조명을 반사하며 장식음처럼 반짝거렸다.

또 한 명, 단골인 듯한 남자가 들어와 한 자리 건너 스툴에 앉아 마스터와 시끌벅적한 대화를 나누기 시작했다. 음악은 커티스 메이필드[5]의 라이브 앨범으로 바뀌어서 관객의 함성이 가게 안에 울려 퍼졌다. 더 시끌벅적해지기 전에 다니구치 다이스케 이야기를 듣고 싶었다.

"다이스케 씨와 연락이 뜸해진 것은 역시 부친이 사망한 뒤부터였던가요?"

"……아마도. 나도 장례식에 참석했었는데 다이스케는 그 뒤로도 한참 동안 본가에 있었어요. 그 무렵에는 내가 이미 도쿄에 와 있었으니까 2주에 한 번 만나는 정도였지만."

"그때는 그러면……."

"네, 사귈 때였어요. 마지막에는 헤어지자는 얘기도 뭣도 없이 갑자기 사라졌어요."

"그렇군요. ……그 뒤로 전화라든가 메일은?"

미스즈는 고개를 저었다.

"전혀 연결이 안 됐어요."

"역시 간 이식 문제 때문에 다이스케 씨가 마음에 큰 상처를 입었을까요?"

"그 얘기는 누가 했어요? 교이치가?"

"아뇨, 아까 보여드린 사진 속의 다이스케 씨 이름으로 사망한 사람이. 이름이 확실하지 않아서 일단 'X' 씨라고 하기로 했는데, 이 'X' 씨가 결혼한 아내에게 그렇게 얘기한 모양이고 나는 그 아내분에게서 들었습니다."

"……뭐예요, 그게? 섬뜩하네."

"모르겠어요. 아마 'X'가 다이스케 씨를 만났던 모양이지요. 그에게서 직접 이야기를 들었던 거 아닐까요? 그러고는 뭔가 사정이 있어서 'X'는 그 뒤에 다이스케 씨 행세를 하면서 **다이스케 씨로** 살았던 것 같아요. 다이스케 씨의 과거를 고스란히 자신의 과거로 삼아서."

"왜요? 딱히 남이 부러워할 만한 경력도 아니잖아요. ……혹시 유산 때문에?"

모자 챙 밑으로 보이는 미스즈의 아름다운 이마에 미간에서부터 옅은 그림자가 내달렸다.

"무슨 목적인지는 아직 모르겠어요. 유산을 노렸다는 것도 물론 고려해봐야 할 것이고, 내가 하는 일도 그런 혼란을 정리하는 거예요."

"다이스케는 무사한 거예요? 경찰은요?"

"일단 실종 신고를 하긴 했는데, 서류만 접수해준 채 움직이지는 않고 있어요."

"좀 더 크게 떠들어야 할까요? 텔레비전 방송국에 얘기한다든가."

"언젠가 그래야 할지도 모르지만, 교이치 씨도 'X'의 아내분도 그건 원하지 않고 있어요."

"왜요?"

"아내 쪽은…… 아직 혼란스러워하고 있어요, 당연한 일이지만. ……교이치 씨는 아무래도 손님 장사라서 살인 사건이니 뭐니 떠들지 말았으면 좋겠다고 했고."

미스즈는 어이없다는 얼굴로 진한 한숨을 내쉬었다.

"엇, 혹시 북한에 납치당한 거 아냐?"

얘기를 듣지 않는 줄 알았는데 옆에서 마스터 다카기가 불쑥 말참견을 했다.

기도는 보드카 김렛의 시큼한 라임 맛을 혀 위에서 죽이면서 고개를 끄덕이는 듯 갸우뚱하는 듯 애매한 몸짓으로 응했다.

시기적으로 역시나 그건 있을 수 없는 일이라고 기도는 생각했다. 그리고 이런 화제의 흐름을 타고 처음 만난 순간부터 호감을 품은 미스즈의 입에서 느닷없이 '재일'에 대한 차별 비슷한 말이 튀어나오는 건 듣고 싶지 않은데, 라고 반쯤 무의식중에 시선을 피해버렸다.

기도는 재일 3세지만 부모님이 자식들에게 딱히 '민족의식'에 관한 얘기를 한 적도 없고, 코리아타운이 아닌 가나자와의 작은 도시에서 살았기 때문에 '이李'라는 성을 쓰던 시절부터 차별이라는 건 거의 경험한 적이 없었다. '기도〔城戸〕'라는 일본 성을 쓰게 된 것은 그가 중학교에 입학한 때였지만 그 이유는 말해주지 않았던 것을 보면 그래도 뭔가 차별 같은 게 있었던 것인지도 모른다. 게다가 본가는 한국요리를 전문으로 한 게 아니라 평범한 이자카야를 하고 있었다. 초등힉생 무렵에는 교사들이 가게에 자주 찾아와 고주망태가 될 때까지 술을 마셨기 때문에 다른 학년의 교사들에게도 잘 알려진 학생이었다.

기도는 고등학생 때 부모님과 함께 귀화했다. 한글도 못 읽고 한국에서 아버지 쪽 친척들이 놀러 와도 그저 외국인처럼 느껴질 뿐인 상태여서 부모님은 언젠가는, 이라고 별러온 모양이지만 기도는 사실 어느 쪽이든 전혀 상관없었다.

직접적인 계기는 수학여행으로 호주에 가게 됐을 때, 여권이 신경 쓰이면 귀화하는 게 어떻겠느냐, 라고 아버지가 권했기 때문이었다. 기도는 그 권고를 따랐지만 그때 아버지가 한국이라는 나라에는 너의 '실감'이 없으니까 만의 하나 여행지에서 무슨 일이 생기더라도 역시 보호해주는 건 일본 정부 쪽이다, 라고 했던 말을 잊을 수 없었다. 한국 정부는 너라는 사람이 이 세상에 존재한다는 것을 현재로서는 전혀 알지 못하니까, 라는 것이었다.

아버지가 딱 한 번 말했을 뿐이고 기도도 되묻지 않았지만, '실감'이 아니라 '실체'라는 말일 것이라고 내심 생각했었다. 기도는 한국에서 살아본 적이 없어서 국민으로서의 '실체'가 그쪽에 없는 건 사실이었다.

하지만 그로부터 벌써 20여 년이 지났는데도 그때의 '실감'이라는 이상한 단어는 그의 머릿속에 달라붙어 떨어지지 않았다. 일종의 의인법으로 한국이라는 국가는 자신의 존재에 대한 '실감'을 갖고 있지 않다, 라는 기묘한 상상이었지만 거꾸로 그 자신이 한국이라는 나라를 '실감'할 수 있었던 것은 아마도 그때가 처음이었을 것이다.

아니면 아버지도 애초에 그가 느낀 것과 똑같이 '실감'이라는 뜻으로 말했던 것일까.

아버지가 국적에 대해 그에게 진지하게 이야기했던 것은 그때를 포함해 딱 세 번뿐이었다.

두 번째는 고교 시절에 진로를 망설였을 때였다. 아버지는 취직 차별이 있을 테니까 뭐든 국가 자격증을 따는 게 좋겠다고 조언했다.

기도는 이미 귀화도 했고, 무엇보다 요즘 같은 세상에 무슨 어이없는 농담인가 하고 당황했지만, 아버지는 진지한 얼굴이었다. 그는 결국 문과계 학생이 흔히 그러듯이 매우 애매한 기준에 따라 법학부로 진학했는데, 대학 재학 중에 변호사가 되기로 마음먹은 데는 아버지의 그런 조언도 영향을 끼쳤다.

그리고 또 한 번 아버지가 아들의 출신에 신경을 쓴 것은 결혼 때였다. 아들의 결혼을 반대하지는 않았지만, 외할머니가 꼭 한복 차림으로 식장에 참석하기를 원하니 아예 해외에서 결혼식을 올리는 게 어떻겠냐고 어머니와 함께 제안했던 것이다.

기도는 어리둥절해서 그렇게까지 신경 쓸 거 없다고 고개를 저었지만, 신부 쪽 부모님이 그런 점을 **사위를 위해서 염려하고 있다**는 것을 알고 한동안 고민한 끝에 신혼여행을 겸해 친척들끼리만 하와이에 가서 식을 올리고 귀국한 뒤에 레스토랑에서 작은 피로연을 열었다. 상견례 때도 결혼식 때도 기도는 아버지 어머니가 비굴할 정도로 장인 장모와의 대면에 긴장하는 것을 좀 창피하다고 할까 딱하다고 할까, 그런 복잡한 기분으로 바라보았다.

바로 얼마 전까지 기도의 국적에 대한 의식은 그런 정도였다. 아무리 그래도 너무 무심한 거 아니냐고 할지도 모르지만, 실은 별다른 차별을 겪은 기억이 없었다. 대학 입학으로 상경한 뒤에 심각한 차별을 경험했다는, 같은 재일 3세의 얘기가 언론을 통해 들려올 때면 그 아픔을 공유하지 못하는 것에 괜스레 주눅이 들기까지 했다. '무라야마 담화'6) 이후 일본 국내에서 일어난 반발이나 역사수정주의의 대두와 같은 정치 상황에 관해서도 둔감했다고 할 수밖에 없었다.

기도가 남들이 자신을 '조선인'의 범위로 바라보는 것의 의미를 **불쾌한 기분**으로 감지한 것은 동일본 대지진 후에 오래전 이곳 요코하마에서 간토 대지진이 일어났을 때 조선인 학살이 있었다는 것을 알게 된 다음부터였다.

나아가 쐐기를 박듯이 작년 여름 이명박 대통령이 독도에 상륙하면서 일본 국내의 내셔널리즘이 끓어오르고 극우의 배외주의 데모까지 보도되자 그는 자신이 살고 있는 나라 안에 가고 싶지 않은 장소, 만나고 싶지 않은 인간들이 존재한다는 것을 인식하지 않을 수 없었다. 그건 누구라도—일본의 어떤 국민이라도—경험하는 일은 결코 아닌 것이다.

그 뒤에 어떤 친절한 마음에서였는지는 모르겠지만, 한참 소식이 없던 대학 친구가 인터넷상에 기도에 대한 글이 올라왔다는 연락을 해주었다. 초등학교 졸업 앨범 사진과 함께 '재일도 변호사로 인정해주는구나!'라고 적혀 있다는 것이었다.

링크를 타고 가보니 기도 자신도 이미 기억이 가물가물한, 독신 시절에 담당했던 강도상해 사건의 용의자가 우연히 같은 재일이었다는 것을 이제야 새삼스럽게 끄집어내서 미주알고주알 없는 사실까지 지어내 싸질러놓은 글이었다.

기도는 당사자인 재일조차 알지 못하는 옛날 옛적의 그로테스크한 차별 표현을 미친놈처럼 왝왝거리는 그 글을 보면서 이건 대체 뭐가 어떻게 잘못된 인간이길래, 라고 상처를 입었다기보다 그저 입이 떡 벌어졌다. 하지만 자신의 이름이 어린 시절의 사진과 함께 실렸고 간첩이라느니 공작원이라느니 매도되는 것을 목도하자 역시나 마음이 편치 않았다. 자신뿐만 아니라 '기혼'이고 '아이가 한 명 있다'는 정보까지 올라와 있었다. 그는 마우스를 잡은 손이 파르르 떨릴 만큼 화가 났지만, 동시에 몸속에서부터 뭔가 기운이 빠지고 자신의 존재 자체가 점점 설 땅을 잃어버리는 듯한 감각에 휩싸였다. 그 빈틈에 차갑고 더러운 불쾌감이 스멀스멀 스며들어서 더 이상 그 모든 것을 지워버리는 건 불가능할 것만 같았다. 기분이라는 것을 그렇게 액상의 뭔가로 감지한 것은 그때가 처음이었다.

그는 아내에게 아직까지 그 얘기를 하지 않았다. 얘기해야 한다는 마음도 있었지만, 말하고 싶지도 않았고 말할 수도 없었다. 아내뿐만 아니라 평소에 한류 드라마에 빠져 있던 장모도 요즘 들어 '헤이트 스피치' 보도에 내심 걱정하는 기색이었던 것이다.

게다가 그때까지 어쩌다 맞닥뜨려도 뭔가 실수일 거라고 대수롭지 않게 넘겨왔던 주위 사람들의 뜻밖의 편견이나 차별 감정에 대해 요즘 들어 부쩍 과민해져버린 스스로에게 솔직히 지쳐 있었다.

북한에 대해서는 기도도 당연히 그 독재 체제를 비판하고 있고, 납치 문제는 언어도단이며 피해자와 그 가족을 진심으로 가슴 아프게 생각했다. 그 문제가 재일 사회에 어떤 충격을 몰고 왔는지, 그리고 바로 지금에 이르기까지 어떤 깊은 상처를 입혔는지도 일단은 이해하고 있었지만, 그것 역시 조금 동떨어진 자리에서의 인식이었다. 일본 정부의 대책 없음에도 분개하고 있었다.

하지만 **민족성** 같은 얘기가 나오면 그건 또 다른 문제였다. 그 독재 체제 아래 어쩌면 자신과 같은 세대의 혈육이 살고 있을지도 모른다는 상상은 그를 항상 일종의 운명론적인 사색에로 빠져들게 할 수밖에 없었다.

한국의 남북통일을 바라는가, 라고 묻는다면 설명은 좀 부족하더라도 온당하게 고개를 끄덕일 것이다. 하긴 그게 언제가 될지 짐작도 가지 않지만. 이건 언젠가 전후 보상을 해주고 일본도 북한과 국교를 정상화해야 하는가, 라는 질문에 대해서도 마찬가지였다.

기도는 말없이 넘어가려고 했지만 그러기에는 침묵이 지나치게 길고 무거워졌기 때문에 대화가 묘한 방향으로 흘러가지 않도록 자신 쪽에서 먼저 입을 열었다.

"80년대에는 그런 납치 사건도 꽤 있었던 모양이에요. 이번 일로 나도 좀 알아봤는데 오사카의 중화요리점 요리사였던 독신 남성이 일을 소개해준다는 꾐에 넘어가 미야자키에서 북한으로 납치된 적이 있었어요. 그의 과거와 경력 등을 완벽하게 습득한 북한 간첩이 일본에 건너와 그 요리사인 것처럼 행세하면서 운전면허와 보험증 등을 취득하고 몇 년 동안 활동을 했습니다. 그러다가 한국에 갔던 길에 체포되었죠."

기도는 그렇게 타국의 간첩이 호적을 훔쳐 현지인 행세를 한다는 뜻의 '업혀 가기'라는 경찰 용어를 이번 건을 조사하면서 처음 알았다.

"거봐! 그 'X'라는 사람이 사망한 것도 미야자키라고 했잖아?"

다카기는 자신의 생각이 뜻밖에도 적중했다는 듯이 놀란 표정으로 눈을 둥그렇게 떴다. 단골손님 두 명도 티 나지 않게 이쪽 얘기에 귀를 기울이는 기색이어서 기도는 여기서는 더 이상 의뢰인의 프라이버시에 저촉될 만한 얘기는 계속할 수 없겠다고 일찌감치 포기했다.

"예, 그렇습니다. 다만 시대가 전혀 다르고, 우연히 같은 지역이었던 것뿐이에요."

"하지만 지금도 북한 공작원들이 우리 주위에 우글우글할걸?"

"글쎄요, 어떤 나라에든 정보국 사람들이 첩보 활동을 펼치고 있겠지만, 그래도 '우리 주위에 우글우글'할 정도는 아니죠."

"아니, 한국의 반일 교육 같은 건 좀 문제잖아요."

기도는 그만 지겨워져서 쓴웃음을 지으며 뺨에 힘을 줬다.

"북한 얘기예요? 아니면 한국 쪽?"

"아니, 그야…… 둘 다 아닌가?"

"그건 전혀 아니죠. 한국에서는 물론 역사교육으로 예전 일본의 제국주의에 대해 가르치지만, '반일 교육'을 하는 건 아니에요. 애초에 현대사 쪽은 일본 학교와 비슷해서 시간적으로 별로 많이 가르칠 수도 없는 모양이고요."

"근데 왜 그렇게 반일적이야?"

"누구 그런 지인이라도 있었습니까?"

"아니, 그게 아니라 텔레비전만 봐도 그렇잖아요."

"뭐, 서울에 여행이라도 가서 클럽에서 젊은이들과 친해져 보는 걸 추천합니다."

기도는 대화를 더 이상 험악하게 만들고 싶지 않아 마지막은 상냥하게 웃으면서 말하고, 미스즈에게 보드카 김렛을 한 잔 더 주문했다. 다카기도 기도의 명료한 말투에 그제야 정신을 차린 듯 더 이상 아무 말도 하지 않았다.

미스즈는 마음이 딴 데 가 있는 얼굴로 다니구치 다이스케에 대해 생각하는 기색이었다. 방금 오간 대화에 그녀가 무관심했던 것을 기도는 다행이라고 느꼈다.

칵테일을 기다리는 동안, 기도는 마침 흘러나오는 빌리 프레스턴[7)]의 〈더 키즈 앤드 미〉라는 앨범 케이스를 손에 들고 들여다보았다. 그 북적북적한 음악의 한복판에서 기도와 미스즈 사이의 침묵은 불안한 듯 우두커니 서 있었다.

그는 다카기가 대화에 끼어들지 못할 정도의 작은 소리로 그녀에게 설명하듯이 말했다.

"다니구치 다이스케 씨가 혹시라도 북한에 납치됐네 하는 거면 문제가 커지겠지만, 'X'가 다이스케 씨로 바꿔치기한 건 그리 오래전 이야기가 아니에요. 납치 사건과는 시대가 전혀 다르잖아요. ……게다가 'X'는 미야자키 작은 동네의 임업 회사에서 일했어요. 북한 공작원이라면 그런 시골에서 조용히 지내봤자 별 쓸모도 없죠."

그렇게 어깨를 웅크린 채 말하면서 기도는 일본 사람이 아니라는 식의 의심을 받는 처지가 자신과 'X' 사이에 열린 심리적 통로라는 것을 의식했다.

미스즈는 "여기, 두 잔째"라고 미소를 지으며 잔을 내밀더니 기도의 얘기에는 별다른 대답 없이 말했다.

"그때 다이스케는 정말 딱했어요. 간 이식 제공자의 리스크, 아세요?"

"아뇨, 자세히는 모르는데……."

"그때 들었던 얘기인데, 일본 국내에서 5,500명에 한 명꼴로 사망한대요."

"제공하는 쪽이?"

"네, 0.02퍼센트 징도죠. 즉 99.98퍼센트는 사망하지 않아요.

하지만 그중에서도 10에서 20퍼센트는 쉽게 피곤해지고 상처가 잘 낫지 않고, 이런저런 후유증이 있다는 거예요. 정신적으로 우울해진다든가.”

“다이스케 씨에게 부친이 직접 제공자가 되어달라고 부탁했던 건가요?”

“다이스케는 그런 얘기는 안 했어요, 절대로. ……근데 아버지와 의사가 그걸 원하지 않았다면 ‘그런 부탁은 받은 적이 없다’고 나한테 분명하게 말했을 거예요.”

“교이치 씨는 어디까지나 다이스케 씨가 자신의 의사에 따라 기꺼이 제공자가 되기로 했다고 하던데요.”

“네, 다이스케 입장에서는 그렇게 말했겠죠. ‘가족의 사랑에 굶주려’ 있었으니까”라고 미스즈는 그 상투적인 말을 연민을 드러내며 입에 올렸다.

“……그뿐만이 아니라 뭐랄까, 의무감도 있었을 거예요. 그때 아버지를 구할 수 있는 사람은 다이스케밖에 없었기도 하고. ……리스크라는 건 흑이냐 백이냐가 아니잖아요. 왜 나는 5,500명 중에 한 명이 될 일은 없다고 확신하지 못하는가, 라고 다이스케가 몹시 자책했었어요. 다른 제공자들은 가족을 위해 당연히 하는 일을 왜 나는 무서워했는지 모르겠다고. 수술 후에 대부분 아무 불편 없이 건강하게 잘 산다는 의사의 설명을 들었는데도 자기는 후유증에 시달리는 그 한 줌도 안 되는 사람들 쪽만 자꾸 생각했다면서.”

“그럴 만도 하죠, 그건.”

"네에, 이해가 되시죠? 근데 자신을 엄청 몰아붙이다가 마지막에는 결단을 내렸어요. 옆에서 지켜보면서 나는 그게 너무 딱하더라고요. ……아무것도 해주지는 못했지만."

기도는 다니구치 다이스케를 향한 동정과 미스즈를 향한 공감, 양쪽을 보여주듯이 몇 번이고 고개를 끄덕였다. 스피커에서는 유명한 〈유 아 소 뷰티풀〉이라는 달콤한 발라드가 흐르고 있었다.

'Such joy and happiness you bring…… just like a dream……' 이라는 노랫말이 두 번 반복된 뒤에 피아노와 현악기가 이래도, 이래도, 라는 듯이 드라마틱하게 고조되다가 코러스에 접어들고 있었다. 문득 쳐다보니 미스즈는 눈물이 글썽해져 있었다. 다니구치 다이스케에 대한 생각 때문인가 했더니, 스스로도 어이없다는 기색으로 피식 웃으면서 눈가를 훔쳤다.

"내가 이 노래에 약해요. 나이가 들었는지 요즘 눈물이 흔해져서."

기도는 그 사랑스러운 표정에 마음이 끌렸다. 그리고 그녀의 웃음에 대한 반향처럼 미소를 지으며 물었다.

"조 코커의 끈끈한 버전만 알고 있었는데, 이게 오리지널이에요?"[8]

"네, 맞아요. 원곡이 더 좋더라고요, 나는."

"처음 들었지만 나도 이쪽이 더 좋은지도 모르겠네요. 상당히 좋은데요."

"그렇죠?"

"이렇게 단순하게 상대를 좋아한다는 노랫말, 젊은 시절에는 좀 창피했는데 역시 나이를 먹었나……."

미스즈는 아, 하고 고개를 들어 다시 눈물을 훔치더니 기분을 추스르듯이 말했다.

"……교이치는 다이스케를 애초에 '별 볼 일 없는 놈'이라고 생각하고 뭐든 마음에 안 들어 했어요. 내가 다이스케와 사귀는 것 자체를 이해를 못 한다고 할까, 용서가 안 된다고 할까……. 그런 동생이 아버지의 목숨을 구해낼 상황이 되니까 지독히 뒤틀린 감정을 품었겠죠. 게다가 그 문제로 고민하는 다이스케에게 마지막에는 짜증까지 내고."

"그랬군요……."

"무슨 비극의 주인공도 아니고, 굉장한 위험이 있는 것도 아닌데 마치 큰 은덕을 베푸는 것처럼 군다고 했나 봐요. 자기 간이 적합했다면 군소리 없이 제공했을 거라면서."

"다이스케 씨 본인에게 그런 말을?"

"아뇨, 어머니와 얘기하는 걸 다이스케가 들어버렸어요."

"그렇군요……."

"그런 일이 있었으니 집을 뛰쳐나가고 싶은 것도 당연하죠. 그러고는 결국 의지가지없이 어딘가에서 살해되거나 납치되었다면……."

미스즈는 그다음 말을 잇지 못하고 다시 가슴이 먹먹해진 표정으로 고개를 저었다. 어깨에 닿은 머리카락 끝이 흔들렸다. 오른손으로 그 머리칼을 다시 귀 뒤로 넘기고 잔을 입으로 가져갔다.

"살아 있을 겁니다, 틀림없이. ⋯⋯나도 좀 더 찾아볼게요."

기도는 다니구치 다이스케는 분명 괜찮은 사람일 거라고 생각했다. 그건 그의 **여자 취향**이 좋기 때문이고, 또한 그런 그녀에게서 그가 예전에 깊이 사랑을 받았기 때문이다.

그런 의미에서는 리에를 사랑하고 리에에게서 사랑받은 'X'도 마찬가지였다. 하긴 이 추측은 그리 신빙성이 있는 건 아니었다. 왜냐하면 기도는 리에의 전남편에 대해서는 딱하기는 해도 인간적으로는 전혀 높이 사줄 수 없었기 때문이다.

미스즈가 내준 다니구치 다이스케의 사진을 보다가 다시금 'X'의 사진을 찬찬히 들여다보았다. 이상하게도 기도는 갑작스레 어디선가 본 적이 있는 얼굴이라는 느낌이 들었다.

하지만 그때는 술 취한 머리로 더 이상 깊이 생각하지 않기로 했다. 그리고 시계를 확인하고 헤어짐을 아쉬워하며 미스즈에게 계산을 부탁했다.

5

다니구치 교이치가 집에 찾아온 날, 리에는 생각지도 못한 사실을 듣고 크게 당황한 채 둘이 함께 경찰서로 갔다. 교이치에 대한 불신은 말할 것도 없고, 분명 법질서에서 벗어나버린 이 사태를 어떻든 신고하지 않으면 안 되겠다고 생각했기 때문이다.

경찰서는 그녀가 고등학생 때 매일같이 통학에 이용했던 버스 터미널과 지척 간이었지만 안에 들어간 건 처음이었다.

리에에게는 한 가지, 의외라고 생각되는 일이 있었다.

마음이 급해서 있는 그대로 형사에게 모두 다 얘기했지만 이런 이상한 일이 드러나면 그 즉시 큰 소동이 일어나는 게 아닐까, 하고 중간쯤부터 불안해지기 시작했다. 형사사건으로 수사가 시작되면 유토와 하나도 무관할 수는 없다. 좁은 동네인 만큼 소문은 눈 깜짝할 사이에 퍼질 것이다. 신문에 실리기라도 하는 건 아닐까…….

하지만 담당 형사는 왜 그런지 처음부터 계속 부루퉁했다. 두 사람의 혼란스러운 설명에 자꾸만 고개를 갸웃거리며 되물었다.

"예? 그럼 죽은 건 누구예요?"

그리고 딱히 경찰서 내 다른 형사와 상의해볼 것도 없이 우선 교이치에게 다니구치 다이스케의 실종 신고를 접수하라고 했다. 리에는 죽은 남편은 대체 누구인지 알아낼 방도를 문의했지만 거기에는 응해주지 않고, 아무튼 다니구치 다이스케를 찾는 게 먼저, 라고 말했다.

경찰에서는 그 뒤로 전혀 아무 연락도 없었다. 2주를 기다리다가 이쪽에서 먼저 전화를 하자 실종자 명부와 대조해봐도 합치하는 인물이 없다고 퉁명스럽게 답했다. 남편의 신원에 대해 리에가 물고 늘어졌지만, "현재로서는 조사할 방도가 없습니다"라는 말만 거듭할 뿐이었다.

리에는 무엇을 어떻게 해야 좋을지, 갈피를 잡을 수가 없었다.

그녀가 기도에게 문의해보기로 마음먹은 것은 그를 변호사로서 신뢰했기 때문만이 아니라 본가에 돌아온 뒤의 지난 7년여 동안이 갑작스럽게 현실감을 상실하는 바람에 어떻게 해야 할지 알 수 없는 상태였기 때문이었다. 그녀의 기억 속에서 가장 확실한 부분은 료를 잃은 그 요코하마 시절이었다. 그리고 그때 유일하게 의지할 수 있었던 사람이 기도 변호사였다.

리에는 전화로 경찰의 대응에 대한 불신감도 털어놓았지만 기도는 예전과 다름없는 침착한 목소리로 답해주었다.

"경찰은 아마 아무것도 못 해줄 거예요. 실종 사건만 해도 연간 수천 건이 넘으니까요. 특히 사망한 남편분이 누구였느냐는 점에 관해서는 더더욱 그렇습니다. 기본적으로 그들도 공무원이라서 귀찮은 일은 되도록 피하려 하게 마련이에요."

리에는 아연하면서도 이 상황을 냉정하게 공유해주는 존재에 구원을 느끼고, 경찰에게는 결코 입에 담지 않았던 의문에 대해 물어보았다.

"남편이 뭔가…… 범죄와 관련된 걸까요?"

기도는 잠시 생각해본 뒤에 신중하게 몇 가지 위법행위의 가능성을 제시하고 "좀 더 조사해볼 시간을 주세요"라고 말하는 선에서 그쳤다.

해가 바뀌어 2월 말에 기도가 미야자키까지 와주었다.

문구점의 응접 공간에서 얼굴을 마주했지만, 식사를 못 했다고 해서 근처 장어덮밥집으로 안내했다. 예전에 'X'가 처음으로 '다니구치 다이스케'라고 신원을 밝혔던 식당이었다. 하지만 일부러 그곳을 선택한 게 아니라 걸어갈 수 있는 장소 중에는 그 식당밖에 손님을 데려갈 만한 곳이 남아 있지 않았던 것이다.

7년 만의 만남에, 남의 말을 할 처지는 아니지만 기도도 그새 나이가 들었다는 느낌이었다. 관자놀이에 제법 흰머리가 보이기 시작하고 있었다.

"바쁘신 것 같네요."

리에의 말에 기도는 안경 밑으로 중지를 넣어 눈두덩을 꾹 누르면서 웃었다.

"예에, 2월에는 좀 그렇죠. 그래도 이제 좀 정리가 됐어요."

항상 요코하마의 변호사 사무실에서만 만났기 때문에 여기서 얼굴을 마주하는 건 뭔가 이상한 감각이었다. 기도는 창문 너머 산으로 둘러싸인 한적한 시골 마을의 풍경을 말이 끊길 때마다 빨려 들 듯한 눈빛으로 바라보았다. 그리고 연신 맛있다면서 특상 찬합 장어덮밥과, 기모스이[1] 대신 나온 이 지역 요리 고지루[2]를 싹싹 비웠다.

기도는 침착하고 친절한 변호사여서 리에는 어린 아들을 잃은 뒤 이혼 조정 기간 동안 그의 선량한 미소에 몇 번이나 큰 위로를 받았다. 7년 만에 다시 만난 그는 변함없이 신사적이었지만 이따금 어쩐지 쓸쓸해지는 표정이 눈에 띄었다. 게다가 스스로는 그것을 알지 못하는 기색이었다.

기도는 우선 리에에게 다니구치가와의 호적 관계를 정리할 것을 권했다.

사망한 남편이 '다니구치 다이스케'라는 인물이 아닌 것이라면 그녀가 다니구치 성을 계속 쓸 이유는 없을 터여서 리에도 그 권고에 동의했다. 남편의 일을 생각하면 다니구치라는 성에 애착이 없는 것도 아니었지만 다른 한편으로 교이치와 대면한 이후, 자신이 생판 타인의 성을 **무단으로** 쓰고 있는 듯한 꺼림칙함도 있었다.

　리에가 마음에 걸려 했던, 'X'가 '다니구치 다이스케'의 명의로 든 생명보험금의 수급에 대해서는 반환하지 않아도 된다고 설명해주었다.

　"'다니구치 다이스케'라는 이름으로 서류를 작성했지만 계약 주체는 어디까지나 'X' 씨였고, 'X' 씨가 계속 보험료를 납입했으니까요. 그건 수급에 있어 전혀 문제가 되지 않습니다. 군이 계약자의 이름을 정정한다든가 하는 수속은 할 필요 없어요. 혹시 문제가 된다면 내가 알아서 대응할 테니까 그건 걱정 마시고요."

　'다니구치 다이스케'와 리에의 호적은 본적지가 S 시의 리에의 본가로 되어 있었기 때문에 기도는 미야자키 가정재판소에 호적정정 허가를 신청했다.

　첫 번째는, '다니구치 다이스케'의 사망에 의한 호적에서의 제적을 복구하는 것이었다. 그 결과, 현재 사망한 상태로 경찰에 실종 신고가 들어간 '다니구치 다이스케'는 호적상으로도 살아 있는 것이 된다.

　두 번째로는, 리에를 '다니구치 다이스케'의 호적에서 제적시켜 종전의 다케모토 호적을 회복하는 것이었다. 즉 리에와 '다니구치 다이스케'의 혼인은 '착오'를 이유로 무효가 된다. 이 수속으로 리에의 호적에서 두 번째 결혼 사실은 완전히 없어지고, 'X'와의 자녀인 하나는 비적출자[3]가 될 터였다.

　기도는, 단독으로 가정재판소에 수속을 해도 되지만 상황이

워낙 복잡하니 리에도 출두해주기를 요청했다. 나아가 'X'가 '다니구치 다이스케'가 아니라는 것을 DNA 감정으로 증명하는 수속도 필요해서 'X'의 유품 중 전기면도기와 칫솔, 의류에 남은 머리카락이며 손톱깎이 안에 남은 손톱 등도 가져가기로 했다.

거의 반나절을 함께하면서 리에는 기도와 많은 이야기를 나눴다.

아이가 없는 걸로 알고 있었는데 얘기를 들어보니 지금은 아들이 하나와 비슷한 나이여서 아이 키우기에 대한 화제가 한바탕 이어졌다. 리에가 2011년 지진 때의 일을 물어보자 기도는 귀가곤란자로 넘쳐났던 요코하마의 상황이며 건물의 반파, 정전과 단수에 따른 고생담, 손님이 끊겨 외국인 종업원들이 귀국하는 바람에 한동안 한산했던 차이나타운에 대한 얘기를 해주었다.

료가 죽지 않고 첫 남편과 이혼하지 않았다면 자신도 요코하마에서 그런 경험을 했을 것이라고 리에는 상상했다. 만일 그랬다면 이 마을의 임업 현장에서 사고로 사망한 남자는 알 기회도 없었겠지만.

기도는 남의 말을 잘 들어주는 사람이어서 리에도 자연스럽게 말수가 많아졌다. 유품을 가져와 펼쳐놓고, 전화로는 그리 자세히 얘기하지 못했던 'X'와의 만남과 교제, 그 인품에 대해서도 이야기하게 되었다.

기도는 혹시 필요할지도 모른다면서 다른 유품들과 같이 휴대전화로 간간이 사진을 찍으며 'X'가 그려둔 스케치북을 한 권한 권 시간을 들여 살펴보았다. 리에는 조용히 뭔가를 생각하는 사람의 옆얼굴을 무척 오랜만에 본 듯한 마음이었다.

"정말 인품이 고스란히 드러나는군요. 소년이 그대로 어른이 된 듯한 그림이에요."

"네, 참 열심히 그렸어요. 남에게 보여줄 만한 능숙한 그림은 전혀 아니지만 그 사람의 마음의 거울 같은 거라서……. 이 그림 그대로의 사람이었어요. 순수하고 성실하고 남을 배려할 줄 알고. 거짓말로 남을 속이는 건 절대 못 할 것 같은 사람이었는데……."

기도는 충분히 이해한다는 듯이 고개를 끄덕이고 격려의 말을 해주었다. 더구나 'X'의 신원 조사까지 떠맡으면서도 그 비용은 미안할 만큼 저렴했다.

리에는 저도 모르게 중얼거렸다.

"기도 선생님은 정말로 좋은 분이세요."

하지만 이런 말은 실례였나, 하고 곧바로 후회했다.

그녀는 진심으로 그렇게 느꼈고 그에게 꼭 해주고 싶은 말이었다. 하지만 다양한 의미에서 부적절한 말이었던 건 틀림없었다.

기도는 눈을 동그랗게 뜨고 슬쩍 몸을 젖히더니 "그게 업무인데요, 뭘"이라며 웃었다.

리에는 중년의 어쩔 수 없는 쓸쓸함에 자신 쪽이야말로 민감해졌던 것 같아서 부끄러웠다.

기도가 미야자키에 머문 것은 잠시였지만, 돌아간 뒤에 실제로 리에 자신이 어쩐지 외롭고 쓸쓸해졌다. 그가 좀 더 있어주었으면, 이라고 생각한 게 아니다. 단지 현재의 자신이 맥없이 외로워진 것이었다.

그녀는 형사가 얘기했던 "죽은 건 누구예요?"라는 말을 그 뒤에 수없이 곱씹었다. 똑같은 소리지만 그녀는 그것을 '누가 죽었지?'라고 바꿔서 자신에게 다시금 물었다. 그러면 약간 의미가 달라지는 느낌이 들었다.

인생을 타인과 바꿔치기할 수 있다……. 그런 건 꿈에도 생각해본 적이 없지만 그녀의 남편은 실제로 그렇게 했던 것이다. 그는 다른 사람의 삶을 살았다. 하지만 죽음은? 죽음만은 어느 누구와도 바꿔치기할 수 없다.

그녀가 그것을 몸부림치며 깨달았던 것은 말할 것도 없이 료의 죽음을 마주했을 때였다.

료는 명랑하고 활발한 아이였다. 형 유토와 항상 함께 놀았던 덕분인지 말을 배우는 것도 놀랄 만큼 빨랐다. 기저귀를 1년 10개월 만에 떼어버려서 보육사들도 혀를 내둘렀지만, 남편은 그것을 자신이 인터넷으로 검색해 실천한 조기교육 덕분이라고 자랑스러워했다.

그런데 두 살 생일을 맞이하기 얼마 전부터 료는 다시 밤에 자주 오줌을 싸게 되었다. 어린이집에서의 낮 시간에도 실수하는 일이 잦아져서 리에도 보육사들도 "역시나 아직 좀 빨랐던 모양이네요"라고 웃으면서 다시 기저귀를 채웠다. 하지만 남편은 그 **뒷걸음질**을 어리광이라고 꾸짖었다. 특히나 잠자기 전에 료가 목이 마르다고 보챌 때마다 "그러니 오줌을 싸지!"라며 어떻게든 참게 하려고 했다. 그것 때문에 리에와 몇 번이나 말다툼을 했다.

그러는 사이에 료는 어쩐지 기운을 잃고 이따금 토하기도 했다.

리에는 처음에는 남편이 너무 엄하게 대해서 정신적으로 힘든 게 아닌가 하고 의심했다. 보육사도 그 생각에 공감했다. "배가 아파?"라고 물어도 "배가 아프지 않아?"라고 물어도 애매하게 "응……"이라고 대답해서 어디가 안 좋은지 알 수 없었지만, 아무래도 아침에 일어나 유치원에 가기 전이 되면 머리가 아픈 것 같았다.

남편은 리에의 그런 걱정을 자신에 대한 빈정거림이라고 생각하고 토라졌다. 웬일로 료를 데리러 어린이집에 가겠다고 하더니 오는 길에 말없이 근처 소아과에 데려갔고 "그냥 감기였어"라면서 받아 온 약을 부엌 카운터에 툭 던져주었다.

나중에 되돌아보니 전남편은 그 무렵 자신의 태도에 줄곧 신경을 쓰고 있었고, 결국 그게 모든 일이 꼬이는 결과를 낳은 것 같았다.

일주일 동안 약을 먹여도 료의 컨디션은 회복되지 않았다. 리에는 다시 료를 단골로 다니던 다른 소아과에 데려가려 했지만 남편은 "그렇게 자꾸 머리가 아프냐고 물어보면 료도 점점 그렇게 믿어버리기 마련이지. 정신적인 거라면 그건 당신 탓이야"라고 험악한 얼굴을 했다.

료를 진찰한 의사는 즉시 큰 병원에 가보라면서 소개장을 써주었다. 뇌종양이 의심된다는 말을 들은 건 그때가 처음이었다.

다음 주 MRI 검사 결과, 료는 대뇌 기저핵에 종양이 생긴 '전형적인 배아세포종'이라는 진단이 나왔다. 야뇨도 갈증도 그에 따른 요붕증尿崩症이라는 설명이었다.

리에는 그 최초의 진단에서 거의 매달리다시피 '낫는다'라는 말을 믿어버린 것을 지금까지도 후회하고 있었다. 무엇보다 의사도 처음에는 배아세포종이라는 진단에 자신감을 보였고, 나중에 주장했던 만큼 교모세포종의 가능성은 설명해주지 않았다. 현실을 마주하기가 너무도 힘들었지만, 의외로 남편은 그 진단을 일찌감치 받아들였다. 그는 가혹한 운명에 감연히 맞서는 것에서 자존심의 근거를 찾으며 기묘한 열의까지 내보였다. 그것은 이 상황에 이르기까지 아들의 질병에의 대처를 둘러싸고 **아내에게서** 상처받은 긍지에 대한 일종의 보상이 되었다. 거의 기운이 넘치는 듯한 모습이었다.

하지만 실제로 당시 일하던 은행에서 사직하고 입원 중인 료 옆의 간이침대에서 3개월 동안 함께 지새우며 간호를 계속한 것은 리에였다. 남편은 어떻든 결국 '낫는다'고 생각했었기 때문이다. 그리고 "일단 화학요법과 방사선치료를 하는 게 **합리적**"이라면서 리에가 그것을 선뜻 받아들이지 못하는 것을 '문과' 출신이고 '여자'이기 때문이라고 거듭거듭 나무랐다. 그는 그 치료가 얼마나 괴로운지 전혀 알지 못했던 것이다.

리에는 쉴 새 없이 구토에 시달리던 료의 모습을 애써 떠올리지 않으려고 했다. 구내염이 심해 침을 삼키는 것조차 아프다면서 울었고 순식간에 바짝 여위었다. 그녀도 거의 잠을 못 자고 밥도 넘어가지 않아 원래부터 작은 몸집이 3개월 만에 9킬로그램이나 줄었다. 그래도 '낫는다'고 믿었기 때문에 고통에 허덕이는 료를 껴안아주며 치료를 받게 했던 것이다.

우는 료의 얼굴 대신 그녀가 지금도 떠올리는 것은 침대에 누워 "열심히 치료받아야지, 사내니까. 그렇지?"라고 의사가 타이르자 두 손을 무릎에 짚고 "네⋯⋯, 네⋯⋯"라고 진지하게 고개를 끄덕이던 그 애처로운 표정이었다. 머리칼이 빠지고 얼굴은 다른 사람처럼 부어 있었다. '응'이 아니라 '네'였던 것은 남편의 주장에 따라 그렇게 버릇을 들인 것이었다. 죽고 난 뒤에도 수없이 료는 리에의 꿈에 나타나 그 지시에 "네⋯⋯, 네⋯⋯"라고 고개를 끄덕였다.

그리고 자신들이 료에게 강요했던 그 모든 고통이 완전히 무의미했다는 것을 알았을 때의 그 절망감. 그럴 거라면 그 짧은 목숨의 나날들에 자신들은 최소한 료에게 먹고 싶은 것을 마음껏 먹게 해주고 그토록 좋아하던 동물원에 데려가고 어떤 어리광이라도 받아주면서 조금이라도 삶의 기쁨을 느끼게 해주었어야 했던 것이다. 아니, 애초에 그런 엄격한 교육 따위 필요 없었다. 그럴 줄 미리 알았더라면! '낫지 않는다', 결국 **살려낼 수 없다**, 라는 것을 알았을 때, 리에는 눈에 보이지 않는 어떤 난폭한 손에 입이 틀어 막히고 두 팔이 뒤로 꺾인 것처럼 숨이 쉬어지지 않았다. 몸 안쪽이 불타는 것처럼 뜨거워졌다가 다시 얼음으로 채워진 것처럼 차가워져서 두 팔다리를 버둥거리며 그저 엉엉 울었을 뿐이다.

그때 자신의 몸이 무엇을 하려고 했는지, 리에는 이제 알 것 같았다.

그대로 더 이상 아무것도 모를 때까지 미쳐버리려고 했던 것이다.

리에는 결코 료의 죽음을 대신해줄 수 없었다. 병든 자식에 대한 그야말로 흔해빠진 표현이지만 그녀는 진심으로, 몸서리칠 만큼 강하게, 자신이 대신 죽어줄 수 있기를 빌었다. 그녀는 누구에게인지도 모른 채 오로지 그 기적이 일어나기만을 기도했다. 하지만 료는 결국 자신의 죽음을 자기 스스로 죽을 수밖에 없었다. 리에에게는 리에가 죽어야 할 죽음밖에 없었던 것이다.

'누가 죽었지?'라고 리에는 마음속에서 계속 중얼거리고 있었다. 호적상으로는 '다니구치 다이스케'라는 사람이 죽은 것이었다. 하지만 '다니구치 다이스케'의 죽음은 오로지 그 본인밖에는 죽을 수 없다. 그는 대체 누구였을까, 라고 리에는 죽은 남편에 대해 생각했다. 그것은 결국 그가 누구의 죽음을 죽은 것인가, 라는 질문이었다.

리에는 예전부터 습관적으로 그런 추상적인 생각을 해온 것은 결코 아니었다. 하지만 료가 죽는다는 것을 알았을 때, 그녀의 몸이 온 힘을 다해 미쳐버리려고 했던 것처럼 지금 그녀가 정신을 놓는 일 없이, 그리고 앞으로도 살아가기 위해, 생각하는 것 말고는 다른 방법이 없었다.

기도는 죽은 남편에게 'X' 씨라는 호칭을 붙였지만 그녀는 설령 편의상이라도 결코 그 말을 입에 담지 않았다.

이름이 아니라 임의로 붙인 기호로 부르는 것은 인간의 존엄에 대한 뭔가 근원적인 모욕처럼 생각되었다. 'X'라고 하면 마치 낯선 타인 같아서 기도가 그 호칭을 입에 올릴 때마다 리에는 대답할 말을 놓쳐버렸다. 그러고는 방금 곁을 쓱 스쳐 간 그 'X'를 대화의 한복판에 멈춰 선 채 돌아보았다. 그는 자신의 남편이었다. 하지만 멀어져가는 그 등에 대고 부를 **진짜** 이름을 그녀 자신도 알지 못하는 것이다.

죽은 자는 자기 쪽에서는 부를 수 없고 그저 불러주기를 기다릴 뿐이다. 하지만 이름이 정확하지 않은 죽은 자는 어느 누구도 불러줄 수 없어서 그만큼 한층 더 깊은 고독 속에 있는 것 같았다.

불단에 놓인 남편의 영정 사진을 마주하고도 리에는 어떻게 불러야 돌아봐줄지 알 수 없었다. 생전에는 아이들과 함께일 때는 '파파'나 '아빠'라고 했지만 둘만 있을 때는 '다이스케 군'이라고 부르는 게 습관이 되었다. 그 스케치북의 느낌대로 남편에게는 초등학교 동급생을 부르듯이 반드시 '**군**'을 붙여주지 않으면 안 될 듯한 면이 있었고, 게다가 그녀에게는 '다이스케'라는 이름의 스케suke라는 발음이 그 자체로 군kun이라는 발음을 미리 기대하는 것처럼 생각되었기 때문이다.

그리고 그것은 그가 거짓으로 바꿔치기한 '다니구치 다이스케'라는 타인의 이름인 것이다.

리에는 남편과의 거리가 가장 가깝고 그 사랑이 가장 깊어진 순간에 토해냈던 자신의 '다이스케 군'이라는 호칭의 기억을 되짚어 떠올렸다. 다른 누군가와 구별하기 위해서가 아니라, 그 밖에 아무도 없어서 말을 건넬 상대를 결코 틀릴 리가 없을 때도—아니, 그런 때야말로!—인간은 그런 식으로 사랑하는 사람의 이름을 부른다.

그는 그 순간에 아내가 자신의 이름이 아니라 타인의 이름을 입에 올린 것을 어떤 느낌으로 듣고 있었을까. '다이스케 군'이라는 호칭의 다양한 세부에 아내의 사랑이 스며들고 언제까지고 그 여운으로 자신을 감싸는 것을 그는 어떻게 느꼈을까.

이름뿐만이 아니다. 죽은 남편은 바로 그 다니구치 다이스케라는 생판 타인의 과거를 들려주었고 리에는 바로 그 인생에 깊이 공감했던 것이다.

남편이 별로 얘기하려 하지 않았던 어린 시절을 그녀는 이따금 상상해보곤 했다. 설령 자신과 동급생이었더라도 분명 학년이 올라가 반이 바뀔 때까지 거의 말을 주고받는 일은 없었지 않을까.

아주 조용하고 성실한, 점심시간에도 그리 눈에 띄지 않는, 반의 중심 그룹에서 한참 떨어진 자리에서 나름대로 재미있게 지내는 동급생. 누가 누구를 좋아한다느니, 고학년이 되면 싫더라도 휘말리게 되는 그런 종류의 화제에서도 미리 제외되고, 그래도 반감을 품게 할 만한 요소는 전혀 없는 동급생. 하지만 인간이 유년기를 되짚어 생각할 때는 날마다 어울려 놀던 친구 이상으로 왠지 그런 소년이나 소녀의 기억이 느닷없이, 말하자면 풍경처럼 뇌리를 스친다. 왜냐하면 그들은, 그냥 그리워지기 때문이다.

결혼 후에도 그는 선하고 너그러웠다. 말수는 적었지만 표정은 항상 온화하고 아내를 대할 때도 아이들을 대할 때도 목소리가 거칠어진 일이라고는 단 한 번도 없었다. 큰아이 유토가 태어난 뒤로 몹시 성급해지고 결국 그 탓에 료의 이변마저 놓쳐버린 전남편과는 정반대였다.

리에는 자신의 인생에서 그와 결혼 생활을 보낸 3년 9개월만큼 행복한 시절은 없었다고 생각했다. 하지만 그 기억은 되돌아보면 팽이처럼 아슬아슬한 외다리로 서 있었고, 그의 삶의 느닷없는 종언과 함께 한순간에 옆으로 픽 쓰러져 더 이상 돌지 않게 되어버렸다.

그가 아직 살아 있다면 그 말에 어떤 모순이 드러났더라도 돌아가는 팽이의 더러움이 완벽한 원으로 보이듯 리에는 그 모순을 미처 깨닫지 못했을지도 모른다.

남편의 기억은 그녀의 몸의 다양한 부분에 흔적을 남겨놓고 있었다. 그래서 더더욱 그 아래의 'X'라는 무기적 호칭에 적합한 무서운 얼굴이 투명하게 드러나는 것이 두려웠다.

뭔가 사정이 있었던 게 틀림없다. 그렇게 믿고 싶었다. 하지만 왜 말해주지 않았을까. 4년 반 가까운 시간이 있었다. 서로를 충분히 신뢰했었다. 결코 고백의 기회가 없었던 것은 아닐 터였다.

영정 사진을 마주할 때마다 리에는 불러줄 이름조차 없는 그 눈을 멍하니 바라보았다. 거짓된 성실함이란 정교하면 정교할수록 도리어 진실과는 한층 더 멀어지고 마는 것이 아닐까.

6

　‘다니구치 다이스케’의 사망신고를 무효 처리하고 리에를 다케모토 성의 호적으로 복귀시키는 재판소에의 신청은 판결이 나오기까지 짧으면 2개월, 길면 1년쯤 걸릴 거라고 기도는 설명했었다. 호적 복귀 쪽은 만일 각하된다면 혼인 무효 확인 소송을 할 필요가 있다고 했지만, 실제로는 다섯 달 뒤인 8월 초순에 양쪽 다 인정 판결이 나왔다.

　DNA 감정 결과, ‘X’는 ‘다니구치 다이스케’가 아니라는 과학적 확정까지 나와서 리에의 이력에서 두 번째 결혼 사실은 말소되었다.

　과거는 정정되고 그녀는 한 번의 결혼 사실밖에 없는 사람이 되어서 이제 더 이상 남편을 먼저 보낸 미망인도 아니었다.

　단순히 수속을 잘못했던 게 아니라 그녀 자신의 **행위** 자체가 잘못이었던 것이다. '다니구치 다이스케'라는, 만난 적도 없는 사람과 결혼했다고 믿었고 주위에도 그렇게 공언했다. 어디서 뭘 하는지도 알지 못하는 그 사람이 사망했다고 마음대로 관청에 신고서를 냈다……. 그렇게 생각하니 기묘하고도 비참한 서글픔이 덮쳐서 그녀는 자신이야말로 대체 누구의 인생을 살고 있는지, 자칫하면 그 실감마저 놓쳐버릴 것 같았다.

여름방학이 끝나고 유토의 2학기 개학 날 아침이었다.

"엄마, 하나가 올라가서 아무리 깨워도 오빠가 안 일어나."

아침 식사로 달걀 프라이를 하고 있던 리에는 "뭐? 안 일어나?"라고 하나를 돌아보았다.

"응, 하나는 이렇게 생각해. 오빠는 여름방학에 날마다 늦잠을 잤기 때문에 개학을 했는데도 아직 더 자야 한다고 생각하는 거야."

하나는 그렇게 말하더니 우습다는 듯이 눈이 초승달이 되었다. 다음 달이면 다섯 살이 되는 하나는 도치법이라고 하던가, 영어의 'I think that—'이라는 숙어처럼 자신의 생각을 전할 때마다 반드시 이런 식으로 우선 '하나는 이렇게 생각해'라고 시작했다. 거기서 일단 말을 끊고 침을 꿀꺽 삼키며 비스듬히 위를 올려다보고 잠시 생각을 정리한다. 리에는 그게 재미있어서 그다음 말을 기다리며 매번 저절로 미소 짓게 되는 것이다.

태어날 때부터 하나는 주위에서 '포동포동한 아기'라는 말을 들었다. 몸 전체를 보면 딱히 통통한 편도 아닌데 아무튼 팔다리가 무심코 만지고 싶을 만큼 살집이 좋고, 게다가 그 감촉이 이 세상에서는 따로 비슷한 뭔가를 찾을 수 없을 정도로 보들보들 했다.

그 포동포동하고 보들보들한 몸집도 걸음마를 하고 어린이집 에서 날마다 뛰어놀면서 점점 탄탄해지기 시작하더니 지난 1년 사이에 팔다리가 날씬해졌다. 이미 '포동포동한 아기'도 아니고, 본인도 그런 말을 들었던 것을 아마 기억하지 못할 터였다.

아이들은 성장이 빨라서 **이 아이다움**이라고 생각했던 것들 이 금세 그렇지 않게 되어버린다. 죽은 료도 자신이 알고 있었 던, 말귀 잘 알아듣는 것이라든가 참을성 강한 것이라든가 애교 도 많고 겁도 많았던 성격적인 특징들이 과연 정말로 그랬었는 지 몹시 애매한 느낌이 든다. 하지만 하나를 보고 있으면 적어도 그 생김새는 점점 뚜렷하게 아빠를 닮아가는 것 같았다. 특히 눈 이 많이 닮았다. 코는 어느 쪽도 닮지 않아서 오뚝할 것 같지만. ……하지만 그 모든 것이 이제는 누구인지도 알지 못하는 **한 남 자**의 풍모의 특징인 것이다.

리에는 문득 불길한 예감이 몰려와 얼굴이 창백해졌다. 달걀 을 접시에 담고 토스터로 구운 빵에 급히 버터와 잼을 발라준 뒤 에 하나에게 말했다.

"잠깐 오빠 깨우고 올 테니까 하나 먼저 먹고 있을래? 할머니 도 곧 나오실 거야."

"응, 알았어!"

2층 방으로 가보니 유토는 에어컨을 켜둔 채 침대에서 타월이

불을 휘감고 누워 있었다.

"왜 그래? 몸이 안 좋아?"

대답을 기다릴 새도 없이 리에는 침대에 달려가 유토의 등을 쓰다듬었다. 벽을 향한 채 유토는 그 몸을 한층 단단히 안으로 움츠렸다. 손을 내밀어 이마를 짚었더니 싫다는 듯이 베개에 얼굴을 묻었지만 열은 없었다.

"어딘가 아프면 엄마한테 말해. 병원에 가야지."

"……괜찮아."

"정말?"

잠시 뒤에 유토는 자신을 몰아세우는 것처럼 천천히 몸을 일으켰다. 그리고 베개에 눌린 머리를 긁적이며 시선을 떨군 채 말했다.

"엄마는 너무 걱정이 많아. 나는 료하고는 다르다고. 잠깐 감기로 머리가 아파도 난리를 치고. 나는 나고, 동생은 동생이야."

리에는 작게 한숨을 내쉬며 고개를 끄덕였다.

"그야 그렇지. 근데 어쩔 수 없어. 그런 일을 겪었잖아. 엄마의 걱정은 이제 불치병이라고 생각하고 유토도 따라주는 게 좋을 걸?"

유토는 고개를 들더니 어이없다는 듯 피식 웃었다. 내 아들은 이 나이에 벌써 세 명이나 가족의 죽음을 잇달아 겪었구나, 라고 리에는 새삼 생각했다. 그맘때의 아이들이 그렇듯이 죽음에 대해서는 둔감해서 얼핏 보기에는 마음에 깊은 생채기가 난 것 같지는 않지만, 어쨌든 행복했던 자신의 어린 시절과는 비교가 되지 않는 처지였다. 이대로 아무 일 없이 성장한다는 게 오히려 부자연스러울지도 모른다.

"정말 괜찮은 거야?"

"응. ……몸은 대략 건강한 편."

"그럼 뭐야? 기분적인 거?"

유토는 뭔가 생각하는 기색으로 가만히 있었다. 벌써 키는 리에를 뛰어넘었고 뺨에는 여드름이 생겼다.

"말해봐."

유토는 다시 머리를 긁적이더니 손으로 얼굴을 쓸어내리고 입술을 깨물며 할 말을 찾았다.

"나, 이제 성은 바꾸고 싶지 않은데……. 다니구치 성을 그대로 쓰면 안 돼?"

리에는, 왜 그걸 미리 헤아려주지 못했을까 하고 자신의 어리석음을 깨달았다. 유토는 사망한 아빠를 둘러싸고 지금 무슨 일이 일어나는지 전혀 알지 못한 채 예전 성씨로 바뀐다는 얘기만 들었다. 그리고 그것에 대해서는 의외로 순순히 "알았어"라고 고개를 끄덕였을 뿐이다.

"태어날 때는 '요네다'였는데 엄마가 이혼해서 '다케모토'가 됐고, 초등학교 들어갈 때는 '다니구치'로 바꿨잖아. ……중학교 입학하면 친구들도 선후배들도 다 '다니구치'라고 할 텐데 또다시 '다케모토'가 되었다고 하기가 좀……. 다케모토가 엄마한테는 익숙한 성이겠지만 나한테는 외할아버지 외할머니 성이라는 느낌이라서 뭔가 좀 이상하고, 애들이 다니구치라고 할 때마다 다시 다케모토로 바뀌었다고 알려줘야 하는 것도 싫고…….”

“……응, 진짜 그렇겠다.”

“엄마가 다음에 또 누구하고 결혼하면 내 성은 또 바뀌는 거잖아? ……성 같은 거, 아예 없었으면 좋겠다.”

유토는 어딘지 연극적인 웃음을 지으며 양 무릎을 두드렸다.

“더 이상 결혼은 안 할 거야. 이제 충분해.”

리에는 결혼으로 성이 바뀌는 것을 당연한 일로 받아들였다. 하지만 그것이 남편의 성이라고 생각하면 그나마 넘어가지만, 시댁에서 남편의 친척들에 둘러싸여 자신이 **이 사람들**과 같은 성씨구나, 라고 의식하면 그 즉시 강한 이질감이 느껴졌다. 그리고 친정에 돌아올 때마다 자신 속에 아직 남아 있는 '다케모토'라는 성이 반가웠다. 죽은 남편의 경우는 그런 점에서 사정이 달랐지만, 다니구치 교이치를 처음 마주했을 때의 일종의 거부반응에는 그런 감각도 어쩌면 포함되어 있었을 것이다.

만일 친부모를 사랑할 수 없었다면 태어날 때부터 주어진 성씨에도 **내 것**이라는 느낌을 갖지 못하는 것일까.

“엄마, 벌써 아빠 잊어버렸어?”

“그럴 리가 있어?”

“그럼 아빠 묘는 언제 만들어줘? 유골 항아리에 계속 담아놓고 있잖아. 요즘에는 아빠 얘기도 거의 안 하고, 엄마 이상해.”

“…….”

“엄마가 다케모토 성으로 돌아가도 나는 그냥 다니구치 유토여도 되지? 아빠……, 불쌍해. 친가 가족에게도 버림받았는데 우리까지 깨끗이 잊어버리면."

개학 날 아침의 뭔가에 쫓기는 듯한 조용함을 낡은 에어컨 소리가 강조해주고 있었다.

유토는 지난 추석 때 가족끼리 벳푸 여행을 가던 날부터 목소리가 걸걸해지더니 돌아올 때는 완전히 음성이 바뀌었다. 그런 탓도 있어서 리에는 아들이 부쩍 어른스럽게 느껴졌다.

커튼의 닫힌 틈새로 비쳐 드는 아침 해는 이 소소한 대화 동안에도 눈에 보이게 강해지고 애매미 울음소리는 그것을 부추기듯이 점점 높아졌다.

리에는 꾹 다물고 있던 입가를 풀고 힘없이 한숨을 내쉬었다.

"유토에게 아빠는 어떤 사람이었어?"

"응? 착한 아빠였지. ……아니야?"

"아니, 네 말이 맞아."

"혼을 낼 때도 분명하게 어째서 안 되는지 옆에 앉아서 설명해주고 내 얘기도 잘 들어줬는데……. 이전 아빠보다 인간적으로 훌륭했어. 나는 이전 아빠하고 한 핏줄이지만 나중 아빠가 진짜 아빠였으면 더 좋았을 텐데. 하나가 부러워."

유토는 재혼 이후로 한 번도 '**진짜** 아빠'라는 말을 쓴 적이 없었다. 당시에 아직 여덟 살이었기 때문에 단순히 엄마 말투를 흉내 내 '이전 아빠'라고 했었다. 하지만 분명 언제부터인지 '나중 아빠'에 대한 애착에서, 혹은 엄마에 대한 배려에서 '진짜 아빠'라는 말은 쓰지 말자는 결심 비슷한 것을 했을 터였다. 그렇게 말하는 순간 '나중 아빠'는 '**진짜가 아닌** 아빠'가 되어버리기 때문이다.

리에는 유토의 그런 속마음을 언젠가 은연중에 눈치채고 아들의 성실한 착함을 사랑스럽게 느꼈다. 그건 역시나 그가 '이전 아빠'에게서 물려받았다기보다 '나중 아빠'의 영향으로 얻은 성품인 것 같았다.

"아빠도 유토를 정말 좋아했으니까."

"나, 아빠가 죽어서 슬퍼할 일, 이제는 없는 거지? 할머니도 잘해주시고, 근데 좀⋯⋯." 그렇게 말하고 유토는 겸연쩍게 웃었다. "허전해. 아빠한테 얘기할 것을 날마다 잔뜩 안고 집에 돌아왔던 게⋯⋯."

그러더니 마침내 어깨를 떨며 울음을 터뜨렸다. 리에는 덩달아 눈물을 글썽이며 오열하는 아들의 등을 가만가만 쓰다듬었다.

"우리 유토가 아빠를 정말 좋아했구나."

"엄마는⋯⋯ 엄마대로 사정이 있겠지. 근데 나는 다니구치 성이 없어지면⋯⋯ 아빠가 더 이상 **내 아빠**가 아니게 될 것 같아서⋯⋯, 나는 그냥 이전 아빠의 아들이고⋯⋯ 나중 아빠는 엄마하고 재혼했고⋯⋯ 하나는 재혼한 뒤에 낳은 딸이라서 나하고는 아빠가 다르니까⋯⋯."

무릎 위로 뚝뚝 눈물방울이 떨어졌지만 고개 숙인 유토의 얼굴은 발갛게 달아오른 뺨만 보일 뿐이었다.

'나중 아빠'의 장례식 이후로 유토가 그녀 앞에서 이렇게 눈물을 보인 것은 처음이었다.

"왜 하나 혼자 있어? 엄마는? 2층에? ……얘, 리에, 하나가 혼자서 밥 먹고 있잖니."

1층에서 어머니 목소리가 들려왔다.

"네, 금방 내려갈게요."

유토는 가슴의 들먹임을 끅끅 견디면서 붉어진 눈가를 몇 번이고 훔쳤다.

"유토는 다니구치 성을 그대로 써도 괜찮아. 응, 그러자. 엄마는 법률문제 같은 게 있어서 다케모토로 돌아갔지만……. 그것도 나중에 다 얘기해줄게. 좀 복잡한 사정이 있어서 엄마가 애매하게 넘어갔던 것 같아. 미안해."

무슨 일이 일어나고 있는지 유토에게도 설명해야 한다고 리에는 생각했다. 최소한 진상이 밝혀진 다음에, 라고 생각했었지만 그게 언제가 될지 알 수 없다.

'나중 아빠'를 이토록 그리워하는 아들은 그의 거짓말에 대해 어떤 반응을 보일까.

유토는 엄마가 자신에게 뭔가를 숨긴다는 건 이미 짐작하고 있었다. 그리고 '복잡한 사정'이라는 그 말을 그때는, 엄마의 세 번째 결혼이라는 막연한 예감이 딱 맞아떨어졌다고 생각했던 것이다. 나중에 유토에게서 그런 얘기를 듣고 리에는 생각지도 못한 억측에 눈이 휘둥그레졌지만 그렇게 생각한 근거는 그녀가 문구점에 찾아온 기도와 나란히 외출하고 은밀하게 전화 통화를 자주 했던 것 때문이었다.

얼굴이 벌겋게 달아올라서 그 윤곽은 리에의 눈 속에서 부드

럽고 부숭하게 일그러졌다. 유토는 말없이 고개를 끄덕이더니 침대에서 내려와 커튼을 열었다.

바깥을 내다보며 한 손으로 거칠게 다시 한번 눈물을 훔쳤다.

좀 더 다부지게 살아가지 않으면 안 된다고 리에가 자신을 타이르는 것은 항상 이렇게 뒤에 남겨진 아이들의 성장을 마주할 때였다.

7

"당신은 자기 자신을 위해 그 반지를 산 것이지요?"

"네."

"당신의 아이를 위해서가 아니고?"

"……네, 나를 위해 샀어요."

"그런데 당신은 그 반지를 아이 손에 쥐여주었다는 건가요?"

"그건 반지를 쥐여주면 귀엽기도 하고 울음을 그쳤기 때문이에요. 그리고 그때 한 번뿐이었어요."

"그렇다면 당신은 아이가 그 반지를 쥐고 있는 것을 알았고, 스스로 반지를 아이에게 쥐여준 일이 있었다는 것이지요?"

"아니, 그때 딱 한 번뿐이었다니까요. 내가 지켜볼 때만……네."

"아이의 울음을 그치게 하려고 그 반지를 이른바 쪽쪽이로 사용한 적도 있었던 거 아닙니까?"

"그런 적은 없어요! 아니라고요. ……어떻든 그걸 만든 사람은 어린애가 입에 넣을 수 있다고 주의를 줬어야지요. 아무리 어른 반지라도 젊은 여성이 구입하면 어린애가 집에 있는 경우가 많잖아요? 대학생이 이런 상품을 마음대로 만들어서 파는 것부터가 무책임한 일이에요!"

"갑5호 증거의 원고 자택 내부 사진을 보겠습니다. 당신의 자택 거실에는 마그넷이 있습니까?"

"네."

"이 마그넷은 아이의 장난감은 아니지요?"

"예? 네……."

"당신은 마그넷을 아이의 손이 닿지 않게 높은 곳에 뒀습니까?"

"……네."

"당신의 자택에는 이번에 문제가 된 것과는 다른 반지도 있습니까?"

"……네."

"귀걸이도 있고?"

"……네."

"당신은 그 반지와 귀걸이는 아이의 손이 닿지 않는 장소에 두고 있지요?"

"……."

"이떻습니까?"

"······네."

"아이가 잘못해서 삼키지 않도록, 그렇지요?"

"그야······."

"하지만 이번 반지는 아이의 손이 닿는 곳에 두었다?"

"······."

"손이 닿는 곳에 두었을 뿐만 아니라 당신이 직접 아이에게
쥐여주었다. ······그렇지요?"

"그러니까 그건······. 네, 그렇긴 한데······."

"이상입니다."

오전 중에 요코하마 지방재판소에서 민사소송의 구두변론을
끝내고 기도는 사무실의 공동 파트너 나카키타와 차이나타운에
서 점심을 먹었다.

갓 튀겨낸 흑초 탕수육을 무심코 입에 넣었더니 혀끝이 타는
것처럼 알싸했다.

"그런 건으로 어떻게 소송을 권했는지 어이가 없더니만 역시
인상 고약한 변호사였어. 몇 기인지 모르겠어, 처음 보는 얼굴이
던데."

"언론사도 꽤 많이 왔었지요? ······인터넷에서도 엄마 쪽이
주의를 게을리한 거라고 엄청 두들겨 맞고, 원고도 참 딱해요.
화해는 절대 안 하겠다니까 재판에서는 분명 질 것이고, 싱글
맘으로 뇌에 장애가 남은 아이를 안고 앞으로 어떻게 하려는
지······. 우울하네요."

후지사와 시 소재 대학원의 여학생이 3D 프린터로 제작한 액세서리를 인터넷으로 판매했는데 구매자의 아이가 그걸 삼키는 바람에 질식했고, 가까스로 목숨은 건졌지만 뇌에 심각한 장애가 남았다. 그러자 어머니가 액세서리를 제작 판매한 학생을 상대로 2억 엔의 손해배상 청구 소송을 낸 것이다.

기도는 피고인 학생이 연구실 3D 프린터로 만든 팝아트적이고 선명한 색감의 귀걸이와 초커에 감탄했다. 최근에는 이벤트로 배포하는 노벨티[1] 같은 것도 만들고 있고, 지난 1년 동안 47만 엔의 매출액을 올렸다고 한다. 노동 시간을 감안하면 이익은 소소했지만 그래도 디자이너로서 이것을 본업으로 삼기로 마음먹었던 모양이다. 한편으로 기업이 당연히 가입해야 하는 생산물 배상책임보험에는 가입하지 않았고, 사업소득이 20만 엔을 넘으면 확정신고가 필요하다는 것조차 알지 못하고 있었다.

기도는 만날 때마다 질식한 아이를 안타까워하며 눈물을 흘리는 피고 여학생이 딱했다. 그녀 자신도 인터넷 악플 세례에 정신적으로 불안한 상태였고 앞으로는 일절 액세서리는 팔지 않겠다고 말하고 있었다. 하지만 이런 식으로 뛰어난 재능이 표현의 장소를 상실하는 게 너무도 안타깝기도 하고 법리적으로도 부당하다고 생각되었다.

재판에서는 애초에 해당 액세서리는 아이의 완구로 상정된 것이 아니므로 설계상 일반적으로 있어야 할 안전성이 빠졌다고는 할 수 없다는 것으로 원고 측과 다투었다. 동일한 사이즈나 형태의 **상품**은 각 가정마다 얼마든지 존재한다. 원고 측 변호사는 상세한 주의서를 첨부하지 않은 것이 결함에 해당한다고 주장했지만, 그녀의 액세서리에 그 정도까지의 표시 의무가 있다고는 생각되지 않았다. 앞으로 사회적 안전성을 위해 이 같은 취미적인 개인의 창조성에도 그 책임을 물어야 한다는 것은 일반론으로서는 일리 있는 관점이지만 법정에서는 무리가 있었다.

"아, 그러고 보니 최고재판소에서 혼외자의 상속격차 규정[2)]에 위헌판결이 나왔던데, 지난번에 얘기한 그 미야자키 건은 어떻게 됐어?"

나카키타는 요즘 이 식당의 최고 인기 상품 후이궈러우 카레를 주문해서 제법 먹을 만하다는 얼굴로 이마에 땀을 흘려가며 입에 몰아넣고 있었다.

취미로 드럼을 치는, 큰형님 느낌의 나카키타는 바짝 여윈 뺨에 부드러운 턱수염을 길러 변호사답지 않은 섹시함이 있었다. 가정과 밴드 활동으로 항상 바쁘게 뛰어다니면서도 형사사건을 선호해서 지금도 일이 꽤 많이 들어온다. 어떤 참혹한 사건이라도 법리 하나로 뚫고 나가는 성격이다. 몇 차례 그의 '개드갱'[3)] 분위기의 밴드를 들으러 갔던 기도는 배짱 두둑한 그 리듬 키프[4)]에서 한 성격 하는 것을 느꼈다. 대학 시절에 역시 밴드에서 베이스를 맡았던 기도와는 예전부터 죽이 맞아서 현재의 변호사 사무실을 설립할 때 가장 먼저 동업을 제안한 사람이 나카키타였다.

"다른 사람 행세를 했던 남자의 사망신고와 혼인신고는 무효가 됐어요."

"그렇군. 하긴 그런 정도일 거야, 해줄 수 있는 건."

"개인적인 관심도 있어서 '다니구치 다이스케'라는 남자의 소재와 그 사람 행세를 한 'X'가 누구였는지는 계속 조사 중이에요."

"마음에 걸릴 만도 해. 아, 그 사람들은 어떤 음악을 들었대? 음악 취미는 웬만해서는 속일 수 없는데."

"'X'는 글쎄요, 어땠었나⋯⋯. 그림 그리는 건 좋아했더라고요. 아, 다니구치 다이스케 쪽은 마이클 솅커5)를 좋아한다던데요? 예전 여자 친구에 의하면 그의 '신'이었대요."

"그럼 틀림없이 좋은 친구야."

나카키타가 웃으면서 말했다.

"단언을 하시네?"

"그 시절에 지방에서 엉엉 울면서 마이클 솅커를 들은 사람 중에 나쁜 친구는 없거든. 그건 내가 알아."

"나카키타 씨도 그런 걸 들었어요? 의외인데."

"아니, 그게 80년대였잖아. 아 참, 그러고 보니 그이들, 여전히 열심히 활동 중이어서 여기로도 공연하러 왔었어. 우리 밴드의 기타리스트도 오랜만의 라이브 공연이라고 반가워하더라고. 관객은 죄다 아저씨 아줌마들뿐이었지만. 다니구치라는 사람도 그 콘서트를 중심으로 찾아보면 의외로 쉽게 눈에 띄지 않을까?"

"오, 그렇구나. 생각도 못 해봤네요."

"음악 취향도 점점 바뀌게 마련이지만, 당시의 좋은 추억은 그대로 남아 있거든. 팬들의 커뮤니티 사이트를 체크해보면 어딘가에서 나올 수도 있어."

기도는 팔짱을 끼고 잠시 생각에 잠겼다. 그러자 카레를 싹싹 비운 나카키타가 물을 더 달라고 부탁하고 다시 입을 열었다.

"그 건은 어때? 그 과로사 소송 쪽."

"10월에 첫 번째 기일이라서 관계자 얘기도 듣고 뭐, 이것저것……."

기도는 최근 들어 항상 50여 건의 일을 떠안고 있었다. 음식점에서 근무하던 27세의 남자가 터무니없는 장시간 노동 끝에 자살하자 유족이 회사와 경영자를 상대로 소송을 낸 이번 사건은 특히 마음이 무거운 것 중의 하나였다.

"좀 지친 것 같은데?"

"아니에요……. 근데 이런 변호는 이러니저러니 해도 역시 남이라서 가능한 일이더라고요. 이제 새삼 실감하는 거지만."

"근본적인 문제지……. 아, 이번 여름에는 결국 아무 데도 안 갔어?"

기도는 고개를 가로저었다. 그리고 그대로 입을 다물려다가 스스로도 생각지 못한 것을 털어놓았다.

"지금 집안 분위기가 그리 좋은 편이 아니라서."

평소 사생활과 관련해서는 거의 말하지 않던 기도의 갑작스러운 고백에 나카키타는 엇 하는 얼굴을 했다.

어느 틈에 일상이 되어버린 기도 부부의 대화의 결핍은 남들이 보기에는 흔해빠진 '권태기'의 풍경에 지나지 않을 것이다. 그것은 컵에 따른 한 잔의 물처럼 고요하고 맑아서 둘 중 어느 쪽인가가 한 모금 마셔버리면 끝날 일이었을 텐데 너무 오래 방치해두는 바람에 이제는 마실 수 없는 물이 된 듯한 느낌이었다.

그리고 그 컵에 한 조각의 얼음이 떨어졌다……. 그렇다, 독약도 뭣도 아닌 그냥 얼음이라서 그것은 잠시 뒤에 녹아 없어졌지만 그들의 침묵은 분명 이전보다 냉랭해졌고 얼마쯤 비말이 튀고 수면이 흔들려서 그 기억은 언제까지고 남아 있었다.

발단은 기도의 미야자키 출장에 대해 가오리가 의심을 품은 것이었다.

기도는 비밀준수의 의무도 있어서 업무에 관한 얘기는 집에서는 거의 하지 않았다. 가오리 쪽에서도 전혀 관심을 보이지 않았기 때문에 둘 중 하나가 숙박 출장을 갈 때에도 그냥 '일'이라고 한 마디 하면 지금까지는 그걸로 정리가 되었다.

하지만 미야자키 출장에 관해 가오리는 별다른 근거도 없이 그저 **이상하다**고 느낀 것이었다.

기도는 처음에는 그 엉뚱하기 짝이 없는 의심을 웃으며 부정하고, 아내에게 뭔가 다른 스트레스가 있는 건 아닌지 걱정했다. 그렇게 말하자 가오리는 고개를 저을 뿐이었지만, 그 뒤로 남편에게 가시 있는 침묵으로 일관하고 그 대신 아들에게 엄하게 대해서 그것이 눈에 거슬려 마침내 그도 화를 내버렸다.

분노를 폭발시킬 정도의 기운도 없어서 오히려 일종의 무력감 때문에 그는 불쾌해지기 직전에 그걸 막지 못했다. 그 때문에 그 역시 아내를 마주할 때의 자신이 이제는 예전 같지 않다는 것을 의식하지 않을 수 없었다.

가오리가 구체적으로 리에와의 관계를 의심한다고는 생각하기 어려웠다. 어쩌다 우연히 휴대전화 같은 걸 들여다봤다고 해도 착각할 만한 대화는 아무것도 없었다. 하지만 미야자키 출장에 신경이 쓰였다는 것은 다시 말해 그것을 예감했다는 뜻이다. 그렇게 생각하자 기도는 다양한 의미에서 어처구니없는 심정이었다.

"의뢰인과 특별한 관계가 됐다가는 당장 징계를 받게 돼."

기도는 애써 심각한 얼굴이 되지 않도록 주의하면서 누군가의 우스갯소리라도 전하듯이 말했다. 아무리 그래도 남편의 업무에 대한 경의가 너무 희박한 거 아니냐고 말할 생각이었지만 그것까지는 입에 올리지 않았다.

기도는 그런 대화가 언뜻 뇌리를 스쳤지만 나카키타에게 그런 얘기까지는 하지 않았다. 그래도 조용히 기다려주는 그에게 다른 방향의 이야기를 더듬더듬 끄집어냈다.

"아내는 이를테면 '사상' 같은 단어는 지금까지 살아오는 동안 한 번도 진지하게 써본 적이 없을 듯한 사람이지만, 지금 부부간에 가로놓인 문제가 근본적으로 그런 차이에서 기인한다는 건 막연하게나마 감지한 모양이에요."

나카키타는 미간에 주름을 잡으며 물었다.

"그건 정치적인 의미에서?"

"글쎄요, 결국은 그렇겠지만 이건 그 이전의 얘기랄까……. 지난 7월 참의원 선거 때도 아내는 투표를 안 했어요. 근데 내가 꼭 투표하라고 설득할 수가 없더라고요."

"흠, 그렇군."

"나야 재일이라서 참정권이 가진 의미에 자각적이지만, 그러니 당신도 선거에 참여하라고 하는 건 뭐랄까…… 지나치게 반듯한 얘기일 거예요, 그녀에게는. 아이가 태어난 뒤로 내가 재일 출신이라는 것 자체를 별로 의식하고 싶지 않은 기색이기도 하고. 아마 억지로라도 투표소에 데려갔다면 당연한 듯이 자민당에 투표했겠지요, 지난번 선거에서도."

"처가가 어떤 일을 하신다고 했지?"

"장인이 치과 의사예요. 처남은 내과 의사로 개업했고."

"아 참, 그렇다고 했지."

"대지진 때도 나만 자원봉사를 어중간하게 해서 사무실 사람들에게 미안했었는데, 아내와 크게 싸웠던 건 그때가 처음이었어요. 주말에 처자식을 집에 팽개쳐두고 피난 모자를 도와주러 가는 건 위선이라는 게 그녀의 주장이었죠. 가족을 돌보는 것만으로도 힘에 부쳐서 도저히 그럴 여유가 없는 상황이라더군요. 그렇다면 내가 아이를 볼 테니 당신이 자원봉사를 다녀오는 건 어떻겠느냐고 해도 소용없었어요. 그녀는 자원봉사를 할 마음이 애초에 없었으니까. 걱정스러워서 도저히 아이 곁을 떠날 수 없다면서."

"뭐, 그때는 아이도 아직 어렸잖아."

"그래서 나도 이해는 하는데……. 물론 그녀가 불안해하는 것도 잘 알죠. 이 근처도 무너진 건물이 꽤 많았고 정전에 여진까지 있어서 정신적으로 지칠 대로 지쳤으니까. 우리 맨션도 시에서 새로 공표한 해저드 맵[6]에 직접적으로 쓰나미 피난 대상 구역으로 지정됐어요. 수도권 직하지진이나 난카이 해곡 지진[7] 같은 걸 생각하면 이미 매입한 맨션이지만 솔직히 여기서 계속 살아도 되나 싶기도 하고."

"우리도 마찬가지야. 지진 위험만은 어지간해서는 행동으로 직결되지 않더라고. 방재용품 정도는 준비해뒀지만 그것 때문에 이사까지 할 수 있느냐는 얘기라면 좀 어렵지."

"언제 지진이 날지 모른다는 것도 분명 맞는 말이고, 고작 한 달에 한두 번의 법률 상담 자원봉사였는데 그런 갈등 때문에 결국 계속할 수가 없더라고요."

"그 정도면 충분해. 아이도 어렸고, 기도 씨의 타이밍도 별로였어."

"뭐, 그런 비상시의 일을 그녀의 '사상'이라고 말해서는 안 되겠죠. ……젊을 때는 사랑하는 것과 상대의 사상과의 관계 같은 건 생각도 안 했어요. 사랑을 과대평가한 건지 아니면 사상을 과소평가한 건지……."

"사랑과 사상이라……. 의외로 요즘 젊은 사람들이 처음부터 그런 걸 더 의식하는지도 모르겠네."

기도는 예에, 하고 고개를 끄덕이고 그것을 기회로 입을 다물었다. '섹스리스'가 된 것은 실은 그때부터였다고 마지막에 자조적인 투로 얘기를 마무리하려고 했지만, 스스로도 의외일 만큼 그 말은 씁쓸하게 목에 걸렸다.

그는 수치심을 떠안은 채 다른 원만한 부부를 질투하며 자신의 성욕을 주체하지 못하는 남은 인생을 상상하고 서글픔을 느꼈다.

오후에 다시 재판소에 들어간다는 나카키타와 차이나타운에서 헤어지고 기도는 혼자 간나이 역 근처 변호사 사무실까지 걸었다. 여름의 잔영이 서서히 물러나는 기척을 땀이 날락 말락 하면서도 의외로 메마른 이마 끝으로 느꼈다.

요코하마 스타디움과 맞닿은 공원에는 유모차를 끌고 나온 엄마들이며 벤치에서 빵을 먹는 샐러리맨의 모습이 보였다.

사무실과 재판소와 자택이 너무 가까운 탓에 그는 그리 키가 크지 않은 근처 빌딩들도 음식점 거리도 은행나무 가로수도 평소부터 변호사로서 남편으로서 아빠로서, 다양한 시선으로 바라볼 수 있었다.

지금은 그중 어느 것에도 해당되지 않는 애매한 시선이었다. 그리고 조금 전 나눈 대화를 생각하며 리에를 만나기 위해 맨 처음 미야자키에 갔던 날을 떠올렸다.

프로야구 스프링캠프 시즌이라서 기도는 가까스로 공실이 나온 시가이아 쉐라톤 호텔을 이용할 수 있었는데, 그것이 또 아내의 의심의 원인이 되었다.

실제로 트윈 룸은 출장으로 쓰기에는 지나치게 좋아서 창문으로 아래쪽 골프 코스가 한눈에 내려다보이고 그 너머 바다와 하늘을 바라보고 있으려니 이런 곳에서 하룻밤 혼자 잔다는 것이 헛헛해졌다.

잠시 침대에서 뒹굴었다. 하얀 시트는 제복처럼 단단히 매트리스를 감싼 채 뭔가 난폭한, 앞뒤 가리지 않는 손짓으로 벗겨지기를 말없이 기다리는 것 같았다.

안경을 벗고 벌렁 누웠다.

예전에 땀에 젖은 전라로 격한 두근거림과 기분 좋은 심호흡과 함께 바라봤던 몇 개인가의 천장의 기억이 떠올랐다. 가슴속에 음외한 것이 펄럭거렸다. 누군가 반드시 옆에 있고 서로의 벗은 몸의 열기를 주고받아야 할 것 같은 매우 조심스러운 조용함이었다.

잠시 뒤에 그는 두서없는 망상을 한숨과 함께 털어내고 1층 레스토랑에 내려가 미야자키의 명물인 치킨난반[8]을 먹고, 택시로 시내까지 술 한잔 하러 나갔다.

밤에는 좀 쌀쌀했지만 재킷에 면바지 차림으로 발길 닿는 대로 걸었다.

여행에 익숙하지 않은 건 아니지만 관광객조차 아니라는 것이 나는 **어느 누구도 아니다**, 라는 감각에 깊숙이 빠져들게 했다.

이곳에 있는 모든 인간에게 그는 전혀 낯선 타인이었다. 물론 요코하마 거리에서도 그건 별반 다를 게 없지만 적어도 풍경은 이렇게 생판 타인 같지는 않았다. 그리고 이름을 상실하고 타인에게서의 **낯익음**을 상실한 그 상태가 그로서는 무척 유쾌했다.

상점가 아케이드 밑을 걸어가자 기도의 시야에 20대 시절 몇 번 갔었고 결국 그다지 빠져들 일도 없이 발길이 멀어졌던 종류의 점포 몇 군데가 스쳐 지나갔다.

그는 싸구려 전구가 번쩍이는 그 간판 앞에서 발을 멈출 뻔했다. 느닷없이—오히려 그렇다, 자신이 아닌 누군가처럼—오늘은 이곳에 들어가야 하는 거 아닌가 하는 생각이 들었다. 간판 설명서를 읽어보고 밝은 머리 색깔의 젊은 여자들의 사진을 보았다. 그리고 그 생각은 연기만 폴폴 피운 채 멈췄던 발걸음을 타성처럼 내디뎌 인터넷에서 사전에 검색해둔 바에 도착했던 것이다.

바는 카운터 너머로 조명을 받은 화분들이 멋스러운 곳으로 무성한 초록에서 새어 나온 빛이 다양한 위스키며 리큐어의 술병들을 아름답게 비춰냈다.

좀 피곤한 상태였기 때문에 8시경에 바에 들어갔지만 한두 잔만 하고 돌아갈 생각이었다. 하지만 뜻하지 않게 그는 그날 밤 자정 넘어서까지 내내 혼자서 술잔을 기울였다.

카운터에는 마지막까지 다른 손님은 없었다. 테이블석은 띄엄띄엄 손님이 들었고 안쪽 개인실에서는 문이 열릴 때마다 뭔가 시끄러운 소리가 새어 나왔다. 점원이 바쁘게 맥주며 안주를 나르고 뒤늦게 몸집 큰 몇몇 사람이 들어서는 것을 보고 캠프 중인 프로야구 선수들의 모임이라는 걸 알았다. 기도는 야구에 관심이 없어서 요코하마 베이스타스 선수들조차 제대로 알지 못했기 때문에 그들이 어느 팀인지는 알 수 없었지만 점원의 의미심장한 눈짓을 보고 아무래도 유명한 선수들인 모양이라고 짐작했다.

바 안에는 〈카인드 오브 블루〉9)며 〈포트레이트 인 재즈〉10) 같은, 누구나 아는 재즈 명반이 작은 소리로 흐르고 있었다.

기도는 첫 잔으로 보드카 김렛을 주문하면서 미스즈를 떠올렸다. 그는 오래도록 발랄라이카11)를 즐겨 마셨지만 그때는 왜 그랬는지 문득 보드카 김렛을 마시고 싶었고 그날 이후로 청년 시절에 그토록 탐닉했던 쿠앵트로12)의 달콤함으로는 더 이상 돌아갈 수 없게 되었다.

바텐더는 기도보다 약간 연상인 듯한 남자로 셰이커를 멋지게 흔들었지만 이럴 수가, 라임 열매를 짜 넣는 게 아니라 시판하는 주스를 넣는 바람에 칵테일 맛은 최저였다. 그리고 '맛있는 보드카 김렛을 만들어준 사람'이라는 미스즈의 인상은 그녀의 어딘지 모르게 권태감이 느껴지는 마음 편한 분위기와 함께 기도의 마음속에서 한층 더 고혹적인 빛을 발했다.

두 번째 잔부터는 진기한 사할린스카야를 스트레이트로 받았다. 차갑게 식어서 상큼한데도 의외로 옆으로 퍼지는 맛이 있어서 처음부터 이걸로 했더라면 좋았겠다고 아쉬워했다. 한숨을 토해내고 자신이 달랑 혼자 미야자키에 와 있게 된 이상한 상황에 기분 좋게 침잠해갔다.

안쪽 개인실로 향하는 음료가 일단락되고 드디어 여유가 생긴 바텐더가 말을 건네왔다.

"다른 현에서 오셨어요?"

"예. 티가 나요?"

"당연히 티가 나죠. 도쿄에서 오신 분?"

기도는 고개를 끄덕인 뒤 잔을 비우고 잠시 그 밑바닥에 고인, 기울여도 분명 혀에 닿지 않을 듯한 몇 방울분의 흔적을 들여다보았다. 그리고 그리 취했다는 자각도 없는 채 천천히 이렇게 뒤를 이었다.

"원래 고향은 군마현이에요. 이카호 온천여관의 둘째 아들이죠."

"오, 그래요? 거기, 유명한 온천지죠? 난 가본 적이 없지만."

"예에. 여기 규슈에도 좋은 온천이 많으니까 웬만해서는 거기까지 갈 일이 없겠죠. ……여관은 형이 물려받았고 나는 둘째라서 집을 나와버렸어요. 가족과 사이가 별로 안 좋아서."

갑작스럽게 털어놓는 속 깊은 얘기에 바텐더가 당황한 것 같아서 기도는 미소를 지어 보였다.

'X'는 이런 식으로 '다니구치 다이스케'로서 이 도시에 도착해 그의 과거를 자신의 과거로 이야기했을까. 새로운 인생에 자리 잡은 기분, 바꿔 탄 기분을 확인이라도 하듯이?

바텐더는 잔을 닦으면서 다정한 공감이 담긴 눈빛으로 기도의 이야기를 받아주었다.

"나도 그래요, 처음 오신 손님에게 할 얘기는 아니지만. 우리 집은 토건 회사예요. 역시 형이 물려받았죠."

그렇게 말하며 고용 점상이라는 바텐더는 명함을 건네주었다. 기도는 그것을 받으면서 말했다.

"아, 미안합니다, 마침 명함이 떨어져서. 나는 다니구치예요. 다니구치 다이스케."

물론 그걸 미심쩍어하는 일은 없었다.

단지 그것뿐인 대화에서 기도는 처음 만난 이 바텐더와의 사이에 뭔가 특별한 관계가 싹트는 것을 느꼈다.

그는 벌써 이 도시에서 완전히 낯선 사람은 아니게 된 것이다. 길거리를 걷다가 어딘가에서 이 바텐더와 마주칠 수 있고, 그렇게 서로 간에 "아아"라는 식으로 가볍게 인사쯤은 나눌 터였다.

기도는 사할린스카야를 한 잔 더 주문하고, '다니구치 다이스케'로서의 과거를 들려주었다. 'X'가 그날 리에에게 들려준 것과 똑같이, 아버지에게 간을 이식해주는 문제가 마지막 기회가 되어 가족과의 관계가 영원히 회복 불가능해졌다는 것을 안타까운 웃음을 섞어가며 옛이야기처럼 담담하게 말했다. 연기라는 의식조차 거의 없이, 오히려 이야기할수록 말과 자신이 혼연일체가 되는 것을 느꼈다.

귀를 기울여주던 바텐더는 "참 힘드셨겠네"라고 그리 과장스럽지 않게, 하지만 친근한 투로 맞장구를 쳐주었다. 그대로 눈물을 글썽이며 억병으로 취해버리는 것도 가능할 듯한 밤이었다.

간나이 역 근처 변호사 사무실 빌딩 앞에서 신호를 기다리며 기도는 눈앞을 스쳐 가는 차를 바라보았다. 불현듯 자신이 '다니구치 다이스케'로서 차에 치여 죽는다면, 이라고 상상했다. 행인도 없는 깊은 산속에서 넘어진 삼나무가 그야말로 그 목숨을 앗아 가려고 했을 때, 'X'의 마음속에는 무엇이 스쳐 갔을까.

기도는 요코하마에 돌아온 뒤, 'X' 행세를 했던 그 몇 시간의 표현할 길 없는 기쁨이 잊히지 않았다. 그는 긴장되고 흥분되고 머리가 핑 도는 것을 느꼈었다. 인간은 그것을 보통 비극의 효능으로 알고 있지만, 영화를 보거나 책을 읽거나 하는 게 아니라 육성으로 타인의 인생에 동화하고, 그것을 내측에서부터 체감한다는 것은 역시나 취미적인 뭔가가 될 수 있을지도 모른다. 아무래도 씁쓸한 뒷맛을 남긴 파렴치한 장난이었지만.

바로 며칠 전, 다시 미야자키까지 발걸음을 하면서 기도는 은밀히 그 처음의 밤, 번화가에 놔두고 와버린 자신을, '다니구치 다이스케' 행세를 한 'X'로서의 삶의 속편을, 다시 살아볼 수 있다는 것에 흥미진진한 기대를 품었다.

하지만 결국 그가 그 바에 다시 찾아가는 일은 없었다.

낮에 리에를 만나 'X'의 **정체**를 둘러싼 그녀의 고뇌를 새삼 접하자 장난삼아 '다니구치 다이스케'라는 이름을 대고 술을 마셨던 자기 자신에 대해 양심의 가책이 느껴졌다. 실제로 다시 한번 그 바에 가본들 처음 같은 감흥은 얻지 못할 게 틀림없었다.

게다가 '다니구치 다이스케'로서 이야기할 만한 것이 그에게는 이제 거의 남아 있지 않았다.

어떤 사정인지는 알 수 없지만 'X'는 단 한 번뿐인 인생에서 아마도 두 사람의 인생을 살았던 것이다. 전반부의 인생은 포기하고 완전히 새로운 또 다른 삶을 시작하겠다는 결단을 내리고.

'X'에 대해 기도로서는 역시 아무래도 이해할 수 없는 것이 두 가지가 있었다.

그는 자신이 'X'에 대해 막연한 **선망**을 품고 있음을 자각했다. 하지만 아무리 현재의 삶이 지겨워졌더라도 그로서는 그것을 완전히 버릴 수는 없었다. 쉐라톤 호텔에서 노천탕의 뜨거운 물에 몸을 담그고 그는 이곳에 아들도 함께 데려왔다면 얼마나 좋아했을까, 라는 생각을 몇 번이나 했었다.

'X'에게는 그런 식으로 계속할 만한 가치가 있는 삶의 기쁨이 전혀 없었던 것일까. 마치 다니구치 다이스케가 가족에게서 결코 떼어낼 수 없는 자신의 과거를 어느 순간 완전히 내팽개치고 떠나버린 것처럼?

계속 미워하는 것보다 더 철저한 미움으로 아예 **무관한 사이가 되겠다**는 그 결단. 그리고 'X'는 그런 다니구치 다이스케의 과거를 받아들여 그대로 따라가는 것으로 얼마간의 **치유**를 손에 넣은 것일까.

또 한 가지, 기도는 역시 'X'가 사는 내내 리에를 속인 것이 이해가 되지 않았다. 왜냐하면 기도에게는 'X'와 리에의 사랑이 자신은 결코 경험해보지 못한 뭔가 지극히 순수하고 아름다운 것으로 느껴졌기 때문이다.

그 돌연한 죽음의 방문이 없었다면 언젠가는 진실을 털어놓을 생각이었을까. 하지만 애초에 그런 거짓된 과거에 대한 공감으로 그는 그토록 큰 상처를 입은 여자의 마음을 감동시켰던 게 아니었던가. 설령 다른 모든 것이 거짓이었다고 해도 그 장어덮밥집에서 점심을 함께하며 입을 열었던 순간만은, 그는 반드시 **정직**했어야 하지 않을까.

그 거짓은 이윽고 성취된 진짜 사랑에 의해 용서를 받았을까.

……진짜 사랑?

8

9월 셋째 주 월요일은 '경로의날'로 공휴일이었다. 그리고 그 다음 날, 기도는 사법연수원 시절에 교토에서 친하게 지냈던 동기 변호사가 허혈성 심부전으로 돌연사 했다는 부음을 받고 당일치기로 오사카까지 달려가 장례식에 참석했다.

혼자서 도쿄행 노조미[1] 막차를 타고 밤의 창문을 멍하니 바라보았다. 형광등 불빛을 받아 생생하게 드러난 전차 안 풍경은 피로의 무게로 어딘지 모르게 그로테스크했다. 꾸벅꾸벅 조는 사람이 많았지만 술에 취해 이야기판이 멈추지 않는 사람들도 몇 팀 있었다.

열차 안의 공기에는 하루 일을 끝낸 이들의 땀과 맥주와 마른 오징어인지 뭔지 모를 안주 등의 냄새가 숨 쉬기 답답할 만큼 뒤섞여 있었다. 기도의 양복은 게다가 향불의 잔향을 머금고 있었다.

　나이가 나이인 만큼 친척이나 지인의 부보를 받는 일도 많아졌지만, 흡족하게 살지 못하고 죽은 젊은 사람의 장례는 호상 때와는 전혀 다르게 뭔가 힘에 부쳤다. 남겨진 아내도 초등학생 두 딸도 내내 울고 있어서 기도는 변변한 위로의 말도 건네지 못했다. 약간 비만한 편이었지만 본인이 배를 슬슬 문지르면서 다이어트 결심을 매번 웃으며 얘기하는 정도였을 뿐 아무도 심각하게는 생각하지 않았었다. 화장터를 뒤로하자 그가 죽었다는 사실의 현실감도 처음 소식을 받은 순간의 애매함 쪽으로 휘적휘적 발길을 돌려 되돌아가는 것만 같았다.

　기도는 자신이 지금 죽는다면, 이라고 생각하고 그 사실을 엄마에게서 듣고 놀라는 소타의 얼굴을 상상했다. 분명 그 의미도 알지 못한 채 "아빠 죽었어?"라고 되묻지 않을까. 게다가 그가 항상 어려운 것을 알기 쉽게 풀어서 말해주었듯이 "응, 그렇단다"라고 직접 설명해줄 수도 없는 것이다.

　자신은 아직 죽을 수 없고 죽고 싶지 않다고 통절하게 느꼈다. 그리고 지진 이후로 그의 마음속을 줄곧 차지해왔던 정체를 알 수 없는 기분을 표현하는 것으로 '존재의 불안'이라는 말이 불쑥 떠올랐다.

　죽음의 공포는 물론 기도에게도 있었다. 죽으면 그 순간부터―털끝만큼의 지연遲延도 없이!―이 의식은 끊겨서 그 뒤 두 번 다시 아무것도 느끼지 않고 아무것도 생각할 수 없이 그저 시간이 살아 있는 자들을 위해서만 끊임없이 흘러가는 것에 언제까지고 완전히 무관하다. 그러한 사고가 그의 의식을 몰아붙였다. 자신은 오늘도 이렇게 살아 있고 이 세계는 지속되고 있다. 하지만 2년 전 쓰나미로 사망한 1만 5천 명이 넘는 사람들은 지금 무슨 일이 일어나는지 인식하고 거기에 관여하기 위한 실체를 털끝만큼도 이 세상에 갖고 있지 않은 것이다. 이 세계뿐만 아니라 아마도 저세상에도 어디에도.

그런 죽음의 공포가 그의 생에 대한 감수성을 과민하게 만들었다.

하지만 이런 사색은 거의 잊어가고 있었다고 해도 무방할 정도로 이제 새삼, 이라는 생각도 들었다. 왜냐하면 기도도 남들과 비슷하게 10대 때는 나란 무엇인가, 라는 것을 장래 어떤 직업을 가질 것인가, 라는 고민과 연결해 엄청 고민했었기 때문이다.

그는 결국 아버지의 조언에 따라 어찌어찌 변호사가 되었다. '이걸로 괜찮은 걸까?'라고 미래를 막연히 내다보며 자신이라는 인간은 변호사라는 직업을 통해 실현되어야 할 어떤 자인 것이라고 믿으려고 했다. 단적으로 말해 그는 살기 위해서 나란 무엇인가라는 질문을 할 필요가 있었고, 그런 탓에 희망이 있고 또한 불안하기도 했다.

하지만 지난 15년 사이에 그는 그러한 사색을 다행히 이미 극복된 과거로서 되돌아보는 것이 일상이었다. **다행**이라고 느낀 것은 취직난을 겪은 그의 동세대 중에는 직업을 통한 자아실현이라는 매슬로[2]적인 이론대로 살지 못하고 사회적 아이덴티티와 수입에 있어서 어쩔 수 없이 아직껏 불안정한 삶을 살아야 하는 사람이 적지 않고, 게다가 그는 일상적으로 변호사라는 입장에서 그런 그들과 마주하고 있었기 때문이다.

그런데 지진의 충격이 아무래도 진즉에 해결되었어야 할 나란 무엇인가라는 질문으로 그를 다시 불안에 빠뜨렸다.

그것은 예전 질문의 단순한 반복이 아니라 나이에 걸맞게—언어로 하면 아주 작은 차이였지만—이렇게 다시 묻고 있었다. 즉 '이걸로 **괜찮았던** 것일까?'라고.

중년의 자연스러운 감각으로서 이름은 역시나 언제든 '기도 아키라'였지만 그 나름대로 다면적인 삶을 살아왔고 그는 이제 자신이라는 인간을 그러한 과거의 결과물로서 포착하고 있었다. 예전에 미래였던 인생은 상당한 만큼 이미 달성한 과거가 되어 그가 어떤 인간인지 대부분 판명되어가고 있다.

물론 좀 더 다른 삶의 방식도 있었을 것이다. 그것도 아마 무한대의 다양한 가능성으로서. 그리고 그는 지금 나란 무엇인가, 가 아니라 **무엇이었는가**, 라는 것을 살기 위해서라기보다 오히려 어떤 인간으로서 죽을 것인가, 라는 것을 의식하며 다시 질문하도록 추궁당하고 있었다.

소타도 이윽고 자신이 사라지고 없는 세계를 살아가게 될 것이다. 이를테면 지금 자신과 같은 나이 때, 라고 생각해보니 33년 뒤라는 계산이 나왔다. 기도는 그때 71세가 된다. 그때도 살아 있다면 좋겠지만, 이라고 그는 생각했다. 이미 죽고 없다면 소타의 기억 속에서 똑같은 37세라는 나이의 자신은 어떤 식으로 회상될까. 자신은 아들의 마음속에 어떤 인간으로 계속 기억에 남아 있을까…….

나이 때문만은 아니다. 바로 지금 이 순간 난카이 해곡 지진이 일어나 신칸센이 탈선하고 나는 어이없이 죽을지도 모른다. 그런 위험성이 결코 작지 않다는 것을 2011년 지진 이후 모두가 귀에 못이 박히도록 들어온 것이다.

그러한 동요 속에 그를 찾아온 또 하나의 불안이 간토 대지진 때의 조선인 학살 기억의 재래이고 나아가 최근에 두드러지는 극우의 배외주의였다.

그가 살아가는 일상은 그 자신이 직업적으로 그 유지를 위해 노력하는 법질서에 의해 실현되고 있었다. 그와 가족의 기본적인 인권은 지켜지고 그들은 주권자로서 이곳에 존재하고 있었다. 하지만 만일 그것이 일시적으로라도 무효화되는 파멸적인 시간, 파멸적인 공간이 **예외**로서 발생한다면? '조선인을 죽여라!'라고 백주에 당당히 길거리 한복판에서 외치는 선동가들에게는 그가 자신의 인생을 둘러싸고 사색해온 것 같은 섬세하고도 복잡한 질문은 아무 의미도 없을 것이다. 아니, 그런 **예외** 따위, 이미 필요 없는 게 아닐까. 데모의 목소리에 자극받은 누군가가 이 일상의 한복판에서 갑자기 마음먹고 나서기만 한다면 '조선인'을 죽이는 일 따위 언제라도 가능할 터였다.

기도는 그것을 처음으로 명료하게 언어로 생각한 참에 느닷없이 빈혈이 덮친 것처럼 몸이 불편해지는 것을 느꼈다. 열차 천장의 형광등이 소음처럼 눈에 부시고 불그죽죽하게 흐려지며 주위에서 맹렬한 힘으로 그의 몸을 내팽개치는 듯한 고통이 몰려왔다. 눈을 감고 허리를 구부린 채 그는 고통이 잠잠해지기를 기다렸다. 안경을 벗고 손바닥으로 아플 만큼 세게 얼굴을 비비고 왼발을 오른발로 맞비비듯이 하면서 버텼다.

한 차례 눈을 떴을 때, 옆자리에서 휴대전화를 만지작거리던 여자가 비스듬히 상체를 틀고 기도의 상태를 훔쳐본다는 것을 알았다. 하지만 그런 건 신경 쓸 여유도 없어서 그는 얼굴을 가리고 질끈 감은 눈을 손바닥으로 비비며 잠잠해지기까지 한참을 견디는 수밖에 없었다.

이건 무슨 발작 같은 게 아닐까, 하고 그는 자신의 몸의 반응에 크게 동요했다.

어지럼증이 좀 가라앉자 넥타이를 쥐어뜯듯이 느슨하게 풀고 등받이를 눕혔다. 그리고 눈을 감은 채 천천히 심호흡을 하자 그제야 불편한 고통이 물러가는 게 느껴졌다.

그는 리에가 입에 올렸던 "기도 선생님은 정말로 좋은 분이세요"라는 말을 떠올렸다. 그리고 몇 번이나 그 말을 약이라도 복용하듯이 반추했다.

자신에게 만일 간첩이라는 혐의가 씌워졌을 때, 혹은 죽여야 할 대상인지 어떤지 판단하겠다면서 '십오 엔 오십 전이라고 정확히 발음해봐!'[3]라는 식의 굴욕적인 명령이 떨어졌을 때, 그때도 그녀는 그렇게 증언해줄까. 나를 죽일 생각인 자들에게 그 말이 과연 의미를 가질 수 있을까. 오히려 적의가 그녀에게까지 파급되는 건 아닐까.

기도는 고통스럽게 찌푸린 미간의 주름을 좀체 풀지 못한 채, 동일본 대지진 이후의 아내와의 관계에 대해 생각했다.

기도의 지인 중에 쓰나미 피해를 입은 사람은 없었다. 하지만 그 상상을 초월하는 뉴스 영상에는 그도 큰 충격을 받았고, 뭔가 해야 한다는 마음에 도저히 가만히 있을 수 없었다.

그는 변호사 사무실 파트너 나카키타 일행과 연락을 주고받은 끝에 지진 피해자를 법적으로 지원하는 자원봉사 활동에 참여하기로 했다.

기도가 뛰어든 것은 이른바 '자주피난자自主避難者'[4] 문제로, 특히 재해구호법의 적용에 따라 공영주택이나 민간 임대주택을 '간주看做 가설 주택'[5]으로 무상 제공받은 이후에 그 집을 바꿔주기를 희망하는 사람들의 상담에 응했다. 왜 그런가 하면 지진 피해 직후의 혼란 속에 급하게 선택한 집 중에는 노후화, 근린 주민의 소음, 피재자에 대한 험담 등의 문제를 떠안은 물건이 적지 않았고, 게다가 그런 경우에도 '집주인의 사정'이나 '현저한 위험' 같은 조건을 채우지 못한 상태로 전거轉居하면 그 이후에는 자비로 임대료를 부담해야 하는 제도상의 허점이 있었기 때문이다.

고립된 자주피난자 중에서도 기도는 직장 때문에, 혹은 원전 사고의 영향에 대한 의견 차이 때문에 남편만 고향에 남고 아이와 함께 피난 생활을 시작한 엄마들을 담당하는 경우가 많았다. 남편이 언젠가는 이쪽으로 나오거나 아내가 아이들을 데리고 다시 고향으로 돌아가 모두 함께 한 가족으로 사는 것을 꿈꾸고 있었지만, 그대로 이혼에 이르는 사례도 여러 건을 접했다. 비참한 상황이었다.

가오리는 기도의 그런 봉사 활동을 이해해주지 않았다.

기도는 아내의 선량함이 가족과 그 이외의 사람, 혹은 친구와 타인으로 갈라놓은 선을 새삼 실감했다.

아이에 대해 그녀는 배려심 넘치는 착한 엄마였다. 어린이집의 소타 친구들의 이름도 기도보다 훨씬 더 잘 알았고 함께 차를 마시는 몇몇 친한 '엄마 친구'도 있었다. 하지만 어딘가의 낯선 하늘 아래 굶주리는 아이들이 있다는 것에는 당연한 일처럼 무관심했다.

기도는 국경없는의사회나 유니세프에 지속적으로 기부를 해왔지만 그런 '사회적인 선량함'이라고나 해야 할 태도를 가오리도 이전에는 '변호사답다'고 웃으며 바라보았다. 하지만 최근에는 그런 사고방식의 차이에서 서로 불쾌한 것을 느끼고 더 이상 화제로 삼지 않게 되었다.

아내의 생각은 기도도 잘 알고 있었다.

전 세계에서 이 순간에도 시시각각 인간은 죽어간다. 거기에 일일이 마음 아파하는가 하면 그 역시 그렇게까지 과도한 감수성을 갖고 있는 것은 아니다.

자신의 죽음은 무섭다. 아는 사람의 죽음은 슬프다. 증오하는 사람의 죽음은 길보인지도 모른다. 하지만 알지 못하는 생판 타인의 죽음은 어떤가 하면, 기도 역시 사실은 아무 느낌도 없기는 했다. 그래도 나였다면, 아는 사람이었다면, 이라고 상상하며 두려워하고 슬퍼했다.

신문 기사로 마주한 낯선 모녀의 교통사고 사망을 자신이나 자신의 가족의 일처럼 애도한다는 사람이 있을지도 모르지만, 만일 그가 자신의 가족이 죽었을 때 생판 타인의 죽음과 똑같은 정도로밖에는 슬퍼하지 않는다면 그것 또한 이상한 일이다. 사실 그가 변호사라는 일을 계속할 수 있는 것은 바로 그런 낙차 때문이었다.

그와 아내는 그 정도의 둔감함과 양심은 별다른 무리 없이 공유해왔을 터였다. 그녀 역시 일반적인 선에서 벗어날 만큼 냉담한 것은 아니어서 동일본 대지진 때도 기도가 제안했을 때 그녀는 벌써 적십자사에 3만 엔을 기부한 뒤였다.

하지만 가오리로서는 그런 식으로 뭔가 진심 어린 실감이 있는 것도 아닌데 언제까지고 낯선 타인을 위해 **뭔가 해보려고** 노력하는 남편이 이해가 되지 않는 것이었다. 그것은 직업상, 체면에 신경을 써서 그런 것인가, 아니면 자신의 박정함에 대한 나이브한 반성인가? 그렇게 그녀는 이상한 건 결코 자신이 아니라 남편 쪽이라고 생각했고, 실제로 둘이 만났을 당시의 일을 감안하면 그것도 맞는 말이라고 할 수밖에 없었다.

기도가 만일 시간과 돈이 무진장 남아돌고 그라는 사람이 두 명 세 명 존재한다면 가오리는 낯선 타인에 대한 그 분별없는 연민을 의아해하면서도 그냥 내버려두었을 것이다. 하지만 현실적으로 기도는 아내인 자신뿐만 아니라 소타를 위한 시간과 돈을 나눠야 하는 것이다. 지진이 일어났을 때, 소타는 아직 두 살 반이었다. 여진도 계속 이어졌고 언제 그다음 큰 지진이 올지도 모른다, 라는 때에 자신의 처자식을 놔두고 자주피난 중인 다른 집 처자식을 돌봐준다는 것을 그녀는 훌륭한 일이라고는 생각할 수 없었다. 그녀의 친구들 역시 아무도 그렇게 말하지 않았다.

기도는 그런 아내를 거짓 없는 솔직한 사람이라고 생각했다. 게다가 머리도 좋은 사람이다.

가오리는 남편이 '사회성'이라든가 '공공성'이라는 말로 설명하려고 하는 것들을 모두 다 이해하고 있었다. 돌고 돌아 결국 우리 자신을 위한 일이라는 것도 잘 알고 있었다. 다만 자선에 대한 기도의 태도에서는 일종의 공허한 과잉함을 느꼈고 그것은 그녀에게는 더욱 일종의 **취미 같은 행동**으로 생각될 뿐이었다.

그녀 자신은 어떤가 하면 나이가 들어가면서 자신을 강하게 매료시키는 것이 점점 줄어들어 이제는 가정 이외에는 거의 아무런 흥미도 갖지 못하게 되었다.

기도가 아내를 생각해서 아이는 내가 돌봐줄 테니까, 라고 어디서든 스트레스를 해소하고 오라고 권해도 대학 동창과 식사를 하며 아이 키우기에 대해 이런저런 이야기를 나누는 정도고, 그런 대화를 나눌 수 없는 독신 친구와는 어느새 완전히 소원해져 있었다.

아내가 그렇게 된 것은 명백히 출산 후의 일로, 그런 경향은 동일본 대지진 이후에 한층 더 강해졌다. 그리고 기도에게 이렇게 묻는 것이었다.

왜 꼭 그래야 하는가. 어째서 사무실과 가정을 왕복하는 것만으로는 만족하지 못하는가, 라고.

오다와라를 정시에 통과했다, 라는 안내 방송에 기도는 눈을 뜨고 몸을 일으켰다. 모르는 사이에 옆자리 여자가 내리고 없는 것을 보니 그새 잠깐 잠을 잔 모양이다.

기도는 멍한 눈으로 다리를 겯고 다시 한번 "기도 선생님은 정말로 좋은 분이세요"라는 말을 떠올렸다.

나는 그런 말을 듣고 싶어서 애써 **친절**하려고 해온 것일까. 결코 미심쩍은 구석이 없는 선량하고도 무해한 **보통 일본인**이라는 것을 증명하려고? 거기까지 생각한 참에 역시나 어처구니가 없어서 고개를 저었다. 다시 눈을 쓱쓱 비비고, 그럴 리 없다고 가슴속에서 중얼거렸다.

지진 피해 이후 내셔널리즘의 발호에 불쾌감을 느낀 건 사실이지만, 그것은 꼭 재일이어서는 아니었다. 그 증거로 사무실 동료들 역시 비슷한 감정을 품고 있었다. 극우들뿐이라면 그렇다 쳐도 모두가 10대 때부터 수많은 서적을 애독했고 경의를 품어온, 누구보다 성실해야 할 출판사들까지 '혐중'이니 '혐한'이니 하는 책을 간행하고 서점에 그런 책이 넘쳐나는 모습을 목도하면서 염세적이 되지 않는다면 그게 오히려 정신이 어떻게 된 것이다.

　'……사회에 대한 관심은 가오리가 어이없어했던 대로 어쩐지 눈에 거슬리는 모범생 같은 짓이라는 게 사실이고, 다만 꼭 그것뿐이라고는 할 수 없는 타고난 호인 기질도 있겠지. 내 행동의 어디까지가 위선이고 어디까지가 진심이냐는 건 생각해봤자 그야말로 쓸데없는 일이야……'

　'존재의 불안'은 분명 있었다. 하지만 그것 역시 이 나라의 미래가 어둡다는 것 쪽이 훨씬 더 큰 원인인 게 틀림없다. 변호사조차 일자리를 잃는 시대의 범용한, 소시민적인 불안에 지나지 않는 게 아닐까.

　기도는 아내와 좀 더 대화를 해야겠다고 마음을 다잡았다. 그녀도 분명 어떤 형태로든 지진 피해 이후에 동요하고 있을 터였다. 그렇게 가정의 분위기를 회복해나가자고 생각하면서 그는 마지막으로 어쩐지 번거로워서 못 본 척해왔던 한 가지 생각으로 손을 뻗었다.

　사태는 좀 더 단순하고 결정적인 것인지도 모른다. 즉 그는 더 이상 아내에게서 사랑을 받지 못하는 것인지도 모른다.

　그것에 대해 과연 어떤 노력이 가능한 것일까.

　붕괴는 이미 서서히 진행되고 있다. 그에게는 그렇게 생각할 만한 충분한 근거가 있었다. 왜냐하면 그들이 처한 상황은 그가 매일같이 상담해주는, 이혼에 이른 부부들과 거의 구별이 되지 않을 만큼 꼭 닮아 있었기 때문이다.

9

10월에 접어든 어느 날, 뜻밖에도 미스즈에게서 연락이 왔다.

미나토미라이의 요코하마 미술관에서 개최된 〈21세기의 새로운 비전〉 전시회에 갈 예정인데 시간 있으면 함께 어떠냐, 라는 청이었다. 다니구치 다이스케를 찾는 일에 대해서도 얘기하고 싶다는 것이어서 기도는 일정을 조정해 전시회를 관람한 뒤에 점심 식사를 함께하기로 했다.

미스즈의 근황은 인스타그램과 연동된 그녀의 페이스북을 통해 체크해왔기 때문에 대강은 알고 있었다.

글을 올리는 빈도는 그리 높지 않지만, 직접 먹어보고 맛있었던 케이크며 쇼윈도의 FW 시즌 의상으로 갈아입은 마네킹이며 일상의 꾸밈없는 풍경 사진을 찍는 게 상당히 능숙하고 첨부한 코멘트도 깔끔한 것이 그녀다웠다. 혼자 자주 영화를 보고 미술관에 찾아가는 모양이었고, 셀카는 거의 없이 이따금 친구가 찍어준 사진에 태그를 달아 올리는 정도였다.

환한 낮 시간의 모습에서도 '맛있는 보드카 김렛을 만들어준 사람'이라는 미스즈의 인상은 변함이 없었다.

댓글 칸에서는 업무 관계자며 친구들이 마음 편한 대화를 나누고 있었다. 기회가 날 때마다 그녀의 '아름다움'을 칭찬하는, 팬인 듯한 남자도 있었다.

서니의 마스터도 자주 얼굴을 내밀어서 '주정뱅이'들에 둘러싸여 함께 웃고 있는 사진이 몇 장이나 올라왔다.

기도도 단지 그녀와 연락하기 위한 목적으로 페이스북 계정을 개설했지만, 열심히 활동하지는 않고 남의 게시물을 공유하거나 미야자키 출장 사진을 몇 장 올리는 정도였다. 친구들에게도 알리지 않아서 항상 한산했지만 새 글을 올리면 미스즈는 반드시, 라고 해도 무방할 만큼 '좋아요!'를 눌러주었다. 기도는 그것이 페이스북의 예의인 모양이라고 생각했는데 다른 페이스북 '친구'들은 꼭 그렇지도 않았고 미스즈도 아무나 가리지 않고 '좋아요!'를 눌러주지는 않는 것 같았다. 기도는 답례로 자신도 미스즈의 새 글에 '좋아요!'를 누르면서 어떤 표식인지도 잘 알지 못하는 그 자그마한 대화에 조금쯤 가슴이 설렜다.

하지만 지난 두 달 남짓한 동안, 그들의 페이스북상의 교류는 약간 복잡하게 얽힌 상황이었다. 왜냐하면 미스즈는 다니구치 다이스케를 찾기 위해 무단으로 그의 이름을 사용해 계정을 개설하고 그인 **척하는** 게시물을 올리고 있었기 때문이다. 다니구치 다이스케 본인이 본다면 분명 연락을 할 것이라는 생각에서였지만 기도는 아무래도 그 방법에는 호응할 수 없었다. 그런 제안을 한 것은 미스즈가 아니라 다니구치 교이치였다고 한다.

교이치는 행방불명인 동생을 경찰에서 전혀 수색해줄 생각이 없는 것에 분개하고 있었다. 즉 그런 것에 분개할 만큼 그는 이번 일이 큰 사건으로 비화할 가능성이 없다는 데에 일단 안심한 것이다. 실종은 가족으로서는 큰일이지만 경찰에게는 '흔한 일'이다. 그리고 큰 소란으로 비화될 우려가 없어지고 기도에게서 호적상으로도 동생은 아직 살아 있고 리에와의 혼인도 무효가되었다는 내용을 전해 듣자 그다음부터는 가족 간의 문제로 내밀하게 처리하기를 원하고 있었다. 경찰에 분개한 것은 어느 쪽인가 하면 대응에 나선 형사가 거들먹거려서 비위가 상했기 때문이었다.

교이치는 동생은 역시 살해된 것이 아니냐고 의심하고 있었다. 기도가 어이없었던 것은 인터넷에서 검색해봤는지 그의 입에서도 북한 공작원에 의한 '업혀 가기'라는 얘기가 나온 것이었다. 기도가 부정적인 반응을 보이자 더 이상 강하게 주장하지는 않았지만, 어쨌거나 살해된 것이라면 단순한 피해자라기보다뭔가 세상의 동정을 사지 못할 만한 꺼림칙한 배경이 있어서일거라고 교이치는 넘겨짚고 있었다. 동생이 원래 그런 녀석이기때문이라는 것이다. 그리고 그렇게 생각하자마자 불안해서 견딜 수 없는 모양이었다.

"지진 피해 때조차 아무 연락이 없었어요. 뭔가 이상하잖습니까. 살아 있다면 전화쯤은 해줬겠죠. 아니면 살아 있으면서도 연락할 면목이 없을 만큼 끔찍하게 살고 있거나."

동생을 찾는 일은 괜히 긁어 부스럼이 되기 십상이라며 교이치는 완전히 소극적인 자세였다. 하지만 뜻밖에도 그의—그들의—어머니가 눈물을 흘리면서 그것을 나무라고, 죽기 전에 꼭 한 번 다이스케를 보고 싶다고 수색을 재촉한 모양이었다.

다니구치 다이스케의 호적부에는 미야자키현 S 시로 전거하기 이전의 오사카 시 기타 구의 아파트 주소가 남겨져 있었다. 요도가와 강변의, 지은 지 45년이나 된 낡은 물건으로 임대료는 3만 8천 엔이었다. 임대주택 소유주는 근처에서 운영하는 건축 사무소로 되어 있었다.

기도는 리에와도 상의한 끝에 교이치까지 셋이서 그 아파트 소유주를 찾아가보면 어떻겠느냐고 제안했다. 하지만 리에에게서 답장이 오기까지 시간이 지체되는 사이에 교이치 혼자 냉큼 건축 사무소 사장을 만나고 온 모양이었다.

교이치의 보고는 이런 것이었다.

건축 사무소 사장은 동생이 행방불명이라는 교이치의 말에 딱하게 여겨주었다. 그리고 다이스케의 사진을 찬찬히 들여다보더니 분명 자신의 임대주택에서 살았던 사람이다, 라고 말했다. 교이치는 혹시나 해서 'X'의 사진도 보여줬지만 이쪽은 본 기억이 없다고 고개를 가로저었다.

오사카의 임대주택에서 살던 무렵까지 다이스케는 본인 그대로였다. 그렇다면 그 뒤에 어딘가에서 'X'를 만났고 이름부터 호적까지 모든 것을 상실한 것이다.

교이치는 경찰에서 그런 기본적인 사항조차 조사해주지 않은 것에 새삼 분개했다.

이어서 그는 당시의 계약서나 퇴거 때의 서류에 다이스케의 전화번호나 전거한 곳의 주소가 적혀 있다면 알려달라고 부탁했지만, 그 즉시 그때까지 협조적이던 건축 사무소 사장이 퍼뜩 정신을 차린 듯한 표정이 되었다. 그리고 "아, 아직 있으려나, 서류가? 나중에 찾아봐야겠네"라면서 말끝을 흐렸다.

아마도 뭔가 번거로운 일이 생겼을까 봐 경계했던 것이리라. 그럴 만도 했다. 역시나 그 뒤로 사장에게서는 아무 연락도 없었다고 한다.

기도는 업무차 나갔던 김에, 라면서 교이치가 어찌 됐든 직접 오사카까지 찾아간 것은 이해할 수 있었다. 하지만 그가 미스즈에게 동생의 페이스북 계정을 개설하게 한 의도는 잘 알 수 없었다. 아무리 생각해봐도 미스즈가 다이스케인 척하며 계속 글을 올리는 건 기묘한 일이었고 그리 효과가 있을 것 같지도 않았다.

하지만 '친구'로서의 교이치와 미스즈, 거기에 미스즈가 대역을 맡은 '다니구치 다이스케' 간의 대화를 지켜보는 사이에 기도는 점점 교이치가 어떤 생각을 하는지 짐작할 수 있었다. 그리고 몹시 역겨운 뭔가를 느꼈다.

'다니구치 다이스케'의 페이스북에는 미스즈와 교이치가 갖고 있던 옛날 사진이 몇 장 업로드 되어 있었다. 출신 학교와 출신지가 기본 정보로 올라와 있고, 마이클 셍커와 그가 소속되었던 그룹 스콜피온스, UFO의 페이지에 '좋아요!'를 눌러두었다. 미스즈에 의하면 다이스케는 특히 UFO의 팬이었다지만, 공식 홈페이지의 팔로워가 25만 명이 넘어서 검색도 되지 않기 때문에 설령 그가 그 팔로워 중 한 명이라고 해도 찾아내는 건 쉽지 않았다. '다니구치 다이스케'라는 이름을 가진 사람은 페이스북뿐만 아니라 트위터나 인스타그램 등의 SNS상에 다수 존재했는데 모두 관계없는 사람들인 것 같았다. 'X'와의 사이에 어떤 대화가 오고갔는지는 알 수 없으나 살아 있다고 하더라도 애초에 본명으로는 등록하지 않았을 터였다. 아니면 'X'와 본명을 교환한 것일까.

만일 다니구치 다이스케가 살아 있어서 미스즈가 만든 가짜 계정을 봤다면 분명 깜짝 놀랄 게 틀림없다. 혹시 'X'라고 생각할지도 모른다. 하지만 '다니구치 다이스케' 행세를 했던 'X'는 아마도 미스즈의 존재까지는 알지 못하는 게 아닐까. 다니구치 다이스케로서는 자기 행세를 하는 누군가가 전 여자 친구와 친하게 대화를 나누는 것을 본다면 역시나 마음이 편치 않을 것이다. 그렇게 되면 접촉을 시도해 올까.

어쨌든 이 가짜 계정상의 대화를 보면서 알게 된 것은 교이치가 미스즈에게 호감을 품고 있다는 것이었다. 그것도 최근에 시작된 게 아니라 형제간에 아무래도 그녀를 둘러싸고 오래전부터 인연이 어긋났던 것이다. 대략적인 스토리는, 교이치도 미스즈를 사랑했지만 그녀는 동생을 선택했다, 라는 것인 모양이었다. 굳이 묻지는 않았지만, 메신저로 직접 대화도 하는 것 같았다.

미스즈가 대역을 맡은 '다니구치 다이스케'는 현재도 건강하고 명랑하고 소심하지만 그 나름의 승부욕도 있고 다정한 모습이다. 예전과 똑같이 UFO의 〈러브 투 러브〉라는 곡을 듣고 '울어버렸다'라고 하기도 한다. 그건 말하자면 미스즈의 바람이고, 실제로는 달리 어떻게 상상할 도리도 없는 것이다.

다이스케의 기억과 노닐면서 그녀는 자신의 과거 또한 그리워하고 있었다. 추억과 일체화한다는 것은 말하자면 그에 대한 사랑을 다시 만져보고 그 손끝을 물끄러미 응시하는 것이었다.

미야자키 출장 때 혼자 바에 들러 마치 'X'가 된 것처럼 '다니구치 다이스케' 행세를 해보면서 기도는 이미 상당히 취기가 올랐을 즈음에 자신이 예전에 사랑했던 여자로서 미스즈 얘기를 했었다. 다니구치 다이스케에 대해 알고 있는 모든 것을 얘기하다 보니 저절로 튀어나온 것이었지만, 그 이후로 기도가 가진 미스즈에 대한 의식에는 미묘한 변화가 생겨났다.

단 한 번, 단 몇 시간 동안, 젊은 시절에 그녀를 사랑했고 그녀에게서 사랑받은 남자로 살아봤다는 사실은 그의 내면에서 남에게 들킬까 봐 겁이 나는 비밀이 되었다. 그는 그녀를 마주하자 수치심을 느끼고 내심 동요했다. 왜냐하면 그것이 연애 감정을 감추려고 하는 사람의 태도와 흡사한 것이었기 때문이다.

아내가 품고 있는 불륜 의심은 기도의 마음속에서 복잡하게 난반사하고 있었다. 미야자키 출장이 발단이 되었기 때문에 기도는 그 상대를 리에라고 생각하고 어이없어했지만, 기실 가오리가 예감했던 것은 미스즈의 존재였는지도 모른다. 물론 기도는 그것도 일소에 부칠 수밖에 없었지만.

미스즈와는 그날, 미나토미라이 역에서 11시에 만나기로 했다.

오프숄더풍의 헐렁한 블라우스에 발목이 드러난 면바지라는 편한 차림새였는데 스타일이 좋아서 아주 잘 어울렸다. 기도의 넥타이 차림은 나란히 걸어가자니 그야말로 촌스러운 느낌이었다.

바에서 만났을 때와 마찬가지로 미스즈는 느긋하게 웃는 얼굴로 인사를 건넸다.

"미안해요, 바쁠 텐데 나오시라고 해서."

바에서는 스툴에 앉아 약간 올려다보면서 이야기를 했지만, 이렇게 가까이에서 마주하자 애굣살이 도톰한 큰 눈과 높은 콧날의 시원한 선이 한층 더 시선을 끌었다. 아침이었던 만큼 향수 냄새도 아직 뚜렷했다.

평일 오전 중이고 젊은 신인 작가의 현대미술전이기도 해서 관내는 한산했다.

오르세 미술관을 미니어처로 만든 것처럼 천장까지 뻥 뚫린 건물의 계단을 오르내리면서 별반 대화도 나누지 않고 작품을 보고 다녔다.

기도는 딱히 미술 전문가는 아니지만 폰타나[1]의 〈공간 개념〉 같은 세련된 단순함을 좋아하는 편이라서 마분지로 만든 배라든가 '참 잘했습니다' '잘했습니다' '좀 더 분발하세요'라는 세 가지 스탬프를 무수히 찍어 그려낸 초등학생의 초상화, 애니메이션을 주제로 한 폭력적인 드로잉 등에는 별다른 감동을 느끼지 못했다.

미스즈는 이런 것을 좋아하는가, 하고 이따금 표정을 살펴봤지만 그녀도 딱히 발을 길게 멈추는 작품은 없었다.

그래도 2층에서 발견한 〈세 살 때의 기억〉이라는 설치미술은 둘 다 예외적으로 재미있게 관람했다. 작가는 베를린에 거주하는 20대 후반의 일본인 여성이라는데 기도는 이름을 들어본 적이 없었다.

상자 모양의 드라마 세트 같은 큼직한 작품으로 그 안에 들어가면 작가의 세 살 때의 자택 거실이 충실히 재현되어 있다. 그것이 그녀의 최초의 기억의 풍경인데, 방의 스케일은 실물 크기가 아니고 배치된 가구며 도구들이 하나같이 거대하다.

작가의 의도는 세 살이던 자신의 시선이 바라본 세계를 '그대로' 신체적으로 추체험하는 것이었다. 네모난 목제 식탁은 기도의 눈높이 정도이고 거기에 맞춘 다리 네 개의 의자는 기어 올라가지 않으면 앉을 수 없을 만큼 크다. 부엌의 조미료나 핫케이크 가루 등, 모든 것이 큼직큼직해서 고개를 젖히고 올려다봐야 할 만큼 손이 닿지 않는 장소에 놓였고 부엌칼의 칼날은 허리에 차는 검처럼 길다. 즉 상대적으로 감상자의 몸은 작아지는 것이다.

기도는 날마다 소타가 자택 거실과 주방을 오락가락하는 모습을 지켜봤기 때문에 이 작가의 생각에 충분히 공감하면서 자신의 어린 시절까지 향수와 함께 떠올렸다. 세면대 앞에 서도 거울이 보이지 않던 나이에서 샴푸를 하면 조금씩 머리카락이 보이고 얼굴이 보이고 스스로 이를 닦을 수 있게 되고 이윽고 허리께까지 모든 것이 비치게 된다. 주변의 가구며 도구들이 이토록 압도적이었던 시절, 나는 날마다 무슨 생각을 하고 있었을까…….

설치 작품에는 부엌에 서 있는 어머니도 있었는데, 그것만 약간 조잡한 것이 옥에 티였다.

기도는 미스즈와 함께 낑낑거리며 그 의자에 기어 올라가 식탁 너머로 마주 앉았다. 바 카운터를 끼고 마주했을 때와는 다르게 서로에게 겸연쩍은 웃음이 터졌다. 두 사람 다 어린아이의 몸으로 돌아간 것 같았고 또한 과거로 돌아간 것 같기도 했다. 가공의 어렸을 때의 친구로서 함께 간식이라도 먹고 싶은 기분으로 기다리다 보면 두 사람보다 훨씬 큰 누군가가 그것을 차려내주지 않을까 하는 마음이 들었다.

점심 식사는 역 바로 옆 빌딩에 입점한 몽생미셸의 유명한 레스토랑에서 이보다 더 거품을 낼 수는 없다고 할 만큼 한껏 부풀린 오믈렛을 먹었다.

전시회의 감상을 이야기하다가 둘 다 전체적으로 저조한 편이었다고 쓴웃음을 지었다. 미스즈는 따분한 전시회에 불러내 미안하다고 사과했지만, 기도는 고개를 저으며 〈세 살 때의 기억〉은 상당히 재미있었다고 말했다.

"네, 맞아요. 반나절은 거기서 멍하니 보낼 수 있을 것 같더라고요. 근데 부엌에 서 있는 어머니의 등이 쓸쓸해 보였어요. ……그건 뭘까요, 작가가 표현하고 싶었던 것이?"

"글쎄요, 만듦새가 너무 서툴러서 인물은 잘 못하는 건가 했었는데, 네, 그럴지도 모르겠네요. 능숙하게 표현할 수 없는 이유가 따로 있었던 모양이지요?"

기도는 자신에게는 전혀 보이지 않았던 것을 찾아낸 미스즈의 시선에 감탄했다.

"어머니와의 관계로 고민했었나 봐요, 해설을 보니까."

"아, 나는 해설을 못 봤네. 하지만 역시 행복한 유년기를 보낸 사람에게는 정말 좋은 향수 체험이겠지만 그렇지 않은 사람은 괴로웠겠군요, 그 공간이."

미스즈는 동의하듯이 미소를 짓고 '기도 씨는?'이라는 눈빛을 보냈다. 대답을 하건 하지 않건 양쪽 다 받아줄 듯한 표정이었다.

"나는 아마 행복한 집안 쪽이었어요. 부모님과도 동생과도 사이가 좋았고."

"네, 그런 느낌이 들더라고요."

"그렇습니까?"

"네. ……우리 집도 좋은 의미에서 평범했었죠."

"다만 나는 재일 3세예요. 고등학생 때 귀화했으니까 지금은 일본 국적이지만. 그래서 실내 풍경이 약간 달랐어요, 그 당시 일본의 전형적인 가정집과는. 한글로 쓴 책도 있었고, 치마저고리 차림으로 기념 촬영을 한 할머니와 어머니 사진이 걸려 있기도 했고. 약간의 차이였지만. ……아까 그 작품은 해외에서는 아마 각국의 사람들이 자신의 어린 시절의 기억으로 변환해서 감상할 테지만, 일본 국내에서는 '보통의 가정'을 보여주는 방식이 비판의 대상이 될 수도 있겠어요. 세계 곳곳에 뿌리를 둔 국민들이 증가하고 경제적인 격차도 점점 벌어지는 상황이니까요. 아니, 오히려 그런 것 자체를 다시 생각하게 해주는 작품인가……."

기도는 첫 대면 때는 그토록 경계했던 자신의 출신을 그야말로 쉽게 입에 올렸다. 말을 내뱉고서야 뒤늦게 그것을 의식했다.

아마도 미술 작품을 접한 다음이었기 때문이고, 동시에 지난 몇 달 동안 미스즈가 뭔가를 느끼는 방식, 생각하는 방식을 공유해왔기 때문일 터였다.

미스즈는 딱히 놀라는 얼굴은 아니었지만 자신의 지금까지의 언동을 되짚어보는 듯한 눈빛을 보였다.

"그렇군요. 그런 점은 나는 미처 생각도 못 했어요. 한 번 더 봐야겠는데요?"

"나도 방금 전의 미스즈 씨의 감상을 듣고 그 작품을 다시 보고 싶어졌는데."

"그럼 함께 다시 가볼까요, 여기서 나가는 길에?"

미스즈는 웃으면서 농담이라는 얼굴을 했다. 그리고 걱정스러운 표정으로 말했다.

"지난번에 만났을 때, 서니에서의 대화, 불쾌하셨겠네요."

전혀, 라고 기도는 어깨를 움츠렸다. "납치 문제 얘기 말이지요? 하지만 뭐, 그게 사실이니까요. 마스터가 좀 강하게 주장하긴 했지만."

"그것뿐만이 아니라……." 미스즈는 그다음 말을 머뭇거렸다. "마스터는 중국인이나 한국인 등에게 편견이 있거든요. 뭔가 몸에 배어버렸다고 할까……."

"그렇게나 흑인음악의 광팬이라는 사람이? 차별에 민감해지지는 않는 건가요?"

"그런 쪽으로 이어지지는 않고 있어요. 아마 차별한다는 생각도 못 할걸요."

기도는 그리 유쾌한 화제도 아니어서 적당히 고개를 끄덕이는 것으로 마무리하고 "그 사람은 미스즈 씨의……"라고 물어보려고 했다.

하지만 미스즈는 끝까지 듣기 전에 입가를 찌푸리며 부정했다.

"그런 얘기 자주 듣는데, 그런 거 아니에요."

기도는 굳이 '하지만 마스터 쪽에서는 마음이 있지요?'라는 쓸데없는 질문까지는 하지 않았다. 그 틈새의 어색한 침묵 때문에 미스즈는 조금 전의 대화로 돌아갔다. 다시 끄집어낸다기보다 자신의 입장을 확실하게 해두고 싶어 하는 눈치였다.

"최근의 헤이트 스피치 같은 거, 정말 최악이죠. 뭔가 진짜 불쾌해요."

기도는 '힘드시겠네요'라는 식으로 남의 일처럼 딱하게 여기는 투가 아니라 그녀 자신의 분명한 혐오감이 담긴 그 말에 무의식 속에 남아 있던 긴장이 탁 풀리는 것을 느꼈다.

"솔직히 그런 정도까지 가면 상처를 입는다든가 화가 난다든가 하는 느낌도 없어요. 죽으라느니 바퀴벌레라느니, 그런 수준까지 떨어지면. ……뭐, 좀 피곤하긴 하죠."

김빠진 탄산수 병뚜껑을 돌렸을 때처럼 힘없는 웃음이 새어나왔다.

"왜 그렇게 됐을까요? 몇 년 전까지는 정말 있을 수도 없는 일이었잖아요."

"아마 인터넷의 밑바닥에 가라앉아 있던 말들을 휘저어버린 모양이지요."

"법률로 단속할 수는 없나요?"

"그런 움직임도 있지만 표현의 자유와 겹쳐진 문제라서 법조계에서도 의견이 갈렸어요. ……나는 헤이트 스피치의 정의를 명확히 정한 상태에서 역시 규제에 나서야 한다고 생각합니다. ……다만 뭐라고 할까, 나는 그런 문제에 관여하고 싶지 않더라고요. 그야 그런 자들을 경멸하고 있고 모두 사라져준다면 내 인생의 스트레스도 약간은 줄어들겠죠. 하지만…… 약간일 뿐이에요. 내 인생에는 그것 말고도 생각해야 할 중요한 일들이 많으니까. 지금 진행 중인 재판도 있고 가정에 대한 것도 있고, 특히 아이에 대해서…… 그리고…….”

기도는 미스즈의 얼굴을 응시했다. 지금 여기서 그녀와 함께 보내는 시간이야말로 얼마나 중요한지 모른다, 라고 내친김에 말해버리려다가 수작을 걸 때 쓰는 문구 같아서 관두기로 했다.

그는 접시 위의 건강하게 부풀어 오른 오믈렛을 먹기 시작했다. 적당히 구워진 갈색 자국이 있고 반으로 접어 맞붙인 곳에서는 거품을 낸 달걀이 거의 패배감을 갖게 할 만큼 오만하게 흘러넘쳤다. 바다를 향해 밀려오는 용암 같은 모양이었다.

“……아무튼 다양해요. 좀 더 진지하게 고민하고 상처 입고 할 만한 일들이 산더미처럼 많습니다. 물론 즐거운 일, 기쁜 일도……. 나는 코리아타운도 아니고 그냥 평범한 동네에서 일본인과 똑같이 컸기 때문에 따돌림 같은 경험도 없었어요. 내 출신을 최근까지 스티그마로 의식해본 적도 거의 없었고.”

“스티그마가 뭐였더라……?”

“아, 스티그마는 타인의 차별이나 악감정이나 공격의 재료가 될 만한 특징이에요. 그 특징이 딱히 나쁜 것이 아닐 때도. 이를테면 얼굴의 멍이라든가 범죄력이라든가 출신지라든가.”

“스티그마가 그런 거였군요.”

“네에, 그런 것이 강조되면 그 사람이 가진 다른 다양한 면이 무시되고 말겠지요. 인간은 원래 다면적인 존재인데 재일이라는 출신이 스티그마화 하면 이것도 저것도 다 그걸로 규정되는 거예요. 나쁜 의미뿐만이 아니라 솔직히 나는 재일 동포끼리 우리 재일이잖아, 하고 어깨동무를 하는 것도 별로 마음에 들지 않아요. 그건 우리 똑같은 이시카와현 사람이잖아, 라는 것도 마찬가지예요. '가가 거지'[2]라는 자학 소재를 들으면 뭐, 그럴싸하다고 할 수도 있겠지만 매사에 그런 잣대를 들이대면 좀 그렇죠. ……변호사잖아, 일본인이잖아, 라는 식의 규정도 다 마찬가지죠. 아이덴티티를 하나의 뭔가로 묶어놓고 그걸 타인이 쥐어 잡고 흔든다는 건 정말 못 견딜 일이에요."

"네, 정말 그렇죠. 나도 항상 그 얘기를 하고 있거든요."

미스즈는 몸을 뒤로 젖혔다가 그다음에는 등받이의 반동으로 쓰윽 앞으로 내밀고 눈을 반짝여가며 공감했다.

"미스즈 씨는 나보다 더 실천적이던데요? 프리랜서로 일하고 밤에는 바에서 칵테일을 만들고."

"내 인생의 기본이 '3승4패주의'거든요."

"뭐죠, 그게?"

"인생, 항상 좋은 일만 있는 건 아니니까 '3승4패' 정도면 괜찮다고 생각하는 거예요."

"4승3패겠지요. 3승4패라면 실점이 더 많잖아요."

기도는 단순한 말실수라고 생각해서 정정해주었지만 미스즈는 고개를 가로저었다.

"아뇨, 3승4패가 좋아요. 내가 이래 봬도 엄청난 비관주의자예요. 진짜 비관주의자는 명랑하다, 라는 게 내 지론이죠. 애초에 좋은 일을 전혀 기대하지 않으니까 아주 조금만 좋은 일이 생겨도 진짜 기쁘거든요."

미스즈는 웃으면서 의기양양하게 자설自說을 펼쳐나갔다. 기도는 그 말에 허를 찔린 느낌이 들었다. 그리고 자신 속에 새로운 시야가 열린 듯한 일종의 감명을 받았다.

"그렇군요……."

"다이스케가 갑자기 사라진 것도 그렇고, 내가 대략 운이 없어요. 그래서 사실은 2승4패 정도도 괜찮지만 목표는 높게 잡자는 뜻에서 '3승4패주의'로 했어요."

"좋은 생각인데요?"

"그렇죠?"

"요즘 세상은 1패라도 하면 다른 3승까지 없었던 일이 되는 경향이니까요."

"엇, 기도 씨도 비관적이시네?"

"하하, 그럴지도 모르겠네요."

"다들 이 세계에 대한 평가가 너무 높아요. 소망이죠, 그건. 그러니까 남이 불행해져도 자기 잘못이라고 자책이나 하고 있죠. 자기 인생에도 전혀 만족을 못 하고."

"정말 그래요. 한두 가지가 아니라서…… 그래서 재일이라는 게 딱히 패배는 아니지만 그것과 관련된 스트레스가 사실상 어느 정도냐, 라는 건 나도 잘 모르겠어요. 아무튼 좀 성가셔요, 그런 얘기가 나오면. 누군가 중뿔난 사람이 나를 주인공으로 소설을 써주더라도 그 제목이 '어느 재일 3세의 이야기'라느니 하는 건 최악이죠. '어느 변호사의 이야기'여도 싫지만."

"재미있네요, 기도 씨는."

"그런가요?"

"하지만 진짜로 공감이 가요."

"나는 전형적인 재일이라고는 할 수 없으니까요. 뭐, 아까 그 얘기로 돌아가자면 헤이트 스피치에 대해서도 반대를 위해 뭔가 행동에 나서야 한다는 건 알겠는데 인터넷에 올라온 동영상들을 보면 아무래도 좀……."

"……맞불집회 같은 거 말인가요?"

"네, 별로 참여하고 싶은 마음이 안 들어요. 참여할 거라면 피해자 법률 상담 같은 쪽이지요. 마침 교토 조선인학교 피습 사건의 민사소송 판결이 나온 참이지만……. 솔직히 나는 그런 폭력적인 자들과 얽히지 않아도 되는 장소를 선택해서 살아온 것 같아요. 내 일상생활에서 느닷없이 차별적인 말을 던지는 그런 사람은 일단 없었으니까요. 집회 현장에 나갔다가 매리잡언罵詈雜言을 듣게 된다면 영 기분도 좋지 않을 거고……."

"하지만 남들이야 어찌 됐든 기도 씨의 가족은 어쩌죠? 부모님이라든가 자제분이라든가."

기도는 소타의 얼굴을 떠올리고 곧바로 대답할 수가 없었다. 그의 아내는 바로 그 점을 걱정해서 재일 출신이라는 것을 감추려 하고 있지만, 그녀는 열등감 때문이 아니라 **몸을 지키기 위해서**라고 얘기했고 기도는 거기에 반론을 하지 않았다.

"뭐, 그렇긴 한데……. 재일이니까 맞불집회에 나가야 한다고 말한다면 오히려 그런 자들이 버젓이 자리 잡고 떠들어대게 만든 일본인이 자국의 문제로서 적극 참여해야 하는 거 아닌가요?

당사자에는 피해자와 가해자 쌍방이 존재하는 것이니까요. 그렇게 되면 나도 현재 일본 국적이니까 결국 나가야겠지만."

기도는 미스즈를 책망할 마음이 없다는 것을 보여주기 위해 농담처럼 슬쩍 덧붙이며 미소를 지었다. 하지만 이야기하는 사이에 며칠 전 신칸센에서처럼 몸이 점점 힘들어져서 이제 그만 화제를 바꾸고 싶었다.

"당사자라는 건 상당히 힘든 존재예요. ······어찌 됐든 제삼자가 관여해줘야겠지요. 변호사라는 돈벌이가 성립되는 이유이기도 하죠."

미스즈는 납득한 듯 고개를 끄덕였다. 눈이 다정하게 가늘어져서 그의 얼굴을 지켜보고 있었다. 약간 웃음까지 띠고 있는 게 의외였지만 어쩐지 안도감이 들었다.

"그럼 기도 씨 대신 내가 나갈게요."

생각지도 못한 말에 기도는 겨우 예에? 라는 말만 튀어나왔다. 자신이 감격한 것인지 당혹스러운 것인지 잘 알 수 없었다.

"그런 뜻에서 한 말이 아닌데? ······아니, 가지 말아요, 괜히 불쾌해지기만 할 텐데. ······하지만 고마워요."

"아뇨, 그냥 내가 가고 싶은 것뿐이에요."

미스즈는 마지막에는 웃으면서 장난스럽게 말했다. 기도도 그 웃음을 나눠 받은 것처럼 함께 웃었다. 그리고 신기한 여자구나, 라고 새삼 생각했다.

미스즈가 그날 기도에게 다니구치 다이스케를 찾는 일의 어떤 것을 '상의'하려고 했는지는 결국 알 수 없었다. 다만 그 뒤로 두 사람의 인터넷상에서의 대화가 지금까지보다 훨씬 더 친밀해진 건 분명했다.

10

리에의 의뢰를 받은 지도 벌써 10개월이 지났지만 기도의 'X'
에 대한 신원 조사는 완전히 벽에 부딪힌 상태였다. 미스즈 쪽에
서 하고 있는 페이스북의 가짜 계정도 그리 기대할 수 없을 것
같았다. 기도 자신도 장시간 노동의 과로사 사건 소송 등, 최근
에 여기저기 뛰어다니기에 바빴다. 그 바람에 항상 마음에 걸리
는데도 리에의 호적정정 수속이 완료된 지점에서 전혀 앞으로
나아가지 못하고 있었다.

그러던 참에 혹시, 하는 단서를 만난 것은 사무실에서 주고받
은 나카키타와의 잡담이 계기가 되었다.

나카키타는 도호쿠 지진 피해자에 대한 지원을 계속하는 가
운데, 쓰나미 피해자 중에 호적이 없어서 행정적으로 존재를 파
악할 수 없는 사람이 있느냐는 문의를 받았다.

제2차 대전 때만 해도 공습으로 관청의 호적부가 화재로 소실되고 그 후 본인의 신고가 없어서 무호적 상태가 된 사람이 더러 있었지만, 현재는 본적지 관청에 호적의 정본이 있을 뿐만 아니라 관할 법무국이며 지방법무국에서도 부본을 보관해서 지진 피해 때문에 호적 자체가 상실되는 사고는 없었다. 요즘은 전자 데이터화도 진행되고 있다. 하지만 나카키타에게 문의가 들어온 사례는 이른바 '300일 문제'로 무호적이 된 아동이었다.

민법에서는 이혼 후 300일 이내에 태어난 아이는 전남편의 아이로 추정해버리기 때문에 끔찍한 가정폭력으로 이혼한 여성 등이 다른 상대와 곧바로 아이를 낳더라도 출생신고가 불가능하고, 그 결과 무호적 상태로 사회에 존재하는 아동들이 최근에 문제가 되고 있다. 일본 국적을 취득하는 조건이 갖춰졌어도 국가에서는 이 아동들의 생존을 포착하지 못하고, 따라서 쓰나미에 휩쓸려 간 그 죽음도 파악되지 않는다. 공문서상에서는 아이의 탄생이나 죽음이 **없었던 일**이 되는 것이다. '없었던'이라는 단어가 가리키는 일단 존재하기는 했다, 라는 근거조차 없이 아무튼 애초부터 아무것도 일어나지 않은 무無로 완전히 덮여버린다.

기도는 혹시 'X'도 무호적자였던 건 아닐까, 라고 그 이야기를 들으면서 생각했다. 나카키타도 그것을 시사하려고 했던 것이다.

만일 다니구치 다이스케가 무사하다면 아마 지금은 바꿔치기한 'X'의 호적으로 살고 있을 거라고 기도는 추측했었다. 하지만 'X'가 무호적자였다면 이제는 다니구치 다이스케가 무호적이 된 것인가. 기도는 교이치가 의심했던 다니구치 다이스케의 살해에 대해 생각해보았다. 만일 다니구치 다이스케가 공문서상 어디에도 존재하지 않는 인간이라면 그가 살해되었다고 해도 국가는 그것을 인식하지 못한다. 사체가 발견되어도 신원 불명자로 처리된다. 생전의 지인이나 친구가 증언하고 DNA 감정을 하고 사진이나 유품 등의 물증이 남아 있다면 그가 **존재했던 것 같다**고 추정할 수는 있지만, 쓰나미의 경우에는 그런 것들까지 송두리째 쓸려 가서 상황이 현저히 곤란하게 되어 있었다.

어쨌든 기도는 이때껏 그리 비관하지 않았던 다니구치 다이스케의 생존에 관해 불길한 예감이 들었다. 리에를 위해서도 'X'가 살인을 범했다는 것 따위는 생각하고 싶지 않았다. 만일 그런 것이라면 지금도 종이 한 장 차이로 아슬아슬하게 삶을 유지하고 있는 그녀가 더 이상 버티지 못할 것만 같았다.

사무실 소파에서 커피를 마시며 나카키타와 둘이 한참 동안 호적의 역사에 대해 잡담을 나눴다.

호적은 율령제 시대부터 기본적으로 징세와 치안 유지가 그 목적이었고, 에도 시대에는 그리스도교를 금지하기 위해 좀 더 내밀하게 개입해서 '종문인별장宗門人別帳'으로 출생부터 혼인, 양자 결연, 이혼, 주소 변경, 직업 변경, 사망 등등 개인의 ID를 광범위하게 관리했다. 하지만 그런 시대에도 부랑인처럼 호적으로 파악되지 않는 인간이 얼마든지 존재했던 것이다.

메이지 시대로 접어들면서 이동의 자유가 인정되자 지역에의 고정을 전제로 했던 '종문인별장'은 쓸모가 없어지고 '임신호적壬申戶籍'이라는 것이 제정되었다. 주로 징병과 징세를 위한 인구조사에 사용된 것으로, 이를 피하기 위해 무호적자가 되거나 호적을 위장하는 사례가 빈발했다.

"혼외자는 신고하지 않는다거나 거기에 전쟁 중에는 재외공관이 폐쇄되면서 이민지의 신생아 출생신고를 하지 않아서 무호적자가 되기도 했어. 어쨌든 새어 나갈 틈이 많은 구조였던 것 같아."

나카키타는 누군가 선물로 놓고 간 바움쿠헨을 먹으면서 말했다. 기도는 호적이 없으면 어떤 불이익이 발생할까, 라는 근본적인 것을 생각해보면서 고개를 끄덕였다.

"전쟁 전에는 사회보장제도가 전혀 없었으니까 징병을 피할 수만 있다면 오히려 무호적이 더 낫다고 생각했을 만도 하군요. 그래서 교육칙어[1]라는 것으로 닦달을 했겠지만."

"근데 그게 순환하고 있어. 왜냐하면 황국민의 근거가 만세일계[2]의 천왕과 가족제도를 통해 접속된다는 것이니까."

"호적이 없으면 국가 체제에서 소외된다는 얘기네요?"

"응, 예전에 조선에서 밀어붙였던 황민화 정책도 그런 거야."

나카키타의 말에서는 기도의 뿌리를 잘 알고 있고 이건 당연히 비판해야 한다는 배려의 마음이 엿보였다. 그리고 그저 고개를 끄덕이며 동의하는 기도에게 나카키타는 다시 이야기를 이어갔다.

"어찌 됐든 신분 증명에 관한 관리는 주민표 중심이고 최근에 마이 넘버[3]까지 도입했으니까 호적은 이제 더욱더 필요가 없어졌어."

"그렇군요. 그러는 편이 신분 증명의 교환에서는 간단할 수도 있겠는데요."

"머지않아 생체 정보도 함께 관리가 되겠지. 그렇게 되면 피하기가 어려워질 거야."

"예에……. 아무튼 다니구치 다이스케 같은 사람은 역시 호적 제도가 있어서 더욱더 가족과는 연을 끊고 싶었을 거예요."

"그러면 'X'는? 그 사람이 무호적자가 아니었다면, 일반적으로 생각하기에는 범죄력을 감추려는 의도가 있지 않았을까? 그것도 상당히 중한 범죄를. 보안상의 위험 분자여서 정부에서나 사회에서 감시를 받는 게 가장 난처한 경우잖아."

"그건 그렇지만……."

"다니구치 다이스케는 범죄력은 없었지?"

"없었어요."

"흠, 그렇다면……."

기도는 팔짱을 낀 채 생각에 잠겼다. 나카키타도 어깨를 으쓱해 보이더니 더 이상은 얘기하지 않았다.

나카키타와의 대화 뒤에 기도는 우선 사회보장제도와 관련된 사건을 검색해보았다. 그리고 그중에서 6년 전의 한 기묘한 재판 기록과 마주쳤다.

도쿄 아다치 구에서 당시 55세이던 한 남자가 67세의 다른 사람 행세를 하며 후생연금을 부정 수급한 사건으로, 마음대로 남의 이름을 갖다 쓴 것이 아니라 상대와 협의 끝에 호적을 교환했다는 것이다.

　상대 남자는 30대 여성과 결혼을 하면서 초혼이라고 거짓말을 한 데다 나이도 열 살이나 속인 속사정 때문에 이 남자와 호적을 교환했다.

　재판에서는 전자공정증서 원본 부실기록죄, 부실기록 전자공정증서 원본 공용죄에 의한 유죄판결로 징역 1년에 집행유예 3년이 선고되었지만, 기도가 주목한 것은 이 사건에 또 한 사람, 그들의 호적 교환을 중개해준 브로커가 있었다는 점이었다.

　이자도 공동정범으로 집행유예 딸린 유죄판결을 받았는데, 그 뒤에 이번에는 가공의 사업체를 내세워 투자금을 모집한 사기 혐의로 체포되어 징역 3년의 실형 판결을 받았다.

　사건이 발생한 2007년은 마침 다니구치 다이스케가 오사카의 아파트에서 퇴거하고, 'X'가 S시에 나타난 해였다. 피고인이던 그 두 명뿐만 아니라 이 브로커가 당시 그 밖에도 수많은 호적 교환을 중개하고 수수료를 받아 챙긴 것으로 나와 있었다.

　기록을 읽어보면서 기도는 어쩌면 다니구치 다이스케와 'X'도 이자를 통해 서로 알게 되었던 게 아닌가 하는 예감이 들었다. 좀 더 검색해보니 현재 요코하마 교도소에서 복역 중이었다. 집에서 전차로 30분 거리였기 때문에 기도는 일단 그 브로커를 면회해보기로 했다.

요코하마 교도소는 '재범자 등 범죄 경향이 진행된' B 지표의 수감자와 '일본인과 다른 처우를 필요로 하는 외국인'의 F 지표 수감자가 복역하는 곳으로, 최근에는 주로 민사 쪽만 담당했던 기도가 이곳을 찾은 건 10년 만의 일이었다.

오전 시간을 희망한다고 해서 10시에 도착해 입구에서 경비원에게 면회를 알렸다.

구름이 잔뜩 낀 쌀쌀한 날씨였다. 주위를 높은 담장으로 둘러치지 않았다면 학교로 착각할 듯한 건물로, 기도는 대학 시절에 읽은 미셸 푸코의 『감시와 처벌』이라는 책이 생각났다.

접수처에서 면회 신청서를 작성하고 짐을 맡겼다. 오미우라라는 드문 성씨의 그는 편지로 6년 전 사건에 대해 문의하려고 한다는 뜻을 전하자 낯선 변호사와의 면회에 '기꺼이' 응해주었다.

교도관을 따라 면회실에 나타난 오미우라는 빡빡 깎은 머리에 탄탄한 살집의 남자로 나이는 59세라고 했다. 왼쪽 눈에 비해 오른쪽 눈이 크고, 짧고 옅은 눈썹 털이 정력의 노골적인 은유 같은 이마를 밀어 올리고 있었다. 잉어 같은 입으로 기도를 보자마자 신이 난 듯이 헤벌쭉 웃었다.

"오, 이런 꽃미남 변호사 선생이 나를 만나러 오시다니! 내가 원래 얼굴에 열등감이 있거든. 이런 신세가 된 것도 그 열등감을 걷어차려는 힘이 배배 꼬인 탓이야."

투명한 아크릴판 너머에 앉으면서 오미우라는 고개를 옆으로 기울고 기도를 품평하듯이 쳐다보며 말했다. 약간 혀짤배기 말투였다. 붙임성은 좋았지만, 나를 깔보면 죽이겠다, 라고 은근히 을러대는 듯한 위압감이 있었다.

'꽃미남' 운운은 그저 입에서 나오는 대로 해본 말이겠지만—게다가 그런 게 전해지도록 의도적으로—'열등감'의 하소연은 본심이라는 게 엿보였다. 찌부러진 왼쪽 눈과 부릅뜬 오른쪽 눈의 대조가 뭔가를 감추면서 동시에 뭔가를 믿게 하려는 그의 말투를 기묘하게 상징하는 것처럼 느껴졌다.

인사 대신 던진 그 말에 기도가 굳이 대꾸하지 않고 본론으로 들어가려고 하자 오미우라가 불쑥 말했다.

"선생, 재일이지?"

기도는 얼굴을 찌푸렸지만, 목이 졸린 듯이 순간적으로 말이 나오지 않았다. 잠시 뒤에 조용히 한숨을 내쉬며 기도는 실제로 몇 초 동안 숨을 쉬지 않았다는 것을 깨달았다. 옆의 교도관은 무심히 앉아 있을 뿐이었다.

"어때, 맞지?"

"대답해야 합니까?"

"얼굴 보면 다 알아. 특히 눈하고 코. 내가 족집게야. 딱 보면 알거든."

"나는 재일 3세예요. 진즉에 귀화해서 일본 국적인데요."

기도의 뇌리에 매일 아침마다 세면대 거울로 바라본 자신의 얼굴이 스쳐 갔다. 화가 났지만 면회 시간을 낭비하고 싶지 않아 얼굴에는 드러내지 않았다. 오미우라는 그걸로 드디어 '열등감'과 어떤 우월감의 균형이 잡혔는지 입술을 말아 올리듯이 윗니만 내보이며 웃었다.

기도는 간단히 자기소개를 하고 면회 신청 이유를 설명했다. 오미우라는 건성으로 맞장구를 쳤지만 이윽고 기도의 말을 가로막듯이 입을 열었다.

"선생, 이 세상에 300살까지 사는 인간이 실제로 있을까?"

"……예?"

"흔히들 얘기하잖아, 300살인 사람이 있다고."

"나는 들어본 적이 없는 얘기네요."

"선생 같은 사람들이 사는 세계에는 없는 거야? 흠, 역시. 아니, 우리끼리 얘긴데, 이 교도소 안에도 있었어, 이미 출소했지만."

직업상 다양한 인간을 지켜봤지만 이렇게 수상쩍은 인물도 드물 거라고 기도는 생각했다. 손목시계를 들여다보며 화제를 되돌리려 해도 오미우라는 아랑곳하지 않고 '300살'에 대한 얘기를 이따금 아크릴판에 얼굴을 바짝 들이대면서 목소리를 낮춰 늘어놓았다. 완전히 두서없는 내용이었다.

면회 시간이 15분밖에 남지 않은 참에 기도는 견딜 수 없어서 그의 말을 가로 막았다.

"꽤 흥미로운 얘기군요. 하지만 오늘은 6년 전 사건에 대해 알아보러 왔어요. 다니구치 다이스케 씨라는 사람, 아십니까?"

오미우라는 기도가 내민 사진을 흘끗 쳐다보더니 명백히 기분이 상한 기색으로 등받이에 몸을 기대고 심드렁하게 천장만 올려다보았다. 기도는 무심코 교도관 쪽을 슬쩍 돌아본 뒤에 이야기를 계속했다.

"그 이름을 쓰던 사람이 사망했어요. 하지만 그 사람은 다니구치 다이스케 씨가 아니었고, 진짜 다니구치 씨는 행방불명 상태예요. 이건 내 추측인데, 혹시 오미우라 씨가 그 두 사람의 호적 교환에 대해 뭔가 알고 있지 않습니까?"

오미우라는 턱을 툭 내밀며 말했다.

"이카호 온천여관 둘째 아들?"

기도는 눈이 둥그레졌다.

"맞아요! 아십니까?"

"흠, 글쎄……. 오늘은 이 정도만 하자고."

"그 사람이 누구와 호적을 교환했는지 알고 싶은데요. 얘기 좀 해주시죠."

"교환이 아니라 신분 **세탁**이지. 더러운 돈과 마찬가지여서 과거를 세탁하려는 사람이 엄청 많거든. 족보를 사고파는 건 옛날부터 있었어. 선생도 그렇잖아? 나야 딱 보면 알지만."

"……."

"선생, 다음에는 선물 하나 가져와줄래?"

"……뭔데요?"

"잡지 《아사히 예능》. 그리고 『반야심경』. 아주 쉽게 설명해주는 걸로."

교도관이 면회 시간이 끝났다는 신호를 보냈다. 기도는 고개를 끄덕였지만 오미우라는 뭔가 아쉬운 듯한 눈치였다. 기도를 내려다보며 다시 앞니만 드러내고 웃으면서 말했다.

"선생은 재일답지 않은 재일이야. 근데 그건 다시 말하면 아주 재일답다는 거야. 나 같은 사기꾼하고 똑같이."

기도는 분노가 폭발할 뻔했다. 하지만 맥이 빠져서 도저히 의자를 박차고 일어설 수 없었다. 결국 그가 면회실에서 나가는 것을 그저 지켜보고 있었다.

시간이 갈수록 기도는 자신 안에서 오미우라를 향한 증오의 감정이 커져가는 것을 느꼈다.

단 한 번, 업무상 필요에 따라 만난 사기꾼일 뿐이다. '재일답지 않은 재일'이니 뭐니 하는 말도 아무 의미도 없이 심리적 게임이랍시고 던져본 말일 터였다. 그런데도 기도는 그 후 거울 앞에 설 때마다 면회실 아크릴판 너머로 그자와 마주한 것처럼 몹시 불쾌했다. 이 세계에서도, 자신의 기억 속에서도, 그라는 인간 존재가 사라지기를 진심으로 빌었다.

오미우라가 다니구치 다이스케를 알고 있는 것에는 깜짝 놀랐지만 그를 다시 만날 생각을 하면 우울해졌다. 두 번 다시 말도 섞고 싶지 않지만 아마 'X'의 신상에 대해서도 알고 있을 터였다. 가엾은 리에를 위해 'X'가 범죄자가 아니라는 것을 증명해주고 싶었는데 사건의 양상이 갑작스럽게 불온해져서 원래의 다니구치 다이스케가 무사한지 어떤지조차 부쩍 의심스러웠다.

기도는 오미우라에게 다시 편지를 보냈다. 우선 이 사건에서 최대한 빨리 손을 떼야 한다고 생각했기 때문이다. 여기서 이 일을 내던질 수는 없지만 어쨌든 한시바삐 정리하고 싶었다.

열흘 뒤, 면회실에서 다시 만난 오미우라는 우편으로 보내준 '선물'에 감사 인사를 하고, 잡지에 실린 누드 화보에 대한 감상을 길게 늘어놓았다.

"내 나이쯤 되면 이제 젊은 애들의 누드는 별로야. 쉰은 넘긴 여자가 좋지. 목욕물도 맨 처음에 들어가면 물이 좀 뻣뻣하잖아. 그거하고 똑같아. 젊은 아이의 탱글탱글한 몸은 사진으로만 봐도 뻣뻣하지. 그런 점에서 중년 여자는 두세 명이 다녀가서 약간 걸쭉해진 목욕물 같은 감촉이거든. 아, 선생은 아직 젊어서 그런 맛은 모르지?"

그러더니 대학 시절에 럭비부 선배가 반강제로 '호모 비디오'를 찍자고 하는 통에 초봄의 아직 추운 때에 구주쿠리 바닷물에 홀딱 벗고 뛰어들었고, 그 뒤 호텔에서 여러 명에게 성폭행을 당했다는 얘기를 '끔찍한 봉변을 당했다'면서 신나게 늘어놓았다. 결국 그날도 'X'에 대해 알고 있다는 것만 은근슬쩍 내비치고 면회 시간이 끝나버렸다.

세 번째 면회는 그 이틀 뒤였지만 이번에는 비아그라의 개인 수입으로 큰돈을 벌었다고 자랑하는 얘기였다. 이건 합법이니까 출소하면 떼돈이 굴러드는 이 사업을 함께 해보지 않겠느냐, 라고 꼬드겼다. 기도가 정중히 거절하면서 다니구치 다이스케와 'X'의 관계에 대해 재차 물어보자 오미우라는 마치 콩트 개그처럼 고개를 획 돌리고 휘파람을 불었다. 그렇게 면회가 중단되었고, 그 뒤로 기도가 보낸 편지에도 아무 응답이 없었다.

오미우라는 변덕스러운 인물로, 그의 얘기는 거짓과 사실이 복잡하게 뒤엉켜서 거짓만을 떼어내려고 하면 사실까지 찢겨져 나가 판독할 수 없게 되는 면이 있었다.

단순히 성격적인 것이라기보다 얼마간 병적인 것까지 느껴져서 기도는 한동안 상황을 지켜보려고 연락을 취하지 않았지만, 이윽고 오미우라 쪽에서 기도가 선물로 보냈던 《아사히 예능》의 누드 화보를 베껴 그린 엽서가 연달아 여덟 통이나 우편으로 도착했다.

볼펜으로 그린 치졸한 모사였지만 찬찬히 들여다보면 어쩐지 애잔한 느낌이 있어서 그가 가장 들어줬으면 했던 얘기는 포르노 비디오 출연 때 성폭행을 당했다는 그 체험이었던 게 아닐까 하는 생각이 들었다. 사기 치는 얘기라고 대충 흘려들었지만 뭔가 법적인 조언이나 인간적인 동정을 기대했는지도 모른다.

누드 모사에도 싫증이 났는지 그다음에는 '수월관음' 그림을 우편으로 보내서 기도는 답례를 겸해 다시 오미우라에게 면회를 신청했다. 그러자 즉각 답장이 왔다. '안녕하쇼, 조선인!'이라고 놀리려는 것인지 친밀감을 담은 것인지 알 수 없는 인사말과 함께 '꽃미남 변호사 선생의 눈은 그냥 옹이구멍인가? 멍·청·이!'라는 문장만이 적혀 있었다. 볼펜으로 굵직하게 강조한 글씨였다.

그림은 다시 외설스러운 누드로 돌아왔다. 이번에는 사진이 아니라 만화를 베꼈는지 중년 여자가 한껏 풍만한 가슴을 두 손으로 받쳐 든 모습이었다. 자세히 보니 오른쪽 젖꼭지를 둥글게 휘감듯이 작은 글씨로 '다니구치 다이스케'라고 써넣었고 왼쪽 젖꼭지 주위에는 '소네자키 요시히코'라고 적혀 있었다.

기도는 그 엽서를 마침 책상 옆을 지나가던 나카키타에게 말없이 내보였다. 나카키타는 미간을 찌푸렸지만 앞면을 확인하고는 역시나 고개를 갸웃거리며 쓴웃음으로 기도를 마주 보았다.

"이 '소네자키 요시히코'라는 건 뭐지? 이게 'X'라는 얘기인가?"

"그럴까요? 처음 듣는 이름인데……."

기도는 오미우라에게 확인하는 편지를 보냈지만 답장은 없었고 면회 신청에도 더 이상 응해주지 않았다.

11

10월의 마지막 일요일, 리에는 어머니와 유토, 그리고 하나를 데리고 예년보다 조금 일찍 만개했다는 코스모스를 보러 차로 교외의 고분군 공원에 나갔다.

그 공원을 항상 '하나의 공원'이라고 하는 하나는 아주 신이 나서 따라왔다.

유토는 요즘 점점 더 제 방에 틀어박히는 경향이어서 처음에는 책을 읽어야 한다며 가족 외출을 떨떠름해했다.

리에는 자신이 책을 읽기 시작한 게 좀 더 큰 다음이었고, 거기다 별반 많이 읽은 것도 아니어서 유토의 갑작스러운 독서 의욕에 내심 놀라워하고 있었다. 게다가 도서관에서 빌려 오는 책들이 나쓰메 소세키, 시가 나오야, 무샤노코지 사네아쓰 같은 근대문학 서적들이었다. 특히 아쿠타가와 류노스케를 좋아하는지 문고본을 구입해서 틈만 나면 책장을 넘기고 있었다. "재미있어?"라고 물어보면 "재미있어"라고만 대답했다. 작년 이맘때는 게임을 너무 오래해서 주의를 줬었는데 요즘에는 그쪽은 돌아보지도 않았다.

점심 식사 후 2층에 올라가 좀체 내려올 기미가 없더니 마지막에 할머니가 나서서 권하자 얌전히 따라나섰다.

리에가 그러라고 가르친 것도 아닌데 유토는 예전부터 외할아버지 외할머니를 존경했다. 반항적인 태도는 본 적이 없고, 엄마가 얘기하면 툴툴거리는 것도 할머니 말이라면 잘 듣는 것이었다. 하긴 할머니 쪽에서도 연달아 불행을 겪은 손자가 너무 딱해서 항상 애지중지하며 과자든 장난감이든 지나칠 만큼 사주곤 했다.

집 현관에 놓인 금붕어 어항에도 작은 에피소드가 있었다. 할아버지가 돌아가시고 1주기가 지나 리에가 재혼했을 무렵, 유토가 할머니와 둘이 펫숍에 가서 직접 사 온 것이다.

리에도 죽은 남편도 그 계획에 대해 전혀 알지 못했기 때문에 직장에서 돌아와 눈이 휘둥그레졌었다.

"어떻게 된 거야? 금붕어 기르고 싶었어?"

리에가 물어보자 유토가 이유를 설명했다.

"할아버지 돌아가시고 할머니 혼자 너무 적적하실 것 같아서."

어항은 리에가 어렸을 때 금붕어를 기르다가 모두 실패한 뒤로 벌써 30년 넘게 창고에서 먼지를 둘러쓴 채 묵혀 있었던 것이다.

"그럼 할머니를 위해서 금붕어를 사러 갔어?"

"응. 우울한 거 좀 잊어버리실까 하고."

"근데 왜 금붕어였지?"

"할머니가 창고에서 어항을 빤히 보고 있었어. 금붕어쯤은 괜찮잖아? 내가 먹이도 주고 어항도 청소할게."

리에는 유토의 착한 심성에 가슴이 뭉클해졌다. 세상 떠난 남편도 그때는 실눈이 되어 웃고 있었다.

"우리 유토는 배려할 줄 아는 착한 아이야."

유토가 그런 속내를 할머니에게는 말하지 않은 눈치여서 리에는 밤에 아이들이 잠자리에 든 뒤에 어머니에게 슬쩍 그 얘기를 꺼냈다.

언제 금붕어를 사러 가기로 했느냐고 물었더니 어머니는 뜻밖의 얘기를 했다.

"제 할아버지가 세상 떠나고 우리 유토가 적적했던 모양이야."

리에는 저도 모르게 웃음이 나서 되물었다.

"그럼 어머니가 금붕어를 기르고 싶었던 게 아니었어?"

어머니는 딸이 왜 웃는지 모르겠다는 듯이 의아한 얼굴로 대답했다.

"아니야, 유토를 위해서 사 왔지."

"유토도 완전히 똑같은 얘기를 하던데?"

"……응?"

리에가 설명해주자 어머니는 처음에는 어리둥절한 얼굴이었지만 이윽고 딸과 함께 웃었고 마지막에는 감동해서 눈물까지 글썽였다.

유토는 할머니가 창고에서 뭔가 찾는 것을 거들다가 그 어항을 발견한 모양이었다. 그리고 호스 물로 어항을 씻어내고, 인터넷으로 자갈이며 에어펌프 등 필요한 것을 검색해 할머니와 함께 사러 나갔고 설치도 직접 했다.

리에는 자신이 알지 못하는 사이에 어머니와 아들이 서로 마음이 통했다는 것이 더욱더 흐뭇했다. 자신이 누구보다 사랑하는 이들끼리 서로 사랑하고 있었다. 게다가 자신이 중재할 필요도 없이. 뭔가 신기한 기쁨이었다. 어떤 이야기를 나누었을지 상상하는 것만으로도 가슴 안쪽에 온기가 스멀스멀 번졌다.

게다가 두 사람은 함께 슬퍼하고 함께 적적해하며 상대의 상처를 배려하고 외로움을 달래주려고 했다.

유토는 싫증을 잘 내는 성격이라 뭔가에 몰두하는가 싶다가도 금세 흥미를 잃곤 했지만 그 금붕어를 돌보는 일만은 결코 빠뜨리지 않아서 아직까지는 가족을 번거롭게 한 적이 없었다. 그것은 '나중 아빠'가 세상을 떠났을 때조차 변함이 없었다.

평소에는 한산하던 고분군 공원 주차장도 그날은 현 안팎의 번호판을 단 차량이 가득했다.

가을 하늘이 맑고 높은 청량한 날씨에 3백만 그루라고 유독 강조한 코스모스는 직경 약 35미터에 달하는 원형 고분을 마치

배꼽처럼 둘러싸고 눈에 보이는 한, 온통 공원을 뒤덮고 있었다. 노란 꽃술 주위로 빨강, 분홍, 보라색 꽃잎들이 초록 줄기의 받침 위에서 빛나고 있었다. 크고 작은 것을 합해 319기의 고분이 점점이 자리한 광대한 공원, 오로지 과거만 존재하는 듯한 살풍경한 모습을 채색하기 위해 시에서 시작한 조경 사업이었다. 봄이면 벚나무와 유채 꽃, 여름이면 해바라기로 철철이 다양한 꽃을 피웠다. 리에가 어릴 때부터 그 꽃구경은 가족의 연례행사였다. 딸아이의 이름 '하나(花)'도 세상 떠난 남편이 이 공원 풍경을 좋아해서 붙인 것이고, 그래서 '하나의 공원'이 되었다.

꽃밭 안으로 정연하게 마련된 산책길은 꽃구경 나온 가족들로 북적거리고, 큼직한 카메라와 삼각다리를 떠메고 나선 사진 애호가들도 곳곳에서 눈에 띄었다. 바람도 그리 차갑지 않아서 1년 내내 이런 날씨였다면 좋겠다고 할 만큼 상쾌했다.

"하나, 코스모스 옆에서 키 재기 해볼까? 아직 하나가 좀 작겠지?"

하나는 엄마의 말에 꽃밭 앞에 서서 사진을 찍어달라고 졸랐다. 해마다 이곳에서 코스모스와 키 재기를 하고 그 사진을 나란히 놓고 바라보는 것이 그녀의 즐거움이었다. 자칫하면 코스모스 꽃에 가려 하나를 놓쳐버리기 때문에 작년에는 어딘가로 뛰어갈 때마다 따라다니느라 힘들었다. 휴대전화 카메라로 각도를 잡고 찍을 준비를 했지만 코스모스의 키를 넘는 것은 내년이나 내후년쯤이 될 것 같았다. 미풍이 불어오자 꽃구경 온 사람들 너머로 리에 가족을 까치발을 딛고 쳐다보려는 것처럼 코스모스가 꼿꼿이 선 채 오른쪽 왼쪽으로 몸을 흔들었다.

유토는 차에서 내린 뒤에도 내내 말이 없었다. 두 손을 회색 파카 호주머니에 넣고 있어서 뭔가 묵직한 것을 배에 떠안은 것처럼 불룩 튀어나왔다. 이따금 여동생을 놓칠까 봐 걱정해가면서 멍하니 코스모스를 바라보고 있었다.

어린 남동생과 할아버지, 그리고 '아빠'의 죽음까지 잇따라 경험한다는 게 과연 어떤 것일까, 하고 리에는 아들의 등을 응시하며 얼핏얼핏 보이는 옆얼굴로 시선을 향했다. 지난 1년 동안 부쩍 키가 커버렸지만 중학생 사내아이답게 몸집이 가늘었다.

어른인 자신조차 가장 소중한 부분이 뚝 떨어져 나간 듯한 공허함을 떠안고 있다. 그것으로 크게 균형을 잃었고 이제야 휘청휘청 겨우 일어선 상태다. 이 아이도 입 밖에 내지 않은 채 혼자 괴로움을 견디고 있으리라는 것이 새삼 가슴 아팠다. 금붕어를 기르고 여동생을 돌봐주고 책을 읽어가면서 어떻게든 자기 자신을 유지하려고 무진 애를 쓰고 있을 것이다. 그렇게 생각하니 내 아들이지만 너무도 딱했다. 어린 료가 죽었을 때 유토는 아직 죽음 자체의 의미를 잘 알지 못했었다. 하지만 이제는 다양한 것들을 느끼고 생각하는 나이다. 직접 혈육의 죽음을 접한 적이 없었는데도 리에 역시 10대 때는 어설프게나마 죽음에 대해 사색했던 것이다.

유토는 함께 지낸 시기가 예민한 나이 때였기 때문인지 친혈육인 하나보다 훨씬 더 '아빠'에게 애착을 품었다. 엄마로서 무엇을 해줄 수 있을지 리에는 항상 생각했지만, 그때마다 반대로 '아빠'가 살아 있어서 유토와 얘기해준다면 얼마나 좋을까, 하고 진심으로 아쉬웠다.

비통함은 하루하루 형태가 뭉그러지고 소리도 없이 조금씩 무너져가는 것처럼 느껴졌다. 시간의 흐름 속에 방울방울 떨어져 나가 최소한 마음만은 가벼워지고 있었다. 그 덕분에 자신이 위기에서 벗어났다는 안도감도 들었지만 죽음 직후의 무서운 외로움과는 또 다른, 슬금슬금 스며드는 듯한 외로움을 이따금 몸속 깊은 곳에서 느끼곤 했다.

리에는 예전보다 자신의 나이를 의식하게 되었다. 재혼을 권하는 사람이 전혀 없는 건 아니지만 그때마다 "이제 됐어요"라고 가만히 웃으며 고개를 저을 뿐이었다.

아버지는 향년 67세의 젊은 나이에 돌아가셨다. 그것을 감안하면 자신은 진즉에 인생의 반환점을 돌아선 셈이다. 죽음을 떠올리면 역시 두려웠다. 하지만 아버지와 료가 기다린다고 생각하면 그 불안이 누그러들었다. 그토록 어린 료도 받아들인 죽음이다. 자신이 결코 대신해줄 수 없었던 그 죽음. ……외롭게 기다리고 있을 모습을 떠올리면 오히려 빨리 료 곁으로 가주고 싶은 마음까지 들었다. 나 말고 대체 어느 누가 돌봐줄까. 쓸데없는 치료로 그토록 큰 고통을 겪게 한 것을 그녀는 아직 료에게 사과하지 못했다. 어떻게든 그 사과만은 꼭 하고 싶었다.

아이의 죽음을 과거가 아니라 그렇게 미래에서 자신을 기다려준다고 생각한 것은 언제쯤부터일까. 멀어지는 게 아니라 조금씩 가까워진다. 안타깝게도 그녀는 그것을 전적으로 믿을 수는 없었다. 그게 사실이라면 앞으로 40년 넘게 료를 천국에서 기다리게 해야 한다. 그럴 리는 없다. 도저히 정상적인 생각은 아니었지만 그래도 가장 사랑하는 사람들이 자신보다 **먼저 가주었다**, 라는 것은 그녀의 죽음의 불안을 달래주고 고독한 삶을 버텨내게 해주는 데가 있었다.

아버지가 사후 세계에서 나이 들어가는 모습은 상상이 되지 않았다. 하지만 료는? 살아 있었다면 이제 열한 살이다. 이사를 해버려서 어린이집에서 료와 함께 놀던 아이들이 커가는 모습은 보지 못했다. 하지만 기저귀를 차고 아장아장 걸음마를 하던 그 아이들이 이제 2년만 지나면 중학생이 되는 것이다.

료가 떠난 지도 내년이면 10년이다. 세월이 참 빠르다고 리에는 생각했다. 그리고 다시 한번 마음속으로 참 빠르구나, 라고 곱씹었다.

기도에게서 연락이 왔다. 약간 진전이 있었던 모양이지만 여전히 'X'의 이름은 밝혀지지 않은 채였다. 변변치 않은 사례금으로 조사를 계속해주는 그를 재촉할 수도 없고, 무엇보다 분명 좋은 소식은 아닐 터인 진상을 알게 되는 것도 두려웠다. 하지만 남편이 대체 누구였는지는 알고 싶었다. 그라는 존재뿐만 아니라 자기 자신의 과거까지도 계속 흐릿한 안갯속에 가려져 있는 것이다.

유토의 등에는 '아빠'의 죽음을 애매하게 방치해두는 엄마에 대한 비난이 서린 것을 리에는 알고 있었다. 하지만 요즘에는 약간의 연민도 있는지 더 이상 언젠가 제 방 침대 위에서 얘기했을 때처럼 직접 캐묻는 일은 없었다.

겨울을 향해 시들어가는 벚나무 가로수 길에 접어들었을 때, 리에가 물었다.

"유토, 아까 집에서 어떤 책을 읽었어?"

"……뭐, 그냥."

"그냥, 이라는 책은 없잖아."

리에는 어깨를 툭 치며 웃었다.

"아쿠타가와 류노스케 책."

"우리 유토, 그 작가를 아주 좋아하네? 엄마도 예전에 읽었어, 「광차」라든가 「참마죽」 같은 거."

유토는 그리 공감하고 싶지 않은 듯한 표정으로 고개를 숙이고 있었다.

"어떤 이야기?"

"이야기가 아냐. 시 같은 거."

이어서 유토가 제목을 말했지만 리에는 잘 알아듣지 못했다.

"미안, 뭐라고?"

"……「아사쿠사 공원」."

"으응? ……그거, 아쿠타가와 류노스케 맞아?"

"응."

"어떤 얘기인데?"

유토는 귀찮다는 듯 고개만 갸우뚱했다.

"좀 알려줘, 엄마한테도."

"……조화를 파는 가게 앞을 지나는데 참나리 꽃이 말을 걸어와. '나의 아름다움을 봐주세요'라고. 그러니까 주인공이 '하지만 너는 조화잖아'라고 대꾸한다는 얘기야."

"그게 뭐야? 이상해." 리에는 실소했다. "그런 게 재미있어, 유토는?"

"……응. 근데 난해해."

"점점 엄마가 잘 모르는 것을 공부하는구나. 다 읽으면 엄마한테도 빌려줄래?"

"안 돼."

"왜?"

"내가 밑줄도 긋고 했는데."

리에는 아들의 옆얼굴을 사랑스럽게 바라보며 미소를 지었다.

"그래? 그럼 엄마는 따로 사서 읽어볼까."

"……엄마가 읽어봤자 아마 재미없을걸."

"뭐야? 그런 실례의 말씀을!"

유토는 그제야 슬쩍 웃었다.

"재미가 없어도 유토가 어떤 것에 흥미가 있는지 알고 싶어."

"됐어, 몰라도 돼."

"그럼 유토와 상관없이 내 맘대로 읽어볼 거야."

"됐다니까, 내 책 얘기는?"

유토는 머리를 긁적이며 엄마의 간섭을 뿌리치려는 듯한 몸짓을 했다. 그리고 여동생과 할머니가 뒤쪽에서 길가의 뭔가를 구경하는 것을 확인하더니 이쪽을 돌아보았다.

"아빠 나무, 생각나, 엄마?"

"생각나지. 저기 저거잖아. 여기서 세 번째, 가지가 이렇게 된 거……."

유토가 얘기하는 것은, 엄마가 '나중 아빠'와 재혼한 뒤에 이곳에 놀러 왔을 때, 각자 좋아하는 나무를 한 그루씩 골라 자신의 나무로 지정한 일이었다.

리에의 나무는 한참 더 앞쪽에 있었다. 유토가 선택한 나무는 아빠 나무에서 두 그루 옆쪽에 있었다. 하나는 아직 리에의 배 속에 있던 때라서 유토가 대신 골라주었다. 신기하게도 일단 정하고 나니 그다음에 찾아왔을 때는 벌써 그 나무가 다른 나무와는 결코 똑같지 않은 특별한 애착의 대상이 되었다.

그 이후로 봄이 올 때마다 이곳에서 누구 나무가 가장 멋있게 꽃을 피웠는지 비교해보는 게 항례가 되었다. 아빠가 세상을 떠난 그다음 해 봄에는 전년도에 아빠 나무에 비해 모양새가 덜 예뻤던 유토 나무가 가족 전체의 나무 중에서도 유독 멋있었다. 유토는 그런 얘기를 아빠의 묘 앞에서 전하고 싶어 했는데 그걸 여태까지 못한 것이다.

그리고 올봄, 리에는 가족과 꽃구경을 하지 못했었다.

리에는 잎이 떨어진 그 벌거벗은 망부의 나무를 올려다보았다. 나무가 2천 그루나 된다는 이 공원에서 물론 모든 나무들을 둘러본 것은 아니었다. 하지만 어쨌든 그는 이 나무를 마음에 들어 했고 그 이후로 계절이 바뀔 때마다 자신의 분신처럼 이곳에 서서 물끄러미 응시하곤 했다.

그의 신상은 여전히 알지 못한다. 하지만 그는 이토록 수많은 나무 중에서 특히 이 한 그루를 좋아한다고 느끼는 **누군가**였던 것이다.

"올해 기일에도 엄마는 아빠 묘를 안 만들어줬어."

유토는 어린아이도 이런 말투를 쓰는가 싶을 만큼 억제된 목소리로 말했다.

리에는 여기서 모든 것을 설명해주기는 어렵다고 생각했지만 더 이상 애매한 대답은 허락되지 않겠다 싶어서 마음먹고 입을 열었다.

"유토에게 여태 말하지 못한 게 있어."

"뭔데?"

"아빠가…… 사실은 '다니구치 다이스케'라는 이름이 아니었어."

"……응? 뭔 소리야?"

"엄마도 몰랐는데…… 죽은 뒤에 본명이 아니라는 걸 알았어. 실제 다니구치 다이스케 씨의 형이 우리 집에 왔을 때, 이 사람은 자기 동생이 아니라고 해서."

"무슨 말인지 모르겠어."

"남의 이름을 쓴 거야."

유토는 입을 열려다 말고 눈동자만 파르르 떨었다.

"그럼…… 누구였는데?"

"그걸 지금 알아보는 중이야. 경찰서에도 가고 변호사에게도 부탁하고."

"그래서, 누구였어?"

"아직 몰라. 그래서 묘도 만들어줄 수 없었어."

"그럼 '다니구치 유토'라는 내 이름은…… 어떻게 돼?"

"다니구치는 그러니까 아빠가 잠시 썼던 성씨야. 우리가 알지 못하는 사람의 이름."

"그래서 예전 이름으로 돌아간 거야, 엄마는?"

리에가 고개를 끄덕이자 유토는 아연한 기색으로 잠시 엄마 얼굴을 빤히 쳐다보았다. 자신의 동요가 어떤 감정에서 나온 것인지도 알지 못하는 것 같았다.

"그럼…… 아빠가 나한테 해줬던 얘기는 뭐야? 본가가 이카호 온천여관이고 가족들과 다퉈서 집을 나왔다는 그 얘기."

리에는 한순간 망설였지만 곧바로 마음을 다잡고 유토의 눈을 보면서 말했다.

"아빠가 아니라 그 다니구치 다이스케라는 사람 얘기였나 봐."

"……거짓말이었어?"

유토의 창백한 뺨이 팽팽해졌다. 리에는 말없이 짧게 고개를 끄덕였다.

"뭐야, 그게? ……사기 친 거야, 전부? ……왜? 아빠는 왜 거짓말을 했어? 대체 무슨 짓을 한 건데?"

"모르겠어, 엄마도. ……그래서 유토에게 설명도 못 해주고, 이것저것 좀 더 확실해진 다음에 얘기하려고 했는데 아직 밝혀진 게 없어서……."

말은 그대로 무너져버렸다.

이윽고 하나가 할머니 손을 잡고 깡충깡충 뛰면서 다가왔다.

"엄마, 저거 봐, 아빠 나무!"

"응, 그래."

"하나는 이렇게 생각해. ……아빠는 하나가 올 줄 알고 오늘은 나무 안에 숨어서 기다리는 거 아닐까?"

리에는 유토에게서 시선을 돌려야 하는 게 마음에 걸렸지만 하나를 내려다보며 미소를 지었다.

"아, 그렇겠네."

"엄마, 엄마, 사진 찍어줘."

"여기서 아빠 나무하고 함께?"

"응! 그다음에는 하나 나무 앞에서도 찍을 거야."

하나가 먼저 나무 앞에 서자 할머니도 그 뒤를 따랐다. 유토는 우두커니 서 있었지만 할머니의 재촉에 성큼성큼 그 옆에 가서 섰다.

"좋아, 웃어봐."

리에는 그렇게 말을 건넸다. 스마트폰을 들었지만 화면 속에서 유토는 전혀 웃는 일 없이 그녀를 보고 있었다.

셔터를 누르자 그 얼굴이 그대로 사진이 되었다.

"리에, 너도 이리 와. 내가 찍어줄 테니까."

어머니가 하라는 대로 하나의 손을 잡고 유토와 나란히 섰지만 그녀도 자신의 표정을 어떻게 꾸며내야 할지 알 수 없었다.

12

요코하마 지방재판소의 천장 높은 로비에서 기도는 방금 끝난 5회째 구두변론 기일에 대해 의뢰인의 양친과 선 채로 이야기를 나누었다. 2년 남짓 매진해온 과로사 소송이다. 피고 이자카야 체인점 본사에 대한 여론의 비판이 점점 비등하자 그들도 화해를 향해 움직이려는 양상을 보이고 있었다.

재판 기일의 경과에 대해서는 그 뒤에 노조와 함께하는 보고회에서 설명할 예정이라서 우선 앞으로의 방침을 다시 확인했다. 의뢰인의 부친은 "선생……" 하고 기도의 눈을 들여다보며 말했다.

"이기고 지고의 문제가 아니라 나는 어떻게 된 상황인지 알고 싶을 뿐입니다. 그 아이가 왜 죽어야 했는지."

기도는 현 상황에 대한 다짐 삼아 "네에, 그렇지요"라고 충분히 이해한다는 뜻이 분명히 전해지도록 깊이 고개를 끄덕였다.

의뢰인의 부친은 이미 80퍼센트쯤 허예진 머리칼이—이마는 좀 벗어졌지만—여전히 풍성하고 항상 단정하게 손질한 모습이다. 여덟 팔 자의 긴 눈썹 아래 삼각자 두 개가 나란히 놓인 듯한 눈이 글썽거리는 것처럼 빛을 품고 있었다. 여론은 물론 이 과로사 사건에 동정적이었지만, 언론에 나오자마자 모두가 딱하게 생각할 수밖에 없었던 부친의 이 얼굴도 여론 형성에 상당히 이바지한 측면이 있었다.

"함께 열심히 해봐야지요. 일단 좋은 방향으로 흘러가고 있으니까요."

기도가 항상 하는 그 말에 의뢰인은 딱히 용기를 얻었다기보다 어느 쪽인가 하면 지난 1년 동안 친숙해진 그 말투가 감개무량한 기색이었다.

"선생에게는 참으로 큰 신세를 졌습니다. 처음에는 뭘 어떻게 해야 할지 혼란스럽기만 했는데 그나마 정신을 차린 것도 선생 덕분이에요. 재판으로 그 아이가 다시 살아 돌아오는 건 아니지만……."

기도는 그 말을 진중하게 받아들이며 역시 "열심히 하겠습니다"라는 대답밖에는 하지 못했다. 하지만 진심을 결코 의심할 수 없는 의뢰인의 그 말이 그의 마음을 울렸다.

기도는 그날 아침 출근길에 옷을 안 입겠다고 떼를 쓰는 아들을 큰소리로 혼낸 것이 온종일 마음에 걸렸다.

어제부터 아내가 오사카 출장이었기 때문에 기도는 소타와 단둘이 집에 있었다.

저녁 식사는 패밀리레스토랑에서 때운 뒤에 목욕을 시키고 취침도 평소와 다름없었는데 오늘 아침에 눈을 뜨자마자 거실 텔레비전으로 혼자 〈도라에몽〉 영화 DVD를 보고 있었다. 그러고는 아침을 먹이려 해도 얼굴을 씻기려 해도 계속 꾸물거리며 응하지 않았다. 기도는 처음에는 감기에라도 걸렸나 하고 걱정했지만 열도 없었고 본인도 아픈 데는 없다고 고개를 저었다. 그런데도 아무리 기다려도 식탁에 앉지 않아서 그의 말투도 점점 엄해졌다.

기도는 아침 9시 반에 약속 하나가 잡혀 있어서 시계를 들여다보면서 마음이 급했다.

소타가 어딘지 불안정한 모습을 보인 것은 최근 2주 정도의 일이었다. 구몬 숙제를 하지 않았다고 가오리가 나무라기에 원래부터 과열 기미의 유아교육에 부정적이었던 기도는 "덧셈은 어차피 나중에 다 하니까 벌써부터 그렇게까지 할 필요 없어"라고 아들을 감싸다가 말다툼으로 이어졌다. 아이 교육 문제가 의외로 뿌리 깊은 부부 불화의 원인이라는 건 이혼 상담을 통해 잘 알고 있었지만, 그래도 이만한 일조차 조용히 상의하지 못한다는 건 분명 정상이 아니었다. 기도가 보기에 가오리도 학원에 보내고 데려오는 것에 지쳐 있어서 그걸 위로할 생각으로 건넨 말이 불에 기름을 부은 꼴이 되어버렸다. 그리고 소타는 엄마에게서 공연히 너 크게 혼이 났다.

기도는 가오리의 아이에 대한 태도를 보면서 처음으로 진지하게 이혼을 생각했다. 아내가 이 결혼 생활에 스트레스를 느낀다는 게 명백하고, 게다가 그녀라는 인간을 본질적으로 싫어하지 않는 기도는 자신이 아닌 다른 파트너와 인생을 재개한다면 그녀도 이전 같은 정신적 침착함을 회복할지 모른다고 느끼고 있었다.

자신이 사랑받는다는 단서를 찾아내기는 쉽지 않고, 그러면 자신은 사랑하고 있는가 하고 물어보면 멈칫 말이 막혔다. 하지만 사랑하지 않는 건 결코 아니었다.

뭔가 일시적인 거센 대립의 결과인 것도 아니고 10년이라는 결혼 생활을 거쳐 완만하게 무너져 내린 관계를 어떻게 다시 일으켜 세워야 할지, 기도는 그 방법을 고민하고 있었다. 서로 간에 최근 몇 달이라지만 손끝 하나 닿지 않는 생활을 하고 있다. 두 개의 육체 사이에는 뭔가 부주의로 마주치는 일조차 없는 신중한, 마치 타인 같은 거리가 있었다.

다만 가오리 쪽에서도 어떻게든 이런 상태를 멈춰보려고 노력한다는 건 확실했다.

남편에게는 감정적이 되지 않으려고 애를 썼지만 그만큼 소타에 대한 질책은 이따금 격앙을 수반하게 되었다. 그는 그녀의 그런 모습을 10년 동안 함께 살면서 한 번도 본 적이 없었다.

소타는 소타대로 지극히 당연한 자아의 발달에 따라 무조건적인 지시에는 요즘 들어 강하게 반발해서 모자 관계는 악순환에 빠졌다고 할 수밖에 없었다.

기도는 가오리에게 그 점을 지적했지만 그것은 건드리면 터질 듯한 부부 관계에 멈칫멈칫 손을 내미는 식의, 그야말로 불충분한 것이었다. 그 대신 그는 욕실이나 침실에서 소타를 품에 안고 달래가며 얘기를 들어줬지만 잠깐의 눈가림에 불과하다고 할 수밖에 없는 그런 자신의 태도에 혐오감이 느껴졌다. 그것은 자신이 원했던 아버지의 모습과는 거리가 먼 것이었다.

아내의 내면에 울적하게 쌓인 것들의 원인이 자신이라는 건 잘 알고 있다. 하지만 바람을 피운다는 어처구니없는 의심 속에 잠재한 근본적인 스트레스의 원인에까지 들어가보려고 할 때마다 기도는 아무래도 그 발이 움찔 멈춰버렸다. 그러고는 거의 취미처럼 'X' 찾기로 잠시 잠깐의 현실도피를 하고 있었다.

부부 관계뿐이라면 그래도 상관없다. 하지만 부모의 불화가 아이에게 끼치는 악영향만은 그가 책임지고 피해야 할, 결코 받아들일 수 없는 것이었다.

기도는 아이 교육에 관해 그리 대단한 이론을 갖고 있는 건 아니지만, 소타가 언젠가 문득 나는 사랑받으면서 자랐다, 라고 한 톨의 의심도 없이 믿어주는 날이 온다면 그보다 더 좋은 일은 없다고 생각했다. 그런 생각에는 물론 가오리도 동의하지 않을 리 없었다.

소타는 아빠에게는 거의 반항하지 않았다. 기도는 자신의 기만적인 다정함에 혐오감을 느끼면서도 결과적으로는 아들과의 사이에 특별한 신뢰 관계가 구축되었다는 착각을 품고 있었다. 하지만 아내가 집을 비우면 소타가 그 욕구불만을 풀어내는 곳은 당연히 아빠인 것이다.

기도는 그걸 아주 잘 알면서도 소타의 반항에 결국 흥할 만큼 감정적이 되어 좀체 신지 않으려는 양말을 내던지고 머리에 손을 대며 "어지간히 좀 해!"라고 큰소리를 냈다.

단지 손을 댄 것만이 아니다. 타이른답시고 그는 분명 소타의 머리를 때렸다. 그리고 순간적으로 그것을 깨닫고 반쯤 무의식적으로 그것을 감추려고 머리에서 손을 떼지 않았다. 소타는 겁이 난 듯 울음을 뚝 그쳤다. 그는 노기怒氣와 함께 아이의 머리를 매의 발처럼 움켜쥔 자신의 손을 보았다. 그곳에 담긴 힘에는 그가 폭력에 대해 타기해왔던 것들이 하나도 빠짐없이 구비되어 있었다.

가슴속에서 뭔가 지독히 더러운 것이 터진 느낌이었다. 기도는 일단 그 자리를 벗어났고, 얼굴이 빨개진 채 울면서 양말을 신는 소타를 마지막에는 품에 안고 달래주었다. 그 길로 아무 말 없이 어린이집에 데려다줬지만 아이의 등이 보이지 않자마자 후회에 휩싸여 몹시 참혹한 기분이 들었다.

이혼소송에서 아동 학대의 비참한 사례를 접할 때마다 그는 가엾은 아이를 안타까워하는 한편에서 그럴 수밖에 없는 인간으로 태어나 그럴 수밖에 없는 환경에서 살아온 부모들에게 얼마간 동정을 느꼈는데, 그것도 자신은 그들과 전혀 다른 사람이라고 생각했기 때문에 가능한 것이었다.

하지만 현재의 생활이 좀 더 불우했다면 자신은 어쩌면 아이를 때리는 부모였을지도 모른다고 처음으로 진지하게 실감했다. 그 상상은 자신이라는 인간에 대한 신뢰를 심각하게 손상시켜버렸다. 마지막에 품에 안고 달래주기는 했지만 그것도 폭행과 허니문을 되풀이하는 가정폭력 가해자의 전형인 것만 같았다.

6시 넘어 모토마치·차이나타운 역사 빌딩에 자리한 어린이집으로 데리러 가자 소타는 친구와 함께 놀던 블록을 동동거리며 급하게 정리하더니 만면에 웃음을 띤 채 달려왔다.

보육 교사에게서 하루 종일 별문제 없었다는 보고를 듣는 동안, 친구와 헤어지기가 못내 아쉬운 듯 한참이나 장난을 치다가 항상 하던 대로 "친구들, 안녕"이라는 인사를 하고 어린이집을 나왔다.

바닷바람이 세차게 부는 날이었다. 밤의 어둠 속에서 그 실루엣만을 허락받은 가로수가 크리스마스 일루미네이션으로 반짝였다. 모토마치의 화려한 풍경을 건성으로 바라보며 소타와 신호를 기다리는데 웬 낯선 남자가 왜 그런지 자꾸만 전봇대를 걷어차고 있었다.

기도는 무심코 소타의 손을 움켜쥐고 그 남자에게서 몇 걸음 물러섰다. 파란불로 바뀌었는데도 남자는 거기서 계속 그러고 있어서 이쪽과 간격이 쭉쭉 벌어졌다. 딱히 별다른 말을 하지 않았지만 소타의 걸음도 약간 빨라져 있었다.

신호를 기다릴 때마다 빌딩 틈새에서 차가운 바람이 들이쳤다. 기도는 코트 앞깃을 여미며 맞잡은 손 밖으로 삐져나온 소타의 손가락 끝을 신경 썼다.

"소타, 춥지 않아?"

"응, 춥지 않아. 근데 아빠……."

"응?"

"울트라맨은 입을 못 움직이는데 어떻게 '슈왓치!'라고 해?"

"응? 글쎄, 왜 그럴까?"

기도는 웃으면서 고개를 갸우뚱했다. 소타는 그게 얼마나 이상한 일인지 눈을 둥그렇게 뜨고 열심히 설명했다.

"진짜 그러네……. 그래도 울트라맨은 날아다니기도 하고 스페시움 광선을 쏘기도 하고, 별별 걸 다 하니까 입을 움직이지 않고 말하는 것쯤은 별로 어렵지 않은 거 아냐?"

기도는 얼결에 지어냈지만 꽤 재치 있는 대답이라고 생각했는데 소타는 그런 이론에 전혀 감이 안 온다는 기색이었다.

집에 돌아와 둘이서 미트소스 스파게티와 냉동 햄버그스테이크를 먹었다. 소타가 텔레비전을 보기 전에 얼른 소파에서 무릎 위에 앉히고 "아침에 아빠가 큰소리 내서 미안해"라고 사과했다.

소타는 응, 하고 고개를 끄덕였지만 그런 것보다 빨리 텔레비전을 보고 싶은 눈치였다.

"아침에는 아빠도 회사에 지각할 것 같아서 마음이 급했어. 소타도 어린이집에 지각하면 기분이 안 좋지? 그래서 아빠가 화가 좀 났어."

"응."

"내일 아침에는—소타, 아빠 봐야지?—시간 늦지 않게 미리미리 준비하자?"

"응."

"좋아, 이 얘기는 끝! 텔레비전 보자."

그렇게 말하고 기도는 다시 한번 아들의 머리를 쓰다듬고 그 작은 몸을 껴안았다.

목욕 후에 아이 방에서 전등을 끄고 캄캄한 침대에 함께 누운 기도에게 소타가 말했다.

"아빠."

"응?"

"만일 나하고 나의 가짜가 있다면 진짜 나, 알아볼 수 있어?"

"뭔 소리야, 그게?"

소타는 어린이집에서 읽어준 『호빵맨』 그림책에서 세균맨이 가짜 호빵맨으로 꾸미고 나타났다는 이야기를 했다.

"아, 그런 얘기였구나……. 그야 알지, 아빠 아들인데."

"어떻게 알아?"

"딱 보면 알아. 목소리도 알고."

"근데 얼굴도 목소리도 완전히 똑같으면?"

"그러면…… 아, 추억을 물어봐야겠다. 작년 여름에 함께 갔던 가족 여행은 어디였지요?"

"하와이!"

"정답! 가짜는 겉모습을 아무리 흉내 내도 추억은 모르잖아."

"그렇구나. 아빠, 대단해! 그럼 아빠의 가짜가 있어도 추억을 물어보면 되겠네?"

"그렇지."

"그러면…… 하와이에 갔을 때, 아빠는 이렇게 큰 슬리퍼 같은 스테이크를 먹었을까요 안 먹었을까요?"

"먹었습니다. ……근데 그렇게 물어보면 가짜도 정답을 금세 눈치챌 것 같은데?"

한참 그런 이야기를 하다 보니 대화의 간격이 조금씩 뜸해지고 이윽고 옆에서 잠든 숨소리가 작게 들려왔다. 기도는 어둠 속에서 얼른 그 소리가 깊어지기를 기다리다가 이불을 다독여주고 가만히 아이 방을 뒤로했다.

줄곧 미뤄왔던 크리스마스트리 장식을 오늘은 꼭 해치우자고 마음먹고 기도는 도가시 마사히코[1]와 기쿠치 마사부미[2]의 아름다운 듀오 CD를 켜놓고는 그 작업에 뛰어들었다. 종이 상자를 열자 금빛 은빛의 장식물과 알전구가 작년에 그가 정리해둔 그대로 미동도 없이 담겨 있었다.

리에에게서 'X'에 대한 의뢰가 들어온 것이 바로 작년 이맘때였다는 게 그 페이크 트리를 보자 생각났다. 범속한 감개였지만 1년이라는 세월이 너무도 빠른 것에 아연해졌다.

아이 방에 소타를 재워놓고 이곳에서 혼자 보드카를 마셨던 날 밤의 일이 다시 떠올랐다. 그때 느꼈던 강렬한 행복감의 의미를 그는 무심결에 생각했다.

트리 조립이 끝나자 창가에 설치하고 나뭇가지에 별이며 공 등의 장식물을 매달고, 마무리로 LED 전구를 둘둘 감았다. 막상 해보니 기껏해야 5분 남짓한 작업이었다. 알전구를 켜고 방의 조명을 낮춘 뒤 약간 떨어진 자리에서 바라보았다. 베란다를 마 주한 창문에 혼자 덩그러니 선 모습이 비쳤다.

또다시 술을 한잔할까 하고 생각했지만, 기쿠치의 피아노만 으로 연주되는 파격적인 〈올 더 싱즈 유 아〉가 시작된 참이라서 자리를 뜨고 싶지 않았다.

시간이 천천히 해체되는 듯한 템포였다. 선율이 한 방울 한 방 울 맑은 물방울로 떨어지면서 고요히 가라앉은 실내에 겹겹이 파문이 퍼져갔다.

기도는 음악 자체보다 그 소리의 예감과 여운이 서로 녹아드 는 속에서 잠시 숨을 멈추고 크리스마스트리의 장식 알전구가 일정한 패턴으로 변화하는 모습을 바라보았다.

이윽고 테이블 위의 휴대전화에서 라인의 착신음이 들려왔 다. 가오리에게서 온 것이었다.

'그쪽은 괜찮아? 소타는 말 잘 들었고?'

출장 중에 그녀가 연락하는 일은 드물었다. 그녀 나름대로 요 즘의 불화를 걱정했었는지도 모른다. 잠깐이나마 출장으로 기 분 전환이 되었으면 좋겠다고 생각했던 터라서 기도는 단 두 줄 의 그 메시지가 반가웠다. 새로 만난 상사와 함께 간다고 들었는 데, 인망이 두터운 사람인 모양인지 일에 대한 불만을 토로하는 일은 없었다.

기도는 여느 때와 달리 이모티콘을 섞어가며 답신을 보냈다.

'응, 괜찮아. 말 잘 들었어. 출장, 열심히 해!'

아내에게서는 'Thank You!'라는, 기도가 알지 못하는 캐릭터의 이모티콘이 도착했다. 그것은 본인에게서는 지난 1년 동안 한 번도 본 적이 없는 환하게 웃는 얼굴이었다.

주방 테이블에서 잠시 휴대전화를 검색하다가 기도는 미스즈가 말했던 '3승4패주의'라는 인생관을 문득 떠올렸다.

그는 미스즈라는 인간에 대해 분명하게 '좋아한다'는 감정을 품고 있었다. 하지만 그 관계를 발전시키기 위한 노력은 처음부터 전혀 하지 않았다. 그것은 다양한 의미에서 비현실적이어서 정식으로 생각해본 일조차 없지만 그래도 미스즈는 내가 만일 그녀와 파트너였다면, 이라는 상상을 저절로 불러일으키게 하는 여성이었다.

그는 미스즈와 대화를 나눌 때의 자신에게서 다른 어떤 시간과도 다른 특별한 편안함을 느꼈다. 어딘지 모든 것에서 벗어난 듯한, 항상 자그마한 뭔가로 그야말로 즐거운 듯 환하게 웃는 그 얼굴을 페이스북에서 보노라면 그녀가 늘 곁에 있는 일상은 어떤 것일까, 라고 저도 모르게 상상하지 않을 수 없었다. 그녀와 결혼했고 그녀가 소타의 엄마였다면 어땠을까……. 하지만 그것은 이 세계에서 현실적으로 가능한 일이라기보다 있었을 수도 있는 일, 전혀 다른 세계의 전혀 다른 인생에 대한 공상에 지나지 않았다.

좀 더 젊은 시절이었다면 설령 기혼자였더라도 이런 분별력 강한 미적지근한 태도를 취하지는 않았을지도 모른다, 라고 기도는 생각했다. 하지만 그 시절에 노상 머뭇거리는 그의 엉덩이를 걷어차고 강제로 팔을 끌어당겼던 그 충동—즉 성욕—이 멋쩍은 듯 뒤로 물러서서 그가 **아무래도 꼭**이라고 한다면 함께해도 무방하다는 정도의 소극적 태세인 것이다. 아내와의 섹스리스에는 그토록 애를 태우던 바로 그 성욕이! 그리고 이제 반대로 자신이 그 성욕의 엉덩이를 걷어차고 팔을 끌어당기는 것은 그야말로 번거롭고 귀찮기만 했다. 20대 때의 그는 그런 어른스러운 무기력 따위는 뻔한 거짓말이 틀림없다고 생각했었는데…….

어찌 됐든 중년의 달뜬 감정에 취해 어떤 돌발적이고 파멸적인 충동에 몸을 내맡기고 지금까지 쌓아온 생활을 버리면서까지 그녀와 새로운 생활을 시작한다는 건 그가 강한 감명을 받은 그녀의 '3승4패'라는, 현실에 뿌리를 둔 인생의 타협 방식과는 전혀 대조적인 것이었다.

'X'는 결국 인생에 따분해져버린 극히 평범한 인물이었던 게 아닐까, 라고 처음으로 기도는 생각해보았다.

인간은 아닌 게 아니라 '추억'에 의해 자기 자신이 된다. 그렇다면 타인의 '추억'을 소유하기만 한다면 타인이 되는 것도 가능한 게 아닐까.

'실은 이런 식으로 한밤중에 혼자 인생의 권태를 주체하지 못해 인터넷인지 뭔지로 여기저기 뒤지다가 오미우라를 찾아냈던 게 아닐까. 살인 사건 따위와는 무관하게 단지 지금보다 약간 더 자극적인 인생을 바랐을 뿐인 경박한 자였던 게 아닐까……'

오미우라가 누드화의 한쪽 가슴에 써넣은 '소네자키 요시히코'라는 이름은 인터넷으로 검색해봐도 범죄력은커녕, 존재조차 발견할 수 없었다.

기도는 오미우라라는 인간에 대한 불신 때문에 'X'가 범죄에 손을 댔을지도 모른다는 생각이 이전보다 강해졌었다. 그리고 그런 탓에 그에 대한 공감이 얼마간 흔들리기도 했다.

하지만 오히려 반대로 'X'는 다니구치 다이스케가 가족과의 불화를 이유로 선뜻 바꿨을 만큼 온건한 인생을 살아온 인간이 아닐까, 라는 생각이 들었다. 아니면 혹시 돈이 목적이었는가.

무엇보다 리에 입장에서는 그게 더 나을 게 틀림없다. 그리고 기도 자신도 이 허망한 '탐정 놀이'를 끝내고 가정을 재정비해야 한다고 다시 한번 진지하게 생각했다.

기도가 'X'의 정체를 마주한 것은 그로부터 2주 뒤의, 한 가지 엉뚱한 사건 덕분이었다.

그는 다시 그 '탐정 놀이'에 빠져들 수밖에 없었지만, 그 직전에 실은 당장이라도 이 일을 매듭짓기로 마음먹은 그런 하룻밤이 있었던 것이다.

13

크리스마스가 사흘 앞으로 다가오자 거리는 한껏 들뜬 분위기였다.

기도는 그날 도쿄 지방재판소에서 일거리 하나를 끝낸 뒤 시부야 도큐 백화점 옆에 자리한 작은 갤러리를 찾아갔다.

스기노라는 이름의 변호사 친구가 사형 폐지 운동에 열심이어서 확정 사형수들의 공모 미술전을 열기로 했다는 안내장을 받았던 것이다.

기도는 사형 제도에는 반대 의견이었지만 직접 폐지 운동에 참여한 적은 없었고 사형 판결을 받을 만한 형사사건을 담당한 경험도 없었다. 어느 쪽인가 하면 그런 제도보다 오미우라가 교도소에서 보낸 기묘한 엽서를 본 뒤였기 때문에 수형자가 그린 그림 쪽에 더 관심이 있었다.

오미우라는 어딘지 서글프고 질 나쁜 농담 같은 사기꾼이지만, 사형수라면 그림도 완전히 다를 것이다.

과거 쪽에는 자신의 살인이 있고, 미래 쪽에서는 국가에 의한 처형이 기다린다. 그런 사람들이 지금 현재 그려낸 그림을 기도는 직접 보고 싶었다.

전시회장은 음식점이 **처마를 맞대고 들어선** 주상복합빌딩의 6층이었다. 밤에는 도심에도 눈이 쌓일 수 있다는 일기예보에 우산을 들고 나섰지만 시부야 역에서 걸어가는 그 잠깐 사이에 코트 앞자락이 하얘졌다. 급하게 걸은 만큼 추위에 언 뺨이 안쪽까지 얼얼했다.

입구 앞에서 아직 남은 눈을 떨어내는데 스기노가 다가와 이런 날씨에 미안하다고 인사를 건넸다. 기도는 "응, 춥긴 춥다"라고 쓴웃음을 지었다. 오늘은 스기노가 모더레이터[1]를 맡은 토크 이벤트도 예정되어 있었다.

전시회장의 하얀 판자 바닥은 구두 밑창의 눈으로 젖어서 기도의 바로 눈앞에서 어떤 여자가 하마터면 미끄러질 뻔했다. 이미 이벤트를 위한 의자도 배치되었고 100제곱미터 정도의 공간은 예상외로 혼잡했다. 기도는 돌아갈 때의 지하철이 걱정스러워서 이벤트 중간에 빠져나갈 생각으로 뒤쪽 자리에 코트를 걸쳐두었다.

출품자는 10여 명이었다. 작품은 고개를 젖혀 올려다봐야 할 만큼 큰 것에서부터 엽서 크기의 작은 것까지 다양했다. 그림 재료가 제한적이라서 종이를 이어 붙이고 색칠을 하는 등 고심의 흔적이 엿보였다. 작품 옆에는 제목과 작자, 그리고 사건의 통칭이 적혀 있었다. 그 이상의 자세한 설명은 없어서 휴대전화로 검색해가며 관람하는 사람도 있었다.

입구 바로 근처에 전시된 것은 50센티미터 크기의 그림 두 개를 세로로 나란히 놓은 큰 작품이었다.

아래쪽에는 벽돌로 쌓은 거대한 빈 우물의 밑바닥에서 벽을 타고 올라가려다가 무릎을 꿇어버린 전라의 여성. 그것과 연속된 위쪽은 아득히 머리 위로 내다보이는 푸른 하늘과 초록 풀꽃, 그리고 조용히 비쳐 드는 햇빛을 그려냈다. 아마도 구치소 창문으로 내다보이는 빛을 담은 것이리라. B4 크기의 종이를 맞붙여 이만한 크기까지 만들어낸 모양이어서 저 너머의 자유를 갈망하는 원근법은 절망적이고, 눈부신 빛과 우물 밑바닥으로 갈수록 짙어지는 어둠의 대조가 비통한 효과를 빚어내고 있었다.

펫숍 사장 부부가 고객 네 명을 잇달아 살해하고 사체를 완전히 소멸시킨 사건으로, 그림을 그린 건 체포 이후 일관되게 살인은 누명이라고 주장해온 아내 쪽이었다. 유명한 사건이었던 만큼 전시회 광고지에서도 이 그림을 가장 크게 다루었다.

그 옆의 그림은 초가을의 산비탈을 그려낸 것으로 아직 어린 솔방울이며 초록 낙엽이 어지럽게 널렸고 개미의 행렬도 눈에 띄지만 이상한 점은 거기에 무수한 수류탄이 섞인 것이었다. 그 장소를 신발도 안 신은 채 걸어가는 여자의 하얀 발이 보였다.

조금 전의 빈 우물 그림에서도 여성의 맨발이 강조되었다.

그 밖에 좀 더 직접적인 언어를 통해 무죄를 호소하는 작품도 있었다.

기도는 우선 그 뛰어난 그림 실력에 놀랐다. 회화라기보다 포스터 같은 그림이었다.

그 옆에 전시된 것은 마찬가지로 억울함을 호소하며 최고재판소에 재심 청구 중이라는, 독극물에 의한 대량 살인범 여성의 작품이다.

색종이만 한 크기의 그림이 열 점쯤 나란히 걸렸다. 기도는 앞서가는 커플의 뒤를 이어, 전체를 검게 칠하고 그 한복판에 아래쪽을 향해 휘어진 굵직한 빨간 줄이 그려진 그림 앞에 섰다. 세로로 피눈물 같은 물방울이 떨어지고 있다. 기도가 사전에 웹사이트에서 읽어본 해설에 의하면 한복판의 가로줄은 교수형에서 로프가 목을 파고들 때 생기는 상처를 표현했고 핏방울은 가족의 눈물이라고 한다.

그 옆에는 전면을 파란색으로 칠하고 중심에 콩알처럼 작은 사각 울타리와 빨간 동그라미를 그린 그림이었다. 이것도 해설을 읽어봤지만, 푸른 하늘을 볼 수 없는 구치소의 폐쇄감과 고독의 표현이라는 모양이었다.

죽음의 공포도 억울함의 호소도 거의 정방형 화면으로 도안화되고 필기구가 부족한 것도 있어서 결코 능숙하다고는 할 수 없었지만, 각각의 그림마다 보는 이의 존재를 내부로 강하게 압박하고 들어오는 듯한 힘이 있었다.

기도는 하나하나 작품 앞에 멈춰 설 때마다 숨을 죽였고 잠시 뒤에는 긴 한숨을 내쉬는 일을 거듭했다.

이 작자의 작품도 어느 쪽인가 하면 그래픽디자인이었다.

기도는 광고 표현의 **예술성**이라는 통념이 뇌리를 스쳤지만 그다음에는 오히려 예술 표현의 **광고성**이야말로 논의되어야 할 문제가 아닌가, 라고 생각을 수정했다.

그래픽디자인의 목적은 이벤트가 됐든 상품이 됐든 뭔가 존재한다는 것을 널리 알리려고 하는 것이다. 알리지 않고서는 그것이 애초에 존재하지 않는 것처럼 묵살되고 만다. 포스터는 '여기에 이것이 있다!'라는 것을 아름다움의 힘을 빌려 호소하는 것이고, 그 결과 그 표현은 예술의 영역까지 높아지기도 한다.

하지만 예술이란 실상 자본주의와도 대중 소비사회와도 관계없이 애초에 **광고적**인 성격을 가진 것이 아닐까. 이를테면 불타오르는 듯한 해바라기 꽃병이 있다. 초원을 말이 달려간다. 쓸쓸한 생활이 있다. 전쟁의 비참함이 있다. 스스로 증오를 떠안고 있다. 누군가를 사랑하고 있다. 어느 누구에게서도 사랑받지 못한다……. 모든 예술 표현은 결국 그런 것들을 광고하는 것이 아닐까.

기도는 시간에 쫓겨서 약간 걸음을 서둘렀다.

개개의 사형수의 표현은 놀랄 만큼 다양했다. 일러스트에서부터 만화로 그려낸 것, 문신의 원화 같은 용이나 잉어, 명화의 모방, 초현실주의적 페인팅, 구치소의 아침 점심 저녁 하루 세

끼의 된장국 건더기를 꼼꼼하게 정리한 것 등, 어느 하나도 비슷한 것은 없었다.

실력에도 차이가 있어서 뚜렷한 재능을 보이는 것도 있었다. 공모 작품이라 사형수들 중에서도 미술에 특기가 있는 자들이 출품했다는 점도 있을지 모른다.

자신이 자리한 장소와는 너무도 동떨어진 그림이 있는가 하면, 결코 구치소에서 그렸다고 생각되지 않는, 마음이 따스해지는 아름다운 그림도 있었다.

죄를 인정한 사형수 중에는 사형 제도 자체의 잔혹함을 호소하는 그림도 있지만 새와 꽃, 고양이처럼 그저 자신이 그리고 싶은 것을 그려낸 듯한 작품도 적지 않았다.

기도는 처음에 생각했던 것을 고수해야 할지 어떨지 망설이면서 그들이 '광고'하려는 것에 대해 계속해서 생각해보았다.

억울함을 호소하는 경우에도 범행 자체를 부인하는 그림은 의외로 적었다. 자신은 **그런 짓을 하지 않았다**, 라는 게 아니라 오히려 자신은 **그런 인간이 아니다**, 라고 필사적으로 외치고 있었다. 행위가 아니라 존재 그 자체의 항변인 것이다. 왜냐하면 그들의 존재는 국가에 의해 무로 돌아가려 하고 있기 때문이다.

저지른 죄를 생각하면 도저히 상상도 할 수 없는 사랑스러운 작품을 그린 사형수는 자신의 존재의 흔적을 이윽고 소멸해버릴 육체가 아닌 또 다른 외부에 어떻게든 담아두려 하고 있었다. 그런 것들조차 살인범으로서 처형될 때 이 세계에서 깡그리 말살된다. 그들의 '뜻밖의 일면'이었다. 만일 인격을 따로 떼어낸다면 길동무로 함께 희생될 그 인격의 존재를 그들은 죽음의 공포의 밑바닥에서 필사적으로 광고하려는 것인지도 모른다.

이벤트 시간이 촉박해서 기도는 안쪽의 전시 벽면을 따라 관람객들을 피해가며 나머지 몇 점을 급히 둘러보았다.

정치 선동 문구처럼 '안보 파기!' '프롤레타리아 독재 만세!' '소비세 증세 반대!' 같은 주장을 가득 채운 화면의 한가운데 도색 전단지 같은 여성의 누드화가 그려진 일련의 시리즈가 있었다. 기도는 저절로 눈이 휘둥그레졌다. 구도도 그렇고, 가슴을 강조한 포즈도 그렇고 오미우라가 보낸 그 엽서와 너무도 흡사했다—아니, 그보다 명백히 이 그림을 모방한 것이었다. 전시품 중에는 그가 고집했던 『반야심경』을 베껴 쓴 것도 있었다.

'오미우라도 어딘가에서 이 전시를 본 게 아닐까. 혹은 잡지에서 관련 기사를 본 것인가…….'

기도는 그가 써서 보낸 '멍·청·이!'라는 말이 생각났다. 일부러 사형수의 그림을 모방해서 보냈는데 이쪽이 전혀 알아차리지 못하자 그 둔감함에 화가 났던 것인가.

"지금부터 이벤트를 시작하겠사오니 참석자 여러분은 자리에 앉아주십시오. 이벤트 종료 후에도 그림을 관람하실 수 있습니다."

안내 방송에 따라 기도도 급히 좌석으로 향했지만 마지막으로 얼핏 눈에 들어온 그림이 그의 걸음을 멈춰 세웠다.

강한 주제의 다른 사형수들의 그림과 달리 그것은 작은 시냇

물이 흐르는 야산의 온화한 풍경화로, 치졸하지만 신중한 소박함이 느껴졌다. 옆에 나란히 걸린 그림은 꽃이 만개한 벗나무와 작은 새들, 그리고 판자 담을 둘러친 골목길과 전봇대와 우체통 등 어딘가의 오래된 동네 길모퉁이를 그린 것이었다.

기도는 기묘한 감각에 휩싸였다. 어쩐지 낯익은 그림이었기 때문이다. 중학생이 미술 시간에 그려낸 듯한 풍경화인데…….

오미우라인가? 아니, 그건 아니고, 뭐였더라…….

그 그림은 1985년 욧카이치 시에서 일어난 방화 살인 사건의 범인이 그린 것이었다. 당시 기도는 열 살이었지만, 그러고 보니 그런 사건이 있었다는 게 희미하게 기억났다.

잠시 기억을 더듬다가 뭔가 착각한 건가, 하고 안내자의 재촉에 따라 자리에 가서 앉았다.

토크 이벤트에서는 큐레이션을 맡은 미술 비평가가 개개의 작품에 대해 해설을 해줬지만 어디까지나 '미술 작품'으로서 논하려고 했기 때문에 기도는 중간쯤부터 약간 따분해졌다. 사회를 맡은 스기노도 그런 방침에 동의한 모양이라, 나중에 한마디 할까 하는 생각도 했다.

기도는 마지막에 얼핏 본 그 풍경화가 여전히 마음에 걸렸다. 사람들의 머리 너머로 멍하니 그쪽을 바라봤지만 아무래도 귓갓길의 눈이 걱정스러워서 이제 슬슬 돌아갈까 하는 참이었다.

한 시간의 토크 이벤트도 15분쯤 남았다.

"시간도 다 되어가고 좀 서둘러 살펴보도록 할까요. ……이쪽의 약간 자극적인 여성 누드 그림은 기타큐슈 시에서 일어난 가짜 대역 보험금 살인 사건의 범인 중 한 명이 그린 것입니다. 복잡한 사건이라서 최대한 간단히 줄여서 말씀드리면, 기타큐슈에 소재한 한 스낵바 경영자 A와 점원 B가 돈에 쪼들리자 보험금 사기를 계획합니다. 두 사람은 돈줄로 삼은 모 씨와 양자 결연을 맺어 의형제 사이였습니다. 일단 B의 명의로 거액의 생명보험을 들고 A가 그 수령인이 됩니다. 그리고 B 대신 한 노숙자에게 술을 먹여 익사시킵니다. 가짜 대역 살인으로 생명보험금을 가로채려고 한 것이죠. 하지만 이게 몹시 어설펐던 게 살해된 노숙자가 B와 나이도 키도 전혀 달라서 경찰에 금세 들통이 납니다. 이 B라는 사람은 이전에도 강도살인과 방화 전력이 있어서 결국 사형 판결을 받았습니다. 이 그림은 그 B가 그린 것입니다……."

기도는 별생각 없이 듣고 있었지만 '가짜 대역 보험금 살인'이라는 통칭의 의미를 그제야 이해하고 흠칫 비평가 쪽으로 시선을 던졌다.

'노숙자는 B와 신원이 뒤바뀐 채 B로서 살해됐구나…….'

그 순간 두 팔을 뭔가 스윽 훑고 간 것처럼 오소소 소름이 돋았다. 당연히 다니구치 다이스케 행세를 했던 'X'가 번쩍 떠오른 것이다.

그리고 앗 하고 입이 헤벌어졌지만 다행히 소리를 내지는 않았다. 그대로 몇 초 동안 꼼짝도 하지 않았다.

기도가 바라본 것은 B가 그린 누드화가 아니었다. 그 옆에 전시된 조금 전의 풍경화다. 그리고 그 그림이 왜 그렇게 낯익은 느낌이었는지 퍼뜩 깨달은 것이다.

'X의 그림과 너무 비슷해……'

기도는 휴대전화를 꺼내 리에의 본가에서 찍어 온 'X'의 유품 사진을 찾아보았다. 몇 점, 그 스케치가 눈에 띄었지만 그건 전혀 다른 장소의 풍경화였다. 다만 터치가 거의 흡사했다.

기도의 심장은 가슴 안쪽을 쿵쿵 두드리며 뭔가를 호소하고 있었다. 하지만 다음 순간에는 냉정을 되찾고, 그래서 어떻다는 것인가 하며 생각을 가다듬었다.

비평가의 해설도 마침 그 풍경화로 옮아갔지만 이미 20년 전에 사형이 집행되었고 사형수의 이름은 고바야시 겐키치라고 했다. 뭐가 뭔지 알 수 없는 오미우라의 그 엽서에 의하면 다니구치 다이스케 행세를 했던 'X'는 '소네자키 요시히코'라는 이름일 터였다.

하지만 어떻게 오미우라의 그 말을 사실이라고 믿을 수 있는가.

기도는 미간을 바짝 좁힌 채 고개를 갸우뚱했다. 기도가 그렇게 짐작했던 것은 오미우라가 보낸 엽서 속 여성의 가슴에 그렇게 적혀 있었기 때문일 뿐이다. 하지만 오른쪽 가슴에 '다니구치 다이스케', 왼쪽 가슴에 '소네자키 요시히코'라고 적혀 있었다고 해서 반드시 그 두 사람이 호적을 맞바꿨다고 할 수 있을까.

그는 젖가슴 주위에 원을 그리듯이 연결된 그 글씨들을 떠올렸다. 그리고 새삼 '꽃미남 변호사 선생의 눈은 그냥 옹이구멍인가? 멍·청·이!'라는 말에 대해 생각해보았다.

'그자는 왜 나에게 멍청이라고 했을까…….'

단순히 의미심장한 척한 것인가. 아니면 역시 오미우라는 뭔가를 넌지시 알려준 것인가.

오미우라가 '가짜 대역 보험금 살인' 사형수의 그림을 모사했던 것에는 분명 의미가 있을지도 모른다. 만일 그가 어딘가에서 이 전시회를 봤다면 고바야시 겐키치의 그림도 알고 있지 않을까. 그것을 얘기하려고 한 것인가? 대체 무엇을 알려주려고? 고바야시 겐키치는 진즉에 사형이 집행되어 죽었는데?

기도는 앞서가버린 흥분의 공허한 여운 뒤에 홀로 남겨졌다.

박수 소리로 대담이 끝났다는 것을 알았다. 그대로 뒤를 이어 질의응답 시간으로 옮아갔다.

관객은 사형 폐지 운동에 공감하는 사람들이 많은지 질문이라기보다 주로 감상을 얘기하고 감격해서 눈물을 글썽이기도 했다. 가장 중요한 부분인 질문도 전시회 개최까지의 고생담이나 앞으로의 전망 등, 무난한 내용이 대부분이어서 지나칠 만큼 신중하게 말을 골라가며 하는 느낌이었다.

처음부터 손을 들었는데 내내 발언 기회를 얻지 못하던 앞자리의 남자가 드디어 "다음은 이쪽 분께 마지막 질문을 받도록 하겠습니다"라고 지명을 받았다.

"많은 분들이 귀중한 말씀을 해주셔서 고맙습니다. 이렇게 질문할 시간을 주신 것에도 감사드립니다. 저는 논픽션 작가 가와무라 슈이치라고 합니다. 범죄 피해자 가족에 대한 글을 쓰고 있습니다."

기도는 그를 알지 못했지만 흰 셔츠에 감색 스웨터를 입은 성실해 보이는 청년이었다. 말투는 공손했으나 금세라도 자제심을 벗어던질 듯한 목소리가 청중을 긴장시켰다.

"좋은 분위기에 찬물을 끼얹는 말인지도 모르지만, 저는 이 전시회는 기만적이라고 생각합니다. 솔직히 좀 화가 나기도 합니다. 사형수의 그림보다 오히려 범죄 피해자의 그림 전시회를 먼저 해줘야 한다는 생각은 왜 안 하는 겁니까? 왜 피해자 쪽의 심정은 이해하고 공감해주지 않죠? 사형수의 멋진 재능에 감탄하기 전에 억울하게 살해된 사람에게는 얼마나 큰 재능과 꿈이 있었는지, 얼마나 아름다운 심성이 있었는지, 생각해보셨습니까? 피해자들은 살해되기 전에 그림을 그릴 여유 따위는 없었습니다. 사형은 잔혹하다고 하는데 그건 자업자득이잖아요? 왜 이런 자들에게만 그림을 그릴 자유가 허용됩니까? 자신을 표현하고 싶어도 표현할 자유를 앗아 갔어요, 이자들은! 그런 건 생각도 않고 여기 걸린 그림만 보고 아아, 사형수는 불쌍하다, 라니, 이건 너무 일면적인 거 아닌가요? 이자들이 얼마나 잔인한 죄를 저질렀는지, 좀 더 상세한 설명을 붙였어야 하는 거 아니에요? 살인 사건 중에서도 사형 판결이 나오는 경우는 0.2퍼센트 정도예요. 정상참작을 넘어선 겁니다, 이자들이 저지른 짓은! 그들의 손에 죽은 사람들뿐만 아니라 유족과 친구들, 사랑하는 사람들이 얼마나 고통스러울지, 생각해보셨어요? 이런 전시회는 그런 분들을 두 번 세 번 고통스럽게 하는 일입니다! ……이상입니다."

청년은 파르르 떨면서 단숨에 말을 쏟아내고 털썩 의자에 앉아 마이크를 스태프 쪽으로 쑥 내밀었다. 날카로운 하울링이 전시회장의 정적을 찢었다. 뒤쪽에서 힘차게 박수를 치는 사람이 있어서 관객들이 일제히 돌아보았다. 가와무라는 청년은 퍼뜩 생각난 듯 다시 자리에서 일어섰다.

"아, 참고로 억울한 사형 판결은 큰 문제니까 그건 저도 반대합니다. 그것만 한 마디, 덧붙이도록 하겠습니다."

그는 그렇게 말하고 자리에 앉았다.

기도 역시 피해자 얘기가 전혀 나오지 않는 게 마음에 걸렸었기 때문에 누군가는 했어야 할 질문이라고 생각했다. 아무도 말하지 않는다면 나중에 자신이 스기노에게 그 얘기를 할 생각이었고, 그가 지금까지 사형 폐지 운동에 적극적으로 참여할 수 없었던 것도 첫째로는 그런 이유 때문이었다.

스기노는 전혀 얼굴빛이 달라지는 일도 없이 고개를 끄덕였다. 가와무라에 대해서는 전부터 알고 있는 기색이었다.

"법적으로 보장된 권리문제와 심정적인 문제를 나눠서 생각할 필요가 있지 않을까요? 법적으로 일본의 형벌관은 절대적 응보형론이 아니라 상대적 응보형론입니다. 흔히 얘기하는 '눈에는 눈'이라는 동해同害보복의 이론은 실은 심정적으로 과잉해지기 쉬운 보복을 피해 이상으로 확대시키지 않기 위한 제한 원리였어요. 그리고 '눈에는 눈'이라는 식의 신체형은 근대 이후의 형법에서 자유형으로 환치되었죠. 상해 사건에서 피해자가 실명을 하더라도 가해자의 눈을 멀게 하는 일은 이제 있을 수 없습니다. 즉 피해자는 앞으로 이 세계의 아름다운 것을 일절 볼 수 없지만, 가해자는 무엇이든 원하는 대로 볼 수 있습니다. 그 대신 무거운 죄일수록 좀 더 자유를 제한하는 벌이 부과되는 것이 자유형이죠. 사형이라는 제도는 그러한 원칙에서 완전히 벗어난 것입니다. 심정적으로는 방금 말씀하신 것도 충분히 이해합니다. 하지만 사망한 피해자는 모든 자유를 잃어버렸으니 당신의 이론대로라면 사형수는 아예 뭔가를 느끼고 뭔가를 생각하는 것조차 허용되지 않아야겠지요."

"네, 저는 그렇게 생각합니다. 즉각 사형에 처하면 됩니다. 살해된 피해자 입장에서는 1분 1초도 엄청난 사치로 보이니까요."

가와무라가 마이크를 통하지 않고 말했다.

"저는 사형이라는 신체형을 예외로 인정하는 것에 반대하는 입장입니다. 그리고 살아가는 데 있어서 최저한의 활동 중 하나로 사형수의 예술 창작의 권리를 옹호합니다. 다만 사회가 해야 할 역할은 각자 분담해야겠지요. 피해자와 그 유족의 그림 전시회는 매우 흥미로운 제안이에요. 하지만 그건 피해자를 지원하는 사람들 쪽에서 해야 할 일입니다. 일반 국민들은 물론 그 양쪽 모두를 보고 판단해야 할 것이고요."

가와무라는 스기노가 말하는 동안 강한 거부감을 드러내며 여러 차례 고개를 저었지만 더 이상 반론에 나서지는 않았다. 하지만 그 꼿꼿해진 등에는 풀 길 없는 분노가 가득했다. 스기노는 사법연수원생 시절에 판사로 유망하다는 제안을 받았는데도 변호사가 된 희귀한 인물이다. 방금 한 답변도 법제사적으로는 정통한 얘기지만, 표정 하나 변하지 않는 태도에 가와무라가 반발한 것도 이해가 되었다.

이벤트가 끝난 뒤, 스기노는 게스트인 미술 비평가와 함께 안으로 들어갔기 때문에 기도는 귀가하는 사람들의 흐름에서 벗어나 다시 그 풍경화 앞에서 기다리기로 했다.

조금 전 해설에서 고바야시 겐키치는 이웃이던 건축 사무소 사장 부부뿐만 아니라 초등학교 6학년이던 외아들까지 살해한 자라고 했다. 너무 순진한 소리지만, 그런 인간이 그린 그림이라는 게 기도는 아무래도 믿어지지 않았다.

전시회장은 점차 한산해졌다. 기도가 휴대전화로 '고바야시 겐키치'를 검색해보려는 참에 안쪽에서 스기노가 나타났다.

"기다리게 해서 미안하네. 마지막까지 들어줘서 고마워."

"수고했어. 배운 게 많았어."

기도는 치사致辭의 말을 건네고, 휴대전화를 다시 호주머니에 넣으려다가 얼핏 눈에 들어온 한 장의 얼굴 사진에 할 말을 잃었다. ……'X'였다.

스기노는 메일 체크라도 하는가 하고 기도 옆에서 휴대전화 조작이 끝나기를 기다리고 있었다.

기도는 그 사진에 붙은 댓글을 재빨리 훑어보았다.

"이 사람······."

휴대전화의 화면을 내보이자 스기노는 얼굴을 바짝 대고 들여다본 뒤에 말했다.

"응, 이 그림을 그린 사람이야. 고바야시 겐키치."

기도는 그 사진과 전시된 그림을 번갈아 바라보며 잠시 생각을 가다듬었다.

이건 똑같은 얼굴이 아니라 **닮은** 얼굴이다! 그리고 이어서 한 가지 추측에 이르렀다. 하지만 경악과 흥분으로 그다음은 냉정하게 생각을 정리할 수 없었다.

14

스기노에 의하면 고바야시 겐키치에게는 마코토라는 외아들이 있고, 오래전에 이혼한 아내를 따라 '하라'라는 성을 쓰고 있다. 즉 현재 이름은 '하라 마코토'다.

고바야시 겐키치가 미에현 욧카이치 시에서 살인 사건을 저지른 것은 1985년의 일이었다. 전형적인 도박 의존증으로 빚 때문에 꼼짝달싹도 못 하게 되자 평소에 알고 지내던 건축 사무소 사장 집을 찾아가 10만 엔을 융통해달라고 부탁했으나 거절당하자 격분, 일단 집에 돌아갔다가 한밤중에 침입해 사장 부부와 초등학교 6학년이던 외아들을 식칼로 살해하고 증거인멸을 위해 방화까지 했다. 잔인무도한 사건이었다.

기도는 그 사건이 희미하게 기억날 뿐이었지만 우연히도 마코토라는 이름의 그 아들은 기도와 똑같은 1975년생이었다.

당시에 자신과 **똑같은 초등학교 4학년 아이**가 부친의 살인 사건을 경험했다고 생각하니 생생한 실감이 들었다. 동급생들의 얼굴이 머릿속을 스치고 그들과 함께 뛰어놀던 자신이 떠올랐다.

언론에 대대적으로 보도되고 기자들이 몰려오는 바람에 하라 마코토는 사건 이후 곧바로 모친과 함께 다른 지역으로 이사했다. 그 뒤 그는 한동안 마에바시 시의 아동보호 시설에서 살았다. 그리고 시설에서 퇴소한 이후로는 어디로 갔는지 아무도 알지 못했다.

하라 마코토의 존재가 다시 발견된 것은 엉뚱한 일 때문이었다.

그는 2006년경부터 소매치기로 여러 건 신고가 들어왔고 결국 2008년에 기소되어 절도죄로 징역 1년 집행유예 3년의 판결을 받았다. 집행유예 기간 중에 다시 소매치기로 체포되어 징역 1년 6개월의 실형이 떨어졌고, 또다시 출소 후 얼마 안 되어 같은 죄로 세 번째 유죄판결을 받아 올해 초에 마침내 형기를 끝냈다.

맨 처음 실형 판결을 받은 뒤, 그것을 폭로하듯이 한 주간지의 「사건 그 후」라는 특집에 가해자 가족의 사례로 그를 다룬 기사가 실렸다.

가명의 기사였지만 인터넷상의 범죄 마니아 사이트에서는 그 전부터 그가 모친의 '하라' 성을 쓴다는 사실이 떠돌았다. 기도도 고바야시 겐키치에 대해 검색하던 중에 그 비슷한 사이트를 얼핏 봤지만 진위가 불분명한 소문이 뒤죽박죽 섞여 있고, 무엇보다 사이트 관리자의 악취미에 진저리가 날 정도였다. 다만 주간지 기사를 스크랩한 사진을 여러 장 첨부해준 덕분에 그 특집 기사도 발견할 수 있었다.

하라 마코토의 경력에서 기도가 놀란 것은 아동보호 시설을 나온 뒤, 한동안 기타센주 소재의 복싱장 소속 선수로 프로 복싱에 데뷔했고 1997년에는 밴텀급 동일본 신인왕 토너먼트에서 우승했다는 점이었다. 기도는 격투기라면 그 나름대로 잘 알고 있는 편이지만, 이건 대단한 경력이다.

다만 정신적인 문제가 있었는지 전국 신인왕 결정전 직전에 돌연 출전을 번복하고 행방을 감춰버렸다. 그 뒤, 15년여를 일용직으로 근근이 먹고살았으나 어디를 가든 금세 '살인범의 아들'이라는 소문이 직장에 퍼져 길게 붙어 있지는 못했다.

처음 소매치기로 잡혀간 것이 2006년이고 그 이후 부쩍 상습범이 된 모양이었다.

해당 주간지 기사는 하라 마코토의 인생을 딱하게 여기면서도 범죄 성향은 역시 유전되는 게 아니냐는 식으로 형편없는 결론을 내리고 있었다.

그 뒤에 스기노와 함께 사형 폐지 운동을 해온 가도사키라는 여성 변호사가 우연히 이 고바야시 겐키치의 아들에 관한 기사를 보고 깜짝 놀라 두 번째 실형 판결이 나온 소매치기 사건 때 직접 변호를 맡아주었다. 재판에서는 하라 마코토의 성장 과정과 병원 치료 경력 등을 들어 소매치기 상습은 정신 질환에 의한 것이라고 주장했지만 판결에서는 참작되지 않았다.

가도사키 변호사에 따르면 '병적인 도벽'이라서 재범의 우려가 높아 출소 후에 정신과 의사를 소개해주고 이따금 연락을 취하고 있다는 얘기였다.

하라 마코토의 사진은 인터넷 어디를 뒤져봐도 없었지만, 스기노의 소개로 가도사키 변호사에게 직접 문의해보니 부친 고바야시 겐키치와는 전혀 닮은 데가 없는 얼굴이라고 했다.

기도는 통화 중에 대화의 흐름상, 하라 마코토가 어떤 교도소에서 복역했는지 무심코 물어봤는데 그 대답에 경악할 수밖에 없었다.

"요코하마 교도소였어요."

"엇, 요코하마 교도소?"

"네, 기도 선생, 거기서 가깝지요?"

"가깝긴 한데, 그보다⋯⋯."

오미우라가 있는 교도소다. 도쿄 교정관구 내에 B 지표 수형자를 위한 교도소는 그리 많지 않기 때문에 딱히 이상할 것은 없지만⋯⋯. 기도는 오미우라가 교도소 안에서 하라 마코토를 알고 지냈던 게 아닐까, 라고 짐작했다. 그리고 지금까지 스스로도 반신반의했던 억측이 갑작스럽게 진실에 가까워진 것에 도리어 당혹감을 느꼈다.

기도는 'X'가 고바야시 겐키치의 아들일 것이라고 생각했던 것이다. 즉 그자가 바로 **진짜** 하라 마코토였고, 소매치기 상습범으로 체포된 자는 오미우라의 중개로 호적을 교환한 전혀 다른 사람인 것이다.

기도는 그 얘기를 전화로 가도사키에게 들려줬지만 그녀는 예에? 라고 한 마디를 내뱉었을 뿐, 말문이 턱 막혀버렸다.

"'X'라는 인물이 고바야시 겐키치의 아들이라고 한다면 그가 왜 자신의 과거를 바꾸려고 했는지는 충분히 이해가 되지요. 그런 잔혹한 사건을 저지른 범인의 아들로 살아간다는 건 정말로 힘들었을 테니까요."

"자, 잠깐만요. 서, 설마, 농담하시는 거 아니죠?"

"네, 농담 아닙니다."

"얘기가 너무 엉뚱한 곳으로 튀어서 따라가기가 힘든데요."

"우선 얼굴이 꼭 닮았어요, 고바야시 겐키치와 'X'는."

"……그것뿐이에요?"

"게다가 그림이 흡사했어요. 그래서 알아봤죠. 그런 재능도 유전이 되는지는 모르겠지만."

"와아, 이거 미묘하네요."

"요코하마 교도소에서 복역한 하라 마코토는 부친에 대한 얘기를 하던가요?"

"아뇨, 전혀."

"복싱을 했다는 얘기는?"

"그 얘기는 잠깐 했었어요. 너무 얻어맞아서 바보가 됐다고 웃더라고요."

"그 사람, 키는 몇 센티미터쯤이에요?"

"키는…… 아마 170센티미터를 약간 넘을 거예요."

"큰 편이군요. 아, 혹시 복싱에 관심이 있으십니까?"

"아뇨, 전혀."

"하라 마코토의 밴텀급, 몸무게가 52.3킬로그램까지예요."

"그렇게 적어요? 어휴, 나보다 가볍네……."

"'X'는 163센티미터였으니까 키를 봐도 딱 맞습니다."

가도사키는 다시 한참 동안 묵묵히 생각에 잠겨 있다가 이윽고 말했다.

"하지만 하라 마코토의 도벽증은 그 복싱의 영향 때문일 거라고 정신과 의사도 얘기했었는데? 물론 부친의 사건에 따른 영향이 더 컸겠지만."

"신원 확인은 했던가요, 경찰에서? 운전면허증에 사진, 없었어요?"

"면허증은 없었을 거예요. 노숙자였으니까."

"아, 그렇군요……."

"그 사람, 약간 지적장애가 있거든요. 복싱 때문에 계산도 못하게 됐다고 했는데, 의사 선생님은 원래 태어날 때부터 그런 것 같다고 했죠."

"……."

"'X'라는 인물이 혹시 진짜 하라 마코토라면……. 뭐야, 이건 너무 심하잖아요? 자신의 과거가 싫다고 지적장애인 노숙자에게 사기를 쳐서 호적을 떠넘긴 거잖아요."

"사기는 아니었을 거예요. 하라 마코토가 고바야시 겐키치의 아들이라는 건 그 노숙자도 알고 있었잖아요."

"네네, 라고만 하니까 아는지 어떤지는 모르겠네요. 항상 네네, 라고만 하거든요. 근데 그런 사람에게…… 진짜 그래도 되는 건가요?"

"……돈 때문인가."

"돈 때문인지도 모르지만, 절대로 큰돈은 안 줬을 거라고요."

"……네, 그렇겠죠."

가도사키의 말은 합당한 것이었다. 'X'가 실제로 고바야시 겐키치의 아들이라면 그런 처지에서 풀려나고 싶은 건 역시나 절실한 바람이었을 것이다. 하지만 그런 자신의 운명을 타인에게 떠넘긴다는 건 전혀 동정의 여지가 없는 짓이다. 더구나 판단력조차 미흡한 사람에게 떠넘겼다면 그야말로 언어도단이다.

'X'는 점점 더 알 수 없는 사람이 되었다. 동시에 기도는 자기 자신까지 이상하다는 느낌이 들었다.

애초에 리에에 대한 동정에서 시작한 조사였고, 그래서 'X'에게 뭔가 복잡한 사정이 있더라도 어떻든 그녀의 사랑을 받을 만한 사람이었으면 했다. 그게 아니라면 잇따라 불행을 겪은 그 싱글맘이 너무도 딱한 것이다.

하지만 기도는, 자신의 과거를 버리고 전혀 다른 인생을 살았던 'X'에게 뭔지 모를 동경을 품었는지도 모른다. 그렇지 않고서는 자신의 'X'에 대한 관심을 제대로 설명할 수 없다. 딱히 현실에 절망한 게 아니더라도 완전히 다른 사람으로 살아보고 싶은 것은 단 한 번뿐인 인생이라는 운명을 짊어진 인간이 흔히 품을 수 있는 바람이 아닐까. 막상 결단을 내리고 실행에 옮기는 무모함이 없어서 그것은 단지 꿈꾸는 단계에 머물 뿐이다. 그는 재일이라는 출신 때문에 자신의 신분을 감추지 않으면 안 되는 사람의 처지를 이래저래 상상해가며 가엾어했지만, 그것도 'X'가 **실은** 리에 같은 여성에게 사랑받을 만한 인물이라고 생각했기 때문이었다.

오미우라를 만나고 기도는 그때까지 단순히 다니구치 교이치의 망상일 거라고 생각했던 'X'의 중대 범죄 가능성에 대해 진지하게 우려했었다. 그리고 가슴속에 역시 자신과는 다른 인간이라는 써늘한 느낌이 번지는 것을 의식하지 않을 수 없었다.

그러던 게 고바야시 겐키치의 아들인지 모른다고 추측하기 시작하면서 기도의 'X'에 대한 감정이입은 다시 반동처럼 강해졌다. 그의 고뇌는 장본인에게는 전혀 잘못이 없는, 이른바 운명적인 것이다. 그리고 그 불행을 헤아려보는 것은 기묘한 효과였지만 정면으로 마주하려고 하면 몸이 불편해져버리는 기도 자신의 현재의 불안을 얼마간 달래주는 구석이 있었다.

그래서 더더욱 "너무 심하잖아요?"라는 가도사키의 지적에 기도는 어쩐지 속이 편치 않았다. 그러다가 냉정하게 짚어보고 그런 자신이 뭔가 이상하다고 깨달은 것이다.

어찌 됐든 기도의 추리는 다음과 같은 것이었다.

가도사키가 담당한 지적장애인 남자의 본명은 아마도 오미우라가 슬쩍 내비친 '소네자키 요시히코'일 것이다.

하라 마코토는 처음에 그와 호적을 바꿨고 한동안 그 '소네자키 요시히코'로 살았다. 그 뒤에 이번에는 다니구치 다이스케를 만나 두 번째로 호적을 교환했다. 혹은 일방적으로 그 호적을 빼앗았는지도 모른다. 그렇게 그는 S시에 자리를 잡고 '다니구치 다이스케'로서 리에를 만난다. 다른 한편으로 진짜 다니구치 다이스케는 살아 있다면 그때 이후로 '소네자키 요시히코'라는 이름을 쓰고 있다…….

기도는 어쨌든 '하라 마코토'라는 이름의 소매치기 상습범을 만나보려고 가도사키에게 소개를 부탁했다. 가도사키를 존경하는 그는 단번에 면회를 승낙해주었다.

'하라 마코토'로서 히가시나카노 역 근처 카페에 나타난 그 남자는 호적에 따르면 기도와 동갑일 터였지만 아무리 봐도 40대 후반이나 50대의 풍모였다.

비쩍 말랐고 백발이 섞인 짧은 머리는 위에서 뭔가 짓누른 것처럼 납작하게 찌그러져 있었다. 얇은 눈꺼풀이 묵직하게 처진 데다 전체적으로 왼편으로 비뚤어진 얼굴은 중심을 벗어난 작은 턱 끝에서 허술하게 매듭이 지어졌다. 기도는 그 가늘고 불룩 튀어나온 콧날에 시선을 던졌다. 도저히 '너무 얻어맞아서 바보가 됐다'고 할 만큼 펀치를 먹은 전직 복싱 선수의 얼굴로는 보이지 않았다.

"아, 선생!"

먼저 와서 테이블에서 기다리던 남자는 가도사키를 만난 것이 무척 기쁜 기색이었다.

가도사키는 아직 30대 초반의 젊은 변호사로 머리 스타일에서 옷차림에 이르기까지 성실함을 그림으로 그려낸 듯한 모습이다. 남자가 악수를 청하자 상냥하고 친근한 말투로 건강을 걱정해주었다. 그녀가 기도를 소개하자 남자는 역시 웃는 얼굴로 공손히 머리를 숙였다. 기도는 간단히 자기소개를 하고, 물을 가져온 웨이트리스에게 커피를 주문했다. 평일 오후였지만 카페 안은 중년 여성 손님으로 붐비고 있었다.

테이블에 각자 자리를 잡았다.

"소네자키 요시히코 씨?"

단도직입적으로 남자에게 물어본 뒤에 몇 초 동안 반응을 기다렸다.

남자는 얼굴에 웃음의 흔적을 그대로 남긴 채 **그 사람**이 어떻다는 거냐는 표정이었다.

기도는 다시 한번 물었다.

"소네자키 요시히코 씨, 아세요?"

"네."

"……어떻게 알게 된 사람이지요?"

"네. 모릅니다."

"……모른다고요?"

"네."

"실례지만, 사실은 당신이 소네자키 요시히코 씨지요?"

"나는 하라 마코토입니다. **절대로** 그렇습니다."

기도 옆자리에서 가도사키가 그 '**절대로**'라는 말에 흠칫했다. 그녀가 다시 다정한 말투로 물었다.

"하라 씨, 미안해요, 갑자기 이상한 걸 물어봐서 놀랐지요?"

남자는 동요한 기색으로 그녀에게 도움을 청하고 있었다. 기도에게는 그새 적잖이 악감정을 품은 눈치였다.

"실은 기도 선생님이 담당한 여자분의 남편이 돌아가셨어요⋯⋯."

가도사키가 잘 알아듣게 사정을 설명했다.

"그래서 기도 선생님은 혹시 그 돌아가신 분이 하라 마코토 씨가 아닌가 하는 거예요."

"미안합니다, 무례한 질문이었군요. 실은 지금 그 부인이 돌아가신 남편의 신원을 알지 못해 몹시 힘들어하고 있어요. 어떻게든 도와드려야 하는데⋯⋯. 그런데 어떤 사람이 당신의 본명이 사실은 소네자키 요시히코라고 알려주길래 실례를 무릅쓰고 확인해본 거예요."

남자는 커피에 설탕과 우유를 듬뿍듬뿍 넣고 잔의 손잡이를 잡더니 눈동자를 좌우로 굴렸다. 입이 헤벌어졌지만 선뜻 말이 나오지 않았다.

'이 사람은 하라 마코토가 아니다⋯⋯.'

기도는 새삼 그렇게 확신하고 놀람을 억누를 수 없었다. 그가 선뜻 사실을 밝히지 못하는 것은 분명 오미우라가 그의 입을 막

왔기 때문이다. 반드시 비밀을 지켜야 한다고 위협했을 것이다.

"그럼 질문을 좀 바꿔볼까요? 오미우라 노리오 씨는 아세요?"

"네."

"……안다고요?"

기도는 그 '네'가 어떤 의미인지 확인하려고 되물었다. 남자는 딱 자르듯이 네, 라고 재차 대답했다.

"그 오미우라 씨가 호적 교환을 주선해줬어요?"

남자는 가도사키 쪽을 돌아보며 목에 걸린 말을 삼켜야 할지 꺼내야 할지, 눈빛으로 묻고 있었다.

"말해도 괜찮아요. 그래야 내가 하라 씨를 도와드릴 수 있죠. 정말로 하라 마코토 씨라는 이름이 맞아요?"

"네."

"그럼 본명은?"

"나, 또 교도소에 가요?"

"아니, 우리끼리 얘기한 것은 절대 아무에게도 말하지 않을 거예요."

기도는 그의 눈을 들여다보며 약속했다. 남자는 잠시 망설이다가 불쑥 입을 열었다.

"내 진짜 이름은 다시로 요조입니다."

기도는 미간을 좁혔다. 옆자리의 가도사키가 마른침을 삼키는 기척이 느껴졌다.

"그게 본명이에요?"

"네."

"그 이름을 하라 마코토 씨와 바꿨어요?"

"네, 바꿨습니다. 호적까지 전부 다."

"왜 그랬지요? 돈 때문에?"

"네, 노숙자는 일자리도 없고 은행에서 대출받기도 힘듭니다."

"그렇게 설명해준 거예요?"

"네."

"그래서 하라 마코토 씨의 호적과 맞바꿨군요?"

"네."

"하라 마코토 씨가 어떤 사람인지는 알고 있어요?"

"네."

"본인이 설명해줬습니까?"

"네. 주선해준 사람이."

"본인을 직접 만나지는 않았고요?"

"네. 만났습니다."

"다시로 씨라고 했지요? 소네자키 요시히코 씨가 아니고?"

"네. 그런 사람은 모릅니다."

'다시로'라고 다시 한번 자신의 이름을 밝히면서 남자는 분명하게 고개를 저었다. 거짓말은 아니라는 감이 왔다.

기도는 'X'의 사진을 꺼내 그에게 보여주었다.

"호적을 교환한 하라 마코토 씨가 이 사람인가요?"

그는 마치 나의 명예를 걸고, 라는 투로 전혀 아무런 애매함도 남기지 않겠다는 듯이 딱 잘라 말했다.

"네, 아닙니다. 이 사람은 누군지 모릅니다!"

그 뒤 한참 동안 셋이서 케이크를 먹으며 다시로가 어떻게 살아왔는지, 얘기를 들었다. 중졸로 다양한 직업을 전전했지만 어디를 가든 쓰레기다, 굼뜨다, 라고 혼이 나고 결국 쫓겨나서 10여 년 전부터 노숙자가 되었다. 호적을 교환할 때 손에 들어온 돈은 수수료를 빼 가고 3만 엔이었다. 하라 마코토가 오미우라에게 비용을 얼마나 냈는지는 모른다고 했다.

고바야시 겐키치의 아들이 되면 오히려 살기가 더 힘들어진다는 생각은 하지 않았느냐고 물어보자 그는 이렇게 말했다.

"네. 성이 다릅니다. 나는 다른 사람에게 그 사람 아들이라는 말을 안 하면 됩니다."

한 시간 반 만에 대화를 끝내고 다시로는 카페를 떠났다. 가도사키는 기도와 둘만 남은 뒤에도 한참 동안 말도 안 나오는 기색이었다.

"내가 지금까지 지원해온 건 대체 뭐가 되죠? 하라 씨가 아니라 다시로 씨라니. 그 사건에 대해서는 별로 얘기를 안 하려고 했지만, 그야 당연하다고 생각해서 굳이 캐묻지 않았는데."

"그러셨겠지요."

"도벽이 생긴 건 복싱 탓이다, 부친의 사건 탓이다, 라고만 생각하고……. 근데 그런 얘기를 들으면 정말 그런 사람으로 보이거든요. 그의 눈가의 주름을 보고 있으면 범죄자의 아들로 살아간다는 건 정말 고역이었겠구나, 정말로 매번 그렇게 느꼈는데."

"……그래도 전혀 아무것도 없었던 과거는 아니잖아요. 얼굴 표정에는 추상적으로 고독이나 비애만 드러나니까 모르는 것도 당연하지요."

기도는 그렇게 가도사키를 위로하면서 다니구치 다이스케의 인생을 자신의 고뇌로서 절절히 얘기했던 'X'를 떠올렸다.

기도는 분명 또 무시할 거라고 생각하면서도 다시 한번 오미우라에게 면회를 청하는 편지를 보냈다. 뭐든 혹할 만한 건수를 던져주려고 '그 뒤에 이래저래 알아본 끝에 오미우라 씨가 엽서로 어떤 말을 하려고 했는지 드디어 알아냈다'라고 썼다.

오미우라에게서 즉각 답장이 왔다. 이번에는 그림 따위는 없이 편지에 대한 감사 인사와 언제든지 면회를 와달라는 내용이었다. 대부분의 수감자는 당연히 외부인과의 면회를 원하기 때문에 그런 식으로 마음이 바뀐 것도 딱히 이상할 건 없었지만, 오미우라에 한해서는 역시 의외라는 느낌이었다. 연말이 코앞으로 다가온 12월 29일, 기도는 오미우라를 만나기 위해 다시 요코하마 교도소로 찾아갔다. 눈은 내리지 않았지만 구름 긴 날씨에 바람도 차가워서 저절로 빨라지는 가죽 구두의 발소리가 아스팔트 보도에 마르고 딱딱한 소리를 울렸다.

변호사 사무실은 그 전날 연말연시 휴가에 들어갔고, 전차 안도 이제 슬슬 한산해져가고 있었다. 이런 시기에는 교도소에 가본 적이 없어서 약간 감상적인 기분이 들었다.

세밑의 고요함이 1년분의 무게를 우울하게 얹어주었다.

오미우라는 면회실에 들어서자마자 "오, 조선인 선생, 오랜만이야!"라고 턱 끝을 치켜들고 한쪽 눈을 크게 뜨면서 말했다.

기도는 그 모습에 뺨을 누그러뜨리고 웃으면서 "오랜만입니다"라고 머리를 숙였다.

지난번에는 그토록 증오를 불러일으켰던 그 태도에도 이번에는 왜 그런지 별로 화가 나지 않았다. 친밀함을 느낀 것도 아니고 더구나 스스로를 비하한 것도 아니지만 어쨌든 그 순간에는 웃지 않으면 안 될 뭔가가 있었다.

"건강해 보이시네?"

"뭔 그런 농담을? 겨우겨우 목숨 부지하고 있는데."

"하라 마코토 씨를 만났어요."

기도의 말에 오미우라는 순간 입을 툭 내밀고 한쪽 눈으로 기도를 빤히 쳐다보았다.

"그래? 그자, 여기 있었어, 얼마 전까지."

"그 사람도 오미우라 씨가 중개했어요?"

"내가 뭘?"

기도는 말없이 그가 입을 열기를 기다렸다.

"무슨 말인지 모르겠지만, 난 관계없어."

"다른 사람이죠, 사실은?"

"누가?"

기도는 시치미를 떼는 오미우라의 대꾸를 무시했다.

"실제 하라 마코토 씨는 그 사람에게 **자신의 호적**을 떠넘기면서 전혀 망설임이 없었습니까?"

오미우라는 그 말을 듣고 갑자기 놀란 것처럼 뺨이 오목해지면서 의미심장하게 웃었다.

"선생, 결국 아무것도 알아내지 못했구나?"

"그런가요?"

오미우라는 재미있어서 견딜 수 없다는 듯이 고개를 숙인 채 빙글거렸다.

기도는 면회부에 대화를 기록하는 교도관이 신경 쓰였지만 굳이 그럴 필요도 없을 것이다. 직업적인, 결코 동요하는 일 없는 덤덤함에의 침잠이 교도관을 모든 번거로움에서 멀리 초연하게 만들고 있었다. 분명 수상쩍은 대화인데도 그의 손은 제대로 움직이지 않았다.

"뭐, 그럴지도 모르죠. 이곳에 수감됐던 사람의 본명은 알았지만 이번에는 반대로 소네자키 요시히코라는 사람이 누군지 모르는 상황이니까요. 오미우라 씨가 엽서에 적어 보냈던."

오미우라는 기도의 솔직한 호소에도 넘어가지 않고, 금세라도 의자에서 일어날 것처럼 떨떠름한 얼굴로 말했다.

"선생은 아주 대놓고 멍청하구먼. 살아 있는 거, 창피하지도 않아?"

기도는 쓴웃음을 지을 수밖에 없었다. 하지만 그 반응이 비위에 거슬렸는지 다시 한참 동안 이쪽의 자존심을 철저히 깔아뭉개려는 듯이 지금까지 기도가 보낸 편지의 내용을 비웃고 깎아내렸다. 교도관이 무슨 일이냐는 듯 오미우라가 아니라 기도를 보았다. 기도는 적잖이 상처를 입고 화도 났지만, 이런 식의 매도는 마인드컨트롤 프로그램이 아닐까 하는 느낌도 들었다.

"조선인 주제에 감히 나를 깔봤어? 사기꾼이 하는 소리라고 내 말은 하나도 믿지 않았지? 차별주의자라고 나를 욕하면서 사실은 선생이 나를 차별했잖아!"

기도는 '그건 편견이 아니라 당신은 실제로 사기죄로 복역 중이잖아'라고 대꾸할 뻔했지만, 깔봤다고 한다면 그것도 맞는 말이었다. 그런 식으로 사실과 가짜를 뒤섞어 상대의 입을 틀어막고 마음을 짓밟으며 발판을 만들어가는 오미우라의 말재간에는 역시나 실력 발휘라고나 해야 할 위력이 있었다. 교도소 면회실이 아니라 패밀리레스토랑 같은 곳에서 얼굴 마주하고 이런 얘기를 들었다면 자신은 결국 그의 주장을 뭐든 받아들였을 거라는 생각에 등이 오싹해졌다.

"선생의 가장 멍청한 점, 말해줄까?"

"뭡니까?"

"선생은 내가 **호모 비디오**에 강제로 출연한 탓에 이런 인간이 되었다고 생각하지?"

"그 정도까지는 아니어도 처음 면회 때 나한테 그만큼 간절히 얘기했으니까 진지하게 받아들여야 할 일화라고는 인식하고 있어요."

"나를 사기꾼이라고 깔보면서 왜 그 얘기만은 사실이라고 생각하지?"

"……"

"그러니 선생은 멍청이라는 거야."

그렇게 말하고 오미우라는 완전히 기도를 얕잡아 보는 태도로 아크릴판에 느긋하게 얼굴을 댔다.

"내가 '오미우라 노리오'라는 거, 어떻게 알아? 내가 그렇게 '오미우라 노리오' 같은 얼굴을 하고 있나?"

기도는 할 말을 잃고 그저 그의 눈만 쳐다보았다.

"문신사도 남한테 새겨주기만 하는 게 아니라 우선은 자기한테 새기잖아. 근데 왜 나만 호적을 안 바꿨다고 생각하지? 이 멍청이."

"……당신도 사실은 다른 사람이에요?"

오미우라는 기도의 그 직접적인 질문을 키들키들 비웃었다. 그리고 교도관이 면회 시간의 끝을 알리자 마지막으로 이렇게 말했다.

"조선인 선생, 너무 딱해서 내가 한 가지 알려드리지. 선생이 열심히 정체를 알려고 하는 그자, 진짜 **별 볼 일 없는 놈**이야. 이상한 기대를 품은 모양인데 살인한 놈의 아들이 오죽하겠어. 당신, 가족도 있잖아? 너무 파고들면 괜히 긁어 부스럼이 될걸?"

15

연말연시는 해마다 하던 대로 12월 31일에는 근처 가오리의 본가에서 지내고 설 연휴에는 가나자와의 기도의 본가로 내려갔다.

가오리는 친정 부모와 오빠에게는 편하게, 시부모에게는 상냥하게 대해서 표면적으로는 평소와 다름없는 정월 휴가였다. 기도도 가족이 모두 함께 식탁에 둘러앉았을 때는 지극히 자연스럽게 아내와 웃는 얼굴로 대화하고, 취침을 위해 본가의 방 한 칸으로 물러난 뒤에는 이불을 깔거나 그다음 날의 예정을 확인하는 등 필요한 대화를 나누었다.

소타는 요즘 아빠나 엄마가 재워주면 아침까지 혼자 자도록 했었기 때문에 오랜만에 셋이 함께하는 잠자리에 한껏 신이 나서 밤늦게까지 깨어 있었다.

혹시라도 이혼을 한다면 각자의 부모님에게 사정을 설명하지 않으면 안 될 것이다. 그 생각을 하면 마음이 무거웠다. 분명 소타의 친권을 둘러싸고 가오리와 다투겠지만, 결코 아들을 내줄 생각이 없으면서도 아내에게서 빼앗아 오는 것도 가엾었다. 이혼 시 공동 친권의 도입에 관해서는 사무실에서도 자주 논쟁이 벌어지곤 한다. 양가 부모가 똑같이 손자를 애지중지하는 경우가 많아서 이혼은 두루두루 못 할 짓이 된다.

게다가 소타가 지금 당장은 아빠를 더 좋아하는 것 같아도 둘 중 하나를 선택하라고 하면 분명 엄마라고 대답하리라는 것을 기도는 알고 있었다.

어찌 됐건 그 모든 게 너무도 잔인한 일이다. 우리 부부는 결코 그런 결단까지 해야 할 상황은 아니야, 라고 기도는 애써 마음을 다독였다. 아내의 잠든 숨소리가 언제까지고 들려오지 않는 이불 속에서 본가의 어두운 천장을 응시하면서.

정신없이 바쁜 시무식 기간이 일단락되었다. 기도는 연말부터 내내 생각해왔던 일을 실행에 옮겼다. 예전에 하라 마코토가 다녔다는 기타센주의 복싱장을 찾아간 것이다.

복싱은 어려서부터 텔레비전으로 세계전의 중계를 봤었고, 1990년대 말부터 격투기 붐이 일어나면서 기술적인 것에 대한 관심이 높아져 평소에도 인터넷에 올라온 명승부를 이따금 훑어보곤 했다.

하지만 복싱장에 직접 가보는 건 처음이었다. 추운 날씨 속에

역 앞에서 외줄기 길을 따라 '쇼와카이'라는 상점가를 걸어가면서 기도는 오히려 『내일의 죠』나 『화이팅 겐키』 같은 소년 시절에 즐겨 봤던 복싱 만화를 떠올렸다.

주택가의 좁은 골목길에 우두커니 선 가로등은 고개를 숙인 채 휴대전화를 손에 들고 약속 시간에 늦은 친구를 기다리는 듯한 모습이었다.

이런 곳에 정말 복싱장이 있나, 라고 몇 번이나 지도를 확인하며 고개를 갸웃거렸지만 이윽고 그럼직한 건물과 간판이 눈에 들어왔다.

사전에 메일로 만나자는 뜻을 전하자 복싱장 관장은 흔쾌히 응하는 답신을 보내주었다. 하라 마코토에 대해서는 '똑똑히 기억하고 있다'라는 얘기였고, 사망했다는 것을 알고는 큰 충격을 받은 모양이었다. 고인의 아내가 생전의 남편에 대해 알고 싶어한다고 설명했더니 당시에 함께 연습했던 선수도 불러주겠노라는 답이었다.

유리 미닫이문을 열자 링 위에 한 명, 플로어에 두 명, 각자 연습 중이던 젊은이들이 기도를 흘끗 보고는 "관장님!" 하고 안쪽 사무실을 향해 큰 소리로 말했다.

나온 사람은 50세 남짓한 검은 트레이닝복 차림의 남자였다. 메일로 연락을 주고받았던 고스게라는 이름의 복싱장 관장으로, 기도가 인사를 건네자 혈색 좋은 얼굴로 웃으며 맞아주었다.

원래는 정육 공장이었던 곳이라는데 높은 천장에 부루퉁하게 형광등이 달렸지만 실내 넓이에 비해 형광등 수가 적은지 올려다보면 눈이 부신 편치고는 전체적으로 침침했다.

줄줄이 매달린 빨간색과 검은색 샌드백 사이를 지나 사무실 안으로 안내해주었다.

테크노 음악이 흘러나오고 3분 간격으로 시간을 알리는 부저가 울렸다. 사방 벽에는 마이크 타이슨과 이밴더 홀리필드의 시합 등 예전의 유명한 세계전과 복싱장 주관 시합의 포스터가 빈 공간 없이 붙어 있었다. 한쪽 면에는 복싱장 창설자의 사진과 훈사, 하루하루의 트레이닝 메뉴를 역대 챔피언벨트와 함께 장식해서 기도에게는 모든 게 신기하게 보였다.

사무실에서는 하라 마코토와 함께 연습했다는 전직 프로 복싱 선수가 기다리고 있었다. 야나기사와라는 사람으로, 하라 마코토보다 조금 연상이고 진즉에 은퇴해서 긴시초의 낚시용품점 명함을 건네주었다.

기도는 사전에 메일로 전한 내용을 확인할 겸 간단히 이곳을 찾아오기까지의 경위를 설명하고 'X'의 사진을 내보이며 물었다.

"이 사람이 하라 마코토 씨 맞습니까?"

관장 고스게도 연습 친구 야나기사와도 척 보자마자 고개를 끄덕였다.

"응, 마코토야."

"틀림없습니까?"

"선생이 온다고 해서 내가 옛날 사진을 꺼내 왔어. 이 사람이잖아."

고스게는 빨간 글러브를 손에 끼고 파이팅 포즈를 취한 하라 마코토의 사진을 보여주었다. 몸무게는 상당히 감량했지만 틀림없는 'X'였다.

드디어 만났구나, 라고 기도는 한참 동안 말없이 그 사진을 들여다보았다. 어깻죽지에서 싹튼 전율이 어디로 빠져나가야 할지 모르겠다는 듯 몇 번이고 등짝을 내달리다 팔과 다리로 흩어져갔다.

사형수의 그림 전시회에서 갑작스럽게 떠오른, 'X'는 고바야시 겐키치의 아들이 아닐까 하는 직감은 이 순간을 시사했던 것인가. 그리고 결국 관계없다고 판명되어 한숨을 내쉴 수밖에 없을 것 같았던 그 지레짐작이 **옳았다**는 것이 신기해서 기도는 멍하니 그때를 되짚었다.

"마코토는 어쩌다가 죽은 거야?"

기도가 너무 오랫동안 말이 없자 관장 고스게가 물었다. 기도는 그제야 퍼뜩 정신을 차리고 얼굴을 들었다.

"임업 회사에서 일하다가 그 작업 현장에서 사고로 사망했습니다."

기도는 이어 무난한 범위에서 좀 더 자세하게 설명했다. 고스게는 팔짱을 끼고 입을 반쯤 벌린 채 듣고 있었다. 야나기사와도 턱에 매실 씨 같은 주름을 잡고 연신 고개를 저었다.

기도는 그 모습을 보면서 그들이 하라 마코토의 성장 과정을 잘 알고 있다고 짐작했다.

"언제쯤입니까, 하라 마코토 씨가 이 복싱장에 다니기 시작한 게?"

"95년 봄이었지. 한신 아와지 대지진과 지하철 사린 가스 사건이 잇따라 일어난 뒤여서 똑똑히 기억이 나."

"아, 네, 그해였군요."

"도피 중인 옴진리교 신자 아니냐는 얘기까지 있었죠, 처음에는?"

야나기사와가 불쑥 농담처럼 말했다. 고스게는 의아한 얼굴을 하는 기도를 보고 서둘러 설명에 나섰다.

"마코토가 자기 얘기를 통 안 했거든. 게다가 눈빛이 아무튼 독특해서 뭔가 깊은 사연이 있는 느낌이었어. 섬세하다고 할까, 사람을 대하는 게 서투르고, 뭔가 박력도 있고 배짱이 두둑한 면도 있었고."

"사진으로는 선해 보이는 눈빛인데요?"

"맞아, 그 사진은 여기 있을 때보다 훨씬 선한 분위기네. 이 부인하고 함께 살면서 행복했던 모양이지?"

"네, 그랬을 겁니다."

기도는 진심으로 동의하며 고개를 끄덕였다.

"선수 시절에는 이렇게 생겼었어."

고스게가 다시금 내놓은 옛날 사진의 하라 마코토는 아닌 게 아니라 눈빛만 보면 **다른 사람** 같았다.

"그래도 착하고 좋은 친구였어. 무슨 호랑이같이 무서운 눈빛이었던 건 아니고, 뭐랄까……."

"찬찬히 지켜보고 있었죠, 뭐든."

"맞아, 통찰력이 있었어. ……역시 복싱은 상대가 있는 스포츠라서 이렇게 얼굴 마주했을 때의 태도가 중요하거든. 그런 센스가 있느냐 없느냐에 따라 크게 달라져."

"그렇군요. ……그런데 하라 마코토 씨는 왜 복싱을 시작했을까요? 처음부터 프로 선수를 목표로 찾아왔어요?"

"아니, 처음에는 별생각 없이 왔었어. 저기 문 앞에서 연습하는 걸 한참 지켜보더니 불쑥 들어서더라고. 아직도 똑똑히 기억나네, 그때가."

하라 마코토가 S 시에서 처음 리에의 문구점을 찾았을 때도 분명 그런 식이 아니었던가? 기도 안에서 그 두 가지 장면이 뒤섞였다. 그것은 그가 항상 이 세계의 한 귀퉁이를 접하는 경계심 가득한 방식이었는지도 모른다.

"……그런데 하다 보니까 가능성이 보여서?"

"그렇지. 복싱 초보자였는데도 운동신경도 좋고 배우는 것도 빨랐어. 그러더니 오로지 복싱 하나밖에 없는 사람처럼 열심히 연습하더라고. 결국은 이거야."

고스게는 바짝 세운 엄지손가락으로 자신의 가슴팍을 두세 번 쿡쿡 쳤다. 기도는 가볍게 쥐었을 뿐인 고스게의 주먹에 복잡한 기복이 생긴 것을 보고 역시나 아마추어와는 전혀 다른 박력을 느꼈다.

"본인도 결심을 굳힌 것 같아서 내가 추천했어, 일단 프로 테스트를 받아보라고. 여기 야나기사와도 그때 프로를 목표로 열심히 뛰던 참이었거든."

"프로를 목표로 하는 사람이 그리 많지는 않은 모양이지요?"

"요즘에는 거의 없지. 우리도 회원이 80명쯤 되는데 거의 다 아마추어야. 운동 삼아 오는 여성들까지 포함해서. 웬만해서는 프로가 돼도 먹고살기가 어려워. 게다가 본격적으로 프로를 노리는 사람은 요즘 인터넷으로 검색하면 어디어디 복싱장이 유명하다고 뜨니까 죄다 그쪽으로 가버리잖아. 이런 서민 동네의 작은 복싱장은 뭐, 영······."

"그렇군요. ······돈은 얼마쯤 되나요? 죄송합니다, 저도 좀 관심이 있어서."

"입회금은 우리는 1만 엔이야. 월 회비는 협회에서 상한 1만 2천 엔으로 정해놨어. 거기에 마우스피스 만들고 글러브도 사고, 뭐 그 정도야. 벗고 하는 스포츠라서 그렇게 많이는 안 들어."

"아니, 얼마나 버느냐는 거 아니에요?"

야나기사와가 기도의 표정을 보고 쓴웃음을 지으며 한마디 끼어들었다. 어, 하는 얼굴의 고스게 대신 자신이 직접 대답에 나섰다.

"선수마다 대략 1년에 세 번 정도 시합을 해요. 4회전 한 시합의 파이트머니가 6만 엔, 6회전일 때는 10만 엔. 그러니 어렵죠, 그걸로만 먹고사는 건. 게다가 현금이 아니고 티켓이라서 마코토처럼 아는 사람이 없는 경우에는 진짜 힘들어요."

"그러면 다들 따로 아르바이트를 하면서, 라는 식이겠군요."

"그렇죠. 대개는 음식점 알바예요. 마코토는 중화요리점에서 일했었죠."

기도는 녹음까지는 하지 않았지만 일단 들은 이야기를 메모해나갔다.

"프로 테스트를 받을 때, 신분증명서가 필요하지요?"

"테스트 때는 없어도 되지만 자격증을 받을 때 주민표나 호적, 둘 중 하나가 필요하지."

고스게는 기도에게 대답하면서 갑자기 마음에 걸린 듯 링에서 새도복싱을 하는 연습생을 돌아보았다. 기도도 덩달아 시선을 던졌다. 가운데 가르마를 탄 스무 살 남짓한 청년이었다. 그 혼자뿐인 정방형의 공간에서 펀치는 그곳에 있을 터인 누군가를 향해 계속 날아가고 있었다. 상대의 공격을 따돌리기 위해 발을 쉴 새 없이 움직이고 상체는 짧게 좌우로 흔들었다. 펀치의 손맛은 아직 못 본 상대의 육체에 있고, 청년은 현재라는 우리에 의해 그 미래로부터 격리되어 있었다.

하라 마코토도 이 한적한 곳에서 날마다 저런 고독한 연습을 했던 것일까, 하고 기도는 상상했다.

"아, 미안해."

고스게가 이쪽을 향한 것을 계기로 기도는 가장 궁금했던 얘기를 꺼냈다.

"하라 마코토 씨의 부친에 대한 건 알고 있었습니까?"

고스게는 야나기사와와 눈짓을 주고받으며 "응, 그 얘긴 들었지"라고 대답했다.

"언제쯤이었어요?"

"프로 데뷔전을 하기 전에 링네임을 붙였으면 좋겠다고 하더라고. 나야 찬성이었지. 복싱의 흥행은 뭐, 킥복싱이나 종합격투기에 비하면 너무 덤덤하잖아. 관객을 끌어들이는 선수가 되는 것도 중요하고, 아무튼 엄청 화려한 이름이 어떻겠느냐고 말했지. 그랬더니 자기는 되도록 평범하고 눈에 띄지 않는 링네임이 좋다는 거야."

"그래서 그 이유를?"

"응, 그때는 그냥 넘어갔는데 나중에 물어봤어. 동일본 신인왕이 된 다음에."

"그러셨군요."

"뭐, 나도 깜짝 놀라긴 했지만, 부모는 부모고 자식은 자식이다, 네 인생이니까 정신 바짝 차리고 열심히 해보자, 격려를 해줬어."

"그때 옛날 일을 자세히 얘기하던가요?"

"그랬지. ……그 사건 뒤에 한동안 어머니하고 이모 집에서 신세를 졌던 모양이야. 근데 처음에는 잘해주다가 이모부 쪽이 점점 견디지를 못했던 것 같아. 이모가 남편과 언니 사이에 끼여 우울증에 걸리다시피 하는 바람에 결국 그곳을 나왔다더라고."

"비참하군요……."

"결국 어머니까지 사라져서 마코토는 아동보호 시설에서 살았어, 중학교 졸업 때까지. 학교에서도 아주 지독했던 모양이야, 괴롭힘을 당해서."

"하지만 그때는 이미 고바야시가 아니고 하라라는 성씨를 썼을 텐데요?"

"처음에 전학한 학교가 가까운 지역이어서 금세 들통이 났대. 마코토의 아버지가 아이까지 죽였잖아. 마코토보다 조금 나이 많은 아이. 그 아이 친구들이 이 새끼 아버지가 죽였다면서 엄청 미워했던 모양이야. 그 뒤에 시설에서 중학교 다닐 때는 다들 마코토의 출신을 모르니까 그나마 나았는데 본인도 성격이 내성적이 되면서 오히려 그것 때문에 따돌림을 당했던 것 같아."

"고등학교는 다녔던가요?"

"징시제에 입학했는데 금세 자퇴했대. 시설에서도 나와서 여기에 오기까지 2~3년은 거의 노숙자처럼 살았던 것 같아. 자세한 얘기는 안 했지만 미성년자는 이래저래 힘들잖아. 주민표도 없이 혼자 내던져져서, 에휴, 불쌍한 것."

"고바야시 겐키치는 1993년, 하라 마코토 씨가 18세 때 사형이 집행되었는데요, 마침 그 시기였을까요?"

"마코토는 아버지라면 아주 죽도록 미워했어. 점잖은 친구였는데도 왜 그런 아버지 밑에서 태어났는지 모르겠다고, 그 얘기만 나오면 뭔가에 씐 것처럼 무서운 얼굴로 파르르 떨었어. 눈이 이렇게, 오려낸 것처럼 날카로워져서. ……살해된 아이와 함께 뛰어놀던 친구 사이였다니까 얼마나 견디기 힘들었겠느냐고."

"아버지 교도소에 면회는?"

"아니, 안 갔을 거야. 편지가 와봤자 후회한다느니 죄책감이라느니 줄줄이 써 보내는데 결국 자기 힘들다는 소리뿐이고 피해자에 대한 사죄도 형식적이었대. 마코토한테 자기와의 좋은 추억을 잊지 말아달라고 애원을 했던 모양이야."

기도는 옥중에서 그린 그 온화한 풍경화를 떠올리며 한숨을 내쉬었다.

"그래도 하라 마코토 씨에게는 좋은 아버지였던 모양이지요?"

"글쎄, 어땠는지. 그런 일이 생기면 추억을 보는 방식도 바뀔 것이고……. 아무튼 더 살아 있었으면 좋겠다는 말은 안 했어. 실제 속마음까지는 나도 잘 모르지만."

"네, 그건 그렇죠……."

"부친의 사형 집행 후 2년쯤 지나서였어, 우리한테 왔던 게. 또래 친구들이 대학도 가고 취직도 하는 것을 보니까 아무래도 자기도 사는 보람을 찾고 싶었겠지."

기도는 충분히 이해한다는 뜻으로 고개를 끄덕였다.

고스게는 다시 링 쪽을 돌아보았다.

"아, 잠깐 가봐도 될까? 나중에 또 얘기하자고. 일단 야나기사와한테 뭐든 물어봐. 관심 있으면 여기 복싱장 안도 마음껏 둘러보시고."

그러면서 갑작스럽게 그는 사무실을 나갔다. 기도도 물론 그러시라고 권하고 자리에서 일어나 머리를 숙였다.

난방이 이따금 들어오는 시스템이어서 다시 의자에 앉자 발 밑에서 냉기가 느껴졌다. 깨닫고 보니 벌써 한 시간 넘게 지나 있었다.

기도와 둘만 남자 야나기사와는 링에서 미트 치기를 상대해주기 시작한 고스게를 바라보고 피식 웃으면서 말했다.

"실은 관장님이 한 차례 마코토를 크게 혼낸 적이 있었어요."

기도는 새삼 그를 마주 보며 "훈련 차원에서?"라고 나이 비슷한 자들끼리의 말투로 되물었다.

"아니, 그 친구가 상당히 재능이 있었어요. 챔피언이 될 대단한 재목이었는지 어떤지까지는 잘 모르겠지만 일단 나보다는 훨씬 잘했어요. 그래도 체급이 달라서 둘이 진짜 친했는데."

"예에."

"프로 테스트도 단번에 합격했고, 거기까지는 좋았어요. 근데 동일본 신인왕 토너먼트에서 우승하고 너무 주목을 받은 거예요. 결승전도 케이오승이었으니까. 뭐, 요즘처럼 인터넷이 있는 것도 아니고, 알려져봤자 물론 극히 일부이긴 했죠. 아무튼 전일본 신인왕 결정전 직전에 마코토가 관장님한테 갑자기 사퇴하겠다는 거예요. 나한테도 고민을 털어놓고."

"그랬군요. 링네임은 결국 어떻게……?"

"오가타 가쓰토시라는 링네임이었어요. 아주 좋죠? 나하고 같이 전화번호부 갖다 놓고 눈 감고 딱 펼친 페이지에 나온 이름이에요."

"그런 식으로 이름을 정해요?"

기도는 미소를 지었다.

"다들 그랬어요, 그때는. '승리'라는 단어가 운이 좋다고 해서 붙였는데, 막상 시합에서 이기면 '오가타 가쓰토시〔勝利〕, 승리勝利'라고 써주니까 다들 엄청 웃었죠. 마코토도 나중에 후회했어요.”

기도는 1년 넘도록 하라 마코토에 대해 생각해왔지만, 리에를 만나기 이전의 그가 웃는 얼굴을 머릿속에 떠올린 건 그때가 처음이었다. 그때까지 그저 경력과 일화만으로 만들어졌던 그의 모습에 갑자기 피가 통하는 듯한 느낌이었다.

“자주 웃는 편이었습니까, 하라 마코토 씨는?”

“아뇨, 별로. 컴컴한 친구는 아니었지만 아주 점잖은 편이었거든요. 그래서 아까 그 부인하고 찍은 사진을 보니까 **다른 사람 같은** 느낌이 들던데요. 나이도 들었고, 참 선한 표정이 되었구나, 진짜 다행이다, 하고.”

“그렇죠…….”

“그래서…… 어, 뭔 얘기였죠? 아, 그렇지, 아까 그 얘기로 돌아가면, 관장님이 신인왕 결정전을 왜 사퇴하겠다는 거냐고 캐물었어요. 그랬더니 처음으로 자기 아버지 얘기를 하더라고요.”

“누군가 복싱 관계자 중에 눈치챈 사람이 있었어요?”

“아뇨, 그걸 누구한테 들켜서라기보다 자기가 먼저, 내가 그런 훌륭한 자리에 나가도 괜찮겠느냐…… 그런 얘기였어요.”

“아…….”

“참 가엾더라고요. 평생 음지에서 사는 게 싫어서 복싱을 시작했는데 막상 닥치니까 겁이 났겠죠. 비난받는 것도 두려웠을 거고. 그거야 물론 그렇겠지만 그것뿐만이 아니었어요. 살해된 친구에게 미안한 마음도 컸어요.”

“……예에.”

"그거 있잖아요, 성 동일성 장애라던가? 그게 몸과 마음이 일치하지 않는 거라던데, 마코토가 바로 그런 식이었어요. 엄청 기분 나쁜 인형 탈 속에 갇혀서 평생 못 나오는 것처럼."

"그건…… 사람들이 사형수의 아들로 본다는 뜻인가요?"

"그것도 있지만, 자신의 몸에 대해 이런 얘기를 하더라고요. 붕어빵이었대요, 생김새가, 아버지하고."

"……예, 그렇더군요."

"자기 몸에 아버지와 같은 피가 흐른다고 생각하면 뭐 쥐어뜯어서 몸을 벗겨내고 싶을 만큼 기분이 나쁜 모양이더라고요. 그런 몸이라면 누군가 사랑하는 여자가 생겨도 품을 수 없을 거 아닙니까. 그래서 그 친구가 동정이었어요, 여기 있을 때."

기도는 말을 잇지 못한 채, 몸을 수그리고 짧게 고개를 끄덕였다. 시선 끝이 자신의 양손과 발을 응시했다. 인간의 마지막 거처일 터인 내 몸이 지옥, 이라는 건 과연 어떤 고통일까. 내 몸이 사랑하거나 사랑받을 자격이 없다고 생각해야 하는 인생이란.

"우리는 그냥 무심코 아버지 닮았네 어머니 닮았네, 그런 얘기를 하잖아요. 근데 그걸 못 하는 거예요. 아버지를 닮았다는 건 이 세상에 있어서는 안 될 존재라는 얘기니까. ……그러니 몸과 마음이 일치하지를 않죠. 자신의 몸도 언젠가 미쳐 날뛰어 컨트롤할 수 없는 거 아닌가, 엄청 불안한 거예요. 애초에 주위에서 다들 그렇게 얘기하면서 따돌렸거든. 보통 사람은 아무리 화가 나도 사람을 죽일 생각은 안 한다, 근데 자신은 저질러버릴 수도 있지 않겠느냐, 라는 거예요. 그래서 마코토는 어떻게든 제

몸에 고통을 주려고 했어요. 남에게서 얻어맞거나 트레이닝으로 계속 못살게 굴지 않으면 못 견디는 거죠. 복싱으로 자신의 폭력 충동을 조절할 수 있으면 좋겠다고 했었어요."

"그런 동기였군요."

"네, 그게 다 마코토 본인이 한 얘기예요. 나야 부모 자식 2대에 걸쳐 살인 사건을 일으켰다는 얘기는 들어본 적이 없다고 매번 다독였죠. 하긴 뭐, 마코토도 그렇고 나도 그렇고, 늘 괴롭힘을 당하다 보면 차츰 그런 이론이 굳어버리겠지요. 날마다 얻어터지면 그런 현실을 받아들이려고 자기도 자기를 때리는 쪽으로 돌아선다고 할까, 얻어터져도 별수 없다고 생각해버리거든. 그건 뭐, 아무래도 그럴 수밖에 없죠."

"자상自傷행위처럼 통증이 자기부정적인 감정을 달래준다는 건 나도 짚이는 데가 있어요. 10대 때라든가."

"그렇죠? 근데 관장님은 마코토의 말을 아마 이해하지 못한 모양이에요. 고통받는 것으로 아버지의 죄를 보상한다, 라는 얘기로 생각하고 그건 좀 이상하다고 상당히 엄하게 나무랐어요. 아무리 네가 괴로워해봤자 살해된 사람이 살아 돌아오는 것도 아니고, 괴로워하는 나를 봐달라는 건 네 아버지 편지하고 똑같은 자기만족이 아니냐고. 마코토는 그런 뜻에서 한 말이 아니었는데. 뭐, 관장님도 그 나름대로 마코토를 진심으로 걱정해줬고, 어렵게 여기까지 왔는데 왜 새삼스럽게 그런 소리를 하는지 화도 났을 거고, 이래저래 그럴 만도 했죠. 너는 네 인생 살아야 하니까 그렇게 마음에 걸린다면 유족을 찾아가 사죄하는 게 어떠냐고 했어요. 음, 누가 뭐라고 하든 유족이 네 삶을 인정해준다면 당당하게 살 수 있는 거 아니냐고."

기도는 링 위의 고스게에게로 초점이 맞지 않는 시선을 던졌다. 살해된 건축 사무소 사장에게는 분명 양친과 남동생이 있었을 터였다.

"진짜 불쌍했어요, 마코토."

야나기사와는 그리운 듯 안타까운 듯한 표정으로 한참 뭔가를 생각하고 있었다.

"그 무렵에 나랑 아침마다 달리기를 했어요, 저기 저 근처에서. 드디어 결정의 날이 왔는데 그날도 로드워크에 함께 나가 저기 공원까지 간 참에 점점 마코토가 뒤처지기 시작하더라고요. 어라 싶어서 돌아봤더니 발이 딱 멈춰버렸더라고. ……힘이 빠진 것처럼 털썩 두 무릎을 꿇길래 내가 괜찮으냐고 뛰어가는데 그대로 땅바닥에 엎드려서 우는 거예요. 넓은 공원 한가운데서. 땅에 얼굴을 비비며 엉엉 소리 내서. 엄청 추워서 서리가 허옇게 내린 날이었는데."

"그랬군요……."

기도는 그 광경을 머릿속에 떠올리며 가슴이 먹먹해졌다. 아마도 아까 여기 올 때 지나왔던 그 공원일 터였다.

"그래서 내가 말했어요. 유족한테 안 가도 괜찮다고. 관장님은 그렇게 얘기했지만, 마코토가 책임감 느낄 일도 아니고, 게다가…… 괜히 그쪽 심사만 거스를 테니까요, 틀림없이."

기도는 단지 표정으로만 애매하게 반응했다. 그리고 잠시 사이를 두고 물었다.

"그래서 갔습니까, 결국?"

"안 갔던 모양이에요. 아니, 그보다 그 직후에 사고를 냈어요, 그 친구가."

"사고?"

"네, 빌딩에서 떨어졌어요. 자기가 살던 임대주택 6층 베란다에서. 온몸 여기저기 뼈가 부러지는 큰 부상이었는데, 그나마 주차장 지붕에 떨어진 덕분에 목숨만은 건졌죠."

"그건……."

기도는 그다음 말이 막혔다. 야나기사와는 그걸 눈치챈 듯 앞서서 말했다.

"본인은 얼떨결에 그랬다더라고요. 실은 기억도 잘 안 나는 모양이었어요. ……근데 다 큰 성인이 얼떨결에 떨어질 리가 있어요? 난간도 있었는데. ……나는 그래도 마코토는 죽고 싶었던 건 아니라고 생각해요. 진짜 어떻게도 할 수가 없어서 모든 것에서 도망치고 싶었던 거 아니겠어요? 부상을 입고 신인왕 결정전은 물론 취소가 됐지만, 본인도 그때는 안도하는 표정이더라고요."

"관장님은 뭐라고?"

"관장님도 뭐, 충격이 컸죠. 이 복싱장에서 진짜 오랜만에 프로 나온 참이었거든. 마코토가 사과를 하긴 했는데 퇴원하고는 자취를 감춰버렸어요. 관장님은 그것 때문에 엄청 자책을 했죠. 이제는 쌩쌩해졌지만 진짜 한참 동안 울적해했어요. 방금 갑작스럽게 자리를 떴지요? 힘든 거예요, 관장님도, 다시 떠올리기가."

기도는 다시 링 위의 고스게를 보며 동정을 보냈다.

"관장님은 어떻게든 마코토를 챔피언으로 만들어주려고 했어요. 힘든 인생이었던 만큼 그걸 바꿔주고 싶었던 거죠. 자신감도 생길 거 아닙니까."

"예에……."

"하지만 마코토는 챔피언이 되고 싶었던 게 아니에요. 그냥 **보통 사람**이 되고 싶었던 거지."

"……."

"보통 사람으로 조용히 살고 싶었을 거예요. 누구의 주목도 받지 않고 그냥 평범하게. 진심으로 그렇게 생각했어요. 진짜로. ……하지만 관장님이 챔피언이 되게 해주려고 그렇게 공을 들인 것도 잘 알고 있으니까 참, 괴로웠겠지요."

기도는 '보통 사람'이라는 말을 수첩에 써넣은 참에 그 글씨를 빤히 들여다보며 잠시 침묵했다. 흔해빠진 반론이 끈질기게 달라붙는 것을 떨쳐내며 그는 그 말에 담긴 강한 동경의 마음을 고스란히 이해했다.

너무 오래 들여다보는 바람에 결국 그 '보통'이라는 말의 의미를 전혀 알 수 없게 되어버린 참에 기도는 다시 야나기사와에게 물었다.

"하라 마코토 씨는 그러고는 전혀 소식이 없었어요?"

"없었어요."

"언제쯤이었지요, 그게?"

"그게 언제였나······. 아, 1998년이네요."

"그 뒤로는 그럼 전혀 소식을 몰랐겠군요."

"예, 전혀."

기도는 들은 얘기들을 정리하듯이 고개를 끄덕이고 간간이 메모를 계속했다. 하라 마코토가 '다니구치 다이스케'라는 이름으로 S시로 이주해서 리에를 만난 것은 그로부터 9년 뒤의 일이다.

드디어 얼굴을 든 참에 야나기사와가 입을 열었다.

"저기, 한 가지, 괜찮아요?"

"네, 뭔데요?"

"······자살이에요? 마코토의 마지막?"

기도는 한순간 눈을 크게 떴지만, 짧게 고개를 가로저었다.

"내가 파악한 바로는 그건 아닙니다."

"그래요? 다행이네요. ······아니, 일부러 변호사 선생이 오신다고 해서 좀 불길한 예감이 들었거든요."

기도는 좀 더 자세한 이야기를 할까 하고 망설였지만, 애매하게 얼버무리는 수밖에 없었다. 야나기사와는 그게 마음에 걸리는 기색이었지만 더 이상 캐묻는 일 없이, 일단 한 가지 큰 얘깃거리를 끝낸 듯한 표정으로 말을 이었다.

"마코토는 복싱은 안 했어요, 그 뒤에?"

"안 했던 것 같아요."

"그렇습니까. ······흠."

야나기사와는 그러고는 다시 한번 책상 위의 리에와 함께 찍은 하라 마코토의 사진을 손에 들었다.

"젊은 나이에 떠난 건 가엾지만…… 마지막에 행복해서 진짜 다행이네."

기도는 자신에게 한 말인지 사진을 향해 건넨 말인지 알 수 없었지만, 동의하듯이 "네, 행복했습니다, 틀림없이"라고 말했다.

"자기가 걱정했던 것처럼 남 해치는 일 없이 일생을 마쳐서 그것도 정말 다행이에요. 내 말이 맞잖아, 라고 얘기해주고 싶네. ……이 친구하고 얘기할 게 진짜 많은데. ……아마 관장님도 그럴 겁니다."

기도는 여전히 다니구치 다이스케의 안부가 마음에 걸렸지만, 이때는 그런 야나기사와의 말에 진심으로 동의하면서 예에, 라고 대답했을 뿐이었다.

16

　기타센주의 복싱장에 다녀온 뒤 기도는 휘갈겨 쓴 메모를 바탕으로 두 사람에게서 들은 하라 마코토의 이야기를 기억나는 한, 글로 써 내려갔다. 그뿐만 아니라 그때그때 되는대로 기록해 둔 지난 1년여에 걸친 조사 내용을 하라 마코토의 생애와 관련 짓는 형태로 처음부터 다시 정리했다.

　리에에게 보고하기 위한 작업으로, 마침내 이 단계까지 왔구나, 라고 실감했다. 그리고 그 작업을 통해 왜 그런지 이때까지 생각조차 못 했던, 한 가지 단순한 점을 깨달았다.

　기도가 오미우라 노리오의 존재를 알게 된 것은 2007년에 도쿄 아다치 구의 55세의 남자가 67세의 다른 남성과 호적을 교환한 사건 때문이었다.

이 재판을 방청했던 '법정 마니아'의 블로그에 의하면 오미우라가 '과거 세탁'의 중개를 시작한 것은 그 전년도인 2006년부터인 모양이었다. 계기는 뜻밖에도 1994년에 영국 리버풀에서 일어난 '제임스 벌저 사건'의 뉴스 보도였다고 한다.

당시 10세의 소년 두 명이 쇼핑센터에서 유괴한 2세의 제임스 벌저를 무참히 살해한 이 사건은 영국 국내뿐만 아니라 전 세계에 충격을 주고 분노를 불러일으켜 거의 염세적인 안타까움이 만연할 정도였다.

두 소년은 18세가 되자 8년의 형기를 마치고 맹렬한 반대 운동 속에 남은 인생을 '다른 사람으로서' 살도록 완전히 **새로운 신분**이 주어진 채 석방되었다.

출소한 수형자 두 명 중 한 명이 주위에 들키지 않은 채 결혼했고 어느 기업 사무실에서 근무한다는 정보가 타블로이드지에 폭로된 것이 2006년 6월이었다. 오미우라는 이 뉴스에 '딱 감이 와서' 호적 매매 및 교환이라는 사업을 계획했던 것이다.

발각된 것 외에도 상당수의 중개를 한 모양이어서 오미우라가 유난히 '조선인'이라고 불러댔던 것도 **고객** 중에 실제로 재일이나 외국 국적자가 있었거나 혹은 그 수요를 기대했기 때문일 것이다. 마음에 들지 않을 경우에는 여러 번에 걸쳐 호적을 교환한 경우도 있는 모양이었다. 기도가 이제 새삼 퍼뜩 놀란 것은 바로 그 점이었다.

그는 'X', 즉 하라 마코토가 왜 다시로 요조 같은 지적장애 노숙자에게 사형수의 아들인 자신의 호적을 떠넘겼는지, 내내 의

문이었다. 기도는 그것에 실망해서 이 기나긴 '탐정 놀이'에 일종의 피로감을 느꼈다. 순진하기 짝이 없는 기대였지만, 리에의 추억 속에 살아 있는 남편은 결코 그런 인간이 아니었을 터였다.

하지만 다시로가 호적을 교환한 상대는 그 너무도 불안정한 증언을 믿는다면 하라 마코토가 아닌 것이다. 그가 만난 사람은 적어도 하라 마코토가 아니라 '하라 마코토' 행세를 한 다른 사람이었다…….

즉 최초의 추리와는 조금 다르게, 아마도 이런 얘기가 된다.

하라 마코토는 처음에 다시로가 아닌 누군가 **다른 사람**과 호적을 교환했다. 그리고 사형수의 아들이라는 번거로운 '하라 마코토'의 호적을 인수한 그자가 그것을 다시로와 교환했던 것이다. 모두 다 오미우라의 중개에 의해서.

그리고 기도의 추리로는 하라 마코토가 처음에 호적을 교환**했던 다른 사람**이 바로 오미우라가 지난번 누드 엽서에 썼던 '소네자키 요시히코'였다.

이것을 하라 마코토의 입장에서 다시 정리해보았다.

그는 인터넷 등을 통해 오미우라의 존재를 알았고, 처음에는 '소네자키 요시히코'라는 인간이 **되었다**. 하지만 모종의 이유로 그것이 마음에 들지 않았다. 그다음에는 다니구치 다이스케를 알게 되었고 그와 두 번째로 호적을 교환해 '다니구치 다이스케'로서 S 시에 가서 리에를 만났다.

만일 그렇다면 다니구치 다이스케야말로 현재 '소네자키 요시히코'라는 이름을 쓰고 있다는 얘기다. 물론 그가 그 뒤에 또 다시 호적을 교환하지 않았다면.

그리고 무엇보다 그가 아직 살아 있다면.

기도는 자신이 마주한 컴퓨터 워드 프로그램상에서, 지금까지 편재하며 오로지 상실되어갈 뿐이던 하라 마코토라는 인물이 언어에 의해 다시 출현하고 확실하게 존재해가는 것을 실감했다. 변호사로서의 그의 업무는 기본적으로 이렇게 일어난 일과 거기에 관여한 인물들을 언어로 만들어가는 것이지만, 재판에서 기안을 하는 것과는 다르게 목적에 수렴하는 일 없이 쓸데없다고 생각될 듯한 세세한 부분에 이르기까지 최대한 기록하려고 했다. 그것은 화장터에서 사랑하는 사람의 유골을 조금이라도 더 주워 모으려는 유족의 심정에 가까웠다.

하라 마코토 본인이 육체를 갖고 이 세계에 존재할 때에는 그러한 과거는 단지 사라져갈 뿐이었다. 오히려 적극적으로 **지우고 싶다**고 생각했었는지도 모른다. 왜냐하면 살아가려고 하는 실체로서의 그에게는 과거란 무거운 짐이자 족쇄였기 때문이다. 하지만 그 실체가 없어진 지금, 그를 사랑하는 사람들이 그 모든 것을 사랑으로 받아줄 수 있다면 그의 전체는 회복되어야 하지 않을까.

그렇게 해서 드러난 한 인간이 '하라 마코토'라는 이름으로 불려야 하는지 어떤지는 알 수 없다. 하지만 기도는 명백히 지금까지 정보의 단편에 휘둘리며 그 자신이 몹시 불안해했던 것에 비해 형태가 만들어져가는 하라 마코토의 존재와 호응하듯이 자신이라는 인간도 말끔히 정리되어 하나로 빚어져가는 듯한 감각을 느꼈다.

기도는 이 '탐정 놀이'가 머지않아 끝날 것 같다는 예감에 말할 수 없는 쓸쓸함을 느꼈다. 이제 슬슬 빠질 때라는 건 그 자신도 통감했었지만, 그다음에 찾아올 공허를 상상하면 삭막한 심경에 젖어드는 것이다.

쓸쓸함……. 그렇다, 한심하게도 그는 최근에 자신의 가슴속에 똬리를 튼 감정을 민망해하는 일도 없이 그렇게 표현하고 있었다.

그것은 젊은 시절에는 상상조차 못 한 일이었다. 중년의 바닥모를 쓸쓸함에 조금만 방심하면 마구잡이의 써늘한 감상感傷이 틀어막을 도리 없이 그를 적셔오는 것이다.

그런 때 그는 저 기타센주의 공원에 엎드려 호읍號泣하는 하라 마코토의 모습을 머릿속에 떠올렸다. 그에게 그 광경은 시간과 장소의 제약에서 해방되어 이제 거의 신화의 한 장면처럼 느껴졌다. 참으로 지금 당장 이 자리에서 발치에 몸을 내던진 채 엉엉 운다는 것은 뭔가 초인간적인 행위임에 틀림없다. 그럼에도 불구하고 기도는 자신의 뺨이 자갈 섞인 모래투성이가 되어 땅바닥에 비벼지는 그 아픔을 마치 직접 경험한 것처럼 알고 있는 것이었다.

고바야시 겐키치는 기사에 의하면 1951년 욧카이치 시에서 태어났다.

유년기에는 끼니 걱정을 해야 할 정도의 빈곤과 부친의 무시무시한 폭력에 시달렸다. 10대 무렵에는 불량소년으로 고등학교도 중퇴하고 한동안 빈둥거리며 떠돌았는데 이윽고 그 지역 공장에 취직하면서 부모와는 인연을 끊고 혼자 살기 시작했다.

21세 때, 두 살 연하의 여성과 결혼하고 3년 후에 외아들 마코토가 태어났다.

고바야시 겐키치는 아내에게도 아들에게도 일상적으로 폭력을 휘둘렀지만 그 자신의 유년기와 마찬가지로 그런 것이 큰 문제가 되는 시대는 아니었다. 주위에서 보기에는 결혼 후 5년 정도는 지극히 일반적인 가정으로 비친 모양이었다.

도박에 빠져든 것은 30대를 앞두고 우연히 재회한 중학 시절의 '선배'의 영향이 컸던 것으로 보인다. 그 무렵부터 순식간에 사채에 빠져들어 범행 때는 연일 빚 독촉에 시달리고 있었다.

사건은 1985년 여름에 일어났다. 고바야시 겐키치는 아들 마코토의 초등학교 '어린이회'를 통해 친숙해진 건축 사무소 사장 집에 돈을 빌리러 갔지만 거절당한 것에 격앙한다. 일단 집에 돌아온 뒤, 한밤중에 강도로 침입해 사장 부부와 초등학교 6학년 아들을 참살, 13만 6천 엔을 탈취하고 범행을 은폐하기 위해 방화한 뒤 집에 돌아왔지만 일주일 만에 체포되었다.

사건은 너무도 어리석고 잔혹한 데다 어린아이까지 휘말린 점에서 '금수만도 못한 짓'이라고 보도되었다. 세 명을 살해했다는 점에서 사형은 당연시되었다. 고바야시 겐키치 자신도 기소 사실을 다투지 않았고 또한 1심 판결 후 항소도 하지 않았다.

기도는 자신의 삶의 어딘가에서 고바야시 겐키치 같은 인간과 한데 엮여 이런 불합리한 이유로 자신뿐만 아니라 아내와 아들까지 살해되는 경우를 상상하고 진심으로 불쾌한 기분이 들었다. 흉기는 '칼날 20센티미터의 부엌칼'로, 그것이 소타의 저 주름 하나 없이 빛나는 얇고 연한 살갗을 찌르고 들어가는 장면을 떠올리면 도저히 멀쩡한 정신으로 배겨낼 수 없었다.

하지만 그 공포와 불합리에 대한 분노는 반드시 고바야시 겐키치에의 증오로는 직결되지 않았다.

그것은 물론 기도가 실제 당사자가 아니기 때문일 것이다. 동시에 아마도 직업적 경험에 따라 그의 세계관이 이토록 참혹한 사건에조차 **있을 수 있는 일**이라고 인식하고 그런 일을 맞닥뜨리는 것을 일종의 운명 같은, 혹은 사고 같은 것으로 바라보기 때문이었다.

불행하게도—그렇다, 그것은 문자 그대로 불행이었다—고바야시 겐키치 같은 인간은 실제로 존재한다. 그가 죄를 범하는 데 이른 유전 요인과 환경요인, 나아가 수많은 우연과 필연 등에는 인간의 역사상 전대미문의 예외적인 조건이라고는 하나도 없이, 오히려 모든 것이 탄식이 나올 만큼 범용하다.

그렇기 때문에 더더욱 그에게 책임이 있다고 기도도 당연히 생각했다. 기도는 개인의 자유의지를 일절 인정하지 않는다는 식의 극단적인 입장에는 도저히 설 수 없었다. 하지만 고바야시 겐키치의 성장 환경이 비참했다는 것은 사실이고, 그의 인생 파탄이 그 출신에 크게 유래하고 있다는 건 분명했다.

국가는 일개 국민의 불행한 삶에 대해 부작위였다. 그런데도 국가가 그 법질서로부터의 일탈을 이유로 그를 사형에 의해 영구히 배제하고 마치 현실은 합당한 모습을 하고 있다는 듯이 시치미를 떼는 태도를 기도는 잘못되었다고 생각했다. 입법과 행정의 실패를 사법이 일탈자의 존재 자체를 **없었던 일**로 해주는 것으로 채무 소멸 처리를 해버리는 것은 사기 이외의 아무것도 아니다. 만일 그것이 버젓이 통용된다면 정부가 타락하면 할수록 황폐해진 국민은 점점 더 사형에 의해 배제하지 않으면 안 된다는 악순환에 빠지고 만다.

그렇지만 기도는 그런 생각을 적극적으로 남들에게 피력한 적은 없었다. 그것은 누구보다 특히 그의 아내가 결코 이해해주지 않는 논리로, 한 차례 텔레비전 뉴스를 보면서 만일 소타가 누군가에게 살해된다면, 이라는 얘기가 나왔을 때 그녀는 단호히 범인을 사형에 처해야 한다고 말했고 남편에게도 동의를 밀어붙였다.

기도는 그때, 한 명을 살해해도 현재 일본에서는 사형이 되지 않는다고 우선 말했다. 하지만 아내는 즉각 "그럼 나와 소타, 두 사람이 살해되면?"이라고 재우쳐 물었다.

그는 마음먹고 말했다.

"뭔가 그에 상당한 일이 있다면 범죄자를 죽여도 좋다, 라는 생각 자체를 부정하는 것이 살인이라는 악을 없애기 위한 최저

조건이라고 생각해. 간단한 일은 아니지만 지향해야 할 것은 그쪽이잖아? 범인에 대해서는 결코 용서하지 않겠지만 국가는 사건의 사회적 요인에 대한 책임을 져야 하고 아무 책임도 없는 척하며 응보 감정에 빌붙는 게 아니라 피해자 지원을 충실히 하는 것으로 책임을 다해야 되지. 어쨌든 국가가 살인이라는 악에 대해 똑같은 수준까지 윤리적으로 타락해서는 안 된다, 라는 것이 내 생각이야."

가오리의 눈은 분노와 실망으로 충혈된 채 파르르 떨렸다. 그것은 거의, 인간의 피가 흐르지 않는 거 아니냐, 라고 의심하는 듯한 눈빛이었지만 이런 이야기를 계속하는 것은 자칫 부부 관계에 돌이킬 수 없는 파괴적 사태를 초래할 수 있다는 생각에 그대로 입을 다물었다. 일어나지도 않은 비극 때문에 부부간에 싸울 필요는 없다. 소타가 마침 첫돌을 맞이한 무렵의 일이었다.

그리고 기도가 지금 고바야시 겐키치를 증오할 수 없는 또 하나의 이유는 겐키치 본인의 인생뿐만 아니라 아들 하라 마코토의 존재를 알게 되고 크게 공감했기 때문이다.

'어린이회'에서 함께 소프트볼을 연습하고, 베이스며 배트 같은 운동 도구를 맡아줘서 여러 번 그 집에 놀러 간 적이 있었던 상급생이 어느 날 돌연 부모님과 함께 무참히 살해된 것을 알게 된 날 아침. 기도는 그 순간의 하라 마코토의 심정을 생각했다. 경찰차와 구급차의 사이렌이 왱왱 울리고 한껏 소란스러워진 동네, 학부모들이 쇄도하고 우는 소리가 번져가는 초등학교 강당을 떠올렸다.

그러다가 다른 아이들과는 다르게 하라 마코토 혼자만 등하교 때 언론사 기자들에게서 사건에 대한 질문 세례를 받는다. 죽은 친구뿐만 아니라 분명 '아버지'에 대한 질문도 날아왔으리라. 처음부터 어딘가 망연해진 어머니의 표정을 이상한 듯 바라보는 모습. 경찰이 찾아오고 카메라맨이 분노한 고함을 내지르며 밀치락달치락하는 가운데 아버지가 체포되고 연행되던 날 아침의 풍경을 머릿속에 그려본다…….

가엾게도, 라고 기도는 진심으로 느꼈다. 성인이 된 뒤의 하라 마코토의 등짝을 생각했다. 건네줄 어떤 말도 찾을 수 없었다.

소타가 다니는 곳이 모토마치·차이나타운 역 빌딩에 입주한 어린이집이라서 조금 일찍 데리러 가면 아이들이 옥상의 아메리카산山 공원[1]에서 뛰놀고 있다. 요코하마 시가 개항 150년을 맞이해 2009년에 개원한 공원으로, 요코하마 외국인 묘지[2]로 이어지는 완만한 경사의 돌길을 중심으로 화단과 잔디 광장이 마련되어 있다.

지하철 플랫폼에서 옥상까지 한사코 위로만 향하는 에스컬레이터를 여러 번 갈아타야 하는데 기도에게 그 시간이 실제보다 훨씬 더 길게 느껴지는 것은 소타를 어서 빨리 보고 싶기 때문이었다.

2월 초의 저녁나절은 역시나 쌀쌀했지만 황록색 어린이집 모자를 쓴 스무 명 남짓한 아이들이 다운점퍼 지퍼를 가슴팍까지 내리고 정신없이 뛰어다녔다.

기도가 도착했을 때 소타는 저 멀리에서 신이 난 얼굴로 꺄꺄 거리며 친구들과 술래잡기를 하고 있었다.

젊은 보육 교사에게 인사를 건넸다. 오늘도 평온무사했다는 보고를 하고 그녀는 큰 소리로 소타를 불러주었다. 하지만 그보다 먼저 "아, 소타네 아빠다!"라고 이쪽을 가리키며 알려주는 아이들이 있었다.

아빠를 발견하고 소타의 눈이 수줍은 듯 반짝였다. 웃는 얼굴의 뉘앙스가 바뀌면서 주목받은 것이 겸연쩍은 듯한, 그러면서도 친구들에게는 바랄 수 없는 뭔가를 기대하는 표정이 되었다.

"소타네 아빠!"

소타보다 친구들이 먼저 달려와 기도의 품에 뛰어들었다. 지난번 참관일 때 파고드는 아이들을 무심코 안아준 뒤로 완전히 잘 놀아주는 아빠, 라는 인식이 퍼진 것이다.

그날도 눈 깜짝할 사이에 네다섯 명의 아이들에 둘러싸였지만 소타가 따라와 샘을 내면서 하나둘 떼어냈다.

"우리 아빠한테 매달리면 안 돼!"

"엇, 아프지, 그렇게 세게 잡아당기면."

기도는 짐짓 소타를 나무라며 가볍게 안아주었다. 아이들 중 한 명이 기도에게 보고했다.

"소타가요, 오늘 료하고 고헤이가 싸우니까요, 싸우면 안 된다고 말렸어요."

"응, 맞아! 그치, 소타?"

"오, 그랬어? 잘했네."

기도는 이 천진한 아이들 중 누군가는 언젠가 살인자가 될지도 모른다고 퍼뜩 생각했다. 설령 이 자리에는 그런 아이가 없더라도 지금 이 순간 어디선가 다섯 살이라는 나이로 똑같이 친구와 꺅꺅거리며 뛰노는 아이가 이윽고 살인이라는 죄를 범할지도 모른다. 궁지에 몰리거나 혹은 그릇된 생각에 의해서. 그건 대체 누구의 책임인 걸까……

기도는 뺨의 웃음이 무너지지 않게 애써 유지하면서 생각했다. 고바야시 겐키치도 다섯 살 무렵에는 이런 천진한 아이였을 것이다. 아니, 그는 좀 더 상처받은, 보기에도 딱한 아이였는지도 모른다.

제임스 벌저 사건의 범인 두 명은 10세 소년이었다. 영국 여론은 그 책임을 엄격하게 물었지만, 보도를 통해 알려진 바로는 그 아이들의 환경 역시 차마 볼 수 없을 만큼 황폐했다.[3]

일본 형법에서는 19세까지는 소년법이 적용되고 성인이 된 뒤의 범죄에 대해서는 당사자 책임으로 간주한다. 하지만 그때까지 부채처럼 떠안고 있던 악영향이 20세가 된다고 갑작스럽게 사라지는 것은 아니다. 이를테면 다른 모든 바람직한 영향이 그것을 이겨내는 경우가 대부분이라고 해도.

본인의 노력은 중요하지만 그것도 노력에 방향을 설정해주는 사람이나 사안의 혜택이 따라준 행운 덕분이 아닐까. 나카키타 같은 이는 인간의 인격은 유전 요인과 환경요인의 '상호작용'에 의해 결정된다는 최근의 생물학적 지견을 확신하고 있어서 혈통이냐 환경이냐는 식의 배타적인 이분법은 말이 안 된다고 했다. 물론 전적으로 자기 책임이라는 설은 완전히 어리석은 소리라고 일축한다. 그 점에 대해서는 기도도 전적으로 동감이었다.

귀가 후에도 기도의 머릿속에는 그 생각이 끈덕지게 머물러 있었다.

며칠 전 그는 오랜만에 다니구치 교이치에게 연락해 하라 마코토에 관해 지금까지 알게 된 것들을 설명했다. 이건 리에 쪽에서 그렇게 해달라고 부탁한 일이었다. 이제 남은 마지막 수수께끼는 하라 마코토가 복싱장을 떠나 리에를 만나기까지 9년 동안의 발자취이고, 특히 중요한 것은 다니구치 다이스케의 안부 확인이었다. 그리고 그러기 위해서는 가족의 협력을 얻는 것이 가장 효율적인 방법이었다.

전화를 통해 교이치는 몇 번이나 "예?! 진짜요?"라는 놀람의 소리를 연발했지만, 이야기가 일단락되자 재작년 말에 기도를 처음 만났을 때와는 다시금 심각성의 정도가 달라진 목소리로 말했다.

"다이스케는 역시 그자에게 살해된 거 아니에요? 그런 미친 살인범의 아들이잖아요."

기도는 여느 때와 달리 감정적이 되어 대답했다.

"꼭 그렇다고는 할 수 없죠. 첫째로, 살인자 아들이라는 출신의 제약에서 풀려나 이 사회에 받아들여지기를 그토록 원했던 사람이 살인을 범하다니, 그건 말이 안 됩니다."

교이치는 그 내용에도 말투에도 어처구니없다는 듯 코웃음을 치며 반론했다.

"그러니 아무에게도 들키지 않게 죽였겠지요. 그런 아버지를 둔 자식인데 이성적인 생각 같은 걸 하겠어요? 불끈하면 무슨 짓을 할지 모르지."

"하라 마코토 씨가 동생을 만났을 때, 내 짐작으로는 '소네자키 요시히코'라는 이름을 썼어요. 즉 사형수의 아들이 아니었어요. 그렇기 때문에 동생도 호적 교환에 응했던 거 아니겠습니까? 중개해준 사람도 있었고, 굳이 살인까지 하면서 남의 호적을 강탈할 이유는 없어요."

"그건 모두 선생의 추측이잖아요? 좀 심한 말인지 모르지만, 그거 망상과 뭐가 다릅니까? 무슨 증거라도 있어요? 죽일 이유는 얼마든지 있어요. 이를테면 사형수의 아들이라는 비밀을 다이스케가 눈치채는 바람에 입막음으로 죽였을 수도 있죠."

"아니, 그럴 리는 없어요."

"어떻게 알아요?"

"그런 사람이라고는 생각되지 않아요."

"뭐요? 선생, 좀 이상해진 거 아니에요? 어떻게 그런 단언을 할 수 있어요?"

"그를 잘 아는 사람들에게서 들은 얘기가 있으니까요."

"그야 인간이니까 단점만이 아니라 장점도 더러 있었겠죠."

"……아무튼 그걸 확인하기 위해서라도 동생을 찾는 일에 협조해주셨으면 합니다. 그걸 부탁드리려는 거예요."

아무리 형제간에 불화했다고 해도 교이치에게 이의가 있을

리 없었지만 기도 자신도 화를 낸 상태여서 결국 그 전화 통화 때는 명확한 대답을 듣지 못했다.

기도는 그런 아버지를 둔 인간이니 살인도 저지를 수 있다는 교이치의 말에 불끈했지만, 전화를 끊고 나서도 그 화가 가라앉지 않아 머릿속에서 반론을 더듬어보는 사이에 점점 더 자신의 이론에 불안감이 느껴지기 시작했다.

기도가 살인범 고바야시 겐키치를 이해하려고 하는 것은 그 폭력적인 부친의 악영향을 감안했기 때문이다. 그렇다면 마찬 가지로 열악한 가정환경에서 자란 그 아들—즉 하라 마코토—에게서 범죄 위험을 찾으려고 하는 교이치의 생각도 일리가 있다고 해야 한다. 유전적으로도 하라 마코토의 생김새는 서글플 만큼 부친을 빼닮았고, 게다가 그의 순수한 마음의 반영 같은 스케치는, 우스꽝스럽다고 말하는 건 너무 가혹하지만, 부친이 그린 옥중의 그림과 너무도 흡사했던 것이다.

실제로 하라 마코토의 인생은 항상 과거와 미래에 짓눌리는 것이었을 게 틀림없다. 그의 마음이 잠시도 자유로울 수 없었던 것은 부친이 과거에 범한 죄 때문이다. 아들은 아들이고 그에 대한 책임을 그가 느껴야 할 이유는 없었다. 하지만 피해자 가족이 여전히 고통스러워하는데 가해자 가족은 고통이 없다는 분명한 비대칭의 상황에서 그는 자신의 존재의 불합리를 발견하고 괴로워한다. 게다가 그는 과거에 대해서는 부채가 있고, 미래에는 부친의 죄를 반복할지 모른다는 사회적 리스크에 시달리는 것이다.

　남들이 그런 눈으로 본다는 것뿐만이 아니다. 하라 마코토가 가장 두려워했던 것은 하라 마코토 자신이었다. 하지만 그래서 어떻다는 것인가. 그것은 기도의 '하라 마코토는 **그런 사람이 아니다**'라는 믿음과는 아무 관계도 없다. 그를 접한 사람들 모두가 그렇게 분명하게 말해줬다면 하라 마코토는 호적을 바꿀 필요도 없이 지금도 여전히 하라 마코토로서 살 수 있지 않았을까.

17

저녁으로 스키야키를 먹고 나자 소타가 오늘은 엄마와 함께 자고 싶다고 했다. 목욕 후에 소타를 아내에게 맡기고 기도는 주방에서 설거지를 했다. 그러고는 소파에 누워 미셸 은데게이오 첼로를 들으며 밴드에서 베이스를 치던 대학 시절을 두서도 없이 떠올렸다. 자신도 나카키타만큼 잘 쳤다면 지금도 밴드 활동을 계속하고 그것이 분명 삶의 좋은 휴식처가 됐을 거라는 생각을 멍하니 하고 있었다. 그러다 어느 사이엔가 잠이 들어버렸다.

몹시 지쳐 있었다.

눈을 뜬 것은 11시를 지난 무렵이었다. 발가락 끝이 시려서 난방 온도를 높이고 무심코 평소에는 안 보던 텔레비전을 켰다. 잠시 이리저리 채널을 돌리다 보니 욱일기를 내건 험상궂은 데모대들이 "조선인을 가스실로 보내라!"라느니 뭐니 외치면서 백주에 당당히 도로를 떼 지어 지나가는 영상이 눈에 뛰어들었다. 뉴스 프로그램의 '헤이트 스피치' 특집인 모양이어서 기도는 하 필이면 저런 걸, 이라고 진저리가 나서 텔레비전을 끄려고 했다.

그런데 '현장에는 맞불집회를 하는 사람들의 모습도'라는 자 막과 함께 '사이좋게 삽시다! 친하게 지내요!'라는 플래카드를 든 여성이 보이는 참에 기도는 깜짝 놀라 소파에서 벌떡 일어났 다. 한순간에 스쳐 갔지만 분명 미스즈였다.

'……뭐 하는 거야, 저런 곳에서?'

그때 등 뒤에서 아빠, 라고 부르는 소리가 들렸다.

돌아보니 소타가 잠이 덜 깬 눈을 비비며 서 있었다.

"응? 왜 그래?"

"자다가 깼어. ……아빠, 뭐 보고 있어?"

소타가 소파로 다가왔다. 기도는 경찰을 사이에 두고 데모대 가 서로 고함치는 광경을 어떻게 설명해야 할지 선뜻 입이 열리 지 않았다. 그러자 다음 순간, 텔레비전이 느닷없이 툭 꺼졌다.

"소타, 이리 와. 어서 자야지."

소타를 찾으러 나온 가오리가 리모컨을 테이블에 탁 소리 나 게 내려놓았다.

기도는 갑자기 텔레비전을 꺼버린 것에 기분이 상했지만 가 오리는 말없이 소타의 손을 잡고 침실로 돌아갔다.

또 다른 리모컨으로 텔레비전을 켤까 하다가 그런 장면은 두 번 다시 보고 싶지 않아서 결국 아내의 판단에 동의하는 수밖에 없었다.

　방금 그건 정말 미스즈였을까, 하고 되짚어봤지만 기억은 이미 애매해져 있었다. 요코하마 미술관 근처에서 점심 식사를 함께했을 때, 그녀는 맞불집회에 대해 언급하면서 분명 "그럼 기도 씨 대신 내가 나갈게요"라고 말했었다. 하지만 기도는 그 말을 진지하게 받아들이지 않았고 거의 잊어버리고 있었다.

　벌써 한참 동안 미스즈와는 연락을 취하지 않았는데 그녀가 자신과 나눈 약속을 몰래 실행에 옮겼다는 것을 알고 놀랐다. 그녀답다는 느낌에 저절로 얼굴에 웃음이 번졌지만, 그녀의 행동 자체에는 기쁨인지 괴로움인지 알 수 없는 복잡한 심경이 들었다.

　그는 그녀 안에서 자신의 존재가 그 나름의 장소를 차지하고 있었다는 것이 기뻤다. 결코 간단한 일은 아니었을 터였다. 하지만 그 관여를 아무래도 손 놓고 환영할 수 없는 자신의 굴절된 감정에 한숨이 나왔다.

　기도는 항상 자신의 재일에 대한 시선이 『안나 카레니나』 속에서 레빈의 농민에 대한 시선과 거의 동일하다고 생각하곤 했다.

　'만일 누군가 당신은 농민을 사랑하느냐, 라고 묻는다면 레빈은 선뜻 대답할 말을 찾지 못할 것이다. 그는 일반 사람들에 대해서와 마찬가지로 농민에 대해서도 사랑하면서 동시에 증오하는 것이다. 물론 선량한 그는 남을 미워하기보다는 사랑하는 경우가 더 많기 때문에 농민에 대해서도 똑같은 태도를 취했다. 하지만 농민을 뭔가 특별한 존재로 내걸고 사랑하거나 미워하는 식의 행동을 그는 할 수 없었다. 왜냐하면 그는 단순히 농민과 함께 살고 농민과의 사이에서 전면적인 이해관계를 가진 것뿐만 아니라 동시에 스스로도 농민의 일부라고 느끼고 있어서 자신에게서든 농민에게서든 어떤 특수한 장점이나 결점을 찾아내려 하지 않았으며 자신을 농민의 건너편에 둘 수는 없었기 때문이다.'

그리고 기도는 그가 사상적으로 친근함을 품은 사람들이 재일 문제에 관여하려고 할 때에는 번번이, 레빈이 형 코즈니셰프를 '시골 생활을 자신이 싫어하는 삶의 반대편에 있는 것으로서 사랑하고 추켜세우려고 했듯이 그는 농민에 대해서도 자신이 싫어하는 계층의 반대편에 있는 존재로서 사랑하고 있었다'라고 비판했던 것과 동일한 불편함을 느끼곤 했다.

기도는 무엇보다 어떤 하나의 카테고리에 인간을 몰아넣는 발상이 싫었다. 재일이라는 출신이 번거롭기만 한 것도 바로 그 때문이었다. 당연한 얘기지만 재일 중에도 좋은 사람이 있는가 하면 나쁜 사람도 있고, 또한 그 좋은 사람에게도 단점이 있고 나쁜 사람에게도 아마 그가 알지 못하는 장점이 있는 것이다.

레빈이 코즈니셰프를 '형이건 그 밖의 수많은 사회 활동가들이건 결코 마음의 소리에 이끌려 공공복지에의 사랑에 눈뜬 게 아니라 이 일에 관여하는 것이 좋은 일이라는 이성의 판단에 따라, 오로지 그것 때문에 이 일에 관여해온 것이다'라고 평가한 것은 그야말로 정곡을 찌른 말이라고 생각되었다.

그런데 그것이 바로 아내가 기도의 '공공복지에의 사랑'을 도저히 믿지 못하겠다고 하는 이유였다.

그는 지금 다시 그 모순을 깨닫고 소파에서 한쪽 무릎을 껴안은 채 깊은 생각에 잠겼다.

물론 자기 자신이 당사자일 때는 문제가 더더욱 복잡하다. 하지만 귀화 이전부터 거의 완전하게 **일본인**으로서 성장해온 그는 애초에 자신이 코리아타운의 재일 문제의 당사자인지 아닌지, 그것조차 심히 미심쩍었다. 그는 자신과 그들 사이에서, 레빈이 온종일 녹초가 되도록 농민들과 함께 땀 흘리며 일한 뒤에 맞이한 저 형언할 수 없는 아름다운 밤에 느꼈던 '명랑한 공동 작업'에의 진심에서 우러난 사랑에 눈뜨는 날이 오리라고는 아무래도 상상할 수 없는 것이었다.

기도는 생각하기에도 지쳐 반쯤 무의식적으로 다시 텔레비전을 켰다. 화면은 이미 스튜디오로 돌아와 한 평론가가 간토 대지진 때의 조선인 학살을 언급하며 요즘 TV 프로그램에서는 보기 드물게 분명한 태도로 배외주의를 비판하고 있었다.

간토 대지진은 1923년의 사건이어서 작년이 90년째라는 어중간한 타이밍이었다. 하지만 기도는 100년에서 **10년이 모자라다**는 그 점에 뭔가 불길한 오싹함을 느꼈다.

머지않아 난카이 해곡 지진이나 수도 직하형 지진이 일어난다는 것은 거의 확실시되고 있다. 그때는 일본도 끝장이라고 수

군거리는 자들도 있지만 그것이 언제가 될지는 아무도 알지 못한다. 이 근처도 건물 붕괴뿐만 아니라 쓰나미 피해까지 우려되는 지역이다. 다행히 집 안에 있다면 이곳 9층까지는 괜찮겠지만 소타와 야마시타 공원에라도 나간 길이라면 아무리 신속하게 도망쳐도 결국 때를 놓치지 않을까.

이 지역의 피해는 그야말로 심대할 것이다. 간토 대지진으로부터 정확히 100년, 즉 앞으로 10년 안에 지진이 예상되고 있다. 지금은 분풀이나 장난질의 **과대광고** 정도로 여겨지는 저 '조선인을 죽여라!'라는 고함이 그때는 사실로 받아들여져 기도 자신과 가족을 공포에 몰아넣고 실제로 죽이겠다고 달려오는 얼간이가 있을지도 모른다. 변호사여도 한 아이의 아빠여도 음악 애호가여도 '착한 사람'이어도 혹은 그 모든 것이어도 일절 아무 관계 없이. 어쩌면 그런 **혜택받은** 특징들이 오히려 그 증오를 한층 더 자극하는 건 아닐까……

기도는 지나친 생각이라고 자조하면서 그 걱정을 지우려고 했지만 굳어버린 뺨이 파르르 떨려서 어떻게 해도 웃는 얼굴을 만들 수 없었다. 간토 대지진의 기록들을 몇 가지 읽어봤는데 조선인 살해 사건으로 입건된 것만 53건에 달하고 당시 사법성에 의하면 그 피해 사망자 수가 233명으로 나와 있다. 실제로는—다른 설도 많지만—아마 그 몇 배일 것으로 추정된다. 나아가 중국인도 함께 살해되었다. 게다가 그 살해 방법 또한 왜 이렇게까지? 하고 구역질이 날 만큼 참혹한 것이었다.

그는 그만한 수의 참살 사체를 상상하고, **존재**를 빼앗긴 그들의 그 차가움이 직접 피부에 와닿는 듯한 오싹함을 느꼈다. 분명하게 이건 내 동포들이다, 라는 마음이 들었다. 사법연수원 동기의 돌연사로 교토 장례식장에 조문을 갔던 날, 돌아오는 신칸센 안에서 느낀 깊은 불안이 다시금 떠올랐다. 세상에 태어난 뒤로 육체의 형태와 체적으로 딱히 누군가의 허가를 필요로 하는 일 없이 공간적으로 독점하고 있었던 **자신**이라는 영역이 애초에 없었던 것이 될 듯한 압박감. 그는 재일로서 그런 피해자 감정에 자신이 지금 거의 동일화해가고 있음을 의식했다. 하지만 동시에 이미 일본 국민인 그는 **가해자**로서 그 역사적 책임을 낱낱이 받아들이지 않으면 안 되는 것이다.

광고가 시작되자 기도는 텔레비전을 끄고 좀 전부터 생각한 것들을 곱씹어보다가 자신의 잘못을 깨달았다.

재일에도 다양한 사람들이 있다는 것은 맞는 얘기다. 하지만 지금 미스즈가 맞불집회에 참여한 것은 재일을 이상화했기 때문도 뭣도 아니고 그 존재 자체가 위기에 빠졌기 때문이다. 미스즈에게, 일본이라는 나라 자체가 뭔가 이상해져서 "그런 자들이 버젓이 자리 잡고 떠들어대게 만든 일본인이 자국의 문제로서 적극 참여해야 하는 거 아닌가요?"라고 말했던 것은 바로 기도 자신이었다. 자신이야말로 가장 먼저 달려갔어야 할 일본인이었던 것이다.

그런 상념에 빠져든 사이에 다시 몸이 불편해지기 시작해서 기도는 그대로 드러누워 얼굴을 바닥에 대고 어쨌든 이 생각은 여기서 멈추기로 했다.

그리고 기분을 풀어보려고 미스즈와 미술관을 찾았던 날을 떠올렸고 다시 그녀를 만나고 싶다고 생각했다.

잠시 뒤에 가오리가 거실로 돌아와 "왜 그런 걸 보여줘?"라고 남편을 비난했다.

작년 말에 가오리가 간사이 출장을 다녀온 뒤, 크리스마스와 설 연휴로 잇따라 집안 행사가 이어졌다. 소타와 본가 부모님 앞에서 표면적으로나마 밝게 대화를 하다 보니 부부 관계도 약간은 좋아졌었다. 그래서 기도는 아내의 험한 눈빛에 그다음의 대화가 걱정스러웠다. 애써 태연한 말투로 "내가 텔레비전을 보는 참에 소타가 잠이 깨서 나온 거야"라고 말했다.

"꺼버리면 되잖아, 바로."

기도는 고개를 끄덕였지만 자신의 얼굴이 지겨워하는 표정이라는 게 스스로도 느껴졌다. 가오리는 선 채로 남편을 바라보더니 이윽고 이 말만은 꼭 해야겠다는 듯이 입을 열었다.

"당신의 출신에 대한 건 나도 이해하고, 내가 그걸 이해한 상태에서 결혼했다는 건 당신도 알잖아? 이런 말은 하고 싶지 않지만, 반대가 없었던 건 아니야. 그래도 내가 나서서 설득했어. 하지만 요즘은 아까 방송에 나온 그런 험악한 사람들도 돌아다니는 게 현실이니까 소타만은 우리가 지켜줘야지. 당신의 출신에 대한 얘기는 소타가 좀 더 큰 다음에 하기로 했잖아."

기도는 앉음새를 바로 하고 소파 등받이 너머에 서 있는 아내

를 보았다. 대화하지 않으면 안 된다는 생각과 얼마간은 될 대로
되라는 심정이 뒤섞였다. 할 말을 찾았지만 어디서부터 손을 대
야 할지 알 수 없었다.

묘하게도 기도는 전혀 낯선 타인을 보듯이 그 순간 아내를 매
우 아름다운 여자라고 생각했다.

변호사 사무실에서 '기도 씨 부인은 미인'이라는 게 정설이 됐
고, 어린이집 학부모들 사이에서도 그런 평판인 모양이었다. 소
타는 그런 엄마를 자랑스러워하고 기도 자신도 그렇게 생각해
서 결혼한 건 틀림없었다. 하지만 그런 것이 지금 갑작스레 의식
속에 뛰어든 것이 아무래도 이별의 전조처럼 생각되어서 기도
는 더욱더 할 말이 궁했다.

말 없는 남편을 바라보며 가오리의 눈빛도 불안한 듯 긴장했
다. 지금까지 서로 애써 넘지 않았던 선을 지금 남편이 넘어서려
는 게 아닌가, 라고 생각한 모양이었다.

기도는 자칫 아내 쪽이 먼저 각오를 해버릴까 봐서 어쨌든 입
을 열기로 했다.

"……뭔가 힘들어졌어, 우리. ……결혼 생활을 계속하고 싶으
니까 이런 상황을 개선하기 위한 대화를 나누었으면 좋겠는데."

가오리의 입가에 잘못 봤는가 싶을 만큼 희미한 웃음이 스쳤
다. 그리고 어색하게 고개를 갸우뚱했다.

"내가 지금 그런 얘기를 했었어?"

기도에게는 의외로 다가왔지만, 그녀는 이혼할 의사는 없는
기색이었다. 불과 몇 달 전에는 금세라도 자기 쪽에서 그런 얘기

를 꺼낼 듯한 분위기였는데. ……게다가 남편이 그런 얘기를 털어놓을 수밖에 없게 된 것을 가엾어하는 듯한 눈빛까지 보였다.

기도도 표정을 누그러뜨리며 조용히 말했다.

"우선 지금까지 몇 번이나 말했지만, 나는 바람을 피운 게 아니야."

"그건 됐어. 나, 요즘에 그런 말 안 했잖아, 전혀."

"말이 없으면 없는 대로 으스스하지."

"피해망상이네."

"말은 잘하시네, 자기가 먼저 의심했으면서?" 기도는 뺨을 삐뚜름하게 틀며 쓴웃음을 지었다. "……바람을 피운 건 아니지만, 지난 1년 동안 어떤 사람을 조사하는 일에 빠져 있어서 그렇게 보였는지도 모르겠다. 여자가 아니라 남자야. 업무와 관련된 일이라 얘기는 안 했지만."

"누군데?"

"사형수의 아들."

기도는 요즘 컴퓨터를 마주하고 집필해온 하라 마코토의 인생에 대해 처음으로 정리된 형태로 그녀에게 이야기했다. 고바야시 겐키치의 성장 과정에서부터 그 살인 사건의 내용, 하라 마코토가 겪은 따돌림, 모친에게서 버림받고 아동보호 시설에 들어갔던 것, 복싱장에 다니며 프로 선수로 데뷔했으나 '사고'로 그 꿈이 무너져버린 것…….

가오리는 그런 얘기를 왜 자신에게 들려주는지, 처음에는 의아한 얼굴이었다. 남편이 너무도 열심이었기 때문에 얘기를 듣는다기보다 그 모습을 지켜보는 듯한 기색이었다.

그래도 하라 마코토의 호적 교환에 대한 얘기가 나오자 "그런 일이 다 있어?"라고 반쯤은 배려해주듯이 관심을 내보였다. 리에에 관한 것은 애매하게 넘어갔지만, 하라 마코토가 그 뒤에 어린 아들을 잃은 불우한 여성과 결혼해 짧은 기간이나마 행복한 가정을 꾸렸고 마지막에 임업 회사 벌채 현장에서 사고로 사망했다는 것까지 말했다.

가오리는 끝까지 함께해주었지만 역시 이상하다는 듯이 물었다.

"정말 특이한 운명이긴 한데…… 그 사람의 인생이 당신에게 뭐였어?"

아내다운 직설적인 질문에 기도는 자조적으로 말했다.

"글쎄……. 처음에는 아무것도 아니었어. 그저 의뢰인의 처지가 딱해서 맡아준 일거리였을 뿐이야. 근데 점점 타인의 인생을 살아보는 것에 흥미가 생기고 그가 그토록 버리려고 했던 인생을 상상해보기도 하고……. 이거, 현실도피인가? 재미있는 소설이라도 읽는 기분이었던 모양이야."

"악취미네."

"그런가?"

"어떤 것에서 도피하고 싶은 거야?"

기도는 아내의 얼굴을 바라봤지만 대답이 막혔다.

"……이것저것에서. 무엇보다…… 지진 피해에 대한 후유증도 있는 것 같아. 자연재해뿐만 아니라 아까 TV에서 나온 그런 일도 있어서…….”

기도는 그런 일들로 인한 부부 관계의 악화가 당연히 머릿속에 떠올랐지만 입에 올리지는 않았다.

“당신만 그런 게 아니잖아, 그건.”

“그렇지? ……당신 스트레스도 좀 돌아봤어야 했는데. 반성하고 있어.”

“당신, 카운슬링을 받아보는 건 어때?”

“무슨 카운슬링?”

“뭐, 대단하게 생각할 거 없이 카운슬러가 얘기를 들어주는 것만으로도 기분이 달라지지 않을까? 당신 하는 일도 그런 거잖아.”

“나는 카운슬러는 아니지.”

“카운슬러는 아니지만 당사자들끼리 해결이 안 되니까 상담하러 오는 거잖아. 나한테 털어놔도 별 도움이 안 될 텐데, 당신 고민은?”

“그야 서로 마찬가지지. 우리, 솔직히 뭔가 안 좋은 상태가 됐어. 어쨌든 서로 대화가 필요하다고 생각했는데 당신 말이 맞는지도 모르겠다. 대화를 하더라도 좀 더 나중에 해야겠지. 나만 갈 게 아니야, 당신도 가봐, 카운슬링.”

“난 괜찮아.”

“왜?”

“적당히 남들하고 상의하니까.”

“전문가가 아니잖아. 말해야 하는 것을 말하지 않았을걸, 분명?"

"이를테면 무엇을?"

"······나는 어떻든 소타에게는 다정하게 대해줬으면 해. 너무 혼내고 있어."

"내가 언제?"

"남편에게 그런 말을 들었다는 것에서부터 카운슬링이 시작되는 거야."

가오리는 어이없다는 듯 고개를 가로저었다.

기도는 그녀를 물끄러미 바라보며 딱딱해진 뺨을 조금 풀었다. 지금 이 자리에서 뭔가를 해결해야 한다는 압박감에서 해방되자 한결 마음이 놓여서 말이 술술 이어졌다.

"따지고 보면 전부 내가 구체적으로 맞붙어야 할 문제들이야. 하지만 생각하기 시작하면 그때마다 몸이 몹시 힘들어져. 나 자신의 존재가 전혀 보장되지 않는 듯한 고통이 느껴지고. 그런데······ 아까 얘기한 인물에 대해 조사하는 동안만은 왜 그런지 마음이 풀렸어. 그 이유는 나도 잘 모르겠어. 아무튼 타인의 삶을 통해 간접적으로는 내 인생을 마주할 수 있었어. 생각하지 않으면 안 될 것들도 생각해볼 수 있고. 하지만 직접 생각하는 건 아무래도 힘든 것 같아. 몸이 거부해버리는 통에. 그래서 아까 소설이라도 읽는 것 같다고 말했던 거야. 다들 자신의 고뇌를 단지 자신만으로는 처리할 수 없잖아? 누군가 심정을 의탁할 타인을 원하고 있지. 뭐, 내가 매번 우울한 얼굴을 하고 있으니까 당신이 옆에서 힘들었을 거야."

가오리는 의자에 앉더니 팔짱을 낀 채 아까와는 다르게 친근한 모습으로 가만히 고개를 저었다.

"하지만 당신과 그 사람은 처지가 전혀 다르잖아."

"그래서 오히려 좋은 거야, 틀림없이. 거리감이 안심하게 해주는 거 아닐까?"

"난 모르겠네."

"……어쨌든 나는 당신과 잘해나가고 싶어, 진심으로. 이 한마디를 하기가 너무 힘들었지만, 나는 당신에게 미움 받고 싶지 않아. 나, 곤란해, 그건. 고민도 많이 했는데, 역시 당신 없이는 힘들 것 같아. 하지만 무리하게 강요할 수도 없고, 어떻게 하면 당신에게 사랑받을 수 있을까, 그런 자문자답을 결혼 12년째에 처음 만난 무렵보다 훨씬 더 깊이 고민하면서 되풀이하고 있어."

기도는 그렇게 말하고 자신이 생각해도 우스워서 피식 웃었다. 가오리도 남편의 그 농담 같은 말투에 실소를 흘렸지만, 이런 농담인 듯 진짜인 듯한 대화는 오랜만이었다. 그는 아내의 표정에서 오래도록 못 봤던 기쁨의 빛을 발견하고 흐뭇해졌다.

가오리는 남편을 빤히 바라보며 말했다.

"당신은 늘 지나치게 나쁜 쪽으로 생각한다니까."

기도는 고개를 끄덕였다.

"……당신, 정말 괜찮아?"

"뭐가? 괜찮지, 물론."

"……정말? 이상한 생각 하는 거 아니지? 나, 싫은데, 자기 맘대로 해버리면."

기도는 무슨 말을 하는지 잠시 알아듣지 못했지만, 아내의 심각한 표정에 그제야 눈치를 채고 어리둥절해졌다. 이건 바람을 피운다는 의심보다 더 엉뚱한 의심암귀였기 때문이다.

"괜찮다니까? 뭐야, 이상한 생각이라니? 아니, 소타도 있는데 내가 그럴 리가 있어?"

기도는 어이없다는 투로 말했다. 그는 하라 마코토의 프로 복싱 선수로서의 커리어를 끝장내버린 그 '사고'를 머릿속에 떠올리며 아내가 그런 걸 걱정했었나, 하고 놀람을 감출 수 없었다.

가오리는 약간 창백해진 얼굴로 남편의 말의 진의를 확인하려는 듯이 눈을 피하지 않았다.

"그렇다면 다행이지만……."

하지만 기도는 그런 위기가 어쩌면 아내의 마음속에야말로 몇 번쯤 스쳤던 게 아닐까 하는 생각이 들어서 불현듯 걱정스러워졌다.

두 사람 모두 한참이나 그대로 입을 다물고 있었다.

이윽고 기도는 이야기를 매듭짓듯이 두 무릎을 치며 말했다.

"대화할 수 있어서 좋았어. 뭐, 우리 둘 다 똑같이 각자 카운슬링을 받아보자."

"……됐어, 억지로 받을 건 없고. 난 뭔지 잘 모르겠지만, 당신 마음이 풀린다면 그 남자에 대한 조사, 계속해봐. 그리고 그만큼 집에서는 밝게 지내줘."

"응, 이제 곧 끝나. 당신도 카운슬러든 나든 좋으니까 뭔가 마음에 걸리는 게 있으면 말해."

"난 괜찮아. ……고마워, 얘기해줘서. ……그럼 난 목욕하고 올게."

기도는 거실을 나가는 아내의 등을 지켜보았다.

그러고는 한참이나 베란다를 응시하고 있다가 소파에 엎드려 천천히 머리를 저었다. 가슴에 고여 있던 숨이 크게 빠져나갔다.

18

기도가 담당한 과로사 사건의 민사소송은 2월 15일에 화해가 성립되었다. 피고인 이자카야 체인과 그 임원 개인은 도합 8200만 엔을 배상하고, 8개 항목으로 이루어진 재발 방지책을 실행하기로 약속했다. 완승이라고 해도 좋을 만한 결과였다.

27세의 나이에 자살한 아들의 영정 사진을 품에 안은 유족과 함께 기도는 기자회견에 응했다. 그것이 끝난 뒤에는 유족과 이탈리아요리점에 나가 세 시간쯤 환담을 나누었다. 재판에 관한 얘기보다는 요즘 시중에 떠도는 얘기가 더 많았지만, 헤어질 때 양친은 기도의 두 손을 꽉 잡고 악수를 건네며 감사 인사를 해주었다.

기도는 흐뭇했지만 두 분의 노후를 상상하면 그건 진짜 기쁨과는 거리가 먼 감개무량함이었다. 그리고 그토록 비참한 사건이었는데도 자신이 마지막까지 거의 동요하는 일 없이 변호사다운 척하며 일을 끝낸 것에 대해 생각했다.

가오리와 대화를 나눈 뒤, 기도는 하라 마코토의 인생을 추적하는 일을 이제는 꼭 매듭지어야 한다고 새삼 마음먹었다. 그러자면 우선 다니구치 다이스케를 찾아 무사한지 확인하고, 가능하면 하라 마코토를 만난 당시의 얘기도 듣고 싶었지만 수색은 여전히 손써볼 수 없는 상태였다.

사태가 급전한 것은 뉴스에서 맞불집회 영상을 본 것을 계기로 몇 달 만에 미스즈에게 메일로 연락했을 때였다.

미스즈는 자신이 TV에 나왔다는 것은 알지 못했는지 깜짝 놀라면서 '두 번 갔었는데요'라고 신이 난 듯 답장을 해주었다. 그래서 어땠다는 장황한 설명은 없이 곧바로 '아 참, 연말에 서니를 관뒀어요. 이래저래 사연이 있지만 그건 다음에 얘기할게요'라는 문장이 이어졌다.

그 바에 가도 이제 더 이상 그녀는 만나지 못하는가, 하고 기도는 적잖이 섭섭했다. 1월 말에 기타센주의 복싱장을 찾아간 김에 오랜만에 한번 들여다볼까, 라는 생각을 했었지만 그때 갔더라도 그녀는 이미 없었던 것이다.

미스즈의 메일에는 그것과는 별도로 뜻밖의 내용이 담겨 있었다.

작년에 미스즈와 교이치가 '다니구치 다이스케'의 이름으로 개설한 페이스북 계정은 누군가의 신고로 동결되어버렸다. 해제하는 건 어렵지 않지만 미스즈는 애초에 그리 내켜하지 않던 일이었고, 교이치와의 관계가 '힘들어진' 것도 있어서 그 뒤로는 내내 방치해두었다.

최근에야 그녀는 자신의 계정의 메시지 기능에서 '친구 신청'이라는 뭔가 다른 폴더를 발견하고 열어봤더니 읽지 않은 메시지가 몇 년 치나 쌓여 있어서 놀랐다. 그 참에 '다니구치 다이스케'의 '친구 신청' 폴더도 열어봤더니 'Yoichi Furusawa'라는 이름의, 프로필 사진도 없고 올린 글도 거의 없는 계정에서 '경고문'이라는 메시지가 와 있었다.

내용은 이런 것이었다.

'당신에게 대리인으로서 경고합니다. 명의를 도용한 이 가짜 계정을 즉시 삭제하십시오. 만일 삭제하지 않을 경우, 적법한 절차에 따라 조치하겠습니다.'

누구의 '대리인'인지는 생략되어 있었다.

그 계정은 지금도 존재하지만 갱신된 기미도 없고, 결국 삭제를 안 했던 가짜 '다니구치 다이스케'의 계정에 대해서도 '적법한 절차에 따른 조치'의 흔적은 없었다. 아마도 동결은 이 인물이 한 모양이었다.

미스즈는 그 메시지를 다니구치 다이스케 본인이 보낸 것 같다는 얘기였다.

"어떻게든 겁을 주려고는 했는데 어딘가 허술한 점이 그야말로 다이스케 같은 느낌이에요."

기도는 오히려 오미우라와 관련된 자가 호적을 교환한 사람들을 위해 일종의 '애프터서비스'를 한 것은 아닌지 의심스러웠지만, 어쨌든 서둘러 이 인물과 접촉을 꾀해보기로 했다.

미스즈의 답장은 '기도 씨는 잘 지내세요?'라는 평범하지만 여운 있는 물음으로 끝을 맺고 있었다.

기도는 다니구치 다이스케를 찾는 일에 교이치의 협조를 얻는 것은 포기했다.

교이치는 고바야시 겐키치를 인터넷으로 검색해보고 그 참혹한 사건 내용에 한층 더 강한 거부반응을 보였다. 아무튼 더 이상 관여하기 싫다, 라는 식이었다. 자신과는 전혀 관계없는 '딴 세상 일'이라고 여러 번 강조하고, 남다르게 혜택받은 환경에서 자랐으면서 굳이 그런 쪽에 발을 들이민 동생은 구제할 길 없는 바보다, 어떻게 되건 자업자득이다, 라고 전보다 한층 더 신랄하게 매도했다. 섣불리 관여했다가 자신까지 이런 사건에 휘말리는 건 딱 질색이라고 내뱉듯이 말하는 것이었다.

이 사건에 대해 유일하게 상의했던 사무실의 나카키타는 다니구치 다이스케를 찾는 일에 교이치야 어찌 됐든 미스즈까지 끌어들였다는 것에 고개를 갸웃거렸다.

"기도 씨, 그건 좀 경솔했던 것 같아. 그 사람, 전 여자 친구라고 했지? 혹시 스토커라면 어쩔 거야? 다니구치 다이스케가 사실은 그녀를 피해 숨어버린 것일 수도 있잖아. 지금까지 들은 얘기로는 본가와의 관계가 틀어져 호적을 버렸다는데, 글쎄 정말 그럴까. 이런저런 얘깃거리를 만들어서 스토커가 행방을 추적하는 일도 꽤 많아.”

생각지도 못한 지적에 기도는 할 말을 잃었다. 미스즈에 관한 그런 경우는 생각하기 어려웠지만, 그러나 아무 근거 없는 믿음이라고 한다면 그것도 맞는 말이었다. 또한 나카키타의 한 마디에 지난 1년 동안 그토록 마음을 사로잡았던 미스즈에 대한 인상에 어두운 그림자가 번져가는 것에 허탈함을 느낄 수밖에 없었다.

아무도 타인의 **실제 과거** 따위, 분명하게 안다고 할 수 없다. 내 눈앞에 없을 때 그 사람이 어디서 무엇을 하는지도. 아니, 설령 눈앞에 있더라도 그 **본심**을 안다고 생각하는 건 섣부른 자만인지도 모른다.

나카키타는 자신의 자리로 돌아가려는 기도에게 불쑥 물었다.

“이봐, 기도 씨, 괜찮은 거야?”

아내뿐 아니라 왜 나카키타까지 똑같은 질문을 하는 건가, 하고 의아해하면서 기도는 눈을 크게 뜨고 “왜요?”라고 일부러 크게 웃어 보였다.

기도는 ‘대리인’과 연락을 취하기 전에 일단 방침을 정리했다.

만일 그가 다니구치 다이스케 본인이라면 분명 현재 ‘소네자키 요시히코’라는 이름을 쓰고 있을 터였다. 그리고 그는 형 교이치와는 만나고 싶어 할 리가 없다. 동시에 나카키타의 의견도 맞는 말이어서 미스즈의 이름을 밝히는 것도 신중을 기해야 한다.

상대의 정체도 알지 못한 채 이쪽을 믿어달라는 글을 쓰는 작업은 여간 힘든 게 아니었다. 관심을 끌기 위해서는 일의 전모는 최대한 감춰두는 게 좋을지도 모른다. '소네자키 요시히코'라는 이름도 우선 'S. Y.'라는 이니셜을 쓰기로 했다.

기도가 쓴 메일은 다음과 같았다.

'갑작스럽게 연락드리는 실례를 양해해주시기 바랍니다.

작년 10월 8일, 다니구치 다이스케 씨의 계정으로 보내주신 메시지 건으로 연락드립니다.

저는 다니구치 다이스케 씨 부인의 대리인을 맡은 변호사 기도 아키라라고 합니다. 가나가와현 변호사회 소속이고, 아래에 적힌 변호사 사무실에서 공동 파트너로 일하고 있습니다. 자세한 것은 링크의 홈페이지를 확인해주시기 바랍니다.

실은 다니구치 다이스케 씨는 3년 전 9월, 사고로 사망하셨습니다. 메일로 자세한 말씀을 드리기는 어렵지만, 생전에 인연이 있었던 S. Y. 씨를 만나고자 조사하던 차에 다니구치 씨 명의의 계정을 발견하고 관리자와 연락을 취해 Yoichi Furusawa 씨의 삭제 요청 메시지를 보게 되었습니다.

실례지만, 저희 쪽에서는 Yoichi Furusawa 씨를 S. Y. 씨의 대리인으로 짐작하고 있습니다.

만일 그렇다면 전해드릴 얘기가 있으니 제 메일에 답해주시기 바랍니다.

우리 쪽의 일방적인 착각이라면 널리 양해해주시기 바라며, 본 메일은 삭제하시면 되겠습니다.'

쓴 자신이 보기에도 수상쩍은 글로, 답신은 기대하기 어려웠다. 하지만 아무리 내버린 호적이라고 해도 예전의 자신이 **죽었다**는 소식을 들으면 역시 마음에 걸리지 않을까. 기도는 어쩐지 그도 어딘가에서 자신이 내버린 인생을 그리워할 것이라는 생각이 들었다.

게다가 첫 호적 교환으로 한동안 '소네자키 요시히코'라는 이름을 썼던 하라 마코토가 실제로 다니구치 다이스케와 두 번째로 호적을 교환했다면 현재 '소네자키 요시히코'라는 이름을 쓰는 그는 홀로 남은 하라 마코토의 아내를 통해 그 사실이 드러날까 봐 불안해하고 있을 터였다.

Yoichi Furusawa는 다음 날 오전 2시쯤에 답신을 보내주었다. 기도는 자고 있던 때여서 아침에야 페이스북 신착 메시지를 보고 저절로 엇, 하는 소리가 흘러나왔다.

당연한 일이지만, 비상한 경계심으로 애써 태연한 척하면서도 동요를 감추지 못하는 답장이었다.

기도도 그제야 미스즈의 직감을 공유할 수 있었다. 이 '대리인'은 분명 '소네자키 요시히코', 즉 그토록 오랫동안 찾아왔던 다니구치 다이스케인 것이다. 그러고 보니 가짜 이름을 비롯해 그의 서툰 조작이 뻔히 드러나서 적잖이 딱한 마음도 들었다.

Yoichi Furusawa는 우선 기도가 변호사라는 것을 믿을 수 없다고 했다. 물론 올려준 링크에 기도 아키라라는 변호사가 있지만 그게 당신과 동일 인물인 것을 어떻게 증명할 수 있느냐, 라는 것이다. 그리고 'S. Y.'라는 이니셜은 대체 누구를 말하는 것이냐. '다니구치 다이스케' 사칭 계정의 개설자는 누구냐, 그 사람과는 어떤 관계냐, 등등이었다.

기도는 스카이프로 대화할 것을 제안했다. 얼굴이 보이면 자신이 분명하게 기도 아키라라는 것을 알 수 있다. 그쪽 영상은 오프로 하고 음성만이라도 괜찮다. 가능하면 'S. Y.' 씨와 직접 대화하기를 원하고 있다. Yoichi Furusawa 씨 쪽에서 먼저 확인한 다음에 만나게 해줘도 좋지 않겠느냐, 라고 답장을 보냈다.

곧바로 메시지 읽음 표시가 떴지만 답장은 그날 저녁에야 들어왔다. 낮에는 일을 해야 하기 때문일 거라고 짐작되는 침묵이었다.

내용은 이러했다. 자신이 누구의 '대리인'인지는 밝힐 수 없지만, 의뢰인은 '다니구치 다이스케'의 계정 삭제를 원한다. 다니구치 다이스케의 사망에 대해서도 알고 싶다. 나아가 오늘 오후 11시에 스카이프로 연락하겠다, 라는 것이다.

기도는 어떤 옷을 입을지 망설였지만 결국 평소 출근할 때처럼 와이셔츠에 재킷으로 정했다. 목욕을 하고 소타도 재운 뒤의 밤 시간에 새로 다림질한 와이셔츠를 입는 것도 묘한 느낌이었다.

오후 11시를 5분쯤 지난 참에 Yoichi Furusawa로부터 착신이 있었다.

"네, 안녕하세요? 기도 아키라입니다. ……여보세요?"

"……."

"후루사와 씨예요? 이쪽, 보이십니까?"

처음 의뢰인을 만날 때마다 하던 대로 기도는 살짝 웃음기를 보이는 정도로 표정을 풀었다.

반응이 없었다. 한순간 접속이 끊기고 다시는 연결되지 않을까 봐 바짝 긴장했다.

"기도라고 합니다, 보이십니까, 후루사와 씨……."

"……예, 보여요."

"아……."

기도는 컴컴한 화면 너머에서 들려온 그 떨리는 듯한 목소리에 오싹했다.

이 사람이 지난 1년여를 찾아 헤맨 진짜 다니구치 다이스케인가. 마른침을 삼키며 얼른 대답해야 한다는 생각에 상대가 겁내지 않게 애써 상쾌한 목소리로 응했다.

"보이세요?"

"네."

"다행이네요, 연락이 되어서. 고맙습니다."

"아뇨……."

목소리의 배후는 고요히 가라앉아서 혼자 사는 좁은 원룸 같은 반향이었다.

중년다운 텁텁한 목소리지만 일부러 음색을 바꾸려는 듯한 어색함이 느껴졌다. 페이스북 댓글 문장은 나름대로 엄격했지만 전화상으로는 잔뜩 겁먹은 의심을 미처 감추지 못하는 기색이었다. 그것이 우스꽝스럽게 느껴져서 또다시 딱한 마음이 들었다. 마이클 셍커의 팬이라면 "틀림없이 좋은 친구"라고 단언했던 나카키타의 말이 퍼뜩 생각났다.

단도직입적으로 "소네자키 요시히코 씨의 대리인을 맡으셨다고요?"라고 물었더니 상대는 "……예"라고 순순히 대답했다.

기도는 맥이 탁 풀리면서도 뭔가 미덥지 않아 혹시 본인이 아니라 친구 같은 사이인가 하고 이번에는 반대의 의심이 들었다.

"연락드린 대로 다니구치 다이스케 씨가 3년 전에 사망했어요. 그래서 부인이 생전의 행적을 알아보는 중입니다."

"다니구치 씨가…… 결혼을 했었어요?"

"네, 아이도 있어요."

"부인은 뭐 하는 사람이에요?"

"문구점을 하고 있습니다."

"그렇구나……. 근데 뭘 알아보겠다는 거예요?"

"죄송하지만 자세한 얘기는 소네자키 씨 본인이 아니면 말씀드릴 수 없습니다."

"……아니, 내가 대리인인데?"

"그건 저도 확인할 수가 없으니까요."

기도는 미소를 지으며 말했다.

"기도 씨는…… 이번 일을 어느 정도나 알고 있어요?"

"아마 거의 대부분, 알고 있죠. 저는 소네자키 씨와 직접 만났으면 합니다. 그게 성사되고 그때 소네자키 씨가 원한다면 어떤일이 있었는지 얘기하도록 하지요."

"……."

"다니구치 씨와 소네자키 씨 사이에 어떤 대화가 오고갔는지 저야 잘 모르지요. 하지만 죽음이란 반드시 찾아오게 마련이잖아요. 그런 때 어떤 문제가 발생할지, 제가 변호사 입장에서 소네자키 씨에게 조언을 해드릴 수 있어요. 이런 기회는 아마 별로없겠지요, 틀림없이 도움이 될 겁니다."

기도는 반응을 통해 상대가 다니구치 다이스케 본인임을 재차 확신하고 설득에 나섰다. 컴컴한 화면 너머에서 다시 침묵이이어졌지만 뭔가 고심하면서 혀를 차는 듯한 소리가 들려왔다.

이윽고 **진짜** '대리인' 기도의 말투를 그대로 따라 하듯이 그는갑작스럽게 뜻밖의 얘기를 꺼냈다.

"고토 미스즈를 만난 적 있어요?"

"……네, 만났어요."

"미스즈가 페이스북의 가짜 계정에 나온 사람을 진짜 다니구치 다이스케라고 생각했어요? 아니, 그보다 누굽니까, 그 관리인? 혹시 다니구치 교이치예요?"

"그것도 소네자키 씨 본인과 이야기하겠습니다."

"아니, 잠깐만요. 내 의뢰인이 미스즈가 잘 지내는지 궁금해한다니까요?"

"건강하게 잘 지내는 것 같던데요, 제가 본 바로는."

"그렇다면 좀 전해줄 말이 있는데."

"누가 전하는 말이지요?"

"내 의뢰인이."

"어떤 얘기를?"

"……사죄하고 싶답니다."

기도는 말없이 컴컴한 화면을 응시했다. 상대에게 자신이 보인다는 것을 그 순간 깜빡 잊어버렸다.

"……아, 네, 전해드리겠습니다."

"그리고 의뢰인은 교이치에게는 이 연락처를 절대로 알려주면 안 된다고 했어요."

"알겠습니다. 어쨌든 소네자키 씨를 직접 만나 자세한 얘기를 나눴으면 하는데, 본인에게 전해주시겠어요? 어디든 장소를 정해주면 제가 찾아갈 테니까요."

"예……."

"잘 부탁드립니다."

"예에, 그럼 이만."

연결이 끊기자 기도는 그대로 고개를 젖히고 긴 한숨을 내쉬었다.

미스즈가 스토커라면, 이라는 나카키타의 합당한 이의 제기는 기우였던 모양이다. '사죄'라는 게 어떤 의미인지는 모르겠지만, 아마 말도 없이 사라져버린 것에 대한 사죄이리라.

말수 적은 대화였지만 기도는 그 속에서 미스즈에 대한 강한 미련을 느꼈다. 게다가 그건 최근에 오히려 더 강해진 것 같다.

기도는 그가 그리 넉넉한 형편이 아닌 듯한 것도 딱하게 느껴졌다. 전에 미야자키의 한 바에서 '다니구치 다이스케'라는 이름을 대고 낯선 바텐더에게 미스즈와의 연애 관계까지 늘어놓았던 자신의 행동에 수치심이 들었다. 그리고 자신 속에 질투라고 할 수밖에 없는 감정이 꿈틀거리는 것을 감지했다.

다음 날 오후, 미스즈에게 전화해 대화 내용을 전했다.

"틀림없이 다이스케예요! 뭔가 진짜 눈에 선하네요. 무엇보다 나는 소네자키 요시히코라는 사람은 알지도 못해요."

그가 사죄했다는 말을 전하자 미스즈는 그저 힘없이 웃을 뿐이었다.

"기도 씨가 만나러 갈 거예요?"

"그럴 생각이에요. 그쪽에서도 승낙할 겁니다. 나도 이제 슬슬 이 '탐정 놀이'를 정리해야죠."

"나도 함께 갈까……."

"아, 가시겠어요? 그쪽 의향을 물어볼까요?"

"혹시 싫다고 하면, 사죄는 직접 만나서 정식으로 해달라고 얘기하세요. 틀림없이 허락할걸요?"

기도는 Yoichi Furusawa에게 미스즈의 의향을 전했다. 그의 의뢰인 '소네자키 요시히코'가 만나기를 원치 않을 것이라는 답이 와서 다시 미스즈의 말을 그대로 전했더니 잠시 뒤에 정말로 '소네자키 씨가 미스즈와 만나는 것에 동의했습니다'라는 답신이 도착했다.

날짜는 3월 첫 주 토요일로 정해주었다. 장소는 나고야였다.

19

기도는 미스즈와 연락해 나고야행 신칸센의 옆자리 좌석을 구입했다.

그녀는 도쿄에서 타고 왔기 때문에 기도가 신요코하마에서 지정석 차량에 들어서자 좌석에서 살짝 손을 흔들며 웃는 얼굴로 맞아주었다.

"머리, 잘랐군요?"

"네, 어제."

"혹시 오늘을 위해서?"

"아뇨, 어쩌다 우연히."

니트모자 아래로 보이는 머리는 가까스로 어깨에 닿는 정도고 다크브라운으로 다시 염색한 모습이었다. 차림새는 전과 비슷해서 오늘은 밀리터리풍의 재킷에 착 붙는 청바지를 맞춰 입었다. 기도는 미스즈를 세 번 만났지만 바로 옆자리에 앉는 건 처음이었다. 달콤한 쌉쌀함을 머금은 듯한 감귤계의 콜로뉴 향기가 났다.

기도 자신은 넥타이 없이 정장을 입고 왔다.

9시대의 신칸센인데도 승객이 띄엄띄엄 앉았을 뿐이어서 그들의 2인석 앞뒤는 비어 있었다.

나고야까지는 한 시간 30분이 걸린다. 우선 지난 몇 달 동안 서로 어떻게 지냈는지, 근황을 주고받았다.

미스즈는 바를 그만두게 된 이유를 '마스터의 맹공'을 막아내기가 힘들어져서, 라면서 쓴웃음을 지었다.

"처음에는 그냥 농담인 줄 알았는데 점점 노골적으로 나오더라고요."

"아니, 처음부터 전혀 농담 같지 않던데?"

"엇, 알고 있었어요?"

"그야 척 보면 알죠. 어쨌든 그 심정은 이해가 되는데요. 그런 좁은 가게에서 옆에 이런 미인이 있다면 좋아할 만도 하죠."

"그런 일에 시달려온 게 내 인생이랍니다. 너무 가벼워, 가벼워."

미스즈가 우스꽝스럽게 말했다. 기도는 크게 웃는 그 얼굴을 옆에서 가만히 바라보았다.

"게다가 그 사람들의 대화를 더 이상 따라갈 수 없었어요. 맞불집회에 참석했을 무렵부터 뭐랄까, 그 가게에서 시간을 보내는 게 고역이 됐어요. 돈 때문도 아니고 취미 삼아 했던 일인데

더 이상 재미없으면 관둬야죠. 밤늦게까지 서 있는 것도 힘들고, 나도 이제 젊지 않더라고요."

"그만두기 전에 한 번 더 가고 싶었는데. 보드카 김렛, 정말 맛있었어요."

"에이, 그 정도는 언제든 만들어드리죠. 근데 가게에서는 내가 술을 못 마시니까 어디 다른 데서 한잔해요, 다음에."

이 제안을 어떻게 다루느냐에 따라 미래가 바뀔지도 모른다는 몽상이 기도의 머릿속에 한순간 피어올랐다가 금세 지워졌다. 적당히 받아넘기기로 했다.

"마셨던 것 같은데, 내가 갔을 때도?"

미스즈도 겸연쩍어하는 기색 없이 웃음을 보였다.

"아니, 그때 딱 한 번이었어요. 평소에는 카운터 안에서 안 마셔요."

이어서 미스즈는 '다니구치 다이스케'를 사칭한 페이스북 계정도 교이치가 끈질기게 추근거리는 통에 한바탕 싸우고 방치해둔 것이라고 어이없어하면서 말했다.

"그 사람은 다이스케를 찾는 것보다 그걸 빌미로 나하고 계속 연락하려는 거였어요. 하긴 그 계정 덕분에 다이스케와 만나게 됐으니까 이래저래 마음이 복잡하긴 하네요."

"동생이 살해됐을 거라고 그렇게 얘기하더니 어떻게 그럴 수가 있지? ……나쁜 사람 같지는 않은데 아무래도 그런 면은 좀 이해가 안 되는데요."

"이번 일로 그렇게 된 게 아니라 옛날부터 그랬어요. ……말은 안 했지만, 형제간에 사이가 틀어진 거, 아마 나도 좀 관계가 있을 거예요. 교이치가 나를 좋아했었으니까."

"역시 그렇군요."

"교이치는 꽤 인기가 있었어요. 너무 경박해서 나는 별로였지만. 다이스케는 매사에 서툴고 생김새도 별로여서 주위에서 바보 취급을 당하는 타입이었죠. 다이스케 본인도 잘못한 게 많아요. 누가 놀리면 그걸 좋아하는 척했으니까. 항상 빙글빙글 웃으면서 받아주다가 더 이상 참을 수 없는 지점에서 한꺼번에 폭발하는 거예요. 그러면 다들 움찔하죠. 뭐야, 이 녀석, 갑자기, 라는 식으로. 근데 그거, 갑자기 그런 게 아니었어요."

기도는 미스즈가 들려주는 다니구치 다이스케는 교이치가 얘기하던 것과도, 리에가 하라 마코토에게서 전해 들은 것과도 전혀 다르다고 느꼈다.

"그 간 이식 얘기도 그런 성격이 배경이 됐을까요?"

"아마 그렇겠죠? 근데 그건 반 친구에게 돈을 뜯기는 것과는 차원이 다르잖아요."

"물론이죠."

"항상 동생을 업신여겼는데 내가 그 동생과 사귀니까 교이치는 그게 도저히 용서가 안 됐겠죠."

"네, 자존심이 센 것 같더군요."

"그런 것도 있고……." 미스즈는 한심하다는 듯이 쓴웃음을 지으면서 주위에 들리지 않게 목소리를 낮춰 말을 이어갔다. "고등학생 때쯤의 남자애들, 성욕이 굉장하잖아요."

"하하, 그건 뭐……."

"그러니까 다이스케가 나와 섹스하는 걸 도저히 못 참는 거죠. 뭔가 안에서 미쳐 날뛰는 모양이더라고요."

저도 모르게 웃음이 터져서 기도는 한참을 킥킥거렸다. 미스즈도 덩달아 옆에서 웃고 있었다.

"그래서 그때부터 교이치가 계속 나를 좋아했었는가 하면 그것도 아니에요. 어떻게든 한번 자고 싶은 것뿐이죠. 이제 이런 아줌마가 되어서 별로 좋을 것도 없는데, 지금 내가 어떻든 말든 그저 한 번이라도 잤다는 사실을 제 손에 거머쥐어야 끝이 날 모양이에요."

"자신의 과거의 굴욕을 그걸로 상쇄하고 싶은 거군요."

"이해가 되나요, 그런 거?"

"글쎄, 전혀 이해를 못 하겠다, 라고 하기는 어렵네요."

"이해가 된다고?! 와아, 기도 씨도 그런 정복욕 같은 게 있어요?"

"아니, 정도의 문제겠지만, 아예 없다고 하면 안 될 것 같은데요? 여성을 그런 식으로 상처 입힐 가능성이 있는 이상, 자각을 하건 하지 않건 반성은 해야지요. 그리고 남자들 간의 그런 비참한 질투와 경쟁심도 반성해야 하고. 아, '욕망의 삼각형'이라는 거, 알아요? 르네 지라르[1]였던가, 인간은 일대일로 욕망을 품는 게 아니라 경쟁자가 있어서 나도 그 상대를 좋아하게 된다는 거예요."

"그런가……. 근데 그 경쟁자는 처음에 어떻게 그 상대를 좋아하게 되죠?"

"엇, 날카로운데요? ……아마 착각하는 거 아닐까요, 경쟁자가 있는 것으로? 아니면 일종의 천재거나 괴짜거나?"

"그러면 다이스케도 교이치에 대한 경쟁심에서 나를 좋아했던 건가?"

"아, 실례. 이건 적절한 예가 아니었네요."

미스즈는 기도의 얼굴을 보고 있었지만 웃음의 흔적을 미처 처리하지 못한 듯 애매한 표정을 지은 뒤에 말했다.

"기도 씨는 성실한 편이지요?"

"그런가요? 장점만 내보이려고 했던 모양이네요."

"그야 그렇겠죠, 사람에게는 다양한 얼굴이 있으니까."

"아, 전에도 똑같은 얘기 했었는데."

기도는 웃으면서 응했다. 물론 미스즈라는 존재에 대한 의식 때문에 자신이 다니구치 형제에게 품었던 심리적 굴절 따위는 털끝만큼도 내비치지 않았다. 그리고 그걸 감추려고 르네 지라르를 들고나온 자신이 좀 한심하게 느껴졌다.

미스즈는 무심히 창밖으로 시선을 돌려 한동안 살풍경하던 차창 저 멀리 후지산이 서서히 나타나는 것을 말없이 바라보았다. 그리고 천천히 다시 이쪽을 돌아보며 이야기를 이어갔다.

"나는 그런 게 많았어요. 내 얼굴이 싫은 건 아닌데, 어쩐지 내 인생을 매번 안 좋은 방향으로 끌고 가더라고요. 전혀 효과적으로 활용되지 않아서, 그게 내 숙제죠."

"그런 고충도 있군요……."

"남들에게 이런 말을 하면 내가 빈틈을 보였기 때문이라느니 뭐니, 도리어 설교나 듣게 되죠. 마스터도 그래요, 일 끝나고 만나자고 어찌나 노골적으로 추근거리는지. 처음 손님으로 갔을 때는 전혀 그런 게 없었는데."

"빈틈을 보였던 것 같지는 않은데요?"

미스즈는 쓴웃음을 지었지만, 잠시 입을 다물었다가 문득 좋은 생각이 난 듯이 말했다.

"나, 지난 1년 동안 좋아한 사람이 있어요."

"아, 그렇습니까."

기도는 태연한 척 대답했지만, 가벼운 충격을 받고 있는 자신에게 어이가 없었다.

그야 좋아하는 사람쯤이야 있을 것이다, 라고 당연한 일로 받아들이는 마음 한편에서, 여자의 그런 기척을 전혀 감지조차 못하는 건 10대 때부터 이상할 만큼 하나도 발전된 게 없다는 생각이 들었다. 이런 고백은 언제나 느닷없고, 소문이 귀에 들어오면 항상 뜻밖이라는 느낌이 든다.

자신이 바에서 만나 다니구치 다이스케 일로 연락을 주고받던 사람과는 또 다른 미스즈가 존재한다는 건 그야말로 자명한 일이었다. 하지만 페이스북에서도 그토록 '친구'들을 봤으면서 자신의 질투가 다니구치 형제나 바의 마스터처럼 가까운 곳으로만 향했던 것은 완전히 다행스러운 일이었다고 할 수밖에 없었다. 그리고 만난 적도 없는 그 경쟁자 덕분에 그녀를 통해 마음속에 그려온 '또 다른 인생'에의 몽상이 갑작스럽게 '욕망의 삼각형'의 자극을 받을 듯한 예감이 들었다.

"어느 날 바에 왔었어요, 그 사람이. ……내 주위에는 나한테 '너, 너'라고 하는 식의 거친 남자들뿐이었는데 그 사람은 지금까지 알지 못했던 타입의 지적인 분위기에 나를 대하는 태도도 아주 신사적이에요. 인터넷으로 대화를 주고받아도 진짜 성실해서 글도 공손하고 머리도 명석하고."

기도는 '너'라고 하지 않는 정도라면 나도 그런데요, 라고 내심 맞장구를 치며 듣고 있었다.

"그래서 바에 나가면 어쩐지 기다리게 됐어요, 또 찾아와주지 않을까 하고. 그 사람의 페이스북에 들어가 '좋아요!'도 눌러가면서. 하지만 그이도 엄청 바쁜 사람이고, 그 뒤로 전혀 바에 나타나지 않아서 내가 먼저 밥을 먹자고 청하기도 했죠."

"행복한 남자로군요. 무슨 일을 하는 사람이에요?"

기도는 미스즈가 주저하는 것을 보고 한발 물러섰다.

"아, 아뇨, 괜찮아요. 그냥 궁금해서 물어본 것뿐이니까."

"무슨 일을 하느냐는 문제라기보다…… 그 사람, 유부남이에요. 내가 이래 봬도 불륜만은 저지른 적이 없거든요."

"이래 봬도, 라니."

"진짜 없어요! 40대에 독신에 결국 그런 쪽으로 흘러가는 것도 참 꼴사납다고 할까. ……게다가 그 사람은 바쁜 것뿐만 아니라 뭔가 인생도 아주 충실한 느낌이어서 나한테 딱히 관심이 있는 것 같지도 않고. ……지난 반년 동안 실은 힘들었어요. 아휴, 나도 참, 나이 마흔이 넘어서 머리가 어떻게 되어버렸나 싶을 정도예요."

"······그렇군요."

"최근에······ 뭔가 좀 일이 있어서 그걸 계기로 이제 그만 포기하기로 했어요. 바를 그만둔 거, 그 사람을 기다리는 게 힘들어졌다는 것도 있었어요. 어휴, 3승4패니 뭐니 했었는데 패 쪽이 약간 더 많아진 것 같아요, 요즘."

"······그 사람에게는 그런 마음을 전했습니까?"

미스즈의 긴 속눈썹이 물새가 뭔가 작은 소리에 놀라 푸르르 날아오를 때처럼 다급한 날갯짓을 했다. 기도는 그 잽싼 눈 깜빡임의 의미가 무엇인지 알지 못했지만, 꼭 다문 그녀의 입가에 은은한 웃음이 스쳤기 때문에 그도 똑같이 미소를 지으며 더 이상은 캐묻지 않았다.

그리고 자신과 비슷한 남자가 또 한 명 있었구나, 라고 생각했다.

그 뒤에는 한동안 둘 다 말없이 앉아 있었다.

"기도 씨, 뭔가 할 일이 있으면 난 괜찮으니까 하세요."

이윽고 미스즈가 그렇게 권해주었고 기도도 똑같은 말을 했다.

"잠깐 자요, 내가 깨워줄 테니까."

"한 가지, 물어봐도 돼요?"

"그럼요."

"하라 마코토라는 사람, 왜 다이스케인 척했을까요? 자신의 호적이 싫어서 바꾼 건 이해가 되지만 성장 과정 같은 건 그냥 자기가 원하는 대로 지어내면 되잖아요. 굳이 간 이식 얘기까지 자기 일인 척할 필요는 없었을 것 같은데."

"물론 적당히 지어낸 얘기로 과거를 감추려는 사람도 있겠지만…… 아마 공감했던 거 아닐까요, 다이스케 씨의 그런 삶에? 소설을 읽고 영화를 보고 하는 것도 그래요. 자기가 좋아하는 이야기를 생각하고 그것에 자신의 마음을 담는다는 건 일종의 재능이죠. 웬만해서는 누구나 할 수 있는 일이 아니에요. 게다가 역시 타인을 통해 자신과 마주한다는 것이 중요한 거 아닐까요? 타인의 상처받은 이야기에 그게 바로 나다, 라고 감동하는 것에서밖에는 위로받지 못하는 고독이 있거든요."

기도는 명백히 자신의 하라 마코토에 대한 관심을 겹쳐 보며 말하고 있었다.

"음, 그 설명도 알 것 같긴 한데…… 뭔가 내가 아는 예전의 다이스케가 있고, 그다음에는 미야자키에서 멋진 가정을 꾸렸고 임업 현장에서 사고로 사망한 '다니구치 다이스케' 씨가 있고, 그리고 지금부터 만날 진짜 다이스케의 인생이 있다, 라는 게 정말 기분이 묘해요."

"미래의 베리에이션이란 분명 무한히 많겠죠. 하지만 막상 본인은 웬만해서는 그걸 알아차리지 못할 수도 있어요. 내 인생도 지금 누군가에게 배턴터치 해준다면 앞으로 나보다 더 잘 살 수도 있는 거고."

"엇, 기업체의 사장 교체 같네? 축구팀의 감독 교체라든가."

"법인이란 로마제국 시대 때부터 그런 사고방식이에요. 인민이 바뀌더라도 국가는 동일하다는. 오늘날 민법의 기초가 된 로마법도 로마제국이 영원히 지속한다는 게 전제였는데 실제로는 로마제국은 멸망하고 법률의 수명 쪽이 더 길었지만."

기도는 저도 모르게 그런 얘기를 꺼냈다가 흥미롭게 듣고 있는 미스즈를 흘끗 돌아보며 말했다.

"아니, 뭐, 개인의 얘기라면 또 다르죠. 우선 죽음이 있고 수명이 있어요. 게다가 하라 마코토는 역시 다니구치 다이스케가 아니니까요."

"하지만 하라 마코토 그대로인 것도 아니지요?"

"글쎄요, 다이스케 씨의 인생과 뒤섞여갔는지 아니면 동거한 것인지는 모르겠네요. 그렇게 되면 우리는 누군가를 좋아할 때, 과연 그 사람의 무엇을 사랑하는 걸까요. 처음 만나서 현재의 그 사람에게 호감을 갖고, 그다음에는 과거까지 포함해 그 사람을 사랑하게 되죠. 근데 그 과거가 생판 타인의 것이라는 걸 알았다면 두 사람 사이의 사랑은……?"

미스즈는 그건 그리 어렵지 않다는 얼굴로 말했다.

"알게 된 그 지점에서부터 다시 사랑하는 거 아닐까요? 한 번 사랑하고 끝나는 게 아니라 오랜 세월 동안 몇 번이고 다시 사랑하잖아요. 여러 가지 일을 함께 겪으니까."

기도는 그녀의 얼굴을 빤히 바라보았다. 그 표정에 켜져 있는 심지 강한 섬세한 침착함이 너무도 사랑스러웠다. 통념에 물들지 않은 일종의 완고함과 그런 탓에 자유로운, 얼마간의 체념의 쓸쓸함이 존재하는 그녀의 사고방식에 자신은 지난 1년여 동안 줄곧 영향을 받았던 것이라고 새삼 의식했다.

기도는 그녀가 지극히 당연한 일이라는 듯이 말한 사랑에 대한 그 생각에 마음이 뭉클했다.

"그렇죠. ……사랑이야말로, 계속 변화해도 똑같은 하나의 사랑인지도 모르겠군요. 변화하기 때문에 더더욱 지속 가능한 건가."

잠시 뒤 나고야에 도착한다는 안내 방송이 흘러나왔다. 미스즈와의 만남도 이게 마지막일 거라고 생각하니 몹시 아쉬웠다.

기도는 그녀가 이야기한 최근의 실연에 대해 여전히 생각하고 있었다. 그리고 차창 밖을 내다보는 그녀의 옆얼굴을 그 자신도 경치를 바라보는 척하며 보고 있었다.

낙관적인 **착각**을 자조하면서 애써 둔감한 태생 쪽에 머무르려 했다.

그는 아내와의 관계가 회복되기를 바라고 있었다. 그리고 미스즈의 고백 속의 "이제 그만 포기하기로 했어요"라는 말을 그대로 받아들여야 한다고 자신을 타일렀다.

하루 예정이었기 때문에 둘 다 그리 큰 짐이 있는 건 아니었다. 하지만 그렇다고 해도 차량이 완전히 멈출 때까지 둘 다 자리에 내내 앉아 있었다.

잠깐 동안 기도의 마음속에 나고야에서 내리지 않고 어딘가로 함께 가버리고 싶은 충동이 싹트면서 후끈 달아올랐다. 자신이 틀림없이 그 말을 꺼낼 거라는 예감에 심장이 빠르게 뛰었다.

하지만 그는 조금 전 교이치에 대해 그녀가 말했던 "이제 이런 아줌마가 되어서 별로 좋을 것도 없는데"라는 말을, 그 의미에는 반대하면서도 절실히 공감하며 새삼 반추했다.

나도 이제 '이런 아저씨'가 되었다고 기도는 생각했다. 아닌 게 아니라 그녀의 말대로 분명 서로 간에 '별로 좋을 것도 없을' 터였다.

미련을 끊어버리듯이 결국 기도가 먼저 일어나 "갑시다"라고 말을 건넸다. 미스즈는 돌아보더니 다시 한번 어딘지 모르게 우수에 찬 듯한 환한 표정으로 고개를 끄덕였다.

기도는 손을 내밀었다. 미스즈는 크게 웃으면서 그의 손을 잡고 "영차" 하고 일어섰다. 그리고 기도의 작은 배려를 기뻐하며 본심을 의심할 수 없는 목소리로 감사 인사를 했다.

20

　'소네자키 요시히코'와 약속한 시간이 오후 1시여서 기도와 미스즈는 역 빌딩 레스토랑에서 간단히 점심을 먹은 뒤에 일단 헤어졌다.

　기도가 먼저 만나보고 그다음에 미스즈가 합류하기로 했기 때문이다. 장소는 나고야 역에서 도보로 10분 거리의 '고메다 커피'라는 곳을 지정해주었는데, 주변에 몇 군데 같은 체인점이 있어서 근처 지리에 어두운 기도는 약속 시간에 5분쯤 늦고 말았다.

　'소네자키 요시히코'가 실제로 다니구치 다이스케라면 사진을 통해 얼굴은 알고 있지만 그것도 10여 년 전 것이라서 쉽게 알아볼 수 있을지 불안했다.

　점원에게 약속을 알리자 저 사람 아니냐고 끽연석 쪽을 가리켰다. 옆자리와 목제 칸막이로 구분된 4인석으로, 바지와 짝이 맞지 않는 스카잔 점퍼[1]에 회색 니트모자를 쓴 남자가 앉아 있었다.

그가 이쪽을 쳐다보았다. 기도는 소리가 되지 않은 한숨을 내쉬었다. 그리고 스카이프로 처음 그 목소리를 들었을 때처럼 가슴이 두근거렸다. 나이는 들었지만 틀림없는 다니구치 다이스케였다.

'……멀쩡히 살아 있었어!'

기도는 자신이 마지막까지 버리지 않았던 하라 마코토에 대한 신뢰를 생각하며 상기된 뺨에서 열기를 느꼈다.

담배 연기와 커피 냄새가 뒤섞여 자욱하게 괴어 있었다. 자리에 도착하자 기도는 명함을 내밀며 인사를 건넸다. 남자는 잔뜩 긴장한 듯한 얼굴로 말없이 머리를 숙이더니 명함의 앞뒤를 찬찬히 들여다보았다.

"다니구치 다이스케 씨지요?"

기도가 묻자 '소네자키 요시히코'라고 했던 남자는 일순 불쾌한 표정으로 바뀌더니 잠시 망설인 끝에 "그렇습니다"라고 대답했다. 기도가 미소를 짓자 그도 반사적으로 어색하게 뺨을 일그러뜨렸다.

나이는 기도보다 세 살 많은 마흔둘일 텐데 윤기 없는 거친 피부에 몹시 지친 눈빛을 하고 있었다. 커피를 주문하자 "저기요"라고 그쪽에서 먼저 입을 열었다.

"소네자키라고 해줄래요? 아, 그리고 담배, 괜찮아요?"

"네, 그러시죠. 죄송합니다, 소네자키 씨라고 할게요."

다니구치 다이스케는 담배를 한 대 피우고 조금 안정되었는지 말을 이어갔다.

"경험해보지 않은 사람은 모르겠지만 호적 바꾸고 1년쯤 지나면 진짜로 그 사람이 돼요. 누가 다니구치라고 하면 솔직히 나한테 하는 얘긴가, 하고 어리둥절해요. 과거도 함께 모두 다 바꿔버렸으니까. 나도 호적 바꾸기 전에는 다니구치 집안 사람들을 미워했지만 이제는 아예 남의 일이에요. 페이스북에서 교이치를 얼핏 봤는데 뭐, 시골 온천여관의 한심한 사장으로만 보이더라고요."

"예전 일, 가끔 떠올리기도 해요?"

"인간관계도 다 끊고 그 지역 떠나버리면 저절로 잊어버려요. 아니, 그냥은 잊으려 해도 잊히지 않죠, 안 좋은 과거가 있는 사람은. 그래서 남의 과거를 덧쓰는 거예요. 지울 수 없다면 뭐가 뭔지 모를 때까지 덧그리면 되죠."

커피가 나오자 기도는 고개를 끄덕이며 잔을 들었다. 자신이 생각했던, 타인의 상처를 살아보는 것으로 나 자신을 산다는 것과는 전혀 다른 얘기여서 정말인가 하고 의아할 수밖에 없었지만, 그렇다고 쳐도 이 자리에 오기까지 미스즈에게서 들어온 다니구치 다이스케의 인상과는 상당히 달랐다. 얼굴만 보면 본인이 틀림없는데 기도로서는 그가 말한 대로 진짜 동일 인물이라는 게 선뜻 믿어지지 않았다.

"소네자키 씨……는 그러니까 그게, 어디 출신이에요?"

"야마구치현의 어느 마을이에요. 원래 야쿠자의 아들이었고."

"……그렇군요. 소네자키 씨는…… 뭐라고 해야 할까, 그 호적을 누구와 교환했는지 알고 있습니까?"

"하라 마코토 씨잖아요?"

다니구치 다이스케는 뜻밖에도 당연한 일처럼 말했다.

"아, 그렇죠. 중개한 사람은 오미우라라는 사람이지요?"

"그런 이름이었나? 복어같이 생긴 얼굴에 진짜 수상쩍은 느낌의."

"아, 그렇다면 맞군요, 분명."

"무슨 200살까지 살았던 인간을 아느냐느니 뭐니, 엄청 말이 많았어요."

기도는 저도 모르게 푸훗 웃음이 터져서 손에 든 커피를 흘릴 뻔했다.

"나한테는 300살이라고 하던데요?"

다니구치 다이스케도 피식 웃으면서 처음으로 누그러든 모습을 보였다.

"그 사람은 요즘 어떻게 지내요?"

"교도소에 들어갔어요."

"엇, 진짜요? 무슨 짓을 했는데?"

"사기죄."

다이스케는 한쪽 눈을 찌그러뜨리고 다시 유쾌한 듯 담배 연기를 토해냈다.

"하라 마코토 씨의 성장 과정에 대해서는 알고 있어요?"

"알아요, 부친이 그 살인범이잖아요."

"그렇죠. 그 사람, 호적을 두 번 바꿨지요? 처음에는 소네자키 요시히코였고 그다음에는……."

"나하고 바꿨죠."

"왜 두 번이나 바꿨을까요?"

"왜냐니, 그쪽 세계에서는 다들 그래요. 나처럼 한 번만 바꾼 사람이 오히려 적을걸요?"

"……그렇군요."

"하라 마코토의 경력이 워낙 부담스러워서 사실 바꿀 사람을 고르고 말고 할 형편은 아니었어요. 근데 소네자키가 야쿠자의 아들인 것보다 본인을 만나보고 뭔가 마음에 안 들었던 모양이에요."

기도는 역시 그렇겠다고 납득했다. 지적장애를 가진 다시로라는 인물에게 '하라 마코토'의 호적을 밀어붙인 건 그자일 터였다.

다이스케는 오른손으로 싸구려 라이터를 만지작거리며 말을 이어갔다.

"다니구치 다이스케 호적은 꽤 인기가 있었어요. 범죄 전과도 없고 과거가 깨끗했으니까. 지푸라기 하나를 바꾸고 바꿔서 큰 부자가 됐다는 옛날이야기처럼 몇 번씩 호적을 바꾼 끝에 내 호적에 와 닿은 사람이 있었을 정도였죠. 나도 그 무렵에는 아무튼 그 집안과 연을 끊고 싶은 마음뿐이어서 누가 내 호적을 가져가건 상관없었지만, 일단 전과자는 싫었고 재산 노리고 나중에 다니구치 집안과 문제를 일으킬 만한 놈도 안 되잖아요. 하라 마코토 씨를 만나 이래저래 얘기해봤는데, 이 사람 인생이 좀 나아진다면, 이라는 생각이 들어서 승낙했어요."

"하라 씨 쪽에서는 다이스케 씨의 과거에 공감을 하던가요?"

"공감을 했죠. 진짜 한 식구처럼 내 얘기를 들어주더니, 어떻게든 그다음 인생을 자기 나름대로 잘 살아보고 싶다고 얘기하더라고요. 기왕이면 그런 사람에게 인생을 양보하고 싶죠. 나는 두 번밖에 못 만났지만, 좋더라고요, 그 사람. 눈빛도 순수하고, 마음고생도 해본 사람이라 남 생각할 줄도 알고. 어렵사리 세상에 태어났는데 이런 인생으로 끝나는 건 너무 아쉽다, 라는 심정이 실감 나게 느껴졌어요."

"하라 씨는 그 무렵에는 소네자키 요시히코로 살았을 텐데요, 자신의 원래 인생에 대해서는 얘기를 좀 하던가요?"

"그 얘기도 들었죠, 복싱을 했었다나 하는 얘기. 그리고 두 번이나 자살하려고 했다는 얘기도."

"두 번?"

"예, 두 번이라고 했어요."

그 전락 사고를 하라 마코토 자신은 자살 미수로 얘기했던 것이다. 하지만 그게 **두 번째**였다니.

"복싱 그만둔 뒤에는 어떻게 살았다던가요?"

"아니, 그게, 한동안 음식점 같은 데서 정규직으로 일했는데 인터넷에 정보가 나돌기 시작하면서 그것도 점점 힘들어지고, 그 뒤로는 계속 뜨내기 막일을 했던 모양이에요."

담담하게 답해주는 다이스케를 보면서 기도는 이 사람이 살해됐을지도 모른다고 걱정해왔던 지난 1년여 동안의 일들이 새삼 떠올랐다.

　"소네자키 씨는…… 지금 무슨 일을 하십니까?"

　"나야 뭐, 이것저것……. 근데 알 거 없잖아요, 내 얘기는?"

　"아, 죄송합니다."

　"됐어요."

　"아니, 야쿠자의 아들이라면 그것도 나름대로 힘들지 않을까 싶어서요."

　"물론 그건 비밀로 해야죠. 실제 야쿠자 아들이라도 건실하게 사는 사람들은 다 그러잖아요."

　"예에."

　"딱 한 번, 일터 사람들과 술 마시러 갔는데 진짜 짜증 나게 구는 놈이 있어서 내가 그 얘기를 했었어요. 꽤 유명한 야쿠자 조직이라 구체적으로 이름까지 대면서 얘기했죠. 그 뒤로 나를 대하는 태도가 확 달라지더라고. 뭔가 자신감이 붙는 장점도 있어요. 엄청 험악한 집안에서 태어났는데 그걸 감추고 착실히 살아가려고 마음만 먹으면."

　"……그렇군요."

　"그래서 예전의 나와는 달라요. 나는 진짜 소네자키를 만나본 적이 없어서 구체적인 이미지는 떠오르지도 않지만. 솔직히 하라 마코토 씨가 베이스가 되었죠. 하라 씨가 만일 야쿠자 아들이었다면 어땠을까, 라고 생각하고 거기서부터 이미지를 키워갔어요. 나도 옛날에 복싱을 했다고 얘기하고 다니죠."

기도는 복잡한 심경의 웃음을 지을 수밖에 없었다.

"하라 씨가 재능이 있었던 모양이에요. 동일본 신인왕 토너먼트에서 우승했다고 하니까."

"진짜요? 우와, 그런 얘기는 안 했는데? ……근데 그 사람은 이미……."

"네, 사망했습니다."

"진짜 딱하네……. 하긴 다니구치 다이스케는 이미 이 세상에 없다고 생각하니까 뭔가 속이 후련하네요. 하라 씨는 어떻게든 잘 살아줬으면 했지만, 어딘가에서 그 집안의 둘째 아들이 살아 있다고 생각하면 솔직히 기분이 별로였거든요."

"아, 그거 말인데요, 일이 밝혀지면서 다니구치 다이스케 씨의 사망신고는 취소됐어요. 아직 살아 있고 행방불명자로 처리되었습니다."

"엇, 그래요?"

다이스케는 쓰디쓴 벌레를 씹은 듯한 얼굴이었지만, 몇 가지 질문을 하면서 그것의 의미를 다시금 생각해보는 표정이었다. 그러고는 다시 물었다.

"하라 씨는…… 다니구치 다이스케가 된 뒤로 어떻게 살았어요?"

기도는 하라 마코토가 S 시에서 리에를 만나 사망하기까지의 일을 대략적으로 얘기해주었다. 다이스케는 팔짱을 끼고 연거푸 담배를 피워가며 진지한 얼굴로 듣고 있었다. 아이가 있다는 얘기를 하자 눈이 둥그레져서 잠시 시선을 위로 던진 채 생각에 잠겼다.

"참고로, 그 부인은 미인이에요?"

"예? 네, 뭐, 귀여운 느낌이에요. 눈이 동글동글하고."

"그래요? 좋았겠네……. 내가 S시에 갔었다면 그 여자하고 결혼했으려나."

"그건, 글쎄요……."

"아직 젊은 나이에 세상 떠난 건 딱하지만, 솔직히 부럽네요, 행복한 가정을 꾸렸다니. ……흠, 내가 놓친 건가."

"……결혼은 했어요?"

"결혼은 무슨, 못 하죠, 돈도 없고."

"다니구치가로 돌아갈 생각은 없어요? 유산도 있고, 어머님도 보고 싶어 하신다던데. 법적인 문제는 내가……."

"에이, 싫어요. 그런 얘기라면 난 그만 일어서렵니다."

다이스케는 느닷없이 부루퉁해져서 손에 들고 있던 라이터를 테이블에 툭 던졌다. 기도는 사과하면서, 그나마 상속권에 대한 일반적인 설명은 해줬지만 다이스케는 그것도 건성으로 흘려들었다.

"길바닥에서 굶어죽더라도 난 그 집안 사람들과는 상종할 생각이 없어요. 다니구치 다이스케는 호적상으로야 어찌 됐건 이미 죽은 사람으로 치면 되잖아요? ……다만 미스즈는 단 한 번이라도 좋으니까 꼭 보고 싶더라고요. 내가 죽는 장면을 상상했을 때, 누가 와줬으면 하는가 한다면 바로 미스즈예요. 딱 한 명,

그 친구만. 진짜 그런 장면을 몇 번이나 상상했는지. 우습죠? 기도 씨는 그 여자, 만났다고 했지요?"

"예에."

"지금도 여전히 예쁜가? 좀 늙었죠?"

"이제 15분쯤 뒤에 올 겁니다. 미인이에요, 지금도."

"결혼은 했어요?"

"그건 본인에게 직접 물어보세요."

"그 말은 아직 독신? 이거, 미치겠네. ……내 인생에서 사귀었던 여자 중에 최고로 예쁜 여자예요. 다니구치 다이스케에 대한 것은 거의 잊어버렸지만 미스즈와 사귀던 시절의 일만은 지금도 자주 생각나요. ……진짜 야한 것도."

다이스케는 그렇게 말하면서 기도가 우울해질 만큼 느물느물한 웃음을 보였다.

생김새는 다르지만 결국 교이치와 그는 비슷한 성향의 형제인 모양이라고 기도는 느꼈다. 적어도 미스즈와 사귀던 시절의 다이스케는 그렇지 않았겠지만……. 야쿠자의 아들이라는 '자신감'이 그를 그렇게 만든 것일까. 아니면 무의식중에 어딘가에서 형의 태도를 모방하는 것인가. 어찌 됐든 그의 **성정**에서 기인한 것은 아닌 듯한, 처지의 불행이 몰고 온 일종의 정신적인 황폐감이 강하게 느껴졌다.

후회하는 것이다, 라고 기도는 생각했다. 오를 때까지 애써 묻어둔 주식이 손절매 하자마자 바로 뛰어오른 것을 알게 된 아마추어 투자자 같은 표정을 하고 있었다. 다니구치 집안 사람과는 더 이상 상종하고 싶지 않다는 얘기는 본심일 것이다. 하지만 좀 더 **다른 좋은 인생**과 바꿨더라면, 이라고 자신의 단견을 억울해하는 눈치였다.

기도는 이곳에 오기 전에 미스즈와 다이스케의 재회 장면을 상상하고 약간의 질투심을 품었는데 그게 좀 지나치게 감상적인 것이었다고 생각했다.

10년이라는 시간이 두 사람 사이에 크게 벌어진 인생의 격벽을 만들었지만, 그가 지금은 **다른 사람의 인생**을 살고 있다는 점을 감안하면 그건 당연한 일이었다.

기도는 교이치가 아직도 미스즈와 자고 싶어 한다는 이야기와 방금 들은 다이스케의 말이 머릿속에서 연결되면서 말할 수 없는 불쾌감에 휩싸였다. 그가 다니구치가를 뛰쳐나온 사정에 대해서는 진심으로 딱하게 생각해왔다. 하지만 그런 과거를 열심히 자신의 과거로 여기며 성실히 살았던 하라 마코토의 인생을 생각하니 한없이 안타까운 심정이었다.

기도의 휴대전화가 울렸다. 미스즈였다. 방금 이쪽으로 출발했다는 연락이었다. 기도는 문득 그래도 미스즈와 재회한다면 이 사람도 뭔가 바뀔지 모른다고 생각했다. 미스즈가 환멸감을 느끼고 깊은 상처를 입을지, 아니면 힘이 되어줄지는 알 수 없다. 어쩌면 다시 사랑할 수도 있을까. 어느 쪽이든 기도는 그런 광경을 차마 견딜 수 없을 듯한 기분이었다.

동석할 예정이었지만 더 이상 자신이 관여해서는 안 된다고 생각하고 기도는 머리를 숙이며 인사를 건넸다.

"지금 미스즈 씨가 이쪽으로 온다니까 나는 이만 실례하겠습니다."

"엇, 가시려고?"

"예, 다음 일정이 있어서."

"그래요? 큰일 났네, 왠지 긴장되는데. ……아, 기도 씨를 만나서도 처음에는 진짜 불안했는데, 좋았어요, 지금까지 속에 걸렸던 얘기도 듣고."

그가 손을 내밀어서 기도는 조금 전에 잡았던 미스즈의 손을 떠올리며 악수에 응했다. 그리고 땀에 젖은 이 거친 손은 결국 누구의 감촉인가, 라고 생각했다.

7년 전, '소네자키 요시히코'라는 이름으로 이 남자를 만났던 하라 마코토도 '다니구치 다이스케'라는 새 인생을 손에 넣고 마지막에는 이렇게 악수하고 헤어졌는지도 모른다. 기도는 그때 일을 마음속에서 더듬어보듯이 상상하면서 계산을 마치고 혼자 빠른 걸음으로 커피숍을 뒤로했다.

21

다니구치 다이스케를 만나 하라 마코토와의 호적 교환에 대한 애기를 들은 뒤, 기도는 그동안 미뤄둔 리에를 위한 보고서를 마무리했다. 하라 마코토에 대해서는 좀 더 알아보고 싶었지만, 1년 3개월에 걸친 이 조사를 어찌 됐든 일단 끝낼 필요가 있었다.

기도는 가오리가 말했던 대로 직장 근처 클리닉에서 임상심리사의 카운슬링을 받았다. 하지만 질문하는 방식 쪽에 직업적인 관심이 쏠려서 그걸 자세히 물어보느라 대화 자체는 재미있었는데 카운슬링이라고 하기는 어려워졌다. 다시 언제든 오라는 말을 들었지만 결국 클리닉 방문은 그 한 번으로 끝나버렸다.

가오리는 그 말을 듣고 안도했는지 막상 자기 차례가 되자 미적미적 미루고 있었다. 그래도 기도가 약속을 무리하게 강요하지 않은 것은 그날의 대화 이후, 그녀의 태도에 변화가 보였고 소타가 꾸지람을 듣고 우는 일도 거의 없어졌기 때문이다.

딱히 자연스러운 흐름이라기보다 기도는 오히려 아내 쪽에서도 가정을 회복하려는 의지가 있어서 나름대로 노력한다는 것을 느꼈다. 지진 피해뿐만 아니라 배외주의의 확산에 그녀 입장에서 감수해야 했던 정신적 부담을 새삼 공유한 뒤였던 만큼 그도 가능한 한 협조하고 싶었다. 미처 배려하지 못했던 점에 대해 미안한 마음도 있었고 또한 감사도 하고 있었다.

기도의 그런 마음은 지금까지 흔들림이 없다.

따라서 리에와 재회하기 사흘 전에 일어난 다음과 같은 사건은 어느 평범한 주말의 별스러울 것도 없는 기억으로서 그의 마음속에서는 이미 **없었던 일**이 되었다.

그런 심경을 이해하지 못하는 사람이 있는가 하면 공감이 간다는 사람도 분명 있을 것이다.

기도 가족은 아침에 소타가 오래전부터 가고 싶어 했던 스카이트리로 나갔다.

지하철을 갈아타며 11시쯤에 도착했지만, 2년 전 처음 문을 열었을 때의 혼잡도 이제 슬슬 해소되었을 거라는 태평한 기대는 완전히 어긋났다. 특히 여름방학 기간의 주말이었던 만큼 번호표를 받는 데만도 두 시간은 기다려야 한다는 것이었다.

창밖에는 맑은 날씨에 눈이 부실 만큼 파란 하늘이 펼쳐져 있었다.

멋진 휴일이구나, 라고 기도는 그 하늘을 물끄러미 바라보며 생각했다.

전에 어느 소설에선가 읽었던 '아아, 언젠가 그날의 언젠가 그 한때!'라는 탄성이 뇌리를 스쳤다. 그야말로 똑같은 기분이었지만, 어떤 작가의 책이었는지는 아무래도 생각나지 않았다.

가오리는 간밤에 회사 술자리가 있어서 기도도 이미 잠든 한밤중에야 돌아왔는데, 그런 편치고는 숙취도 없이 아침에 일어날 때부터 내내 컨디션이 좋았다.

"어쩌지? 줄 설까?"

엄마가 웃는 얼굴로 묻자 소타는 엄지손톱을 깨물고 그 눈을 바라보며 잠시 망설이는 투로 몸을 흐느적흐느적 흔들다가 말했다.

"그냥 수족관에 갈래."

기도는 정말로 괜찮으냐고 확인했지만 소타는 벌써 팔을 끌어당겼다.

"괜찮으니까 빨리 가."

어른들의 눈치를 보는 것이었지만 그게 나이에 걸맞은 과정인지 예민한 것인지 기도는 알 수 없었다. 스카이트리는 그 앞에서 한껏 고개를 젖혀 올려다본 것만으로 만족하기로 했다.

멀리서 봐도 별 의미가 없는 철탑이지만 가까이에서 봐도 이상할 만큼 감동이 없다, 라고 생각난 대로 말했더니 가오리도 진짜 그렇다면서 웃었다. 소타가 도중에 캡슐 장난감 뽑기를 하겠다고 해서 기도는 동전을 꺼내주었다. 자동판매기에서 굴러 나온 캡슐 안에는 갑옷과 투구 미니어처가 들어 있었다.

수족관은 스카이트리와 같은 건물에 있어서 이쪽도 사람들로 붐볐지만, 그나마 기다리는 줄이 짧았다. 셋이서 핫케이지마의 시파라다이스 수족관에는 가봤는데 이곳은 기도도 가오리도 처음이었다.

실내는 요즘 유행하는 커플 대상의 어슴푸레한 조명이었다. 소타는 붐비는 사람들 틈새를 잰걸음으로 걸어갔다. 하지만 해파리나 작은 고기 등은 살펴볼 생각도 않고, 약간 높은 수조의 해달을 보여주려고 번쩍 안아 올려도 "이제 됐어"라고 왠지 퉁명스럽기만 했다. 상어며 가오리가 있는 수조는 최근 복합상영관에서 자주 보는 거대 스크린처럼 장관이어서 가장 볼만한 곳이라고 사람들이 늘어섰지만 소타는 이번에는 무섭다면서 총총걸음으로 휙 지나가버렸다. 기도는 가오리와 얼굴을 마주 보며 쓴웃음을 지었다.

펭귄 구역은 거대한 풀장을 위에서 내려다보게 꾸며져서 소타는 그 구조에 흥분한 모양이었다. 파란 수조에 인공 바위가 있고 아래층으로 내려가면 펭귄이 눈높이에서 헤엄치는 것을 볼 수 있었다.

떼 지어 헤엄치는 그 그림자가 바닥에 떨어져 그것만 보고 있으면 마치 비상하는 것 같았다. 수조 밖에서 올려다보는 수면은 끊임없이 뒤흔들리며 천장에서 쏟아지는 빛을 깨뜨리고 있었다. 모두 똑같은 곳을 향해 헤엄치는 참에 불과 몇 마리가 깊숙이 반대쪽으로 비스듬하게 돌진하자 이윽고 무리 전체가 방향을 바꾸는 모습을 기도는 재미있게 지켜보았다.

그리고 문득 깨닫고 보니 소타와 가오리의 모습이 사라지고 없었다.

두 사람을 놓쳐버린 기도는 한참 펭귄 구역을 오락가락했지만 찾지 못했다. 휴대전화로 연락하자 벌써 출구 근처 상품 매장에 가 있다고 한다. 뭐야, 하고 달려가니 소타는 "아빠 길 잃어버렸어!"라며 얼굴을 보자마자 우스워서 견딜 수 없다는 듯이 폴짝폴짝 뛰었다. 기도가 짐짓 얼굴을 찌푸리자 점점 더 웃음을 멈추지 못했다. 기념으로 뭔가 사주려고 했는데 한참을 고른 끝에 결국 원하는 걸 찾지 못해서 점심 식사 뒤에 다른 가게에 가보기로 했다.

레스토랑 층은 가게마다 우울해질 만큼 사람들이 길게 줄을 서 있었지만 7층에 세계의 맥주를 구비했다는 곳만은 금세 들어갈 수 있었다. 소타가 먹을 만한 것이 있는지 확인해보고 거기로 하기로 했다.

안내해준 테이블이 의외로 창문과 가까워서 저 멀리 궁이 보이는 푸른 하늘 아래 광대한 도쿄 거리를 바라보며 굳이 스카이트리에 올라갈 것 없이 이곳 경치로도 충분하다고 기도는 새삼 생각했다.

자리에 앉자 셋이 동시에 후우 숨을 토해냈다. 한 시간 반쯤 돌아다녔을 뿐이지만 지하철로 이동한 것도 있어서 기분 좋을 만큼 몸이 노곤했다.

식당 안은 가족 일행과 커플로 북적거리고 술을 마시는 곳이라 대화 소리도 큰 편이었다. 이 정도라면 소타가 혹시 의자를 벗어나도 주위에 그리 신경 쓰지 않아도 될 것 같았다.

소타에게는 햄버거가 나오는 어린이용 런치와 오렌지 주스를, 기도와 가오리는 샐러드와 스페어립을 주문하고 각자 시메이 화이트와 이름 읽는 방법도 잘 모르겠는 진기한 독일 맥주 필스너를 골랐다.

바로 음료가 나와서 일단 셋이서 건배했다. 기도는 단숨에 3분의 1을 마셔버리고 맨 먼저 욕조에 들어갔을 때처럼 느긋하고 긴 숨을 내쉬었다. 시메이 맥주의 깊은 과일 맛의 씁쓸함이 입안에 퍼졌다.

"아, 맛있다, 오랜만에 마셨더니."

다시 3분의 1쯤 마시고 트림을 꾹 참았다.

"아, 맛있다, 오랜만에 마셨더니."

소타가 주스를 마시고 아빠를 똑같이 흉내 내며 킥킥거리는 바람에 기도와 가오리도 동시에 웃음이 터졌다.

"당신도 한번 마셔볼래? 이것도 꽤 맛있는데."

가오리가 잔을 내밀면서 말했다. 기도는 살짝 입을 대보고 "진짜네. 부드럽게 넘어간다"라고 뒷맛을 확인하며 고개를 끄덕였다.

식사는 샐러드만 나오고는 좀체 그다음으로 이어지지 않았다. 한참 뒤에야 스페어립이 나왔지만 가장 중요한 어린이용 런치는 감감무소식이었다. 우선 스페어립을 먹이려고 했지만 소타는 한 입 먹고는 포크에 꽂힌 고기를 그대로 접시에 내려놓았다.

"엄마, 스마트폰 게임 할래."

가오리는 별수 없이 소타가 좋아하는 퍼즐 게임을 찾아 건네주었다.

고기를 먹으면서 시메이를 두 잔이나 마신 기도는 약간 취기가 오르면서 더욱더 기분이 좋아졌다.

"나, 잠깐 나갔다 올게."

가오리가 자리를 뜨면서 휴대전화를 어떻게 할지 망설이다가 그대로 소타에게 맡겨두고 갔다.

기도는 "어린이용 런치, 왜 이렇게 늦지?"라고 소타에게 말을 건네면서 재작년 겨울, 시부야에서 다니구치 교이치를 처음 만났던 날 밤을 떠올렸다. 그때 아이 방에서 소타를 재우면서 느꼈던 강렬한 행복감이 생각나 지금도 여전히 나는 행복하다, 라고 가슴속에서 중얼거렸다.

'어딘가에 나라면 좀 더 잘 살 수 있는, 당장에라도 내놓겠다는 또 다른 인생은 없을까? 만일 지금 나의 이 인생을 누군가에게 양도한다면 그 사람은 나보다 그다음을 더 잘 살아줄까? 하라 마코토가 분명 다니구치 다이스케 본인보다 더 아름다운 미래를 살았던 것처럼.'

그리고 하라 마코토의 꿈이었던 '보통 사람'이라는 것의 의미를 새삼 생각했다. 그 관념이 얼마나 많은 안도감과 고통을 인간에게 부여해왔는지를.

고개를 숙인 채 조그만 검지로 능숙하게 터치 패널을 조작하는 소타를 기도는 찬찬히 바라보았다. 자신이 어렸을 때와 얼굴도 성격도 많이 닮았다. 아이가 부모를 닮는다는 것은 자연도태의 관점에서 보면 유리한 것일까. 닮았기 때문에 더더욱 부모는 마치 자기 자신인 것처럼 아이를 애지중지 키우는 것일까.

양자로 들인 자식을 애지중지하는 부모 등, 곧바로 그 반증이 줄줄이 떠올라서 그는 자신의 어림짐작을 철회했다. 소타가 자신을 닮았다는 것에서 강한 기쁨을 느낀 건 사실이지만, 아들에게 그것이 앞으로 고뇌의 원인이 되지 않으리라는 보증도 없다.

나는 제대로 잘 살지 않으면 안 된다, 라고 기도는 생각했다. 그리고 이 아이를 내줘야 하는 상황을 상상하자 가슴이 아리는 듯한 느낌이 들었다.

'나는 분명 그 결정을 몸부림치며 후회할 것이다. 다니구치 다이스케처럼. 하지만 하라 마코토가 아닌 다른 누군가였다면 다니구치 다이스케의 그다음 인생도 그 정도의 행복은 얻지 못했을 것이다……'

그는 유리잔 바닥에 남은 김빠진 맥주를 마시고 입술을 깨물었다. 그리고 지금 이 인생에 대한 애착이 한층 강해졌다. 그는 자신이 하라 마코토로 태어났고 만일 기도 아키라라는 남자에게 이 인생을 건네받았다면 얼마나 감읍했을까, 하고 상상했다. 그런 식으로 한 순간 한 순간 생판 타인으로서 이 인생을 누군가에게서 양도받은 것처럼 새롭게 살아갈 수 있다면…….

"아빠, 햄버거 아직이야?"

"그러게, 너무 늦네? 한 번 더 말해보자."

기도는, 다급하게 빈 유리잔을 나르는 웨이트리스를 불러 다시 한번 서둘러달라고 말했다.

그 순간 퍼뜩, 그러고 보니 그날 밤 소타가 물었던 나르키소스는 왜 수선화가 되었는가, 라는 질문에 아직 대답하지 않았다는 게 생각났다. 소타는 질문했던 것도 잊어버렸겠지만, 모처럼 생각난 김에 이다음에 검색해서 알려줘야겠다 싶어서 휴대전화에 메모했다.

옆 테이블에서는 젊은 부부가 두 살쯤의 딸아이와 생후 5개월 정도의 아들아이를 안고 앉아 있었다. 울음보가 터진 작은아이를 위해 엄마 쪽이 급하게 분유를 타는 참이었다.

"……미안합니다."

무심코 쳐다보는 기도에게 아빠 쪽이 머리를 숙였다.

"아뇨, 아뇨, 전혀."

"한번 울기 시작하면 그치지를 않아요."

"**보통**이죠, 그게."

기도는 웃으면서 여전히 게임에 빠져 있는 소타에게로 시선을 돌렸다. 아직 다섯 살이지만 그새 많이 큰 것 같다. 리에의 둘째 아이는 이 나이까지도 살지 못했던 것이다. 그녀는 그 죽음의 슬픔을 경험했다. 자신으로서는 도저히 견뎌낼 수 없을 거라고 진심으로 생각했다.

가오리는 한참이 지났는데도 돌아오지 않았다. 그때 소타가 기도에게 스마트폰을 불쑥 내밀었다.

"아빠, 화면에 이상한 게 떴어."

들여다보니 다른 게임의 광고 페이지로 넘어가 있었다.

"뭔가 잘못 만진 것 같은데?"

그렇게 화면을 터치해주고 있는데 마침 휴대전화에 라인의 착신이 있었다. 위쪽에 배너가 표시되고 볼 생각도 없었는데 그것이 눈에 들어와버렸다.

'어젯밤'이라는 단어와 어린애 같은 하트 아이콘을 덧붙인 그 메시지를 기도는 반사적으로 뭔가 부서지기 쉬운 것 위에 떨어진 먼지처럼 엄지로 스윽 치워버렸다. 그것이 화면에서 사라진 뒤, 발신자 이름이 가오리의 직장 상사라는 게 머릿속에 남았다. 하지만 그건 아직 뇌 안의 '단기기억'의 영역에 머물러 있는 것에 지나지 않았다. 그리고 고맙게도 잠시 뒤에는 기억할 필요가 없는 일로 흔적 없이 지워져버릴 터였다.

화면이 암전하자 기도는 아무 일도 없었던 것처럼 스마트폰을 테이블 위에 엎어놓았다.

"아빠, 게임 더 할래."

"이제 그만. 저거 봐, 마침 런치도 나왔어. 어서 먹자."

"그럼 이거 먹은 뒤에 해도 돼?"

"그건 엄마한테 물어봐야지."

기도는 미지근해진 시메이 잔을 비우고 웨이트리스에게 다시 한 잔을 주문했다.

이윽고 가오리가 돌아왔다.

"여자 화장실에 기다리는 줄이 너무 길어. 아, 나왔구나, 햄버거 런치?"

"응, 방금 왔어. 나, 진짜 오래 기다렸어."

"당신은 그거, 세 잔째? 괜찮겠어, 집에 가는 거?"

"당연히 괜찮지, 맥주인데."

기도는 웃으면서 소타의 햄버거를 손을 뻗어 작게 잘라주었다.

옆 테이블의 아기는 드디어 입에 물린 분유병을 정신없이 빨고 있었다.

창밖에는 맑은 날씨에 눈이 부실 만큼 파란 하늘이 펼쳐져 있었다.

멋진 휴일이구나, 라고 기도는 그 하늘을 물끄러미 바라보며 생각했다.

전에 어느 소설에선가 읽었던 '아아, 언젠가 그날의 언젠가 그 한때!'라는 탄성이 뇌리를 스쳤다. 그야말로 똑같은 기분이었다.

아, 그래, 가지이 모토지로[1]의 소설이었어.

맥주잔을 천천히 입에서 뗀 순간, 드디어 생각났다, 하고 기도는 소리 없이 무릎을 쳤다.

22

하네다에서 미야자키까지 두 시간 남짓한 비행 동안 기도는 창밖을 바라보며 혼자 생각에 잠겼다.

4월, 봄답게 화창한 기운이 느껴지는 날씨였다. 미야자키는 좀 더 따뜻할 거라고 생각하니 가슴이 설렜다.

창문으로 수평한 시선 끝에 파란 하늘이 펼쳐졌고 얇은 구름이 거대한 지도 같은 일본 열도를 섬세한 레이스처럼 뒤덮었다. 북측 창이라서 지나치게 눈부시지도 않고 그저 환한 빛이었다.

기체가 안정되고 안전벨트 착용 사인이 꺼지자 기도는 등받이를 뒤로 눕히고 기내에 들고 온 오비디우스의 『변신 이야기』 책장을 넘겼다. 다행히 옆자리가 공석이어서 혼자만의 시간을 느긋하게 보낼 수 있었다. 그는 2년이 지난 숙제에 답을 찾기 위해 그 뒤 인터넷으로 검색해 이 이와나미 문고판을 서점에서 구입했다.

나르키소스 신화에는 몇 가지 이설이 있는 모양이었다. 기도가 『변신 이야기』를 고른 것은 그리스로마 신화를 가장 상세하고 알기 쉽게 해설했다는 소개 글이 인터넷에 올라와 있었기 때문이지만, 막상 펼쳐보니 소타에게는 도저히 설명해줄 수 없는 복잡한 상징의 세계가 펼쳐지는 바람에 내심 당혹스러웠다.

하지만 그는 자신의 즐거움으로서 서서히 이 책에 강하게 매료되었다.

저자 오비디우스에 의하면 나르키소스는 원래 강의 신 케피소스가 '푸른 물의 요정 리리오페'를 '굽이치는 강'으로 유인해 '물속에 가두고 폭력을 써서' 생겨난 아이라고 한다. 기도는 그 출생의 비밀을 처음 알고 깜짝 놀랐지만, 그렇다면 나르키소스가 성인이 되어 물끄러미 물을 들여다보는 것도 단순한 자기애와는 전혀 다른 의미가 있는 게 아닌가 하는 생각이 들었다.

물은 그의 양친이고 동시에 양친 사이에 일어난 사건이며 나아가 그것은 있어서는 안 될 성폭력이다. 게다가 그는 그 폭력이 아니었다면 애초에 이 세계에 존재할 수 없었다. 나르키소스는 자신을 보기 위해서는 자신의 출생을 직시해야만 했다. 그리고 어찌 됐건 그 과거를 **없었던 일**로 할 수도 없고 그는 그것을 논할 수도, 그곳에 돌아갈 수도 없는 것이다.

나르키소스 신화는 물론 사랑에 관한 이야기다. 그는 그런 자신에 대한 '사랑의 불길'로 애를 태운다. 하지만 나르키소스를 사랑했던 것은 산이라는 완전히 다른 세계에 살던 요정 에코였다.

에코는 여신 유노에 의해 대화 상대의 '말끝을 되풀이하는' 것밖에는 할 수 없었다.

즉 이런 얘기다.

나르키소스는 오로지 자신의 모습의 **반영**만을 보고 자신밖에는 사랑하지 못한다. 에코는 어떤가 하면 타인의 목소리를 **반향**할 뿐 자신의 존재를 사랑하는 사람에게 알리지 못한다.

자기 혼자만의 세계에 갇힌 나르키소스, 자기 혼자만 이 세계에서 쫓겨난 에코. 하지만 이 고독한 두 사람은 나르키소스가 죽는 순간, 단지 "아아!" 하는 탄식의 소리로 서로 호응하고 "안녕"이라는 작별 인사나마 나눌 수 있었다.

가엾은 나르키소스는 마지막에 환희를 느꼈을까. 물에 비친 '허망한 사랑의 상대였던 소년'에게서 마침내 똑같은 탄성이 새어 나오고 귀에 들렸던 것에? 하지만 에코는? 그 "아아!"라는 비탄도 "안녕"이라는 별리의 말도, 그때까지와는 다르게 사랑하는 나르키소스의 말이면서 동시에 그 순간 그녀가 진실로 발하고 싶었던 말은 아니었을까.

그리고 마지막에 물에 비친 것이 자기 자신임을 깨닫고 나르키소스가 "아아, 나의 이 몸에서 **빠져나갈 수 있다면**!"이라고 부르짖는 대목을 읽으면서 기도가 생각한 것은 하라 마코토에 대한 것이었다. 만일 그것이 가능하다면 나르키소스는 자기 자신을 사랑할 수 있었다. 하라 마코토는 물론 그 몸에서 **빠져나와**

자신이 아닌 다른 누군가가 되고 또 다른 누군가를 사랑하고 또한 그 누군가로부터 사랑받고 싶었을 터였다. 하지만 생판 타인이 되는 것으로 결국은 그도 자기 자신을 사랑할 수 있기를 원했던 것일까. 애초에 하라 마코토라는 고유명사와 함께 이 세계에 존재하기 시작했을 터인 자기 자신을?

남향 창에서 비쳐 든 햇빛이 통로를 건너 기도의 얼굴과 눈에 따갑게 다가왔다. 그것을 기내 서비스의 승무원이 막아주었다. 기도는 커피를 주문했다. 그리고 플라스틱 뚜껑을 열고 향기를 맡으면서 조금씩 마시다가 다시 창밖의 푸른 하늘과 가늘게 떨리는 비행기 날개를 바라보며 생각했다.

『변신 이야기』에는 책 제목처럼 온갖 다양한 변신담이 담겨 있었지만, 소타의 '왜 변신하는가'라는 아이다운 소박한 의문에 대한 답을 기도는 결국 찾아낼 수 없었다.

기도는, 아버지인 태양신 헬리오스의 금색 찬연한 마차를 제대로 몰지 못하고 온 세상을 다 태워버릴 듯 폭주한 끝에 결국 유피테르의 벼락을 맞아 죽는 가엾은 파에톤을 떠올렸다. 그의 자매인 '태양의 딸들'은 남동생의 죽음에 비탄에 빠져 통곡하다가 끝내 아름다운 눈물의 보석 호박을 남기고 나무로 모습이 바뀌어버린다.

영웅 악타이온은 우연히 숲의 여신 디아나가 목욕하는 장면을 목격했다는 것만으로 강한 분노를 사서 수사슴으로 모습이 바뀌고 주인인 줄도 모르고 덤벼든 사냥개들에게 잡아먹혀 죽고 만다.

큐피드의 화살을 맞은 아폴론은 사랑받는 것을 알지 못하는 다프네를 쫓아다니고, 그녀는 스스로의 아름다움을 원망하며 월계수로 변신한다.

두서없이 그런 신화를 하나하나 떠올리며 기도는 하라 마코토뿐만 아니라 오미우라의 중개로 호적을 교환한 사람들에 대해 생각했다. 그들 또한 슬픔이 극에 달해서 혹은 궁지에 몰려서 혹은 반강제로, 또 다른 자신으로 변신할 수밖에 없었던 게 아닐까. 그리고 어떤 자는 그 덕분에 사랑받고 행복을 손에 넣었고, 또 어떤 자는 새로운 전락을 경험하고 있다.

미야자키가 가까워지면서 고도가 내려가자 도쿄 출발 때부터 내내 청명하던 날씨가 거짓말처럼 순식간에 바뀌었다. 구름이 퍼지고 빗방울이 창문을 치면서 몇 줄기 가느다란 궤적으로 내달렸다.

착륙해보니 회색빛 구름에 가랑비였지만 기온은 그리 낮은 편이 아니었다.

지난번처럼 공항에서 렌터카를 빌려 미야자키 시내 호텔에 체크인 하고 점심을 먹었다.

리에와의 약속은 실은 그다음 날이었다. 보고서 자체는 메일로 첨부하면 그만이지만 기도는 그녀를 직접 만나 설명해주고 싶었고, 그뿐만 아니라 다시 한번 이 지역에 와보고 싶었다. 그리고 그것으로 스스로 매듭을 지을 작정이었다.

그날 오후에 만나기로 약속한 사람은 하라 마코토가 근무했던 이토 임산의 사장이었다.

기도는 그저 하라 마코토가 어떤 곳에서 일했는지 보고 싶었던 것이지만 리에를 통해 연락했을 때, 사장 이토는 처음에는 그리 반기지 않은 모양이었다. 그럴싸한 이유를 둘러대봤자 오히려 의심만 살 것 같아서 기도는 솔직히 임업에 흥미가 있다고 전했다. 이토는 그제야 마음이 놓였는지 작업 현장을 안내해주기로 얘기가 되었다.

작업 현장은 사륜구동 차량이 아니면 갈 수 없는 곳이어서 일단 기요타케초의 미야자키 시청 지소에서 이토를 만나 그의 차에 동승하기로 했다.

주차장에서 렌터카를 내리자 검은 우산을 받쳐 든 남자가 "기도 선생이에요?"라고 말을 건네왔다. 어깨 폭이 널찍하고 짧게 깎은 머리에 옅은 색 선글라스를 끼고 있었다. 명함을 건네며 인사를 하고 도쿄에서 준비해 온 과자 선물을 건네자 "아이쿠, 이런 것까지"라면서 송구스러워했다. 배 속에서 울려 나오는 우렁우렁한 목소리였다.

산까지는 거기서 40분쯤 걸리고, 하라 마코토가 사망했던 그 작업장은 아니지만 그리 멀지 않은, 거의 흡사한 장소라고 했다.

가는 길에 기도는, 리에의 의뢰로 '다니구치 다이스케' 씨의 유산 처리 등을 도와주다 보니 임업에 흥미를 갖게 되었다. 변호를 의뢰하는 층이 다양해서 희귀 직종인 사람을 만났을 때는 그때그때 지식을 보충하고 있다, 라고 다시 한번 간단히 설명했다. 이토는 알 듯 말 듯한 표정이었지만 "예에, 그렇군요"라고 수더분하게 맞장구를 쳐주었다. 기도는 마음속으로는 이미 리에의 남편을 '하라 마코토'라고 하는 데 익숙해졌지만, 이 지역 사람들 사이에서 그는 아직도 '다니구치 다이스케'인 것이다.

이토는 검게 그을린 험상궂은 얼굴이지만 말하기 좋아하고 시원시원한 호인이었다. FM 라디오를 작은 볼륨으로 켜놓고 기도의 관심을 떠보듯이 처음에는 임업에 관한 일반적인 얘기를 해주었다.

이토 임산은 기본적으로 국유림의 채벌권을 사들여 5헥타르에 달하는 지역을 대략 3개월 동안 벌채한다는 계산으로 향후 2년쯤은 일거리가 있다고 한다. 보조금으로 성립하는 사업으로, 외국산 목재와의 경쟁 때문에 몹시 힘들었지만 바이오마스 발전소가 생긴 뒤로는 어떤 나무든 판매할 수 있어서 경기는 그리 나쁘지 않다는 얘기였다.

"변호사 선생이시라니까 하는 얘기인데, 요즘 악덕 신규 업자가 부쩍 늘었다니까. 그런 얼치기들이 마구잡이로 도벌을 하고, 엉망진창으로 운영을 하고 있죠."

"그래요?"

"산은 요즘 세금 때문에 유산상속도 다들 꺼리니까 기하급수적으로 권리자가 증가해서 이제는 누구 소유인지도 헷갈리는 산들이 널려 있어요. 악덕업자들은 바로 그런 산 옆의 현장을 매입해요. 그러고는 소유자 불명인 산 쪽의 나무까지 죄다 벌채해서 싹 실어 가버리죠."

"저런, 심하네요."

이토가 너무 재미있게 이야기해줘서 기도는 저도 모르게 웃으면서 말했다.

"이건 임업계 전체의 문제니까 반드시 뭔가 조치를 취해야 돼요. 우리도 오래된 산의 소유자를 확인하려고 매번 호적을 떼어보는데 권리자가 가지치기하듯이 나눠져서 뭐, 뒤죽박죽이에요."

"그렇겠네요."

기도는 '호적을 떼어본다'는 것은 '등기부 열람'을 말하는 거라고 생각했지만 굳이 지적하지는 않았다. 그보다 하라 마코토가 생전에 이토와 이런 이야기도 나눴을까, 라는 것이 더 궁금했다.

주변의 주택이 서서히 줄어들고 이윽고 울창한 나무들로 둘러싸인 미포장 산길로 접어들었다.

"차가 좀 뛸 거예요. ……아, 방금 지나온 이 근처의 민가는 대부분 옛날부터 일해온 임업가들 집이에요."

"그렇군요."

산이라서 그런 것도 아닐 텐데 빗발이 한층 강해져서 와이퍼의 움직임이 급했다. 앞쪽은 나무들로 뒤덮였지만 머리 위는 툭 트여서 빛이 비쳐 들었다. 키 낮은 잡목의 무성한 가지가 이따금 앞 유리를 쓰다듬고 차체가 흔들릴 때마다 진흙의 날개가 타이어 밑에서 놀란 듯 펄쩍 날갯짓을 했다. 엉덩이에 전해지는 진동에는 모험적인 것이 담겨 있었다.

삼나무는 꼿꼿이 수직으로 자라기 때문에 흠뻑 젖은 창문에는 안개 속에 떠오른 그 발치만 보였다. 급경사의 산길이고 오늘은 흐려서 보이지 않지만 그 나무들 너머에서는 온통 하늘만 보일 터였다.

길이 크게 굽어 들고 이따금 시야가 트일 때마다 아득히 먼 저 아래쪽으로 조금 전에 지나온 길이 보였다. 의외로 꽤 높은 곳까지 올라와 있었다.

"비가 와도 작업을 합니까?"

"뭐, 이 정도라면 해야죠. 큰비가 올 때는 사고가 날 우려도 있고, 아예 포기합니다. 작업을 일찌감치 끝내버릴 때도 있고."

기도는 문득 하라 마코토가 리에의 문구점에 두 번째로 찾아온 날 세찬 비가 쏟아졌다는 얘기가 생각났다. 아마도 일을 쉬었거나 중간에 철수한 날이었던 것이리라.

"에이, 저기 저 현장은 못 봐주겠네. 지저분하잖아, 벌채한 다음이. 우린 저렇게는 일 안 해요. 떠나는 새는 머문 자리를 더럽히지 않는다는데, 죄다 말끔하게 정리하고 나와야지. ……아, 이제 거의 다 왔네."

"어두워지면 이 근처는 위험하겠는데요, 길 폭이 좁아서 아까처럼 대향차對向車가 오면."

"그래도 여기는 그나마 나은 편이에요. 훨씬 더 경사가 급한 현장도 있으니까. 나는 너무 힘든 현장은 매입을 안 해요. 사고도 무섭고 효율도 떨어지고, 결국 손에 들어오는 게 별로 없거든."

"그렇겠네요."

잠시 조용하다가 이토는 불쑥 중얼거리듯이 말했다.

"다니구치한테는 내가 못 할 짓을 한 것 같아요. 지금도 아침마다 불단 앞에서 합장을 합니다. 아버지에게서 이 사업 물려받은 뒤로 한 번도 큰 사고를 낸 적이 없어서 그때는 정말 힘들었어요. 하필 그때 도저히 거절할 수 없는 사람이 조건도 안 좋은 현장을 부탁하는 바람에……."

"그랬군요. 노동재해가 많지요, 임업은?"

"단연 많지요, 100명에 한 명꼴이니까. 벌채 작업뿐만 아니라 기계가 절벽 밑으로 떨어지기도 하고 때로는 뱀이나 말벌에 다치기도 하고."

"아, 그런 사고도 있겠네요, 아무래도."

"조부 대에는 조선인 노동자가 일하러 오기도 했어요."

생각지도 못한 이야기에 기도는 놀란 얼굴을 했다. 하지만 이토는 눈치채지 못하고 그 얘기를 길게 이어가지는 않았다.

"……다니구치 씨의 사고 때는 어떤 상황이었어요?"

"내가 그때 현장에 없었어요. ……그게 아주 어려워요, 나무가 넘어지는 방향은 아무리 베테랑이라도 미처 파악하지 못할 때가 있어서. 특히나 굽은 나무 같은 게 있으면 거기에 걸려버리니까. 아무튼 사고는 각별히 조심하라고 매일 아침마다 입에서 단내가 나도록 주의를 줬는데……."

기도는 조용히 고개를 끄덕이고 잠시 이토의 마음이 가라앉기를 기다렸다. 잠긴 목소리여서 일부러 돌아보지 않았지만 눈물을 글썽이는 기척이 느껴졌다.

'하라 마코토'라는 본명으로 인연을 맺은 복싱장 관장 때도 그렇고, 그의 죽음이 인연을 맺었던 사람들에게 깊은 슬픔을 안겼다는 것을 기도는 절실히 느꼈다. 어느 누구도 그를 나쁘게 말하는 사람은 없었다. 그리고 그들 각자의 마음속에 길게 남은 상처의 존재도 알 수 있었다.

잠시 뒤에 저 앞으로, 주차된 차량과 파란 비닐 시트며 산더미처럼 쌓인 목재 등이 보이기 시작했다. 이토는 다 왔다고 말하면서 대향차가 아슬아슬하게 지나갈 만큼 자리를 남기고 능숙하게 차를 세웠다.

우산을 받쳐 들고 차에서 내리자 이토가 현장 입구를 안내해 주었다.

"너무 바짝 접근하면 위험하니까 조심해요. 어때요, 저기까지만 둘러보면 되겠죠?"

나무를 베어내고 트럭이 드나들 수 있게 다져놓은 공간 앞에서 오렌지색의 목이 긴 크레인 같은 기계가 목재를 하나하나 입에 물고 가지를 떼어내고 있었다. 서너 명의 사람들이 보였다. 좀 더 안쪽을 들여다보자 벌채된 평지가 이어졌지만 그 너머에는 아무것도 없었다. 급경사의 절벽인 모양이다.

"수령은 대략 어느 정도나 되지요?"

"뭐, 50년쯤이면 베어내요. 그리고 건재建材로 집이 된 뒤에 다시 50년. 그래서 나는 나무 한 그루를 100년 정도로 생각해요.

산에서 50년, 인간과 함께 50년. 직원들에게도 그렇게 얘기합니다."

"아하, 정말 그렇군요."

"아, 이쪽이에요. 조심해요, 거기. 오늘은 날씨가 이래서 벌채는 안 하고 저런 작업만 합니다. 임업도 요즘에는 거의 기계로 하니까 더울 때 추울 때가 다르긴 해도 체력적으로는 한결 편해졌어요. 벌채는 역시 힘들지만."

"다니구치 씨도 기계를 다뤘습니까?"

"잘 다뤘죠. 대략 3년이면 제 몫을 해내는 업계니까. '녹색 고용'이라고 정부에서 인재 육성 보조금이 나오는데, 다니구치는 1년 6개월 만에 일을 배워버렸어요. 착실하기도 하고 판단력도 좋았거든. 몸이 호리호리한 편이었는데 의외로 체력도 강했고."

"뭔가 운동이라도 했었던가요?"

"아니, 스포츠에는 별 관심이 없었어요. 어렸을 때 검도를 했다고 하길래 나도 나름대로 유단자여서 언젠가 시합 한판 하자고 했더니 그냥 웃기만 하더라고."

그립다는 듯이 말하는 이토에게 기도는 미소를 지으며 고개를 끄덕였다. 검도는 실제로는 다니구치 다이스케가 어린 시절에 배운 것일 터였다. 그런 것까지 자신의 과거로 삼았구나, 하고 기도는 내심 놀랐다.

"그 대신 그림을 잘 그렸어요, 그 친구는. 점심 먹고 쉬는 시간에 열심히 그렸지. 뭐, 실력이 대단한 건 아니었지만."

이토가 웃으며 말했다.

"네, 부인이 보여줘서 저도 봤습니다."

"아, 그랬어요? 다니구치다운 순수한 그림이었죠. 그런 건 애초에 타고난 성격이 나오더라고."

"예에……."

"아, 잠깐 실례. ……예, 여보세요? 아, 예에, 지난번에는 고마웠어요. 예에……."

이토가 통화를 위해 잠시 자리를 떠서 기도는 혼자 비에 흠뻑 젖은 삼나무들을 바라보았다.

고요했다. 구슬처럼 굵은 빗방울이 우산을 때리고 다시 흙바닥을 때리는 소리 틈틈이 자신의 숨소리가 맑게 울렸다.

부옇게 이내[1]가 서린 녹음이 구름을 뚫고 쏟아지는 빛에 묽게 번져 보였다. 산과 산은 겹겹이 덧붙인 것처럼 몽롱하게 이어졌다.

오늘은 계속 이런 날씨가 이어질 것 같다.

하라 마코토는 이곳에서 날마다 어떤 생각을 하면서 전기톱을 잡았을까, 라고 기도는 상상에 잠겼다.

한 그루의 삼나무가 성장하는 50년이라는 시간에 대해 생각했다. 거기서 그다음 또 다른 50년이라는, 조금 전에 이토가 말해준 그런 이야기를 하라 마코토도 의식했을까. 그 나무를 심은 것은 몇 대 이전의 사람이고, 그가 심은 나무를 베어내는 것은 다시 몇 대 후의 누군가다.

그러한 시간의 한복판에서 그는 출생 후 이곳에 이르기까지의 시간을 어떤 식으로 회상했을까. 아니, 그의 마음속을 차지한 것은 단순히 얼른 일을 끝내고 리에와 두 아이를 보고 싶다는 것이 아니었을까. 아마 그도 온종일 혹사한 몸을 잠자리에 눕히고 곁의 두 아이를 재우면서 자신은 지금 **행복하다**, 라고 진심으로 곱씹었던 것은 아닐까. 그곳에 이르기까지의 불행이 심상치 않았던 만큼 그건 강렬한 실감이었으리라.

기도는 자신을 완전히 놓쳐버릴 듯한 황홀감을 느꼈다. 눈을 감자 고즈넉한 시간이 그대로 멈춰버린 채, 빗속에서 고개를 숙인 그를 언제까지고 말없이 기다려주었다.

얼마나 그러고 있었을까.

다시 눈을 떴을 때, 그는 멀리서 비에 젖은 채 현장을 걸어가는 작업원 한 명을 일순 하라 마코토로 잘못 보았다.

정말 이곳에 그가 있었다면 어떤 말을 건넸을까, 라고 기도는 생각했다.

두 번의 자살 시도 끝에 그는 살아내기 위해 다시 살았던 것이다. 그것에 공감을 표해주고 싶었다.

"줄곧 찾아다녔어, 당신을 걱정하면서……."

문득 멈춰 선 그가 이쪽을 향해 미소 짓는 모습이 눈에 선히 떠올랐다. 오로지 그 등짝만을 쫓았고 겨우 옆얼굴만 얼핏얼핏 봤던 그와 처음 정면으로 마주했다는 마음이 들었다.

이제까지 왠지 한 번도 생각해보지 않은 것이지만, 꼭 만나고 싶은 사람이었다, 라고 기도는 생각했다.

23

변호사 기노 아키라를 만나고 사흘이 지난 날, 리에는 요즘 점점 더 제 방에 틀어박혀 책만 읽는 유토에게 목욕 끝나고 할 얘기가 있으니까 잠깐 보자고 말했다.

리에는 하나와 먼저 목욕을 하면서 앞니 한 개가 흔들리기 시작했다는 기쁜 듯 쑥스러운 듯한 보고를 들었다.

"그랬어? 어디 봐. 엇, 진짜네? 반 친구들보다 빠른 편인가?"

"응, 비둘기 반에서는 나 말고 히나노 한 명밖에 없어. ······있지, 하나가 어제 히나노라고 하려고 했는데 발음이 잘못 나와서 **히노노**라고 해서 하시모토 선생님이 막 웃었어. 하나는 바보인가 봐."

하나는 요즘 '하나는 바보인가 봐'라는 말이 마음에 들었는지 거의 매일같이 입에 올렸다. 그때마다 리에는 "바보 아닌데, 우리 하나는?" 하며 머리를 쓰다듬었지만, 어쩌면 그렇게 해주기를 바라고 하는 말인지도 모른다.

고작 반년 전쯤에 입버릇처럼 말하던 '하나는 이렇게 생각해'는 요즘에는 전혀 듣지 못했다. 성장이 딸아이를 눈이 어지러울 만큼 빠르게 바뀌버려서 1년 전에는 어땠었나 하는 기억은 스스로도 신기할 만큼 애매하기만 했다. **하나다움**이라는 게 분명 있을 텐데 그것도 일반적인 **아이다움**과 구별하기 어려운 데가 있었다.

무엇보다 다행스러운 것은 하나가 '해보'라는 별명이 붙을 정도로 잘 웃는다는 것이었다. 아빠가 일찍 세상을 떠난 만큼 어린이집에서도 유난히 **명랑한** 것이 마음이 걸렸지만, 보육 교사마다 이구동성으로 "하나는 항상 싱글벙글, 아주 씩씩해요"라고 말했다. 반에서 가장 명랑하다고 학부모들 사이에도 소문이 나서 리에는 그것이 무엇보다 기뻤다.

유토가 욕실에서 나온 것은 10시쯤이었다. 하나는 물론이고 어머니도 이미 잠자리에 들어서 거실에는 리에 혼자 있었다. 파자마를 입은 유토는 엄마를 그냥 지나치려고 했지만 리에가 말을 건넸다.

"유토, 엄마가 할 얘기 있다고 했잖아. 여태 기다렸는데."

"……왜?"

유토는 심드렁한 기색이었지만 리에는 그렇게 솔직히 감정을 드러내주는 게 더 좋을지도 모른다고 생각했다. 힘겨운 상황인 만큼 혼자 떠안고 끙끙거리다 문득 깨닫고 보면 처치할 수 없을 만큼 뒤틀려버렸더라, 라는 쪽이 오히려 더 불안하다. 사춘기의 반항도 이혼한 남편과 죽은 남편의 몫까지 엄마인 내가 받아주자, 하고 각오를 다졌다.

유토는 엄마의 표정에서 뭔가를 감지했는지 순순히 의자에 앉았다.

"무슨 얘긴데?"

"실은 재작년부터 아빠에 대해 조사해준 변호사 선생님이 며칠 전에 다녀가셨어. ……이제 모든 게 밝혀졌어, 왜 아빠 이름이 바뀌었는지."

유토는 엄마 손맡의 엎어둔 서류로 시선을 던졌다. 그 종이 귀퉁이를 리에는 아까부터 무의식중에 말았다 폈다 하고 있었다.

"아빠, 누구였어?"

"너한테 어디까지 말해야 할지 엄마가 한참 망설였어. 그래서 아예 너한테 물어보려고. 모두 다 알고 싶은지 아니면 아직은 모르는 게 더 좋은지."

유토는 잠시 침묵하고 있다가 입을 열었다.

"아빠가 뭔가 나쁜 일 했어? 경찰에 잡혀갈 만한?"

리에는 고개를 저었다.

"아주 조금. 이름 바꾼 것만."

"왜 바꿨어?"

"그게 이 서류에 모두 적혀 있어. 변호사 선생님이 정리해준 거야."

"그럼 읽어볼게."

"굉장히…… 뭐랄까, 네가 충격을 받을 수도 있어. 엄마도 아직 다 받아들이지 못했어."

"료가 죽고 아빠가 죽고…… 그보다 더 충격받을 일은 없지."

유토는 손을 뻗어 기도가 정리한 자료를 집어 들고 훌훌 넘기며 분량을 확인했다. 의외로 많다는 얼굴로 "위에 가서 읽고 올게"라고 일단 2층의 제 방으로 가버렸다. 리에는 나무 계단을 밟고 올라가는 아들의 발소리를 통해 그 심정을 짐작해보았다.

변성기도 지났고 요즘 파르스름하니 수염도 났는지 죽은 아빠의 전기면도기를 어디선가 꺼내 와서 어깨너머로 배운 대로 써보고 있었다. DNA 감정 때도 그 전기면도기에 남아 있던 수염이 도움이 되었는데.

자신은 이제 점점 흰머리가 늘어날 나이라고 리에는 아들의 성장을 지켜보며 절실히 생각했다.

기도가 조사해준 결과를 알려야 할지 말지 고민했지만, 이미 가짜 이름이라는 것을 밝힌 터라서 어느 정도는 얘기해주는 수밖에 없었다.

게다가 리에는 다른 열네 살 아이라면 어떨지 모르지만 유토에게만은 숨김없이 털어놓는 게 좋지 않을까, 라고 생각했다.

요즘 아들을 어린애 취급 하는 것은 어떻든 멈춰야 한다고 마음속에 새기고 있었다.

우선 모자가정이라는 환경에서 유토가 자칫 '마마보이'가 될까 봐 걱정스러웠다. 사춘기의 아들 쪽에서도 똑같은 걱정을 하는 모양이었다. 요즘 엄마와의 거리를 제대로 잡지 못하는 것도 분명 그게 원인일 터였다.

하긴 그런 의미에서는 오히려 언제까지고 아이 취급을 하는 게 더 마음 편한 점도 있다. 더 이상 아이가 아니라면 성인 남성 한 명이 함께 산다는 얘기여서 아버지가 부재한 가정에서는 그건 그것대로 쓸데없는 의식의 씨앗이 되기 때문이다.

하지만 리에가 유토의 관점을 헤아려본 것은 아들의 내면에서 뭔가 자신으로서는 **알 수 없는** 부분을 깨달았기 때문이다. 그것은 이해할 수 없다기보다는 그녀가 무지한 것이었다. 그리고 아들이 어느새 자신과는 상당히 다른 인간으로 성장한 것에 놀랍기도 하고 기쁘기도 하고, 나아가 한 인산으로서 존중해주지 않으면 안 된다고 마음먹게 되었다.

물론 가장 가까운 연장자로서 할 말은 해야겠지만 주의를 주는 말투를 멈추고 어떤 불만이 있는지 먼저 아들의 말을 귀담아 듣기로 했다.

리에의 생각이 그런 식으로 바뀐 것은 유토의 문학열 때문이었다.

그녀는 고분군 공원에 갔을 때 유토가 알려준 아쿠타가와 류노스케의 「아사쿠사 공원」을 나중에 읽어보고 깊은 상념에 빠지지 않을 수 없었다. 단편영화의 시나리오로 쓴 글이라는데, 간판이 그대로 샌드위치맨이 되기도 하고 둥근 우체통이 투명해져서 그 안의 편지가 보이기도 하는 등, 불안한 꿈을 떠오르는 대로 써 내려간 듯한 초현실적인 내용이어서 독서 경험이 적은 리에는 당황스러웠다. 하지만 그녀의 눈이 휘둥그레진 것은 '열두세 살의 소년'이 도쿄 아사쿠사에 함께 나왔던 아버지를 놓쳐버리고 불안한 마음으로 찾아다닌다는 이야기 때문이었다.

소년은 마지막에 석등롱에 '걸터앉아 두 손으로 얼굴을 가리고 울기 시작한다'. 하지만 그때 소년이 알지 못하는 곳에서는 처음 찾아다닐 때 아버지로 착각했던 '마스크로 입을 가린' '뭔가 악의가 느껴지는 미소'가 가득한 남자가 어느새 정말로 놓쳐버린 아버지로 변하는 것이었다.

리에는 이 작품의 전체적인 의미까지는 알 수 없었다. 하지만 소년이 울기 시작하는 대목에서 리에는 자기도 모르게 눈물이 흘렀다. 그 소년이 가엾어서라기보다 유토가 이 장면을 공감하면서 읽었을 모습이 떠올라 눈물이 났던 것이다. 특히 최근에는 한 번도 힘들다거나 외롭다는 말을 한 적이 없었지만 실제로는 그렇지 않았을 리가 없다.

하지만 그녀가 놀란 것은 유토가 이 글을 읽은 시점이 아빠가 사실은 '다니구치 다이스케'가 아니라고 알려주기 **전**이었다는 것 때문이었다.

우연히 그런 것일까. 아니면 자신이 알지 못하는 곳에서 유토도 뭔가를 감지했던 것인가.

유토는 대체 어떤 심정으로 이 글을 읽었을까.

리에는 '서둘러. 서둘러. 언제 어느 순간에 죽을지 몰라'라고 하는 느닷없는 한 문장에 숨을 삼켰다. 유토는 게다가 이 작품이 아버지를 깜빡 놓치고 헤매는 이야기라고 말하지 않고 소년과 참나리 꽃이 이상한 대화를 나눈다고 했을 뿐이다. 그래도 유토는 이런 단편을 읽고 있다는 것을 역시 엄마가 알아줬으면 했던 게 아니었을까.

리에는 자신이 작품 자체를 제대로 이해했는지, 아무래도 미심쩍었다. 하지만 유토가 감정을 이입하고 완곡한 방식으로 엄마와 그것을 공유하고 싶어 했다는 것을 알고 이전보다 아들을 깊이 있게 이해할 수 있었다. 적어도 그 내면의 깊이는 알 수 있었다. 그리고 이렇게 매일같이 얼굴을 마주했는데도 그것보다 오히려 한 권의 책을 매개로 아들의 마음에 가까이 다가갈 수 있다는 것이 신기하게 느껴졌다.

그녀는 예전부터 책 좋아하는 사람들을 내심 존경했지만, 안타깝게도 자신뿐만 아니라 전남편도 죽은 남편도 그런 쪽의 자질은 부족했다. 즉 유토는 아빠나 엄마와는 다른 사람으로, 어느 틈엔가 그렇게 자라난 것이다. 그 이유는 아마도 그의 주위 환경 때문이겠지만 리에는 그것을 쓰레기 더미에서 어느새 싹 튼 꽃처럼 아름답다고 생각했다.

가족에게는 말수가 줄었지만 그 대신 노트에 항상 뭔가 글을 쓰는 모양이었다. 리에는 물론 그게 어떤 내용인지 궁금했지만, 마음대로 훔쳐보면 아들과의 신뢰에 두 번 다시 회복할 수 없는 상처를 입힐 것 같아서 절대로 손대지 말자고 결심했다.

하지만 그 얼마 뒤에 리에는 굳이 훔쳐볼 필요도 없이 유토가 표현하려는 것의 일단을 접하게 되었다.

작년 가을에 유토가 여름방학 숙제로 제출한 하이쿠가 모 신문사에서 주최한 전국 콩쿠르의 중학생부 최우수상에 선정되어 표창을 받았기 때문이다.

유토는 그런 상을 받았다는 것도 이제까지 말을 안 해서 리에는 수상 기념의 큼직한 상패가 방 한 귀퉁이에 굴러다니는 것을 발견하고 처음으로 알았다.

그 시구는 이런 것이었다.

텅 빈 허물에 어찌 울려 퍼질까 매미 소리는

리에는 이 시가 얼마나 잘 쓰인 것인지, 평가를 할 만한 능력은 없었다. 하지만 유토가 이런 시를 썼다는 게 믿어지지 않았다. 한참 나중에야 마지못해 보여준 '심사평'에서는 '현기衒氣가 지나친' 난점도 지적했지만 한편으로 '조숙한 재능'이라는 생각지도 못한 단어가 있었고, 유토 자신은 '수상의 말'에서 이렇게 설명을 붙였다.

'고분군 공원의 벚나무에 매미 허물 하나가 걸려 있었습니다.

나무 위에서는 수없이 많은 매미가 울고 있었습니다.

나는 허물을 벗고 날아간 이 매미의 울음소리는 어느 것인지 귀 기울여 들어봤습니다. 그리고 남겨진 허물은 7년 동안 흙 속에서 함께 살아온, 자신의 내부에 있던 것의 소리를 어떻게 듣고 있을지, 상상해봤습니다.

허물의 등 쪽에 금이 간 곳을 살펴보니 바이올린의 울림구멍

같았습니다. 그리고 허물 전체가 악기처럼 울리는 것 같은 마음이 들어서 이 시를 썼습니다.'

유토는 동생의 죽음에 대해서도, 아빠의 죽음에 대해서도, 일절 언급하지 않았다. 하지만 리에는 이 '벚나무'는 남편이 '내 나무'라고 정했던 그 나무를 말하는 것이라고 직감했다. 그리고 실제로 작년 여름에 유토 혼자 고분군 공원에 찾아가 이런 경험을 했는지 아니면 모든 것이 공상인지는 알 수 없었지만, 어쨌든 그 나무 아래서 매미 우는 소리를 들으며 홀로 그 허물을 응시하고 있었을 아들의 모습을 상상하고 리에는 눈물이 멈추지 않았다. '조숙한 재능'인지 뭔지는 모르겠지만 어쨌든 문학이 아들에게 **구원**이 된다는 것을 비로소 이해했다. 그것은 리에가 결코 생각해낼 수도 조언해줄 수도 없었던, 아들 스스로 발견해낸 인생의 곤경을 극복하는 방법이었다.

기도의 보고서를 받아 든 리에는 지난 1년여 동안 잃어버렸던 남편의 이름이 최종적으로 '하라 마코토'라는 사실을 알고 마침내 그를 새삼 다시 만난 듯한 느낌이 들었다. 그렇기는 해도 그날 처음 가게를 찾아온 이후로 죽음에 이르기까지 함께 보낸 추억 속의 그에게 곧장 '하라 마코토'라는 고유명사를 붙여주면 그걸로 끝, 이라는 건 아니었다.

'다이스케 군'이라는 생전의 호칭은 모르고 써버린 남의 물건 같아서 이제는 별로 손대고 싶지 않았지만, 그렇다고 마음속에서 금세 '마코토 군'이라고 할 수도 없었다. 무엇보다 그렇게 부르는 것이 맞는지 어떤지, 그에게서 대답을 들을 도리가 없는 것이다.

기도의 보고서에 따르면 지금껏 자신보다 한 살 많은 줄 알았던 그가 실제로는 두 살 연하였다. 리에는 자신이 왠지 그의 호칭에 '군'을 붙이고 싶었던 이유를 이제야 새삼스럽게 납득했다.

그리고 기도가 돌아간 뒤, 여태껏 차마 보지 못했던 그의 사진을 오랜만에 노트북으로 바라보면서 역시 그는 언젠가 자신의 본명으로 불러주기를 바랐는지도 모른다고 느꼈다. '다니구치 다이스케'가 아니라 '하라 마코토'로서의 모든 것을 사랑해주기를 원했던 게 아닐까, 라고.

고바야시 겐키치라는 인물을 리에는 알지 못했다. 유명한 사건이었다니까 그 당시에 뉴스를 통해서 봤을 텐데 기억나지 않았다. 그 내용은 눈을 가리고 싶을 만큼 참혹한 것이어서 유토에게 건네준 기도의 보고서도 그 부분만은 빼야 하지 않을까, 하고 오래도록 망설이고 고민했다.

살인이라는, 그야말로 이때까지 아무 관련이 없었던 세계가 알지 못하는 사이에 내 가족의 문제가 되었다는 것에 리에는 크게 동요했다. 전에 다니구치 교이치는 사망한 남편이 흉악 범죄를 저질렀을 가능성을 은근히 내비쳤었다. 실제로 살인범의 아들이었다는 것을 알고 그는 거봐, 내 말이 맞지, 라고 생각했을까. 하지만 남편 본인은 역시 아무런 죄도 저지르지 않았는데?

리에는 기도의 보고서에 기록된 '하라 마코토'라는 한 사람의 처지가 절절히 가엾게 가슴으로 느껴졌다. 그리고 '다니구치 다이스케'의 불행을 빌려 아내에게 실제로 전하려 했던 게 이것이었을까, 라고 생각했다. 어째서 그런 방법을 썼는지 리에는 알 수 없었다. 어떤 이유가 됐든 마음속 깊은 상처만은 알아주었으면 했던 것이리라. 원인을 위조했다고 해도 상처는 상처고 아픔은 아픔이다. 치료 방법은 그만큼 혼란스러워졌을 테지만.

'하라 마코토'가 유전의 불안에 시달렸다는 복싱 시절 관계자의 증언에 대해서는 딸 하나를 생각하며 리에는 새로운 고민을 떠안지 않을 수 없었다.

하나에게 살인자의 피가 흐른다, 라는 식으로 갑작스레 불쾌해하는 따위의 감정이 아니었다. 스스로도 뜻밖일 만큼 전혀 그런 느낌은 없었다. 다만 언젠가 그런 사실을 알면 딸 하나가 힘들어할지도 모른다. 그런 점에서 '하라 마코토'의 친 혈육이 아닌 유토와는 다른 것이다. 유토도 그의 친아들이었다면 오늘 그 보고서를 보여주는 일에 그만큼 더 망설이고 고민했을 것이다.

그리고 리에는 자신이 처음부터 그 사실을 알았다면 과연 그를 사랑했을까, 하고 역시 자문해보지 않을 수 없었다.

대체 사랑에 과거란 필요한 것일까?

하지만 그럴싸한 소리는 빼버리고 생각한다면 유토와 둘이 살아가는 것만으로도 힘에 부쳤던 그때에 그토록 큰 고뇌를 떠안은 그의 인생까지 받아들인다는 건 불가능했을지도 모른다.

……알 수가 없다. 다만 그의 거짓말 덕분에 두 사람은 서로 사랑했고 딸 하나를 얻었다는 것만은 사실이었다.

기도의 보고에서 그녀의 마음을 가장 강하게 뒤흔든 것은 한

바탕 일의 전말을 설명해준 뒤에 건넨 다음과 같은 한마디였다.

"고인이 된 하라 마코토 씨는 리에 씨와 함께 보낸 3년 9개월 동안, 처음으로 행복을 알았다고 생각해요. 그는 그 시간이 정말로 행복했을 거예요. 짧은 시간이었지만 그것이 그의 인생의 전부였겠지요."

기도의 보고서는 대단한 노작으로, 왜 그가 자신을 위해 이런 것까지 해주는지 리에는 새삼 의아했다. 게다가 메일이나 전화 통화로 끝내도 될 일을 이 먼 곳까지 직접 찾아주었다.

하지만 그 힘찬 격려의 말을 들었을 때, 리에는 그가 그 말을 직접 전하려고 일부러 찾아왔다는 것을 깨달았다. 어째서 그랬는지는 결국 알 수 없었지만, 그건 더 이상 파고들지 않기로 했다.

유토는 한 시간쯤 제 방에서 나오지 않았다. 리에는 이제 슬슬 올라가볼까 했지만 마침 그 참에 2층에서 내려오는 발소리가 들렸다.

"다 읽었어."

유토는 퉁명스럽게 서류 다발을 다시 엄마에게 건넸다.

"……이제 됐어?"

"응."

유토는 멀뚱하니 서 있다가 별말 없이 제 방으로 돌아가려고 했다.

"유토."

"……."

"괜찮아?"

"안 괜찮을 것도 없잖아. 아빠가 사람을 죽인 것도 아니고."

"응, 그렇지."

"……불쌍하다, 아빠."

"착하구나, 유토는."

"아빠가 나한테 왜 그렇게 다정했는지…… 알았어."

"……왜였어?"

"아빠는…… 자기 아버지가 자기한테 해줬으면 했던 것을 나한테 해줬어."

리에는 아들의 애처로운 표정에 눈시울을 붉히며 입가를 꾹 다물었다.

"그렇구나……. 근데 그것만이 아니고 아빠는 유토를 진짜 좋아했어."

"엄마……. 미안해."

"왜 네가 사과를 해?"

유토는 선 채로 고개를 숙이더니 드디어 울음이 터져버렸다. 끅끅거리며 어깨가 파르르 떨리고 팔로 눈물을 훔치면서 필사적으로 참으려 하고 있었다. 리에도 함께 울었다. 손수건을 건네려고 하자 유토는 손바닥으로 눈물 젖은 얼굴을 쓱쓱 닦고 빨갛게 부은 눈으로 엄마를 보았다.

"내 성은…… 그래서 결국 어떻게 돼? '하라'가 되는 거야?"

리에는 애써 현실적인 것으로 화제를 돌리려는 아들에게 웃는 얼굴로 답했다.

"하라 성은 아무래도 쓰기 어렵겠지? ……다케모토면 되지 않을까?"

유토는 목멘 소리를 낸 뒤 짧게 고개를 끄덕였다.

"아빠 무덤, 어떻게 해?"

"어떻게 할까……. 료하고 할아버지랑 같은 묘에 넣어달라고 할까?"

"응, 그게 좋을 거 같아. 그러면 다들 적적하지도 않을 거고."

"유토…….'"

"왜."

"엄마야말로 미안해, 여태 아무 말 안 해서."

유토는 고개를 젓고 마음을 가라앉히려는 듯 심호흡을 했다. 그리고 진지한 얼굴로 물었다.

"하나한테는 얘기할 거야?"

"어떻게 하는 게 좋을까."

"지금은 얘기해도 모를 거야."

"그렇겠지?"

"지켜줘야지, 하나는."

리에는 다시 눈물이 쏟아지려는 것을 꾹 참고, 다부진 아들의 눈을 바라보며 고개를 끄덕였다. 많이 컸구나, 라고 다시금 생각했다.

"유토, 힘들면 언제든지 엄마한테 말해."

유토는 살짝 고개를 끄덕였다.

"엄마도. ……그럼 잘 자."

"응, 잘 자. 내일 보자."

거실을 나서는 아들의 뒷모습을 보며 이제 이 하룻밤을 저 아이는 어떻게 보내려나, 생각하니 가슴이 먹먹해졌다. 하지만 지금은 그저 가만히 지켜보는 수밖에 없다.

혼자 남은 리에는 주방 테이블에 팔꿈치를 짚고 고개를 숙인 채 오래도록 눈을 감고 있었다.

벽시계가 시간을 새기는 소리만 들려왔다.

이윽고 고개를 든 리에는 장식장 안의 아버지와 료의 유영遺影을, 그리고 가족 넷이 찍은 사진을 물끄러미 바라보았다.

그는 이제 없다. 그리고 남겨진 두 아이는 제법 많이 컸다.

그와의 추억, 그리고 거기서 이어지는 것들만으로도 이제 남은 인생은 충분할 것 같다고 느껴질 만큼 자신에게도 그 3년 9개월은 행복했다, 라고 리에는 생각했다.

서序

1) 알베르 카뮈의 소설 『이방인』의 주인공으로, 작열하는 태양 때문에 아라비아인을 죽였다고 진술하여 사형을 선고받는다.

2) 트루먼 커포티의 소설 『티파니에서 아침을』의 주인공으로, 뉴욕의 화려한 사교계 주변에서 '플레이걸'로 살아가는 인물이다.

1

1) 미야자키현은 규슈 남동부에 있다. 2011년 동일본 대지진 때 가장 큰 피해를 입은 후쿠시마, 미야기, 이와테를 포함하는 도호쿠 지역과는 거의 끝과 끝의 위치이다.

2) 도시와 지방 사이의 인구 유동 형태를 알파벳 철자에 빗댄 것으로, U 턴은 지방에서 도시로 이주했다가 다시 고향으로 돌아가는 경우, J 턴은 지방에서 대도시로 이주했다가 인근 중소 도시로 옮기는 경우, I 턴은 지방에서 도시 혹은 도시에서 지방으로 이주하는 경우를 말한다.

3) 평소에는 무심하다가 장례식, 제사 등의 의식 때만 절을 찾는 풍조나 그런 신자를 가리키는 말.

2

1) 신사 입구에 세워서 세속과의 경계를 표시한 기둥 문.

3

1) 허비 행콕(피아노), 웨인 쇼터(색소폰), 론 카터(더블베이스), 토니 윌리엄스(드럼), 프레디 허버드(트럼펫)로 구성된 미국 재즈 퀸텟. 밴드 이름은 최상급 브랜드를 의미하는 V.S.O.P.(Very Superior Old Pale)에서 따왔는데, 이 등급의 저장 햇수는 15~30년이다.

2) 해당 음반은 일본의 재즈 페스티벌 '라이브 언더 더 스카이' 1979년 행사에 참가한 V.S.O.P.의 공연 실황을 담았다.

4

1) 1879~1959 소설가이자 수필가. 게이오기주쿠 대학 문학부 동인지 《미타분가쿠》를 창간하여 탐미주의의 선구적 역할을 했다.

2) 도쿄 긴자 카페의 여급을 주인공으로 향락의 생활과 주변의 경박한 남자들의 모습을 그려낸 소설이다. 1931년 《주오코론》에 발표.

3) 우리나라에는 독일 출신 디스코 그룹 보니 엠의 곡으로 더 잘 알려진 〈서니〉는 원래 보비 헤브가 1966년 솔재즈 버전으로 발표했다.

4) 장식용 못이나 징. 가방, 데님 의상, 모자 등에 박아 무늬를 만드는 데 쓰인다.

5) 1942~1999 미국의 기타리스트 겸 싱어송라이터, 음반 프로듀서. 1960년대 흑인 민권운동에 매우 중요한 역할을 했다. 정치·사회적인 쟁점을 다룬 노래를 많이 썼으며, 펑크를 개척한 인물 중 하나로 손꼽는다.

6) 1995년 8월 15일, 당시 총리 무라야마 도미이치가 일본의 식민 지배와 침략에 대해 공식 사죄한 성명이다. 내각회의 결정에 근거하여 발표한 것으로 최초로 정부 차원에서 이를 인정했다는 점에서는 긍정적이나, 표현의 애매모호함으로 인해 평가는 다양하다. 정식 명칭은 '전후 50주년의 종전기념일을 맞아'.

7) 1946~2006 미국의 건반악기 연주자 겸 싱어송라이터. 비틀스, 롤링 스톤스, 어리사 프랭클린, 밥 딜런 등의 앨범 제작에 참여했다. 특히 비틀스의 마지막 라이브 공연에 함께하여 '제5의 비틀스' '검은 비틀스'라고 불렸다.

8) 〈유 아 소 뷰티플〉은 원래 1974년 발매된 빌리 프레스턴의 아홉 번째 스튜
디오 앨범 〈더 키즈 앤드 미〉의 1면 여섯 번째 곡이다. 같은 해 조 코커가 느
린 버전으로 발표했다.

5

1) 장어의 간을 넣고 끓인 국. 보통 장어덮밥에 곁들여 나온다.
2) 물에 불린 콩을 갈아 넣은 된장국.
3) 혼인 관계에 있지 아니한 남녀 사이에서 출생한 자녀.

7

1) 효과적인 광고를 위해서 고객에게 제공하는 열쇠고리, 볼펜, 라이터 따위의
실용 소품.
2) 비적출자(혼외자)의 상속분을 적출자의 절반으로 한다는 민법 규정.
3) 미국의 전설적인 드러머 스티브 개드는 1970년대부터 여러 유명한 비전속
연주자들과 협연해왔고, 1980년대 들어 본인을 주축으로 이들과 재즈 밴드
를 결성한 것이 '개드 갱'이다. 멤버로는 코넬 듀프리(기타), 에디 고메즈(콘
트라베이스), 리처드 티(피아노), 로니 큐버(바리톤색소폰) 등이 있다.
4) 일정한 속도를 통해 리듬과 장단을 유지하는 것.
5) 1955~ 독일 출신의 기타리스트 겸 싱어송라이터. 독일의 국민 밴드 스콜
피온스의 창립 멤버이자 전설적인 하드록 밴드 마이클솅커그룹의 리더이
다.
6) 지반과 표고를 토대로 만든 재해 예측도로, 관공서에서 제공한다. 지진이나
태풍, 화산 분화 등이 발생할 경우, 재해를 일으키기 쉬운 각종 현상의 진로,
도달 범위, 소요 시간 따위를 제시하고 대응 지침을 안내한다.
7) 난카이 해곡은 일본 시코쿠 남쪽의 수심 4천 미터 심해의 해곡. 필리핀 판과
유라시아 판의 경계로, '난카이 메가트러스트'라고 알려진 거대 단층을 품
고 있다. 이 단층은 100~150년 주기로 정기적으로 발생하는 난카이 대지
진의 원인이며, 2020년 기준 향후 30년 내에 거대 지진이 발생할 것으로 예

상되고 있다.

8) 미야자키현의 명물 닭 요리. 닭고기에 밀가루와 달걀 물을 묻혀 튀겨내고 식초 소스를 곁들인다.

9) 재즈 작곡가이자 트럼펫 연주자 마일스 데이비스의 스튜디오 앨범. 재즈 역사상 최고의 명반으로 꼽힌다. 1959년 발매.

10) 빌 에번스(피아노), 스콧 러파로(더블베이스), 폴 모션(드럼)으로 이루어진 빌 에번스 트리오의 스튜디오 앨범. 1960년 발매. 〈카인드 오브 블루〉에서 마일스 데이비스와의 컬래버레이션을 성공적으로 마친 후 선보인 빌 에번스 불후의 걸작으로, 익히 잘 알려진 곡들 위주로 연주되었으며 2번 트랙은 미국의 재즈 스탠더드넘버 〈어텀 리브스〉이다.

11) 보드카와 쿠앵트로와 레몬주스를 3분의 1씩 섞어서 만드는 칵테일. 무미무취의 보드카를 사용하는 만큼 더해진 오렌지 향의 풍미와 달콤함이 강하다. 러시아 악기 발랄라이카에서 따온 이름이라고 한다.

12) 프랑스산 리큐어의 하나. 도수 약 40도에 무색투명하다. 오렌지 향과 부드러운 달콤함이 특징으로 식후용 술 외에 칵테일이나 과자, 요리 등에 쓰인다.

8

1) 도카이도 신칸센과 산요 신칸센에서 사용하는 고속철도 차량의 명칭.

2) 에이브러햄 해럴드 매슬로(1908~1970). 미국의 인본주의 심리학자. '자아실현'이라는 개념으로 인간이 어떻게 잠재성을 발현할 수 있는지를 총 다섯 단계의 피라미드 '욕구위계이론'으로 정의하였다.

3) 간토 대지진 때 일본인들은 창씨개명이나 일본식 이름과 복장으로 위장한 조선인을 가려낸다는 명목으로 한국어에 없는 어두유성음 및 장음 발음撥音 등으로 이루어진 '십오 엔 오십 전(じゅうごえんごじっせん)'을 말하도록 했다.

4) 재해 시 공식 지정된 피난 구역 이외 지역에서 자주적으로 피난한 자들을 말한다. 2011년 동일본 대지진에 따른 후쿠시마 원전 사고 발생 때, 반경 20

킬로미터와 그 주변으로 설정된 피난 구역에 포함되지 않은 지역의 주민들이 방사성물질의 비산에 따른 건강 피해를 우려해 자주적으로 타 시, 현으로 이주하였다. 2013년 일본 국토교통성 통계에 따르면 피난 지정 구역 쪽의 피난자가 약 10만 7천 명, 그에 해당되지 않는 지역의 자주피난자는 약 4만 5천 명이었다. 그에 따른 처우와 보상이 사회문제가 되었다.

5) 재해 등에 의해 거주지를 잃고 자력으로 새 주택을 지을 수 없는 피재자에 대해 지방공공단체가 민간 임대주택을 빌려 공여하고 가설 주택에 준하는 것으로 간주하는 제도.

9

1) 루초 폰타나(1899~1968). 이탈리아 화가이자 조각가. '공간을 가로질러 빛나는 형태'를 새로운 미학美學의 형성이라 보고, 운동·색채·시간·공간에서 포착할 수 있는 4차원적 존재를 현대의 예술 개념이라고 주장했다. 캔버스나 공 모양의 물체에 칼자국을 넣은 작품을 통해 회화와 조각의 극한으로서의 공간 개념을 창조했다.

2) 가가(加賀)는 이시카와현 남부 지역의 옛 이름으로, 가가 지역 사람은 내성적이고 선하기만 해서 막상 생활이 궁해지면 어쩔 줄 모르고 결국 거지가 되고 만다는 지역 차별적 세평에서 나온 말이다.

10

1) 1890년 일본의 메이지 천왕이 천왕제에 기반을 둔 교육 방침을 공표한 칙어. 1947년에 국회에서 무효 결정이 되었다.

2) 일본 왕실의 혈통이 단 한 번도 단절된 적이 없다고 주장하는 견해.

3) 일본에서 주민에게 부여하는 12단위의 개인식별 번호. 사회보장, 세금, 재해 대책의 3개 분야에서 정보의 효율적 관리를 위해 2016년부터 제정 시행하였다. 공식 명칭은 '개인번호'이다.

12

1) 1940~2007 재즈 퍼커셔니스트이자 재즈 드러머. 1960년대 후반 일본 프리 재즈 발전에 중추적인 역할을 했다. 1969년 불의의 사고로 하반신이 마비되었지만, 음악을 향한 열정으로 양손으로만 연주하는 드럼 세트를 고안하여 다시 활동을 펼쳐나갔다.

2) 1939~2015 재즈 피아니스트이자 키보드 주자. '푸상'이라는 애칭으로 친숙하다.

13

1) 회의에서 토론을 진행하고 분쟁을 중재하며, 유용한 결과를 도출하기 위하여 문제 해결을 유도하는 역할을 수행하는 사람.

16

1) 일본 최초의 입체 도시공원으로, 모토마치·차이나타운 역 빌딩에 인접한 외국인 묘지 북측 경사면과 약 18미터의 높낮이 차이를 엘리베이터와 에스컬레이터 등의 승강 시설로 연결했다.

2) 1854년 미국 해군 병사의 첫 묘지에서 시작해 40여 개국, 4,400여 명의 사망자가 매장된 외국인 전용 묘지공원.

3) 제임스 벌저의 살인범은 당시 10세의 로버트 톰프슨과 존 베너블스. 로버트는 7형제의 막내로, 부모 모두 중증 알코올 의존증이었다. 부친은 아내와 아이들을 폭행하고 성적 학대를 거듭하다가 로버트가 5세 때 가출. 형제간에도 폭행이 일상적이었고, 범행 일주일 전에는 집이 화재로 전소되었다. 존은 부모의 이혼으로 양가를 오가며 자랐다. 모친은 질병과 우울증으로 3세, 5세, 7세의 자녀를 상습 방치하여 경찰에 여러 차례 소환되었다. 학습 장애로 특수학급에 다녔으나 따돌림으로 자주 싸움을 벌였다. 벽에 머리를 부딪는 버릇에 대해 교사는 관심을 갖지 않았다고 한다.

19

1) 1923~2015 프랑스의 역사학자, 문학평론가, 인류학자. '인간의 욕망과 폭력'을 평생의 연구 주제로 삼았다. 인간은 타자의 욕망을 모방한 모방 욕망을 갖게 된다고 보았으며, 주체와 타자, 욕망의 대상 등 세 요소의 영향 관계를 가리켜 '욕망의 삼각형'이라고 명명했다. '인문학계의 다윈'이라는 별명이 있다.

20

1) 광택 있는 화학섬유의 천으로 검은색 바탕의 등판에 용, 호랑이, 매 등의 화려한 자수를 넣은 야구 점퍼. 가나가와 요코스카 주둔 미군 부대 병사들이 낙하산 천을 염색해 일본식 자수를 넣어 입었던 것에서 유래한 이름이다.

21

1) 1901~1932 소설가. 감각과 지성이 융합한 간결한 묘사와 시정 넘치는 명징한 문체로 20여 편의 소품을 남기고 31세의 나이에 폐결핵으로 요절했다. 사후 평가가 점점 높아져 현재는 일본 근대문학의 고전과도 같은 위치를 차지하고 있다.

22

1) 해 질 무렵 멀리 보이는 푸르스름하고 흐릿한 기운.

『호적과 무호적―'일본인'의 윤곽 戸籍と無戸籍 「日本人」の輪郭』,
   엔도 마사타카, 진분쇼인

『9월, 도쿄의 길 위에서―1923년 간토 대지진 제노사이드의 잔향 九
   月、東京の路上で 1923年関東大震災 ジェノサイドの残響』, 가
   토 나오키, Korocolor

『안티헤이트 다이얼로그 アンチヘイト·ダイアローグ』, 나카자와 게
   이, 진분쇼인

『제국 일본의 역閾, 삶과 죽음의 경계에서 바라보다 帝国日本の閾 生
   と死のはざまに見る』, 김항, 이와나미쇼텐

『재일 1세의 기억 在日一世の記憶』, 오구마 에이지·강상중 편, 슈에이
   샤신서

『재일 2세의 기억 在日二世の記憶』, 오구마 에이지·고찬유·고수미 편,
   슈에이샤신서

『재일 조선인, 역사와 현재 在日朝鮮人 歴史と現在』, 미즈노 나오키
   ·문경수, 이와나미신서

『간토 대지진 조선인 학살의 기록―도쿄 지구별 1100의 증언 関東大
　震災朝鮮人虐殺の記録―東京地区別1100の証言』, 니시자키 마사
　오 편저, 겐다이쇼칸

『신판新版 재일 코리안의 아이덴티티와 법적 지위 新版 在日コリアン
　のアイデンティティと法的地位』, 김경득, 아카시라이브러리

『극한 예술―사형수는 그린다 極限芸術～死刑囚の表現～』, 구시노
　노부마사 편저, 구시노테라스

『극한의 표현 사형수가 그린다―연보·사형 폐지 2013 極限の表現 死
　刑囚が描―年報·死刑廃止2013』, 연보·사형폐지편집위원회 편, 임
　팩트출판회

『사형 긍정론 死刑肯定論』, 모리 호노오, 지쿠마신서

『사형 폐지론 死刑廃止論』, 단도 시게미쓰, 유희카쿠

『가해자 가족 加害者家族』, 스즈키 노부모토, 겐토샤신서

『르포 모자 피난―사라져가는 원자력발전 사고 피해자 ルポ 母子避
　難―消されゆく原発事故被害者』, 요시다 지아, 이와나미신서

『피난할 권리, 저마다의 선택―피폭의 시대를 산다 避難する権利、そ
　れぞれの選択　被曝の時代を生きる』, 가와사키 겐이치로·스가나
　미 가오리·다케다 마사히로·후쿠다 겐지, 이와나미부클릿

그 밖에 관련 문헌은 가능한 한, 살펴보았다.

또한 이 책이 완성되기까지 취재에 수많은 분들의 도움을 받았다. 이
자리를 빌려 깊이 감사드린다.

공감하는 사람의 연쇄가 필요하다

한 사람의 뒷모습에는 그의 삶이 반영된다는 말이 있다. 그런데 좀 더 생각해보면 이건 누군가가 그 뒷모습을 찬찬히 응시해주었을 때 비로소 가능한 일이다. 거기 담긴 삶의 궤적을 헤아리고 공감하는 사람이 반드시 있어야 얘기가 성립한다. 그리고 다시 그 사람의 등을 또 다른 누군가가 찬찬히 바라보고 헤아리고 공감한다. 이 소설에는 그렇게 공감하는 사람의 연쇄가 그려져 있다. 한 남자가 남긴 미스터리한 비밀을 추적하는 과정을 통해 각자의 처지에서 무엇을 감지하고 고뇌하여 결국 어떤 방식으로 공감하는지, 인간 존재에 대한 천착과 사회적 화두가 줄줄이 교차하면서 시종 흥미롭게 이야기가 펼쳐진다.

뇌종양으로 어린 아들을 잃고 이혼한 뒤 고향에 내려온 리에는 절망의 밑바닥에서 한 남자를 만난다. 서로를 신뢰하며 결혼했고 누구보다 소중한 행복을 함께 나눈 그가 안타까운 사고로 사망하고, 이윽고 밝혀진 사실은 도무지 받아들이기 힘든 것이었다. 그는 그가 아닌 전혀 다른 사람이었다고 한다. 그렇다면 그는 대체 누구인가. 그는 왜 사랑하는 아내에게까지 거짓으로 일관했는가. 그의 과거는 과연 어떤 것이었는가. 그리고 둘 사이의 사랑은 무엇이었는가. 리에는 전남편과의 이혼 조정을 담당했던 변호사 기도에게 이 일을 상의하는데…….

다른 사람의 이름을 지닌 채 사망한 한 남자의 등을 응시하며 기도 변호사는 기나긴 조사에 나선다. 좀처럼 잡히지 않는 그의 궤적과 자신이 처한 현실, 구체적인 몸의 고통을 몰고 온 주위의 부조리한 문제들을 자신의 삶과 겹쳐 보며 한 발 한 발 진실을 향해 다가가고 마침내 공감에 가 닿게 된다. 이야기의 첫 부분에는 이 소설의 화자話者로서 작가 본인이 등장하는데 그의 시선은 다시 그 기도 변호사의 등을 지켜본 끝에 공감한 바가 있어 이것을 쓰게 되었노라고 밝히고 있다. 나아가 독자는 이 소설을 읽으면서 저절로 작가의 등을 응시하고 마지막 페이지를 넘기면서 깊은 공감에 이를 것이다. 그야말로 겹겹이 공감의 중첩이 이루어지는 형식이다.

르네 마그리트의 〈금지된 복제〉에 대한 얘기가 나오는데, 한 남자가 등을 내보인 채 거울 속의 또 하나의 등을 바라보는 그림이다. 이 그림 관람자는 자기도 모르게 누군가의 등을 바라보는 그 남자의 등을 보게 된다. 그리고 이 관람자의 등을 바라보는 또 다른 누군가의 뒷모습이 있을지도 모른다는 상상이 무한히 펼쳐져나간다. 이번 소설의 형식을 상징적으로 보여주는, 참으로 절묘한 예시였다.

자신의 존재를 지워버리고 다른 이름으로 살아갈 수밖에 없는 사람들의 신산한 삶이 있다. 단 한 가지의 삶밖에 주어지지 않은 인간 존재의 한계 앞에서, 공감은 그 고독한 회한을 스스로 구원하는 거의 유일한 자산인지도 모른다. 우리 자신의 삶이 그리 비참한 것만은 아니었다고 자부할 수 있는 '증거 수집'을 위해 반드시 필요한 능력으로서.

이번 소설의 발간에 부쳐 작가는 다음과 같이 말하고 있다.

소설가로 등단한 지 올해로 20년이 되는데, 『한 남자』는 바로 지금의 제가 느끼고 생각하는 바를 가장 잘 표현할 수 있었던 작품이라고 생각합니다. 항상 해왔던 것처럼 '나란 무엇인가?'라는 질문을 던지고 삶과 죽음의 가치관을 파고들었지만, 가장 큰 주제는 사랑입니다. 그것도 전작 『마티네의 끝에서』와는 전혀 다른 접근법으로, 이번에는 어느 쪽인가 하면 기도라는 주인공을 통해 아름다움보다는 인간적인 '선함'의 이상적인 모습을 모색해보았습니다.

'한 남자'란 대체 누구인가. 왜 그의 존재가 중요한가. 모쪼록 찬찬히 이 이야기를 즐겨주시면 좋겠습니다.

—『한 남자』특설 사이트(https://k-hirano.com/a-man)에서

작가 생활 20년째, 이제는 일본을 대표하는 중견으로 손꼽히지만 그의 등단 일화는 몇 번을 얘기해도 싫증 나지 않는다고 할

까, 오히려 시간의 추이와 함께 새롭게 의미가 더해지는 재미가 있다. 1998년 스물한 살 때, 문예지《신초》에 첫 장편소설『일식』을 발표하며 문단에 이름을 올렸는데, 신인의 투고 작품이 이 문예지에 전재全載된 것은 매우 이례적인 일이었다.『일식』은 당대의 어떤 작가에게서도 찾기 힘든 유려한 의고체擬古體 문장과 서양 문학의 전통을 섭렵한 듯한 중세 연금술사의 생생한 묘사로 일거에 문단 안팎의 주목을 받았다. 요즘에는 '젊은 시절에 한 번은 읽어야 할' 고전 명작으로 통한다. 작품 투고 때 편집부에 동봉한 그의 편지에는 '신인상이라는 형식은 거부한다. 나는 예술적 이상주의자이며 문학으로써 성스러움을 실현하고자 한다'는 뚜렷한 문학에의 신념이 적혀 있었다. 문학이 소멸해가는 게 아니냐는 회색빛 탄식이 슬슬 흘러나오던 때에 명문 교토대 법학부 대학생이던 신세대 작가의 당당한 입성은 문단에 적지 않은 활력을 불어넣었다.

일반적으로 문인文人은 옷치레나 꾸밈새에 무심한 경우가 많은 터에 염색 머리에 피어싱, 날렵한 턱 선에 의상 센스까지 뛰어나 그 또한 화젯거리가 되었다. 언론사나 방송사의 출연 요청에도 흔쾌히 응하고 인터넷과 트위터를 적극 활용하는 등, 항상 독자와의 소통에도 한발 앞서가는 모습을 보였다. 품격 있는 순수문학으로도 얼마든지 '대중과 함께' 예술의 이상을 실현할 수 있다는 야심찬 실험은 등단 때의 신념대로 신작이 발표될 때마다 이어졌다. 그뿐만 아니라 그는 탄탄한 문학 이론을 정립해 자신의 작품이 나아갈 지점을 정확히 설정하는 작가이기도 하다.

첫 작품『일식』으로 아쿠타가와상을 탄 것을 시작으로 각종 문학상을 수상했고, 이번 소설『한 남자』는 제70회 요미우리문학상 수상작이다. 2008년에 미시마유키오상의 최연소 심사위원이 되었고, 2020년에는 마침내 아쿠타가와상의 심사위원으로 위촉되었다는 소식이다.

옛 문학이 가진 말의 품격을 되살리고 현대의 정신으로 새롭게 해석하는 그의 문체에 '난해하다'는 딱지가 붙음에도 일본 국내외 수많은 독자들의 바람직한 반응을 이끌어내는 데 상당히 성공한 작가로 평가되고 있다. 쉽게 읽히고 쉽게 잊히는 문학이 넘쳐나는 이런 시대에! 그의 성공 자체가 거의 기적처럼 보일 만큼 일본 문학계에서 소중한 존재다.

그렇기 때문에 더더욱 최근 그와 대중 사이에 골이 깊어지는 현상에 고심이 컸을 것으로 짐작된다. 공공연한 혐오 발언, 우경화의 광풍에 기도 변호사는 몸이 고통스러워지는 일종의 공황장애를 겪지만, 그런 기도 변호사를 끝까지 응시하는 작가의 등을 우리는 또한 물끄러미 바라보게 된다. 이 작품은 그가 등단 때의 초심을 다시 일으켜 일본의 독자들에게 간절히 건넨, 바로 지금 공감의 연쇄가 필요합니다, 라는 메시지인지도 모른다.

'심금心琴을 울린다'는 말이 있지만, 훌륭한 품격을 가진 문학에는 인간의 마음속 가느다란 거문고 줄(가야금 줄이라도 바이올린 줄이라도 첼로 줄이라도 무방하다)을 퉁겨 파르르 떨게 하는 힘이 있다. 마코토의 사연에도, 기도의 고뇌에도, 리에의 3년 9개월의 행복에도 문득 심금이 퉁겨져 뭉클하게 공감할 만한 장면이 많았다. 공감은 할 수 없으나 미스터리의 열쇠를 쥐고 흔드는 오미우라는 악당 캐릭터로서 매우 매력적이었다는 것도 기억해두고 싶다.

히라노 게이치로 공식 사이트의 첫 화면에 다음과 같은 글이 있었다.

'책장을 넘기는 손이 멈추지 않는' 소설이 아니라
'책장을 넘기고 싶지만 넘기고 싶지 않은,
이대로 그 세계에 깊이 빠져들고 싶은' 소설을 쓸 수 있기를
항상 바라고 있습니다.

쉽게 읽히면서 울림이 큰 소설도 있고, 스트레스를 녹여줄 가벼운 오락 소설이 필요할 때도 있을 것이다. 다만 우리에게 주어진 삶과 세상을 바라보는 뭔가 한 단계 높은 시선을 위해 때로는 넉넉히 시간을 마련해 밑줄을 긋거나 메모도 해가면서 한 페이지 한 페이지 소중히 읽어야 할 책이 있다. 그중 한 권으로서 이 책, 『한 남자』를 추천한다. 오래 지켜본바, 그의 소설 중에서도 단연 완성도가 높고 재미있는 작품이다.

옮긴이 **양윤옥**

일본 문학 전문 번역가. 히라노 게이치로의 『일식』으로 2005년 일본 고단샤에서 수여하는 노마문예번역상을 수상했다. 『달』『장송』『센티멘털』『형태뿐인 사랑』『마티네의 끝에서』『소설 읽는 방법』까지 일곱 권의 히라노 게이치로 작품을 우리말로 옮겼다. 그 밖의 번역서로 무라카미 하루키의 『1Q84』『직업으로서의 소설가』『여자 없는 남자들』, 히가시노 게이고의 『나미야 잡화점의 기적』『유성의 인연』『악의』, 아쿠타가와 류노스케의 『지옥변』, 다자이 오사무의 『인간실격』, 아사다 지로의 『철도원』『칼에 지다』, 오쿠다 히데오의 『남쪽으로 튀어!』, 사쿠라기 시노의 『호텔 로열』『빙평선』, 스미노 요루의 『너의 췌장을 먹고 싶어』『밤의 괴물』 등 다수의 작품이 있다.

한 남자

지은이 히라노 게이치로
옮긴이 양윤옥
펴낸이 김영정

초판 1쇄 펴낸날 2020년 10월 30일
초판 4쇄 펴낸날 2023년 9월 25일

펴낸곳 (주)**현대문학**
등록번호 제1-452호
주소 06532 서울시 서초구 신반포로 321(잠원동, 미래엔)
전화 02-2017-0280
팩스 02-516-5433
홈페이지 www.hdmh.co.kr

ISBN 979-11-90885-37-9 03830

• 책값은 뒤표지에 있습니다.
• 파본은 구입처에서 교환해드립니다.

『한 남자』는 거짓 인생을 살았던 한 남자의 발자취를 더듬는 기도의 이야기인 동시에, 픽션론이다.

한 남자도 기도도 픽션을 이야기한다. 마찬가지로 히라노 게이치로도 소설을 만들어낸다. 모든 것이 중첩 구조로 되어 있다. 소설가로서 20주년을 맞은 히라노 게이치로가 소설에 대해 이야기한 소설로도 읽을 수 있는 것이다.

사도시마 요헤이(작가 에이전시 코르크 대표)

레이먼드 챈들러 소설처럼 뒷골목 세계를 보여주는 흥미진진한 책『한 남자』는 '타인'이란 무엇인지 물음을 던지고, 그에 대한 답은 전혀 의미가 없음을 이야기한다. 스타일리시하고, 서스펜스 넘치는 누아르.

《퍼블리셔스 위클리》

히라노는 등단 이후 줄곧 새로운 주제와 맞붙어왔다. 이 작품에서 그는 인간의 존재를 성립시키는 것이 무엇인가에 대한 근원적인 의문에 이르렀다.

오가와 요코

욕망과 정체성에 관한 매혹적인 조사의 기록인『한 남자』는 실현되지 못한 동경憧憬의 본질을 인내심 있게 한 올 한 올 풀어낸다. 히라노 게이치로는 인간의 재창조에 대한 다층적인—동시에 탁월한 재미와 먹먹한 감동을 선사하는—이야기를 썼다.

타시 오(『하모니 실크 팩토리』의 작가)

『한 남자』는 어떤 소설인가? 히라노는 실존적 스릴러에서 본격 첩보물에 이르기까지 무수한 가능성을 독자 앞에 제시한다. 정체성의 모호함을 이토록 철저히 다루는 소설이 자신의 정체성에 의문을 제기해야 하는 것은 전적으로 타당하다. 참, 이 책이 또 그렇게 흡인력 있다고 내가 이야기했던가?

《WWB(국경 없는 말들)》

히라노 게이치로가 지극히 선구적이고 현대적인 정신을 가진 작가라는 것에는 의심의 여지가 없다. 그의 작품은 인류의 정신세계를 분석하고 탐구하는 데 있어 대단히 창의적인 공간을 열었다.

성커이(『북쪽 언니』『죽음의 푸가』의 작가)